俳句歳時記
第五版　夏

角川書店＝編

序

季語には、日本文化のエッセンスが詰まっている。俳句がたった十七音で大きな世界を詠むことができるのは、背後にある日本文化全般が季語という装置によって呼び起こされるからである。

和歌における題詠の題が美意識として洗練され、連句や俳諧の季の詞《ことば》として定着するなかでその数は増え続け、さらに近代以降の生活様式の変化によって季語の数は急増した。なかには生活の変化により実感とは遠いものになっている季語もある。歳時記を編纂《へんさん》する際にはそれらをどう扱うかが大きな問題となる。

角川文庫の一冊として『俳句歳時記』が刊行されたのは一九五五年、巻末の解説には、季節の区分を立春・立夏などで区切ることについての葛藤《かっとう》が見られる。特別な歳時記は別として、この区分が当たり前のようになっている今日、歳時記の先駆者の苦労が偲《しの》ばれる。

この歳時記から半世紀以上が経った今、先人の残した遺産は最大限に活用し、なお現代の我々にとって実践的な意味をもつ歳時記を編纂することの必要を感じずにはいられない。

編纂にあたっては、あまり作例が見られない季語や、傍題が必要以上に増大した季語、また、どの歳時記にも載っていないが季語として認定するに相応《ふさわ》しいもの、あまりに細かな分類を改めたもの等々、季語の見直しを大幅に行った。さらに、季語の本意・本情や、関連季語との違い、作句上の注意を要する点等を解説の末尾に示した。

例句は、「この季語にはこの句」と定評を得ているものはできる限り採用した。しかし、人口に膾炙《かいしや》した句でありながら、文法的誤りと思われる例、季語を分解して使った特殊な例など、止むなく外さざるを得ない句もあった。

本歳時記はあくまでも基本的な参考書として、実作の手本となることを目指した。今後長く使用され、読者諸氏の句作の助けとなるならば、これに勝る喜びはない。

二〇一八年四月

「俳句歳時記　第五版」編集部

凡例

・今回の改訂にあたり、季語・傍題を見直し、現代の生活実感にできるだけ沿うよう改めた。したがって主季語・傍題が従来の歳時記と異なる場合もある。また、現代俳句においてほとんど用いられず、認知度の低い傍題は省いた。
・解説は、句を詠むときの着目点となる事柄を中心に、簡潔平明に示した。さらに末尾に、季語の本意・本情や関連季語との違い、作句のポイント等を❖印を付して適宜示した。
・季語の配列は、時候・天文・地理・生活・行事・動物・植物の順にした。
・夏の部は、立夏より立秋の前日までとし、おおむね旧暦の四月・五月・六月、新暦の五月・六月・七月に当たる。
・季語解説の末尾に→を付した季語は、その項目と関連のある季語、参照を要する季語であることを示す。夏以外となる場合には（　）内にその季節を付記した。
・例句は、季語の本意を活かしていることを第一条件とした。選択にあたっては俳諧や若い世代の俳句も視野に入れ、広く秀句の収載に努めた。
・例句の配列は、原則として見出し欄に掲出した主季語・傍題の順とした。
・索引は季語・傍題の総索引とし、新仮名遣いによった。

目次

夏の日　三七
夏の空　三七
夏の雲　三七
雲の峰　三七
夏の月　三八
夏の星　三八
南風　三九
あいの風　三九
やませ　三九
黒南風　四〇
白南風　四〇
ながし　四〇
青嵐　四〇
風薫る　四一
朝凪　四一
夕凪　四一
風死す　四二
夏の雨　四二
卯の花腐し　四二
迎へ梅雨　四二
梅雨　四三
空梅雨　四三
五月雨　四四
送り梅雨　四四
虎が雨　四四
夕立　四五
喜雨　四五
夏の露　四六
夏の霧　四六
夏霞　四六
雲海　四七
御来迎　四七
虹　四七
雹　四八
雷　四八
五月闇　四九
梅雨晴　四九
朝曇　四九
朝焼　五〇
夕焼　五〇
日盛　五〇
西日　五〇
炎天　五一
油照　五一
片蔭　五二
旱　五二

地理

夏の山　五三
山滴る　五三
五月富士　五三
雪渓　五四
お花畑　五四
夏野　五四

夏の川　五五
出水　五五
夏の海　五五
卯波　五五
土用波　五六
夏の潮　五六
代田　五六
植田　五七
青田　五七
田水沸く　五七
噴井　五七
泉　五八
清水　五八
滴り　五八
滝　五九

生活

夏休　六〇
暑中見舞　六〇
帰省　六〇
夏期講座　六一
林間学校　六一
更衣　六一
夏衣　六二
夏服　六二
袷　六二
セル　六三
単衣　六三
羅　六三
縮　六三
上布　六四
芭蕉布　六四
甚平　六四
浴衣　六四
白絣　六五
レース　六五
夏シャツ　六五
水着　六六
サングラス　六六
夏帯　六六
夏帽子　六七
夏手袋　六七
夏足袋　六七
白靴　六七
サンダル　六八
ハンカチ　六八
粽　六八
柏餅　六九
夏料理　六九
筍飯　六九
豆飯　六九
麦飯　六九
鮓　七〇
水飯　七〇

籐椅子　八五
ハンモック　八五
蠅除　八六
蠅取　八六
蚊帳　八六
蚊遣火　八六
香水　八七
暑気払ひ　八七
天瓜粉　八七
冷房　八八
花氷　八八
冷蔵庫　八八
扇　八八
団扇　八九
扇風機　八九
風鈴　九〇
釣忍　九〇
走馬灯　九〇
日傘　九一
風炉茶　九一
蒼朮を焚く　九一
虫干　九二
晒井　九二
芝刈　九三
打水　九三
日向水　九三
行水　九三
シャワー　九三
夜濯　九三
麦刈　九四
牛馬冷す　九四
溝浚へ　九五
代掻く　九五
田水張る　九五
田植　九五
雨乞　九六
水喧嘩　九六
水盗む　九六
早苗饗　九七
田草取　九七
草刈　九七
草取　九八
豆蒔く　九八
菊挿す　九八
竹植う　九八
菜種刈　九八
藺刈　九九
藻刈　九九
昆布刈　一〇〇
天草採　一〇〇
干瓢剝く　一〇〇
袋掛　一〇〇
瓜番　一〇一
干草　一〇一

行事

多佳子忌　一三九
桜桃忌　一四〇
楸邨忌　一四〇
鷗外忌　一四〇
茅舎忌　一四一
秋櫻子忌　一四一
河童忌　一四一
不死男忌　一四二
草田男忌　一四二

動　物

鹿の子　一四三
袋角　一四三
蝙蝠　一四三
亀の子　一四四
雨蛙　一四四
河鹿　一四五
蟇　一四五
山椒魚　一四六
蠑螈　一四六
守宮　一四六
蜥蜴　一四六
蛇　一四七
蛇衣を脱ぐ　一四八
蝮　一四八
羽抜鳥　一四八
時鳥　一四九
郭公　一五〇
筒鳥　一五〇
慈悲心鳥　一五一
仏法僧　一五一
夜鷹　一五一
青葉木菟　一五二
老鶯　一五二
雷鳥　一五三
燕の子　一五三
鴉の子　一五三
葭切　一五四
翡翠　一五四
鷭　一五五
浮巣　一五五
鳰の子　一五五
軽鳧の子　一五六
通し鴨　一五六
鵜　一五六
水鶏　一五七
青鷺　一五七
白鷺　一五八
鯵刺　一五八
大瑠璃　一五八
三光鳥　一五九
夏燕　一五九
目白　一五九
四十雀　一六〇

山雀　一六〇
日雀　一六〇
緋鯉　一六〇
濁り鮒　一六一
鯰　一六一
鮎　一六一
岩魚　一六二
山女　一六二
金魚　一六二
熱帯魚　一六三
目高　一六三
黒鯛　一六四
初鰹　一六四
鰹　一六四
鯖　一六五
鰺　一六五
鱚　一六五
べら　一六六
飛魚　一六六
赤鱏　一六六
鱧　一六七
穴子　一六七
鰻　一六七
章魚　一六八
烏賊　一六八
鮑　一六八
海酸漿　一六九
蝦蛄　一六九
蟹　一六九
土用蜆　一七〇
舟虫　一七〇
海月　一七〇
夏の蝶　一七一
夏蚕　一七一
火取虫　一七二
蛾　一七二
毛虫　一七三
尺蠖　一七三
夜盗虫　一七三
蛍　一七三
兜虫　一七四
天牛　一七五
玉虫　一七五
金亀子　一七五
天道虫　一七六
穀象　一七六
斑猫　一七六
落し文　一七七
米搗虫　一七七
源五郎　一七七
鼓虫　一七八
水馬　一七八
蟬　一七八
空蟬　一七九

植物

柚子の花　一九九
栗の花　一九九
柿の花　一九九
石榴の花　二〇〇
青梅　二〇〇
青柿　二〇〇
青胡桃　二〇一
木苺　二〇一
青葡萄　二〇一
青林檎　二〇一
楊梅　二〇二
さくらんぼ　二〇二
山桜桃の実　二〇二
李　二〇三
杏　二〇三
巴旦杏　二〇三
枇杷　二〇三
パイナップル　二〇四
バナナ　二〇四
夏木立　二〇四
新樹　二〇四
若葉　二〇五
青葉　二〇五
新緑　二〇六
茂　二〇六
万緑　二〇六
木下闇　二〇七
緑蔭　二〇七
結葉　二〇八
柿若葉　二〇八
常磐木の若葉　二〇八
若楓　二〇八
葉柳　二〇九
梧桐　二〇九
海桐の花　二〇九
土用芽　二一〇
病葉　二一〇
常磐木落葉　二一〇
松落葉　二一〇
卯の花　二一一
茨の花　二一一
桐の花　二一二
胡桃の花　二一二
朴の花　二一三
橡の花　二一三
槐の花　二一三
棕櫚の花　二一四
水木の花　二一四
ハンカチの木の花　二一四
ひとつばたごの花　二一五
山法師の花　二一五
忍冬の花　二一五
アカシアの花　二一五
大山蓮華　二一六

楝の花　二一六
黐の花　二一六
椎の花　二一七
えごの花　二一七
合歓の花　二一八
沙羅の花　二一八
玫瑰　二一九
桑の実　二一九
夏桑　二一九
竹落葉　二一九
竹の皮脱ぐ　二二〇
若竹　二二〇
篠の子　二二〇
燕子花　二二一
渓蓀　二二一
花菖蒲　二二二
菖蒲　二二二
グラジオラス　二二二
鳶尾草　二二三
芍薬　二二三
ダリア　二二三
サルビア　二二四
向日葵　二二四
葵　二二五
紅蜀葵　二二五
黄蜀葵　二二五
罌粟の花　二二六
雛罌粟　二二六
罌粟坊主　二二六
夏菊　二二七
矢車草　二二七
孔雀草　二二七
石竹　二二七
カーネーション　二二八
睡蓮　二二八
蓮の浮葉　二二八
蓮の花　二二九
百合　二二九
含羞草　二三〇
金魚草　二三〇
花魁草　二三〇
縷紅草　二三〇
松葉牡丹　二三一
仙人掌の花　二三一
アマリリス　二三一
日日草　二三一
百日草　二三一
鬼灯の花　二三二
青鬼灯　二三二
小判草　二三二
鉄線花　二三二
岩菲　二三三
紅花　二三三
茴香の花　二三四

玉巻く芭蕉　二三四
芭蕉の花　二三四
苺　二三四
茄子苗　二三五
瓜の花　二三五
南瓜の花　二三五
糸瓜の花　二三五
茄子の花　二三五
馬鈴薯の花　二三六
胡麻の花　二三六
独活の花　二三六
山葵の花　二三六
韮の花　二三七
豌豆　二三七
蚕豆　二三七
筍　二三七
蕗　二三八
瓜　二三八
胡瓜　二三九
夕顔　二三九
メロン　二三九
茄子　二四〇
トマト　二四〇
キャベツ　二四〇
夏大根　二四一
新馬鈴薯　二四一
新藷　二四一
夏葱　二四一
玉葱　二四一
辣韮　二四三
茗荷の子　二四三
蓼　二四三
紫蘇　二四三
青山椒　二四三
青唐辛子　二四三
麦　二四三
早苗　二四四
青稲　二四四
帚木　二四五
棉の花　二四五
玉蜀黍の花　二四五
麻　二四六
太藺　二四六
夏草　二四六
草茂る　二四六
草いきれ　二四七
青芝　二四七
青蔦　二四七
青芒　二四七
青蘆　二四八
夏蓬　二四八
夏萩　二四八
葎　二四八
朝鮮朝顔　二四九

石菖　二四九
竹煮草　二四九
紫蘭　二五〇
風蘭　二五〇
鈴蘭　二五〇
昼顔　二五〇
月見草　二五一
水芭蕉　二五一
擬宝珠の花　二五二
真菰　二五二
著莪の花　二五二
沢瀉　二五三
河骨　二五三
水葵　二五三
菱の花　二五三
藺の花　二五四
蒲の穂　二五四
藜　二五四
虎杖の花　二五四
浜木綿の花　二五五
夏薊　二五五
灸花　二五五
酢漿の花　二五六
羊蹄の花　二五六
現の証拠　二五六
萱草の花　二五六
夕菅　二五七
車前草の花　二五七
十薬　二五七
蚊帳吊草　二五七
踊子草　二五八
射干　二五八
虎尾草　二五八
姫女苑　二五九
都草　二五九
宝鐸草の花　二五九
捩花　二五九
破れ傘　二六〇
靫草　二六〇
一つ葉　二六〇
蛍袋　二六〇
半夏生　二六一
花茗荷　二六一
浜豌豆　二六一
烏瓜の花　二六一
蛇苺　二六二
夏蕨　二六二
鷺草　二六二
鴨足草　二六二
えぞにう　二六三
苔の花　二六三
松蘿　二六三
布袋草　二六三
水草の花　二六四

藻の花　二六四
萍　二六四
蛭蓆　二六四
蓴菜　二六五
木耳　二六五
梅雨茸　二六五
黴　二六五
海蘿　二六六
荒布　二六六
夏の行事　二六七
夏の忌日　二七一
さらに深めたい俳句表現
〈身体篇〉　二七六
読めますか　夏の季語　二七九
索引　二八三

時候

【夏《なつ》】 三夏　九夏　朱夏《しゅか》　炎帝

立夏（五月六日ごろ）から立秋（八月八日ごろ）の前日までをいう。新暦ではほぼ五、六、七月にあたるが、旧暦では四、五、六月。三夏は初夏・仲夏・晩夏、九夏は夏九旬（九十日間）のこと。朱夏は陰陽五行説で赤を夏に配するところから来た夏の異称。炎帝は夏を司《つかさど》る神。

世の夏や湖水に浮かむ波の上　芭蕉
算術の少年しのび泣けり夏　西東三鬼
この夏を妻得て家にピアノ鳴る　松本たかし
焼岳を映し大正池の夏　後藤比奈夫
樹々そよぐ颯々の夏いさぎよし　森　澄雄
グローヴのくぼみ拳で打ちて夏　大高弘達
境川村小黒坂いつか夏　廣瀬直人
夏の航沖に出るまで灯《ひとも》さず　辻田克巳
夏いよよ塔を仰げばのしかかり　西村和子
鳩の首瑠璃光放つ朱夏の宮　加藤耕子
わが朱夏の詩は水のごと光るべし　酒井弘司
炎帝の昏きからだの中にゐる　柿本多映

【初夏《しょか》】 初夏《はつなつ》　夏初め　夏きざす　首《しゅ》夏《か》

夏の初めのころ。立夏を過ぎた新暦の五月にあたる。新緑のすがすがしい時節。

初夏に開く郵便切手ほどの窓　有馬朗人
初夏や夕月に添ふ星一つ　小沢碧童
初夏の山立ちめぐり四方に風　水原秋櫻子
初夏の一日一日と庭のさま　星野立子
はつなつの鳶をしづかな鳥とおもふ　神尾久美子
初夏のしんそこ熱き潮汁　吉田成子

はつなつの月の大きく地を離る　西宮　舞
はつなつのおほきな雲の翼かな　髙田正子
たまさかは夜の街見たし夏はじめ　富田木歩
銀の粒ほどに船見え夏はじめ　友岡子郷
江戸絵図の堀の藍色夏はじめ　木内彰志
缶詰のパイン全き夏はじめ　小野あらた
縞馬の流るる縞に夏兆す　原田青児
夏きざす屋上に飼ふ兎にも　児玉輝代
制服はかたまりやすく夏きざす　鷹羽狩行
松脂の香れる廊下夏兆す　西山ゆりこ
大盛に奄美の首夏の豚料理　邊見京子

【卯月《うづき》】　卯の花月

旧暦四月の異称。十二支の四番目が卯にあたることから、あるいは卯木（空木《うつぎ》）の花の咲く月であることから、卯月といわれる。

↓四月（春）

此ころの肌着身につく卯月かな　尚　白
塵ほどに鳶舞ひ上る卯月かな　梅　室
酒のあと蕎麦の冷たき卯月かな　野村喜舟
酒置いて畳はなやぐ卯月かな　林　徹
卯月来ぬましろき紙に書くことば　三橋鷹女
水底は卯月明りや鷗の死　中村苑子

【五月《ごがつ》】　聖五月　聖母月《せいぼづき》　マリアの月

月の初めに立夏がある。みずみずしい若葉に包まれた生命感にあふれる麗しい月である。薔薇《ばら》や牡丹《ぼたん》が開き、薫風が渡る。カトリックでは五月は聖母マリアを讃える月となっている。❖五月《ごがつ》は新暦として、五月《さつき》は旧暦として使う。↓皐月

門川に流れ藻絶えぬ五月かな　河東碧梧桐
五月の風大空を吹き路地を吹き　富安風生
噴水の玉とびちがふ五月かな　中村汀女
坂の上たそがれながき五月憂し　石田波郷
五月の夜未来ある身の髪匂う　鈴木六林男
目つむりていても吾を統《す》ぶ五月の鷹　寺山修司
水荒く使ふ五月となりにけり　伊藤通明

羽衣といふ衣欲しき五月かな　望月百代
木々の香にむかひて歩む五月来ぬ　水原秋櫻子
子の髪の風に流るる五月来ぬ　大野林火
わがつけし傷に樹脂噴く五月来ぬ　木下夕爾
隠岐牛の黒光りして五月来ぬ　山崎房子
地下街の列柱五月来たりけり　奥坂まや
鳩踏む地かたくすこやか聖五月　平畑静塔
少年のうぶ毛輝く聖五月　山内遊糸
聖五月燦たり南十字星　有馬朗人

【清《せい》和《わ》】

旧暦四月の時候をいい、空が晴れて穏やかなころ。❖中国では旧暦四月一日を清和節といった。

竹林の闇のあをさも清和かな　古賀まり子
刀匠の鞴《ふいご》火を噴く清和かな　藤本安騎生
坐せばまた風の身にそふ清和かな　森宮保子

【立夏《りっか》】　夏立つ　夏に入る　夏来《なつきた》る　夏来《なつく》

二十四節気の一つで、五月六日ごろにあたる。暦の上ではこの日から夏が始まる。❖活気に満ちた季節の到来を思わせる。

夏立つや衣桁にかはる風の色　也有
旅名残り雲のしかかる立夏かな　飯田蛇笏
竹筒に山の花挿す立夏かな　神尾久美子
街角のいま静かなる立夏かな　千葉皓史
夏立つや鶏鳴長く木魂して　有馬朗人
夏に入る束ねて投げる纜《ともづな》も　廣瀬町子
ふいに子の遊びが変はり夏に入る　小澤克己
空海の筆勢夏に入りにけり　野中亮介
家ぢゅうの音のしづまり夏に入る　井越芳子
夏に入るガラスのペンで書く手紙　山田佳乃
さざなみの絹吹くごとく夏来る　山口青邨
子に母にましろき花の夏来る　三橋鷹女
おそるべき君等の乳房夏来る　西東三鬼
毒消し飲むやわが詩多産の夏来る　中村草田男
夕風に土の匂ひや夏来る　吉田成子

プラタナス夜もみどりなる夏は来ぬ　石田波郷
路地に子がにはかに増えて夏は来ぬ　菖蒲あや

【夏めく《なつめく》】

若葉や新樹が輝きを見せ、さまざまな場面で夏らしくなることをいう。

夏めくや庭土昼の日をはじき　星野立子
夏めくや双眼鏡の中の海　山本一歩
夏めくとひそかなものに鹿の脚　長谷川櫂
夏めくや塗替へて居る山の駅　森　夢筆

【若夏《わかなつ》】

沖縄で、うりずん（旧暦二、三月ごろ）の後、旧暦四、五月ごろの稲の穂の出始める初夏の時候をいう。「なつくち（夏口）」とも。→うりずん（春）

若夏の風ふところに王の墓　山城青尚
若夏や大海原の紺展く　与座次稲子
若夏の光透けゆく糸車　玉城一香

【薄暑《はくしょ》】　薄暑光

初夏のころの暑さ。まだ本格的な暑さではないが好天の日は気温が上がり、汗ばむほどになる。日差しも眩《まぶ》しい。❖明治末期に季語として定着した。→暑し

後架にも竹の葉降りて薄暑かな　飯田蛇笏
浴衣裁つこゝろ愉しき薄暑かな　高橋淡路女
街の上にマスト見えゐる薄暑かな　中村汀女
人々に四つ角広き薄暑かな　中村草田男
嵯峨豆腐買ふ客ならび薄暑かな　村山古郷
茶粥にも旬ありとせば薄暑かな　茨木和生
むかうへと橋の架かつてゐる薄暑　鴇田智哉
遮断機の今上りたり町薄暑　高浜虚子
帯解けば疲れなだるる夕薄暑　古賀まり子
指笛の指をはなれぬ夕薄暑　三田きえ子
生醤油の匂ひて佃島薄暑　今泉貞鳳
山頂に童児走れば薄暑光　飯田龍太
薄暑光強くあがれる藻の匂ひ　篠沢亜月

【麦の秋《むぎのあき》】　麦秋《むぎあき》　麦秋《ばくしう》

初夏に麦が黄金色に熟し、収穫を待つころ。「秋」は実りのときの意。→麦刈

新しき道のさびしき麦の秋　上田五千石
十一面観音堂へ麦の秋　矢島渚男
手のひらに馬の吐息よ麦の秋　鈴木太郎
跳ね橋の戻るを待ちぬ麦の秋　戸恒東人
教師みな声を嗄《から》して麦の秋　岩田由美
切手貼る一滴の水麦の秋　今瀬一博
駄菓子屋に空き瓶ひとつ麦の秋　涼野海音
麦秋の野を従へて河曲る　内藤吐天
麦秋のなほあめつちに夕明り　長谷川素逝
能登麦秋女が運ぶ水美し　細見綾子
麦秋のやさしき野川渡りけり　石塚友二
麦秋の大土間にある凹みかな　大峯あきら
麦秋の潮風鳶を吹き上げし　三森鉄治

【小満《せうまん》】

二十四節気の一つで、五月二十一日ごろにあたる。万物の気が満ちて、草木がしだいに枝葉を広げていく。

小満や一升壜に赤まむし　齊藤美規
小満や白磁の碗に湯を享けて　大石悦子
小満のみるみる涙湧く子かな　山西雅子

【皐月《さつき》】　五月《さつき》　早苗月《さなへづき》

旧暦五月の異称。田植を始める月とされた。皐月の名は早苗を植える意の早苗月の略といわれる。橘《たちばな》の花が咲くことから橘月とも。
→五月《ごぐわつ》

笠島はいづこ五月のぬかり道　芭蕉
深川や低き家並のさつき空　永井荷風
漕ぎ出でて富士真白なる皐月かな　長嶺千晶
山越えて笛借りにくる早苗月　能村登四郎
早苗月暮れても青き木曾の空　森田かずを
目覚むれば沈香馨る早苗月　宇野晧三
井戸底に木桶のひびく早苗月　野中亮介

【六月《ろくぐわつ》】

六月は梅雨の時期にあたり、日本列島の南

から梅雨に入る。昼間が最も長い夏至は六月二十一日ごろである。→水無月

六月を奇麗な風の吹くことよ　正岡子規
六月の風にのりくる瀬音あり　久保田万太郎
六月の女すわれる荒筵　石田波郷
六月の花のさざめく水の上　飯田龍太
六月の万年筆のにほひかな　千葉皓史
六月や身をつつみたる草木染　大石香代子
六月の葉ずれに眠り赤ん坊　石田郷子

【芒《ぼう》種《しゆ》】 二十四節気の一つで、六月五日ごろにあたる。芒《のぎ》のある穀物の種を播《ま》く時期の意から。このころから田植が始まり、天候は梅雨めいてくる。

芒種はや人の肌さす山の草　鷹羽狩行
朝粥や芒種の雨がみづうみに　秋山幹生
小包の軽きが届く芒種かな　森宮保子

【入《にふ》梅《ばい》】 梅雨入《ついり》　梅雨に入る　梅雨きざす

太陽の黄経が八〇度に達したときをいい、六月十一日ごろにあたる。❖必ずしもこの日から梅雨が始まるわけではなく、あくまでも時候の季語である。実際には、各地の過去の平年値を見ても六月初旬から中旬にかけて梅雨に入ることが多い。→梅雨

焚火してもてなされたるついりかな　白雄
入梅や蟹かけ歩く大座敷　一茶
大寺のうしろ明るき梅雨入かな　前田普羅
みづなら林ぬけて信濃の梅雨入かな　村沢夏風
鱒の子に雨の輪ひらく梅雨入かな　石田いづみ
あはうみの汀かがやく梅雨入かな　名取里美
大津絵の墨色にじむ梅雨入りかな　宇多喜代子
世を隔て人を隔てゝ梅雨に入る　高野素十
枕木を叩くつるはし梅雨に入る　細見綾子
水郷の水の暗さも梅雨に入る　井沢正江
凡の墨すりて香もなし梅雨の入　及川貞

童謡《わらべうた》かなしき梅雨となりにけり　相馬遷子

【梅雨寒《つゆざむ》】　梅雨冷《つゆびえ》

梅雨のころの季節外れの寒さ。❖梅雨前線にオホーツク海高気圧の冷たい風が吹き付けると、前線が停滞し曇りや雨天が続く。この寒気団が特に強い日は一段と肌寒く、心もとない。

梅雨寒の砂丘の帰路はあらあらし　古舘曹人
梅雨寒や黄のあと青きマッチの火　鷹羽狩行
梅雨寒や背中合はせの駅の椅子　村上喜代子
梅雨寒や即身仏の前屈み　若井新一
梅雨冷や舌に朱のこる餓鬼草紙　三森鉄治

【夏至《げし》】

二十四節気の一つで、太陽の黄経が九〇度に達したとき。六月二十一日ごろにあたり、北半球では一年中で昼間が最も長い。

夏至ゆうべ地軸の軋む音少し　和田悟朗
夏至の日の手足明るく目覚めけり　岡本眸
夏至の夜の港に白き船数ふ　岡田日郎
地下鉄にかすかな峠ありて夏至　正木ゆう子
大いなる夏至の落暉を見届けぬ　松浦其國

【白夜《びやくや》】　白夜《はくや》

高緯度の地域で夏至の前後を中心に日没から日の出までの間、散乱する太陽光のために薄明を呈することをいう。❖北欧などの海外で詠まれることが多い。

菩提樹の並木あかるき白夜かな　久保田万太郎
街白夜王宮は死のごとく白　橋本鶏二
捨猫の群るる白夜の石畳　岩崎照子
眠らねば白夜の海の膨《ふく》れくる　竹中碧水史
帆を降す白夜の運河のぼり来て　有馬朗人
尖塔に月一つある白夜かな　倉田紘文

【半夏生《はんげしやう》】　半夏　半夏雨《はんげあめ》

二十四節気七十二候のうち、夏至の三候。七月二日ごろ。サトイモ科の半夏（烏柄《からすび》杓《しやく》の漢名）が生じるころの意。❖「半夏半作」といわれ、かつてはこの日までに田植を終えるものとされた。またこの日はさまざまな禁忌があり、物忌みをする風習があった。この日の雨を「半夏雨《あめ》」といい、降れば大雨が続くとされている。なお、ドクダミ科の多年草である半夏生は夏の植物季語。→半夏生（植物）

暗がりを抜けくる小川半夏生　加藤憲曠
半夏生北は漁火あかりして　千田一路
木の揺れが魚に移れり半夏生　大木あまり
猪牙繋ぐ大川端や半夏生　福神規子
父の声すこし嗄れたる半夏生　三吉みどり

【晩夏《ばんか》】　**夏深し**　**晩夏光**

梅雨が明ける七月下旬から八月上旬にあたる。一年のうちで最も暑い時期で、まだ酷暑が続くが、しだいに影も濃くなり、空の色、雲の形などに秋の気配を感じるようになる。❖生命力旺盛《おうせい》な季節が終わる物憂さを帯びる。

どれも口美し晩夏のジャズ一団　金子兜太
遠くにて水の輝く晩夏かな　高柳重信
白樺の林明るき晩夏かな　成瀬正俊
波はみな渚に果つる晩夏かな　友岡子郷
祈りとは膝美しく折る晩夏　攝津幸彦
人よりも山おとろへて晩夏かな　片山由美子
林中に広き道ある晩夏かな　山西雅子
木の瘤を鴉が摑む晩夏かな　村上鞆彦
橡の枝の夕星ひそと夏深し　村沢夏風
夏深しバット素振りの山の子に　飯島晴子
晩夏光穂高の襞の雪よごれ　石原八束
樹をはなれゆく走り根や晩夏光　津川絵理子

【水無月《みなづき》】　**風待月《かぜまちづき》**　**常夏月《とこなつづき》**　**青水無月**

旧暦六月の異称。水無月の名の由来は諸説ある。字義どおり梅雨が明けて水の無くなる月、田に水が必要となる月、水の月の転《てん》訛《か》など。青葉の茂る時期なので、青水無月

ともいう。↓六月

水無月や風に吹かれに古里へ　鬼貫
六月《ろくぐわつ》や峯に雲置くあらし山　芭蕉
戸口から青水無月の月夜かな　一茶
みなづきの酢の香ながるゝ厨かな　飴山實
みなづきの笹刈る人に出あひけり　小林篤子
水無月の古墳に拾ふ白き貝　天野さら
はじめての道も青水無月の奈良　皆吉爽雨
青水無月墓のうしろは甲斐の山　角川源義
本閉ぢて青水無月の山を前　名取里美

【七月《しちぐわつ》】

七月に入ると気温が急上昇する。下旬には学校の夏休みが始まり、海や山の行楽シーズンとなる。↓文月（秋）

七月の青嶺まぢかく熔鉱炉　山口誓子
七月や雨脚を見て門司にあり　藤田湘子
総帆展帆七月の雲かがやかす　須賀一惠
七月の夜に入る山のくるみの木　嶺治雄
七月や少年川に育まれ　山根真矢

【小暑《せうしよ》】

二十四節気の一つで、七月七日ごろにあたる。梅雨が明けるころで、暑さがだんだん本格的になる。

捨舟の喫水深き小暑かな　森宮保子
塩壺の白きを磨く小暑かな　山西雅子

【梅雨明《つゆあけ》】　梅雨明く

暦の上では入梅（六月十一日ごろ）から三十日後とされる。実際の梅雨明けは七月下旬ごろとなる。雷鳴が轟《とどろ》くと梅雨が明けるともいわれる。↓梅雨

富士かけて梅雨明け雲の深さかな　大場白水郎
梅雨明けや深き木の香も日の匂　林翔
庭石に梅雨明けの雷ひびきけり　桂信子
梅雨明けや胸先過ぐるものの影　吉田鴻司
梅雨明けの魚拓に目玉入れにけり　亀田虎童子
山並を引き寄せて梅雨明けにけり　三村純也

梅雨明けぬ猫が先づ木に駈け登る　相生垣瓜人

【夏の日《なつのひ》】
夏の一日をいう。照りつける日差しの眩しさと暑さが感じられる。↓夏の日（天文）

夏の日に寝物語や棒まくら　去来
夏の日を或る児は泣いてばかりかな　中村汀女

【夏の暁《なつのあかつき》】夏暁《なつあけ》　夏の朝
夏の夜は短く、東の空ははやばやと白《しら》みかける。暁のひんやりした空気に清涼感を覚える。

山雀の一番鳴きや夏の暁　長谷川かな女
夏暁の妻の睡りの一途なる　星野麦丘人
夏の朝病児によべの灯を消しぬ　星野立子

【炎昼《えんちう》】
真夏の灼《や》けつくように暑い昼をいう。日盛に近いが、語感の強さもあって、一日で最も暑いという印象を与える。❖比較的新しい季語で、山口誓子が昭和十三（一九三八）年刊行の句集名に『炎昼』を使って以来広まったという。↓日盛

みじろぎもせず炎昼の深ねむり　野見山朱鳥
口あけている炎昼のドラム缶　河合凱夫
炎昼をゆくや拳のなか暗く　北光星
一瞥をくれ炎昼の銃器店　奥坂まや
炎昼の階段摑むところなし　辻内京子

【夏夕べ《なつゆふべ》】夏の夕べ　夏の暮
夏の夕方。日中の暑さも薄らいでほっとした気分が漂う。

鯉痩せて指吸ひにくる夏ゆふべ　大石悦子
雲焼けて静かに夏の夕かな　高浜虚子
病床に鉛筆失せぬ夏の暮　石田波郷
しづかなる水は沈みて夏の暮　正木ゆう子
韓国《からくに》の靴ながれつく夏のくれ　小澤實

【夏の夜《なつのよ》】夏の宵
日中の暑さが去って過ごしやすくなるのが夜である。涼みがてら夜を更かす人も多い。

❖清少納言の『枕草子』には「夏は、夜。月のころはさらなり、闇もなほ、蛍の多く飛びちがひたる。また、ただ一つ二つなど、ほのかにうち光りて行くもをかし。雨など降るもをかし」とある。↓短夜

夏の夜やただ邯鄲のかり枕　立　圃
夏の夜や崩れて明けし冷しもの　芭　蕉
夏の夜や雲より雲に月はしる　闌　更
夏の夜のふくるすべなくあけにけり　久保田万太郎
夏の宵うすき疲れのさざ波に　平井照敏

【熱帯夜《ねったいや》】

深夜になっても気温が下がらず寝苦しい夜のこと。気象用語としては、夜の気温が摂氏二十五度より下がらない場合をいう。

蛇皮線を鳴らし古酒飲む熱帯夜　堀　古蝶
まつくらな中に階段熱帯夜　吉田汀史
手と足と分からなくなる熱帯夜　五島高資
身籠りて心臓二つ熱帯夜　西山ゆりこ

【短夜《みじかよ》】 **明易《あけやす》し**　**明易《あけやす》**

夏は夜が短く、暑さで寝苦しいのでたちまち朝になる。❖明けやすい夜を惜しむ心は、ことに後朝《きぬぎぬ》の歌として古来詠まれてきた。

↓夏の夜

短夜や枕にちかき銀屛風　蕪　村
短夜や空とわかるる海の色　几　董
短夜や乳ぜり泣く児を須可捨焉乎《すてつちまをか》　竹下しづの女
短夜のあけゆく水の匂かな　久保田万太郎
短夜の看とり給ふも縁《えにし》かな　石橋秀野
短夜の重たき夜具や飛驒泊り　伊藤柏翠
短夜の出船入船かかはらず　大峯あきら
比良の水引きて軒端の明易し　右城暮石
草を踏む音のかすかに明易し　石田勝彦
明易し蚕は糸を吐きつづけ　村上喜代子
明け易き夢に通ひて濤の音　村沢夏風
わが消す灯母がともす灯明易き　古賀まり子
明易き森の中なる灯がともり　千葉皓史

明け易くむらさきなせる戸の隙間　川崎展宏
明易や花鳥諷詠南無阿弥陀　高浜虚子
明易や雲が渦巻く駒ヶ嶽　前田普羅

【土用《どよう》】土用入　土用太郎　土用次郎
土用三郎　土用明

春夏秋冬の各季節の最後の十八日間をさすが、通常土用といえば夏の土用のことである。立秋前の七月十九日ごろからで、一年で最も暑い時期にあたる。土用一日目を「土用太郎」、二日目を「土用次郎」、三日目を「土用三郎」という。農耕との結びつきも強く、土用三郎の天候によって稲の豊凶を占ったりする。→土用鰻

すつぽんに身は養はん土用かな　松根東洋城
伽羅蕗をからく〱と土用かな　上川井梨葉
透《すきとほ》るまで指洗ひゐる土用　斎藤空華
桃の葉を煮るや土用の子の睡り　堀口星眠
葭束の日干しの艶や土用入り　松村日出子
土用太郎一日熱き茶でとほす　石川桂郎
働いて飯食ふ土用太郎かな　ながさく清江
笹刈つて土用太郎の蚕神　廣瀬直人

【盛夏《せいか》】夏旺《なつさか》ん　真夏

梅雨が明けるといよいよ厳しい暑さとなる。活力がみなぎる季節である。

榕樹《がじゆまる》の気根のからむ盛夏かな　滝沢伊代次
地下街に円柱あまたあり盛夏　皆吉司
海神は海馬を駆りて夏旺ん　鷹羽狩行
うごけばひかる真夏の空を怖れけり　川島彷徨子
大仏の鼻梁真夏の黒びかり　高室有子

【三伏《さんぷく》】初伏　中伏　末伏

陰陽五行説で、夏至後の第三の庚《かのえ》の日を初《しよ》伏《ふく》、第四の庚の日を中伏《ちゆうふく》、立秋後の第一の庚の日を末伏《まつぷく》といい、あわせて三伏という。庚に象徴される秋の気が盛り上がろうとしているが夏の気に抑えられて伏蔵していることを表す。一年で最も暑いころ。

三伏の月の穢に鳴く荒鵜かな　飯田蛇笏
三伏や提げて重たき油鍋　鈴木真砂女
三伏の白紙につつむ絵蠟燭　吉田汀史
三伏の大甕にある藜杖　岩月通子
三伏の石の目を読む石工かな　櫛部天思
捨畑の桑真青に初伏かな　木村蕪城
ぶつくさと声中伏の後架より　茨木和生
末伏や岬鼻に波立ち上り　橋本榮治

【暑し《あつし》】　暑さ　暑《しょ》

三夏を通じて暑さはそれぞれだが、梅雨が明け、盛夏になって感じる暑さはことに印象的である。→薄暑・極暑・炎暑・溽暑

暑き日を海に入れたり最上川　芭蕉
負うた子に髪なぶらるる暑さ哉　園女
大空の見事に暮るる暑さかな　一茶
暑き故ものをきちんと並べをる　細見綾子
蝶の舌ゼンマイに似る暑さかな　芥川龍之介
あれほどの暑さのこともすぐ忘れ　深見けん二
思ひきり影の縮まる暑さかな　亀田虎童子
奥能登の行き止りなる暑さかな　棚山波朗
マヨネーズおろおろ出づる暑さかな　小川軽舟
手のひらにひたひをさゝへ暑に耐ふる　阿波野青畝
世にも暑にも寡黙をもつて抗しけり　安住敦

【大暑《たいしょ》】

二十四節気の一つ。七月二十三日ごろ。

念力のゆるめば死ぬる大暑かな　村上鬼城
兎も片耳垂るる大暑かな　芥川龍之介
大暑なり能登黒瓦かがやけり　高島筍雄
暮れぎはも大暑の欅ゆるぎなし　藤田湘子
青竹に空ゆすらるゝ大暑かな　飴山實
胎の子が逆さにねむり大暑なる　中山純子
大暑の塀少年が爪擦つて行く　大高弘達
噴煙を鳥の横切る大暑かな　大峯あきら
ペリカンの水嚙みこぼす大暑かな　小島健
鬱々と山隆起して大暑かな　井上康明

【極暑《ごくしょ》】　酷暑　劫暑《ごふしょ》　猛暑

夏の暑さの極みを極暑という。暦の上では大暑のころが最も暑いとされるが、実際には大暑よりやや遅れて、七月下旬から八月初旬にかけて日本各地で最高気温が記録されることが多い。↓暑し

月青くかゝる極暑の夜の町　高浜虚子
蓋あけし如く極暑の来りけり　星野立子
黙禱のうなじが並ぶ極暑かな　源　鬼彦
瀬戸物屋出でて極暑の神楽坂　木戸岡武子
静脈の浮き上り来る酷暑かな　横光利一
あいまいに一日過ごす酷暑かな　亀田虎童子
我を撃つ敵と劫暑を倶にせる　片山桃史

【炎暑《えんしょ》】　炎熱

真夏の燃えるような暑さをいう。ぎらぎらと照りつける太陽のまぶしさを思わせる。
↓暑し

つよき火を焚きて炎暑の道なほす　桂　信子
馬を見よ炎暑の馬の影を見よ　柿本多映
城跡といへど炎暑の石ひとつ　大木あまり
炎熱や勝利の如き地の明るさ　中村草田男
炎熱の地獄円形闘技場　鷹羽狩行

【溽暑《じょくしょ》】

気温の上昇に高い湿度が加わったきわめて不快な暑さをいう。↓暑し

くらやみに眼をひらきゐる溽暑かな　兒玉南草
椰子の葉のざんばら髪の溽暑かな　鷹羽狩行
泣く赤子抱けばのけぞる溽暑かな　戸恒東人

【灼《や》く】　熱砂《ねっさ》　熱風《ねっぷう》　炎《も》ゆ

真夏の太陽の直射によってまさに焼け付くような暑さとなること。海岸の砂浜などは裸足で歩くことができないほどの熱さとなり、アスファルトの道路は足がめりこむほどに熱せられる。

柔かく女豹がふみて岩灼くる　富安風生
おのれ吐く雲と灼けをり駒ケ嶽　加藤楸邨
石灼けて賽の河原に一穢なし　稲荷島人

松風の吹いてをれども灼けてをり　下村槐太
ただ灼けて玄奘の道つづきけり　松崎鉄之介
自転車のサドル灼けをりそれに乗る　山本一歩
菩提樹や灼けて大地のかぐはしき　長谷川櫂
これよりの炎ゆる百日セロリ噛む　野澤節子

【涼《すず》し】　朝涼《あさすず》　夕涼《ゆふすず》　晩涼《ばんりやう》　夜涼《やりやう》　涼《りやう》
風《ふう》　涼風《すずかぜ》

夏の暑さの中にあってこそ感じられる涼気をいう。❖朝夕の涼しさ、水辺の涼しさなど、俳句では暑さの中のかすかな涼しさをとらえて夏を表現する。↓新涼（秋）

此あたり目に見ゆるものは皆涼し　芭蕉
涼しさや鐘をはなるゝかねの声　蕪村
涼しさや八十島かけて月一つ　青蘿
大の字に寝て涼しさよ淋しさよ　一茶
風生と死の話して涼しさよ　高浜虚子
をみな等も涼しきときは遠《をち》を見る　中村草田男
どの子にも涼しく風の吹く日かな　飯田龍太
一筋の涼しき風を待ちにけり　大峯あきら
一燭の涼しさにあり伎芸天　伊藤通明
亀泳ぐ手足ばらばらの涼しさよ　鈴木貞雄
すずしさのいづこに坐りても一人　藺草慶子
涼しさや香炉ひとつが違ひ棚　長嶺千晶
朝涼や紺の井桁の伊予絣　清水基吉
みちのくのまつくらがりの夜涼かな　高野素十
吾子たのし涼風をけり母をけり　篠原鳳作
涼風を通す柱の黒光り　桂信子

【夏の果《なつのはて》】　夏果つ　夏終る　夏行く
夏逝く　夏惜しむ

夏の終わり。❖日本の詩歌の伝統では、去り行く季節を惜しむのは春・秋のものであったが、現代生活においては、夏もまた行動的な季節であり、海山のシーズンが去ることを惜しむ心から「夏惜しむ」という新しい季語もうまれた。

流れつつ靴裏返る夏の果　小川軽舟

夏果てのひかりうするる水の上　野見山朱鳥
夕潮の紺や紫紺や夏果てぬ　藤田湘子
夏終る人形の浮く船溜り　伊藤トキノ
行く夏の倉と倉との間かな　永島靖子
夏逝くや油広がる水の上　廣瀬直人
逝く夏や夕日あたれる松の幹　安住　敦
一湾の弓なりに夏惜しみけり　片山由美子

【秋近し《あきちかし》】　秋待つ　秋隣《あきどなり》

秋がすぐそこまで来ていること。❖酷暑にあえいだ後だけに清澄《せいちょう》な秋を待ちわびる心持ちはひとしおである。

秋ちかき心の寄るや四畳半　芭　蕉
変化めく雲や一夜の秋近し　浪　化
水辺までつづく飛び石秋近し　鶴屋洋子
水のごとき夜気に寝返り秋近し　武田真紗子
瑠璃色の海を秋待つ心とし　細見綾子
箒木に一樹のかたち秋隣　斎藤　玄
六甲に雲ひとひらや秋隣　谷　迪子

【夜の秋《よるのあき》】　夜《よ》の秋《あき》

晩夏になると夜はすでに秋の気配が漂うことをいう。❖古くは秋の夜と同じ意味であったが、近代以降、夏の季語として使われるようになった。↓秋の夜（秋）

西鶴の女みな死ぬ夜の秋　長谷川かな女
涼しさの肌に手を置き夜の秋　高浜虚子
攻窯に残す一灯夜の秋　林　十九楼
木綿着て肌よみがへる夜の秋　須賀一惠
白粥の湯気すぐに消ゆ夜の秋　福田甲子雄
卓に組む十指もの言ふ夜の秋　岡本　眸
流木のふるさと知らず夜の秋　櫂　未知子
街の灯を湖にたふして夜の秋　佐藤郁良
夜の秋のコップの中の氷鳴る　内藤吐天
夜の秋の誰かが水を捨てをり　丸山しげる

天文

【夏の日《なつのひ》】 夏日　夏日影

夏のぎらぎらと輝く太陽、あるいはその日差しをいう。❖夏日影の「日影」はいわゆる影ではなく、陽光そのものをいう。↓夏の日（時候）

機と吾とあひだに夏の日差し満ち　仲村青彦

磐岩に水の腹這ふ夏日かな　不破　博

禅林に夏日まともの夕餉かな　久保田月鈴子

夏日負ふ佐渡の赤牛五六頭　成田千空

【夏の空《なつのそら》】 夏空　夏の天

まぶしいほどに晴れ渡った夏空。エネルギーを感じさせる。

夏空へクルスの楔打たれけり　真砂あけみ

薬師寺の新しき塔夏の空　星野　椿

どこまでが父の戦記の夏の空　宇多喜代子

夏空へ雲のらくがき奔放に　富安風生

【夏の雲《なつのくも》】 夏雲

積雲や積乱雲が代表的な夏の雲。青空に湧き上がる白い大きな雲は生命感にあふれる。

犬抱けば犬の眼にある夏の雲　高柳重信

あるときは一木に凝り夏の雲　原　裕

夏雲の影動かざる樹海かな　髙橋水魚

父のごとき夏雲立てり津山なり　西東三鬼

夏雲の夜も旺んなる山泊り　細井みち

【雲の峰《くものみね》】 峰雲　入道雲　積乱雲　雷雲

入道雲ともいう積乱雲のことで、せりあがる様を山に譬《たと》えたもの。

雲の峰幾つ崩れて月の山　芭　蕉

入相や野の果て見ゆる雲の峰　涼　菟

厚餡割ればシクと音して雲の峰　中村草田男
立科《たてしな》の雲の峰なりこんじきに　岡井省二
雲の峰一人の家を一人発ち　岡本　眸
雲の峯いよいよ雲の力で立つ　鷹羽狩行
ひびかせて鹹《から》き指笛雲の峯　友岡子郷
人形のだらりと抱かる雲の峰　保坂敏子
一瞬にしてみな遺品雲の峰　櫂　未知子
雲の峯まぶしきところから崩る　加藤かな文
死の如し峰雲の峰かがやくは　飯島晴子
峰雲や仰ぐほど山高くなる　浅井陽子
育ちゆく入道雲に肩背中　本井　英
積乱雲北には暗き野もあらむ　菅原達也
雷雲の去りて風立つ野は広し　大輪靖宏

【夏の月《なつのつき》】　月涼し

暑い夜に青白く輝く夏の月は涼しげである。また、赤みを帯びてのぼる夏の月は、火照るような感じを与えることもある。↓月（秋）

蛸壺やはかなき夢を夏の月　芭　蕉
夏の月御油より出でて赤坂や　芭　蕉
市中はもののにほひや夏の月　凡　兆
あみもるる魚の光りや夏の月　闌　更
町中をはしる流れよなつの月　白　雄
おき上る草木の影や夏の月　蝶　夢
夏の月昇りきつたる青さかな　阿部みどり女
夏の月いま上りたるばかりかな　久保田万太郎
なほ北に行く汽車とまり夏の月　中村汀女
夏の月蔵の小窓をうごかすよ　澁谷　道
ウクレレに貝の象嵌月涼し　吉長道代
子を負へば涼しき月を負ふごとし　上田日差子

【夏の星《なつのほし》】　星涼し　旱星《ひでりぼし》

夏は高原や海岸で星空を仰ぐ機会も多く、ひとときの涼味を感じる。❖旱が続くころには、蠍《さそり》座のアンタレスや牛飼《うしかい》座のアルクトゥールスが赤々と見えることがある。これを旱星という。

アラビヤの空を我ゆく夏の星　星野立子
鎌倉に危篤の人や夏の星　亀田虎童子
蓼科の夜はしんしんと星涼し　鳥羽とほる
幕あひのごとき夕空星涼し　伊藤敬子
島畑は藷の葉白し旱星　羽田岳水
鶏小屋に鶏をさめて旱星　今瀬剛一

【南風《みなみ》】　**南風《みなみかぜ》**　**南風《なんぷう》**　**南吹く**　**南風《はえ》**　**はえ**　**大南風《おほみなみ》**　**海南風《かいなんぷう》**　**まぜ**　**まじ**

夏に吹く南寄りの風。西日本では「はえ」「まぜ」「まじ」などと呼び、地域によってさまざまな呼称がある。

笠の紐むすびなほせば南風吹く　加藤三七子
南風吹くカレーライスに海と陸　櫂　未知子
南国に死して御恩のみなみかぜ　攝津幸彦
両肩に海南風の翼負ふ　山口誓子
南風《なんぷう》に乗り沖からの浪頭　鈴木六林男
荒南風《はえ》や揺るがぬ青き島一つ　野澤節子
日もすがら日輪くらし大南風　高浜虚子
大南風籠にしたたる海のもの　浅井民子

【あいの風《あいのかぜ》】　**土用あい**　**土用東風《どようごち》**　**青《あを》東風《ごち》**

日本海沿岸で夏季に北または北東から吹くおだやかな風。土用あいは、もとは近畿や中国地方の船乗りの言葉で、土用のさなかに吹く北からの風。土用東風は青空を渡る東風で青東風ともいう。

道々の涼しさ告げよ土用東風　来　山
笠の下吹いてくれけり土用東風　一　茶
砂はこぶ小舟が着いてあいの風　能村登四郎
能登人があい吹くといふ日和かな　村山古郷
細やかな潮目の彩や土用あい　荒井千佐代
国引の注連《しめ》の太さよ土用東風　吉田鴻司
青東風の雲疾き中の昼の月　大谷句仏

【やませ】　**山瀬風**　**山背風**

北海道や東北地方で、夏に吹く冷たい北東寄りの風。冷たく湿ったオホーツク海気団によって発生するもので、冷湿な上に霧を伴うため日照量が不足し、農作物の被害がでる。❖長期にわたると冷害をもたらすため、餓死風、凶作風と呼ばれて恐れられてきた。

やませ来るいたちのやうにしなやかに　佐藤鬼房
やませ来る海見え海の果見えず　木附沢麦青
山瀬風《やませ》くるほとけに巨き絵蠟燭　澁谷道

【黒南風《くろはえ》】

梅雨時に吹く、湿った南風。暗く陰鬱《いんうつ》さが漂う。

黒南風の辻いづくにも魚匂ひ　能村登四郎
黒南風の波明らかに清州橋　深見けん二
黒南風の浪累々と盛り上がる　河野真

【白南風《しろはえ》】　白南風《しらはえ》

梅雨が明けた後あるいは梅雨の晴れ間の南風。明るく晴れやかな気分を感じさせる。

白南風やきりきり鷗落ちゆけり　角川源義
白南風や砂丘へもどす靴の砂　中尾杏子
白南風や錆に太りて捨錨　三田きえ子
白南風やマストにかはるがはる鳥　土肥あき子

【ながし】　茅花《つばな》流し　筍《たけのこ》流し

梅雨のころに吹く湿った南風で、雨を伴うことが多い。❖茅花流しは、白茅《ちがや》の花穂が出揃うころ、筍流しは、筍が生えるころに吹く「ながし」の意。

瀬田川の舟出はらへるながしかな　織田烏不関
茅花流し水満々と吉野川　松崎鉄之介
山河よく晴れたる茅花流しかな　三田きえ子
遅れゆくひとりに茅花ながしかな　片山由美子
父の忌の筍流し夜もすがら　宮岡計次
月山の裾の筍流しかな　水内慶太

【青嵐《あをあらし》】

青葉のころに吹き渡るやや強い南風。❖「せいらん」と音読すると「晴嵐」と紛らわしいため、「あおあらし」と読む慣わしになっている。

荒磯や月うちあげて青あらし　蓼太
其中に楠高し青嵐　正岡子規
高芦に打ち込む波や青嵐　臼田亜浪
濃き墨のかわきやすさよ青嵐　橋本多佳子
目の中に山が一ぱい青嵐　右城暮石
桟橋の板の弾力青嵐　沢木欣一
青嵐吹き残したる鷺の翔《た》つ　進藤一考
遮断機は棒一本よ青嵐　村上喜代子
青嵐軍鶏に生疵ありにけり　亀井雉子男
うごかざる一点がわれ青嵐　石田郷子

【風薫る《かぜかをる》】　薫風

木々の緑の香りを運ぶ心地よい風。❖和歌では、花や草の香りを運ぶ春風などの意であった。連歌では、「風薫る」が初夏の風として意識されはじめ、俳諧で「薫風」とも使われるようになった。

風薫る羽織は襟もつくろはず　芭蕉
やすらぎは眠りにひとし風薫る　上村占魚
海からの風山からの風薫る　鷹羽狩行
押さへてもふくらむ封書風薫る　八染藍子
風薫る森にニーチェを読みにゆく　遠藤若狭男
薫風や井伊の姫御の赤鎧　京極杜藻
寝れば広きわが胸を打つ野の薫風　香西照雄
薫風に草のさざなみ草千里　山口速
薫風や晴れて水田の方一里　三田きえ子
薫風の窓にフランス国旗かな　後閑達雄

【朝凪《あさなぎ》】

夏の朝、海岸近くで風がぴたりとやむこと。夜間の陸風から昼間の海風への変わり際に、陸地と海上とがほぼ等しい気温になるために起こる現象。

朝凪といへども浪は寄せてをり　平井照敏
朝凪や膝ついて選る市のもの　片山由美子

【夕凪《ゆふなぎ》】

夏の夕方、海岸近くで風がぴたりとやむこ

と。昼間の海風から夜間の陸風への変わり際に、陸地と海上とがほぼ等しい気温になるために起こる現象。息づまるような暑さになることがある。❖瀬戸内海沿岸の夕凪はよく知られている。

夕凪に乳啣ませてゐたるかな　久米三汀
夕凪や使はねば水流れ過ぐ　永田耕衣
夕凪を詫び遠来の客迎ふ　鷹羽狩行

【風死す《かぜしす》】　土用凪《どようなぎ》

凪の状態をいう。盛夏に著しい現象で、息苦しいほどの暑さは耐え難い。土用凪は、夏の土用中の凪をいう。

合はせ酢をつくる厨に風死せり　岡本差知子
風死すや非常階段宙に泛く　野村和代
風死せり13号地影もあらず　大石香代子

【夏の雨《なつのあめ》】　緑雨《りよくう》

夏に降る雨。❖背景に明るさがあり、特に新緑のころに降る雨は緑雨という。

夏の雨きらりきらりと降りはじむ　日野草城
高山寺夏の雨きて緑ぬらす　安養白翠
老の肘さぶくてならず夏の雨　辻田克巳
理科室の匂ひ混沌夏の雨　須佐薫子
たましひをしづかに濡らす緑雨かな　武藤紀子
嶺々に降り海に降り緑雨かな　片山由美子

【卯の花腐し《うのはなくたし》】　卯の花くだし

卯の花月（旧暦四月）のころ降り続く霖雨《りんう》をいう。❖卯の花を腐らせる意といわれるが、その名が白さを連想させる。↓卯の花

ひと日臥し卯の花腐し美しや　橋本多佳子
銀食器曇る卯の花腐しかな　山内貞子
但馬路は卯の花くだし夕列車　深川正一郎

【迎へ梅雨《むかえづゆ》】　走り梅雨《づゆ》

五月末頃の梅雨に似た天候で、本格的な梅雨を迎える前ぶれの意。そのまま梅雨入りすることもあるが、多くは晴天が戻り、しばらくして梅雨となる。❖走り梅雨の「走

り」は先駆けの意。

いちじくの広葉潮来《いたこ》の走り梅雨　井本農一
書架の書の一つ逆しまはしり梅雨　林　翔
味噌蔵のひしほの匂ひ走り梅雨　松本可南
花びらのやうに帆の寄る走り梅雨　名取里美

【梅雨《つゆ》】　梅雨《ばいう》　黴雨《ばいう》　荒梅雨《あらづゆ》　男梅雨　長梅雨　梅雨湿り　青梅雨　梅雨空　梅天　梅雨の月　梅雨の星　梅雨雲　梅雨の雷　梅雨曇り　梅雨夕焼

暦の上での入梅は六月十一日ごろ、実際に梅雨に入るのは六月初旬から中旬にかけたころで、年によって前後する。その後ほぼ一ヶ月間が梅雨となる。ただし北海道でははっきりとした梅雨はみられない。梅の実が熟すころなので梅雨、黴《かび》の発生しやすい時期なので黴雨という。↓入梅・梅雨明・空梅雨・五月雨

降る音や耳も酸うなる梅の雨　芭　蕉
樹も草もしづかにて梅雨はじまりぬ　日野草城
梅雨の夜の金の折鶴父に呉れよ　中村草田男
鯉こくや梅雨の傘立あふれたり　石川桂郎
ふところに乳房ある憂さ梅雨ながき　桂　信子
抱く吾子も梅雨の重みといふべしや　飯田龍太
梅雨深しらふそくに描く花びらも　柴田美佐
荒梅雨や山家の煙這ひまはる　前田普羅
荒梅雨の鵜の目あをあを飼はれたり　宮田正和
天窓の真昼の暗さ男梅雨　松永浮堂
青梅雨の深みにはまる思ひかな　石川桂郎
うたた寝の覚め青梅雨のバスの中　井出野浩貴
梅天に暮れゆく蔓のただよへる　大峯あきら
わが庭に椎の闇あり梅雨の月　山口青邨
またたきは黙契のごと梅雨の星　丸山哲郎
離れれば膨らむソファー梅雨曇　矢野玲奈

【空梅雨《からつゆ》】　旱梅雨《ひでりづゆ》

梅雨に入っても雨がほとんど降らない状態をいう。しばしば水不足になり、農作物な

どに大きな被害をもたらす。

空梅雨や子規晩年の写生帖　梶田悦堂
空梅雨の塔のほとりの鳥の数　宇佐美魚目
きびなごの酢味噌うましや早梅雨　角川源義

【五月雨《さみだれ》】　**五月雨《さつきあめ》**　**さみだる**

旧暦五月に降る長雨で、梅雨のことである。古くから和歌にも詠まれてきた。五月《さつき》の「さ」と水垂《みだ》れの「みだれ」が結びついたといわれる。❖梅雨がその時期のことも含むのに対して、五月雨は雨のみをいう。↓梅雨

五月雨はただ降るものと覚えけり　鬼貫
五月雨をあつめて早し最上川　芭蕉
五月雨の降り残してや光堂　芭蕉
空も地もひとつになりぬ五月雨　杉風
湖の水まさりけり五月雨　去来
髪剃や一夜に錆びて五月雨　凡兆
さみだれや大河を前に家二軒　蕪村
五月雨や上野の山も見あきたり　正岡子規
さみだれのあまだればかり浮御堂　阿波野青畝
さみだれや船がおくるる電話など　中村汀女
五月雨の宵の明るさ理髪店　横山香代子
孵卵器のつよき光や五月雨　髙柳克弘
さみだるる一燈長き坂を守り　大野林火

【送り梅雨《おくりづゆ》】　**返り梅雨《づゆ》**　**戻り梅雨《づゆ》**

梅雨の末期にまとまって降る雨で、多くは雷鳴を伴う。「送り」は、豪雨によって梅雨を終わらせると捉えたことから。❖「返り梅雨」「戻り梅雨」は、梅雨明けのあと梅雨のような雨が続くこと。

鐘撞いて僧が傘さす送り梅雨　森澄雄
塩倉にうねる太梁送り梅雨　飯島晴子
終電のスパーク青き送り梅雨　鷹羽狩行

【虎が雨《とらがあめ》】　**虎《とら》が涙雨《なみだあめ》**

旧暦五月二十八日の雨。虎が雨の「虎」は鎌倉時代の武士、曾我十郎祐成の愛人であった大磯の遊女、虎御前のこと。この日、

曾我兄弟が親の敵討ちを果したのち討たれたのを悼んで、涙の雨を降らせるという。

妹殊に哀がりけり虎が雨　嘯山
涙雨なりしどうやら虎が雨　後藤比奈夫
人知らぬ月日の立つや虎が雨　赤尾恵以

【夕《ゆふ》立《だち》】ゆだち　白雨《はくう》　驟雨《しゅうう》　夕立雲　夕立風　スコール　片降《かたふり》

夏の夕方に降る局地的かつ一時的な激しい雨。急に曇ってきたかと思うと、大粒の雨が激しく地面に叩《たた》きつけられる。雷鳴を伴うことも多い。短時間でやんだあとは、からりと晴れて涼気を感じさせる。❖武蔵野《むさしの》の夕立は馬の背を分けるといわれ、激しいことで知られる。また、沖縄ではスコールのことを片降《かたふり》ともいう。

夕立に独活の葉広き匂かな　其角
夕立や草葉を掴むむら雀　蕪村
夕立の修羅をはりたる柱かな　大木あまり
鏡中に夕立の来る祇園かな　小島　健
夕立の過ぎゆく燭を点しけり　山西雅子
夕立のあとの日のある厨かな　岩田由美
祖母山《そぼさん》も傾山《かたむくさん》も夕立かな　山口青邨
蓬生に土けぶり立つ夕立かな　芝　不器男
さつきから夕立の端にゐるらしき　飯島晴子
夕立避く舞台の袖に待つごとく　鈴木榮子
夕立あと土間へ新聞すいと来る　辻田克巳
足早な龍馬の国の夕立かな　伊藤伊那男
一滴の天王山の夕立かな　大屋達治
法隆寺白雨やみたる雫かな　飴山　實
最終便去り行く島の白雨かな　寺島ただし
すみずみを叩きて湖の驟雨かな　綾部仁喜
断食月《ラマダン》の明けてスコールなほ激し　明隅礼子
切通しにて片降に追ひ越され　当間シズ

【喜雨《うき》】雨喜《あまよろこ》び

日照り続きで田が干からび、草木はしおれ、枯死しようとしているときに、ようやく降り出す恵みの雨。雨乞いなどをして待ちかねた雨が降ると喜びは大きい。

つまだちて見るふるさとは喜雨の中　加藤楸邨
口銜いて出る方言も喜雨の中　馬場移公子
翠黛に糸引く喜雨となりにけり　鷹羽狩行
大粒の熊野の喜雨に打たれけり　九鬼あきゑ

【夏の露《なつのつゆ》】　**露涼《つゆすず》し**

露といえば秋の季語だが、夏も朝などは、空気中の水分が冷えて露となる。野辺に出て手足が濡れて驚くことがあり、涼しさが感じられる。→露（秋）

東雲や西は月夜に夏の露　来山
明けてゆく沙漠の町や夏の露　三溝沙美
病みて見るこの世美し露涼し　相馬遷子
露涼し山家に小さき魚籠吊られ　大串章
露涼し予定なき日は富むごとし　須賀一恵

【夏の霧《なつのきり》】　**夏霧《なつぎり》**　**海霧《じり》**　**海霧《うみぎり》**

霧は秋の季語だが、山地や海辺では夏にも発生する。海霧は太平洋上を南寄りの風に乗ってきた暖かく湿った空気が、親潮寒流の上で冷やされ発生する濃霧。→霧（秋）

夏霧に濡れてつめたし白い花　乙二
夏霧の海より湧きて海に去り　鈴木真砂女
夏霧のつばさ四五人さらひけり　角川照子
夏霧も燕もあらき信濃かな　青柳志解樹
夏霧に木立は蒼く匂ひけり　岩谷天津子
夏霧の走る音して羽黒杉　安藤章雄
海霧の奥の知人《しりと》岬を指ささる　加藤楸邨
花売の花にも海霧の流れけり　依田明倫

【夏霞《なつがすみ》】

霞は主に春に見られる現象だが、夏にも空の色・野面・山谷など遠くのものが霞んで見えることがある。→霞（春）

夏霞脚下に碧き吉野川　青木月斗
一戸より高き一樹の夏がすみ　廣瀬直人
神々の出雲に来たり夏霞　甲斐由起子

【雲海《うんかい》】

夏、高山に登った際、眼下に海原のように広がって見える雲のこと。白雲・彩雲が下界を覆い、峻厳《しゅんげん》な峰がその中に屹立《きつりつ》するさまは、厳かで美しい。❖飛行機から見た雲海は季語としては扱わない。

雲海のとよむは渦の移るらし　水原秋櫻子

月明のまま雲海の明けにけり　内藤吐天

雲海の音なき怒濤尾根を越す　福田蓼汀

雲海に朱を押入るる没日かな　八木林之助

雲海の仏塔めくを眼下にす　中村和弘

【御来迎《ごらいがう》】　御来光

高山で日の出・日没の時に太陽を背にして立つと、前面の霧に自分の影が投影され、影のまわりに光の輪が浮かび出る、いわゆるブロッケン現象がおきる。これを阿弥陀《あみだ》如来が光背を負うて来迎するのになぞらえて御来迎という。❖「御来光」は夏の高山で望む荘厳な日の出の景観を敬っていう語だが、御来迎と同じ意味で使う場合もある。

生涯にこの朝あり御来迎　野村泊月

岩と岩そこに動かず御来迎　藺草慶子

御来光明星はまだ光りゐて　橋本茶山

月読みの峰より出し御来光　成宮八栄子

【虹《にじ》】　朝虹　夕虹　二重虹《ふたへにじ》

雨上がりに日光が空中の雨滴にあたって屈折反射し、太陽と反対側に七色の光の弧が現れる現象。外側から赤・橙《だいだい》・黄・緑・青・藍《あい》・紫。夏に多く見られる。夕立のあと、さっと七彩の弧を描いた虹は、目の覚めるような美しさである。俗に、朝虹は雨の前兆、夕虹は晴れの前兆といわれる。❖普通は一重だが、二重のものもある。

虹立ちて忽ち君の在る如し　高浜虚子

虹消えてすでに無けれどある如く　森田愛子

いづくにも虹のかけらを拾ひ得ず　山口誓子

ゆけどゆけどゆけども虹をくぐり得ず　高柳重信
虹なにかしきりにこぼす海の上　鷹羽狩行
誰もゐぬ港に虹の立ちにけり　涼野海音
消えてゆくもののしづけさ夕虹も　三橋鷹女
夕虹を一人見てゐるベンチかな　三村純也
虹二重神も恋愛したまへり　津田清子
黒板に明日の予定虹二重　蘭草慶子

【雹《ひよう》】　氷雨《ひさめ》

積乱雲から降ってくる球形の氷塊。しばしば雷雨を伴う。大きさは直径数ミリの小粒のものからまれには数センチの鶏卵大のものまでさまざまで、農作物や家畜に被害を与えることがある。❖「氷雨《ひさめ》」は冬でなく夏の季語。また、気象用語は直径五ミリ以上の水塊を雹といい、直径五ミリ未満の氷の粒を霰《あられ》という。

取りあへず苗一籠や雹見舞　斎藤俳小星
四百の牛掻き消して雹が降る　太田土男

【雷《かみなり》】　神鳴《かみなり》　雷《らい》　いかづち　はたた神　鳴神《なるかみ》　雷鳴　迅雷《じんらい》　遠雷《ゑんらい》　軽雷　落雷　雷雨　日《ひ》雷《がみなり》

雲と雲の間、雲と地表の間に起こる放電現象で夏に最も多い。積乱雲の内部の電位差によって引き起こされる。局地的に激しい雨や雹を伴うこともあり、時に落雷で停電や火災が起きる。❖日雷は晴天に起こる雷で、雨を伴わない。

雷や猫かへり来る草の宿　村上鬼城
雷の真只中の関ヶ原　太田土男
夜の雲のみづみづしさや雷のあと　原石鼎
雷去りぬ雷のにほひの戸をひらく　篠田悌二郎
昇降機しづかに雷の夜を昇る　西東三鬼
白日のいかづち近くなりにけり　川端茅舎
はたゝ神七浦かけて響《とよ》みけり　日野草城
雷鳴の失せればふつとつまらなく　山田佳乃
迅雷に一瞬木々の真青なり　長谷川かな女

遠雷やはづしてひかる耳かざり　木下夕爾
落雷の一部始終のながきこと　宇多喜代子
生駒山鳴れるごとくに日雷　茨木和生

【五月闇《さつきやみ》】　梅雨《つゆ》の闇《やみ》　梅雨闇《つゆやみ》

五月雨の降るころの厚い雲に覆われた、昼夜を問わぬ暗さをいう。

二三日蚊屋のにほひや五月闇　浪化
はら〳〵と椎の雫や五月闇　村上鬼城
纜《ともづな》の沈める水や五月闇　楠目橙黄子
みほとけの千手犇《ひしめ》く五月闇　能村登四郎
五月闇秘仏の闇は別にあり　井沢正江
切りこぼす花屑白し五月闇　長谷川櫂
梅雨の闇小さき星は塗りこめて　福永耕二

【梅雨晴《つゆばれ》】　五月晴《さつきばれ》　梅雨晴間

梅雨の最中に晴れ上がること。五月晴も同じ。梅雨晴は梅雨が明けて晴天が続くようになることをいう場合もある。❖五月晴を入梅前の五月の好天として使うのは誤用。↓梅雨

朝虹は伊吹に凄し五月晴れ　麦水
梅雨晴の飛瀑芯までかがやけり　野澤節子
かしは手の二つ目は澄み五月晴　加藤知世子
漕ぎ出でて水の広さや五月晴　岩田由美
梅雨晴間焼むすびなど匂はせて　星野麥丘人
飛騨の子の花いちもんめ梅雨晴間　松崎鉄之介
ひづめまで仔豚ももいろ梅雨晴間　満田春日

【朝曇《あさぐもり》】

夏の暑くなる日の朝の、どんより曇ったようす。❖季語として定着したのは近代以降。

朝曇港日あたるひとところ　中村汀女
ふるづけに刻む生姜や朝ぐもり　鈴木真砂女
鳩の脚芝にしづめり朝ぐもり　福永耕二
甕はその重みに坐り朝曇　村越化石
枕木に噴く錆色や朝ぐもり　平子公一
遮断機が人溜めてゐる朝曇り　梅田ひろし
切り立ての石の匂へる朝ぐもり　田代青山

【朝焼《あさやけ》】
日の出間際の東の空が紅く染まる現象で、夏に多い。朝焼の日は天気は下り坂になるといわれる。

朝焼によべのランプはよべのまま　福田蓼汀
朝焼や窓にあまれる穂高岳　小室善弘
朝焼の人工島の渚かな　亀割潔

【夕焼《ゆふやけ》】　夕焼《ゆやけ》　夕焼雲　夕焼空
日没前後、西空の地平線に近い部分から燃えるような紅色を現すこと。翌日は晴天になることが多い。❖四季を通じて見られるが単に夕焼といえば夏の季語である。

夕焼の中に危ふく人の立つ　波多野爽波
夕焼を頭《づ》より脱ぎつつ摩天楼　鷹羽狩行
夕焼を使ひはたして帆を降ろす　北村仁子
遠き帆に夕焼のある別れかな　永方裕子
暗くなるまで夕焼を見てゐたり　仁平勝
働いてこの夕焼を賜りぬ　櫂未知子
吉野川火の帯となる夕焼かな　上﨑暮潮
墳《つか》すでに闇に入りたる夕焼かな　鷲谷七菜子

【日盛《ひざかり》】　日の盛
夏の日中、日が最も強く照りつける正午ごろから午後二、三時ごろまでをいう。物の影が真下に落ち、眩《まぶ》しさと不思議な静けさがある。❖近代以降、好んで用いられるようになった。

日ざかりをしづかに麻の匂ひかな　大江丸
よき友のくすし見えけり日の盛　大魯
日盛りに蝶のふれ合ふ音すなり　松瀬青々
日盛の二時打つ屋根の時計かな　高浜虚子
日ざかりをすぎたる雲のうまれけり　久保田万太郎
日盛や松脂匂ふ松林　芥川龍之介
飲食のことりことりと日の盛　岡本眸
ばさと来し松の鴉や日の盛り　大峯あきら
米櫃にざくと枡入れ日の盛　押野裕

【西日《にしび》】

西に傾いた太陽、またはその日差しのこと。晩夏のころには強烈なものとなる。部屋や電車の中に差し込む西日は、昼にも増して暑苦しくやりきれない。

西日照りいのち無惨にありにけり　石橋秀野
浅草にかくも西日の似合ふバー　大牧　広
ベルリンの壁の落書西日濃し　塩川雄三
垂直の梯子西日に書を探す　栗田やすし
ダンススクール西日の窓に一字づつ　榮　猿丸
穴掘りの一人は穴に大西日　摂津よしこ
本棚のどこかに悪書大西日　寺井谷子

【炎天《えんてん》】

ぎらぎら太陽が照りつける真夏の空。燃えるばかりのすさまじさである。

炎天に照らさるる蝶の光りかな　太　祇
炎天の空美しや高野山　高浜虚子
炎天を槍のごとくに涼気すぐ　飯田蛇笏
炎天や死ねば離るゝ影法師　西島麦南
炎天の梯子昏《くら》きにかつぎ入る　橋本多佳子
炎天の遠き帆やわがこころの帆　山口誓子
しんかんと炎天ザイル垂るるのみ　三谷　昭
炎天より僧ひとり乗り岐阜羽島　森　澄雄
炎天や生き物に眼が二つづつ　林　徹
炎天へ打つて出るべく茶漬飯　川崎展宏
炎天を断つ叡山の杉襖　矢島渚男
炎天の熱きバイクにまた跨る　中村与謝男

【油照《あぶらでり》】　脂照

薄曇りで風がなく、脂汗が滲《にじ》むようなじっとりとした蒸し暑さをいう。不快なことこの上ない。❖晴天の日の暑さのことではない。

大阪や埃の中の油照　青木月斗
血を喀《は》いて眼玉の乾く油照　石原八束
かざしみる刃先うるはし油照り　鷲谷七菜子
じりじりと山の寄せくる油照り　福田甲子雄
人死して蛇口をひらく油照　奥坂まや

【片蔭《かたかげ》】　片陰　片かげり　夏陰

炎天下、建物や塀などに沿って道の片側にできる、くっきりとした日陰。道行く人は暑さを避けて、その陰になった涼しい所を通ったり、そこで休んだりする。❖「蔭」は樹木の陰に対して使うので用字は本来は「片陰」が適切だが、俳句では慣用的に「蔭」の字が多く用いられてきた。

片蔭を行き遠き日のわれに逢ふ　木村燕城
片蔭にゐる半分の会葬者　岸田稚魚
片蔭を奪ひ合ふごとすれ違ふ　波多野爽波
片蔭へ子を入れ若き母が入る　川崎展宏
発車して片蔭もまた走り去る　八染藍子
片蔭を出て連れのなきこと思ふ　棚山波朗
鳴沙山片陰作りつつありぬ　稲畑汀子
軒下に繋げる馬の片かげり　高浜虚子

【旱《ひでり》】　旱天《かんてん》　旱魃《かんばつ》　旱害《かんがい》　大旱《たいかん》　大旱《おほひでり》
旱畑《ひでりばた》　旱田《ひでりだ》　旱川《ひでりがわ》　旱草　旱空　旱雲

雨の降らない暑い日が続き、水が涸《か》れること。田畑は作物が枯れ始め、都市部の水不足も深刻な問題となる。見渡すかぎり万物が乾ききった景色は殺伐とした思いを抱かせる。→雨乞《あまごい》

浦上は愛渇くごと地の旱　下村ひろし
暗き家に暗く人ゐる旱かな　福田甲子雄
尾燈赤く列車旱の町を出づ　市川葉
旱魃や子の傷を舐め口甘し　岸田稚魚
旱魃や国境越ゆる救急車　朱命玉
大旱の空をひそかに煤降りぬ　横山白虹
真白なる猫によぎられ大旱　加藤楸邨
南北の山の切り立つ旱川　井上康明
踏み甲斐のなき旱草ばかりかな　岩田由美
旱雲犬の舐めたる皿光る　原子公平

地理

【夏の山《なつのやま》】　夏山　夏の嶺《みね》　夏嶺《なつね》　青嶺《あをね》

青葉で覆われ、生命力に満ちあふれたみずみずしい山。登山や信仰の対象となる高山の雄大な景色も夏の山ならではのものである。↓山滴る

夏山や雲湧いて石横たはる　正岡子規
夏山の立ちはだかれる軒端かな　富安風生
夏山を洗ひ上げたる雨上る　今井つる女
青嶺もて青嶺を囲む甲斐の国　丁野　弘
青嶺あり青嶺をめざす道があり　大串　章
青嶺より青き谺の帰り来る　多胡たけ子

【山滴る《やましたたる》】

夏の山の青々とした様子をいう。❖北宋の画家郭熙《かくき》の『林泉高致』の一節の「夏山蒼翠として滴るが如し」から季語になった。↓山笑ふ（春）・山粧ふ（秋）・山眠る（冬）

頂きに神を祀りて山滴る　高橋悦男
耳成《みみなし》も滴る山となりにけり　川崎展宏

【五月富士《さつきふじ》】　皐月富士《さつきふじ》　雪解富士《ゆきげふじ》　夏富士　赤富士

旧暦五月のころの富士山。雪もおおむね消えて山肌を見せ、夏山らしい雄渾《ゆうこん》な姿となる。❖赤富士は朝日に映えて真っ赤に見える現象で、葛飾北斎「富嶽三十六景」の「凱風快晴」にも描かれている。晩夏に見られることが多い。

羽衣の天女舞ひ来よ五月富士　小倉英男
赤彦の夕陽の歌や雪解富士　角川照子
夏富士の裾に勾玉ほどの湖《うみ》　杉　良介

赤富士に露滂沱たる四辺かな　富安風生
赤富士のやがて人語を許しけり　鈴木貞雄

【雪渓《せっけい》】

高山の渓谷や斜面で、夏になっても雪がなお消え残り輝かしく見えるところ。夏山の頂上を目指す途中で雪渓がにわかに現れるのは登山の大きな魅力の一つである。

雪渓をかなしと見たり夜もひかる　水原秋櫻子
雪渓を仰ぐ反り身に支へなし　細見綾子
雪渓に山鳥花の如く死す　野見山朱鳥
登りゆく吾も雪渓の一穢《いちゑ》なる　山崎ひさを
雪渓の水汲みに出る星の中　岡田日郎
雪渓の風にあらがふ風のあり　木附沢麦青
雪渓のほかは紫紺に暮れにけり　若井新一

【お花畑《おはなばたけ》】　お花畠

盛夏のころ、高山のひらけた場所では色とりどりの高山植物が一時に開花して、美しく咲き乱れる。大雪山・白馬岳・八ヶ岳などのお花畑は有名である。❖単に「花畑」というと花を植えてある畑や秋の花圃《かほ》のことになる。

お花畑見下ろしつつも峰づたひ　野村泊月
お花畑霧湧くところ流れあり　本田一杉
お花畑ななめ登りに一路あり　岡田日郎

【夏野《なつの》】　青野

百草が生い茂り、草いきれでむせかえるような野原。『万葉集』にも〈夏野行く牡鹿の角の束の間も妹が心を忘れて思へや　柿本人麻呂〉とあるように和歌にも古くから詠まれてきた。青野も同義だが、季語として定着したのは、山口誓子の「青野ゆき馬は片眼に人を見る」以降。

一すぢの道はまよはぬ夏野かな　蝶夢
絶えず人いこふ夏野の石一つ　正岡子規
頭の中で白い夏野となつてゐる　高屋窓秋
たてよこに富士伸びてゐる夏野かな　桂信子

傷舐めてをれば脈打つ夏野かな　市堀玉宗
牛を置き羊を散らし夏野かな　片山由美子
濡紙に真鯉つつみて青野ゆく　福田甲子雄

【夏の川《なつのかは》】　夏川　夏河原

夏の川はさまざまな表情を見せる。梅雨の長雨で水嵩《みずかさ》の増した川、盛夏に水量が減り河原が広く現れた川、山峡の涼しげな川、都会の澱《よど》みがちな川と、さまざまである。

夏河を越すうれしさよ手に草履　蕪村
夏の河赤き鉄鎖のはし浸る　山口誓子
夏河を電車はためき越ゆるなり　石田波郷
廃線の鉄橋映す夏の川　小瀬里詩

【出水《でみづ》】　梅雨出水　夏出水　出水川

梅雨時の集中豪雨によって河川が氾濫《はんらん》すること。❖出水は台風が襲来する秋にも多いが、それは秋出水といって区別する。

夢の淵どよもしゐたる梅雨出水　藤本安騎生
草のさき出でて吹かるる梅雨出水　山上樹実雄
目のついてゆけぬ迅さの出水川　藤崎久を

【夏の海《なつのうみ》】　夏の波　夏怒濤《なつどたう》　夏の浜　夏の岬　青岬

強い日差しの降り注ぐ夏の海はひときわ目に鮮やかで、寄せくる白波にも夏の勢いが感じられる。海岸はレジャー客で賑わう。

島々や千々に砕けて夏の海　芭蕉
熊野路やわけつつ入れば夏の海　曾良
坂東太郎ここより夏の海となる　須佐薫子
一つづつ扉が開いて夏の濤　石田勝彦
乳母車夏の怒濤によこむきに　橋本多佳子
馬だつた頃のわれ立つ夏怒濤　遠山陽子
青岬遠くで別の汽笛鳴る　石崎素秋

【卯波《うなみ》】　卯月波《うづきなみ》　皐月波《さつきなみ》

卯月（旧暦四月）ごろに立つ波のこと。このころは天候が不安定で波が立ちやすい。波の白さを卯の花の白さに譬《たと》えたところから名付けられたといわれる。旧暦五月のころに立つ波は皐月波という。

散りみだす卯波の花の鳴門かな　蝶　夢

羽衣の松玲瓏《れいろう》と卯波立つ　松野自得

あるときは船より高き卯浪かな　鈴木真砂女

卯月波白磁のごとく砕けたり　皆川盤水

崖下に残る番屋や卯月浪　山崎英子

引いてゆく長きひゞきや五月浪　鈴木花蓑

【土用波《どようなみ》】

夏の土用のころ、主に太平洋沿岸に押し寄せてくるうねりのある高波のこと。南方海上に発生した台風の影響によるものである。時に激しい海鳴りも起こる。

海の紺白く剝ぎつつ土用波　瀧　春一

土用波わが立つ崖は進むなり　目迫秩父

土用波舟小屋に舟はみだして　加藤憲曠

青年の膕《ひかがみ》くらし土用波　松村武雄

土用波夕日の力まだのこる　櫻井博道

引くときの音を大きく土用波　宇多喜代子

土用波一角崩れ総崩れ　本井　英

【夏の潮《なつのしほ》】　夏潮《なつじほ》　夏潮《なつしほ》　青葉潮　苦潮《にがしほ》
赤潮

夏の強い日差しの下を流れる潮。青葉潮は青葉のころの黒潮のこと。苦潮・赤潮は夏、海中のプランクトンが異常発生して潮の色が変わって見えることで、養殖の魚介などの被害が大きい。

夏の潮青く船首は垂直に　山口誓子

夏潮に雨は一粒づつ刺さる　後藤比奈夫

夏潮の谺がこだま生む岬　上村占魚

夏潮に道ある如く出漁す　稲畑汀子

ねむる子のまぶたのうごく青葉潮　藺草慶子

赤潮の帯突つきつて船すすむ　右城暮石

【代田《しろた》】

代搔《しろかき》が終わり田植ができるようになった田。

→代搔く

幣たれてよき雨のふる代田かな　篠田悌二郎

水増して代田ひしひし家かこむ　上田五千石
ひたひたと星出てきたる代田かな　和田耕三郎
白日や一岳韻《ひび》く代田水　宇咲冬男

【植田《うゑた》】　早苗田《さなへだ》

田植を終えて間もない田のことである。苗は整然と列をなし、水田に影を映している。一か月もすると青田となる。

懐しき榛の入日の植田かな　松崎　豊
鴇色の夕雲放つ植田かな　小島　健
雨ながら空の映れる植田かな　中坪達哉
月あげて植田のほかはみな暗し　本宮哲郎
みちみちて水の寝息の植田村　熊谷愛子
早苗田を静かに曲がる霊柩車　白濱一羊

【青田《あをた》】　青田風　青田波　青田道

根づいた苗が生長し、青々と見える田のこと。風が吹き渡ると稲が揺れ、見るからに清々しい。→青稲

むら雨の離宮を過ぐる青田かな　召　波
これぞ加賀百万石の青田かな　渋沢渋亭
青田には青田の風の渡りくる　星野　椿
青田中ひそかに利根を置きにけり　小杉余子
青田中信濃の踏切唄ふごとし　大串　章
良寛の月見坂まで青田風　本宮哲郎
まぎれなきふるさとの風青田波　西嶋あさ子
青田道新幹線とすれ違ふ　小野あらた

【田水沸く《たみづわく》】

梅雨明けごろから気温が急上昇し、田の水が熱せられて泡が浮かび上がること。土中の刈敷や藁《わら》が分解される過程で出る泡で、あたかも一面に湯が沸いているように見える。

安来節安来の田水沸けるころ　大橋敦子
田水沸く岨の家より声とんで　岡井省二
田水沸く播磨に鍛冶の神多し　吉本伊智朗

【噴井《ふけゐ》】　噴井《ふきゐ》

山麓《さんろく》などで清水が湧き出ているところを井

戸としたもの。夏の涼味はひとしおである。

白雲は動き噴井は砕けつゝ　中村汀女

しづかなる力漲る噴井かな　伊東　肇

草分けて噴井の底を覗きけり　篠沢亜月

【泉《いづみ》】

地下水が湧き出て湛《たた》えられているところ。湧き出る際のかすかな音が涼味を誘う。

掬ぶよりはや歯にひびく泉かな　芭蕉

泉への道後れゆく安けさよ　石田波郷

刻々と天日くらきいづみかな　川端茅舎

わが影を金のふちどる泉かな　野見山朱鳥

生前も死後も泉へ水飲みに　中村苑子

草濡れてはたして泉湧くところ　井沢正江

人も草も項《うなじ》垂れゐる泉かな　永島靖子

泉噴く水に太古の樹の匂ひ　加藤耕子

水の中水を突き上げ泉湧く　岡田日郎

膝ついて己消したる泉かな　長浜　勤

音ひとつ立ててをりたる泉かな　石田郷子

【清水《しみづ》】　真清水　山清水　岩清水　苔清水　草清水

天然に湧き流れ出している清冽《せいれつ》な水。いかにも涼しげである。

さゞれ蟹《がに》足はひのぼる清水かな　芭蕉

石工《いしきり》の鑿冷し置く清水かな　蕪村

清水のむかたは地図を拡げをり　高野素十

絶壁に眉つけて飲む清水かな　松根東洋城

顔ふつて水のうまさの山清水　河野南畦

父と子の水筒満たす山清水　山崎ひさを

山清水ひかりとなりて苔に沁む　加藤耕子

【滴り《したたり》】　滴《したた》る

地中から滲み出した水が山の崖《がけ》や岩肌などを伝って落ちる雫《しずく》のこと。❖涼しさを誘うところから近代以後に季語となった。雨水や水道の水が雫となって落下することではない。

滴りのきらめき消ゆる虚空かな　富安風生

つく息にわづかに遅れ滴れり　後藤夜半
したたりの音の夕べとなりにけり　安住　敦
滴りの金剛力に狂ひなし　宮坂静生
滴れり日の出前なる明るさに　茨木和生
滴りをはねかへしたる水面かな　片山由美子
なき如き滴りにしてとどまらず　中田　剛
苔の先光りてはまた滴れる　岩田由美

【滝《きた》】　瀑布《ばくふ》　飛瀑　滝壺《たきつぼ》　滝しぶき　滝風　滝道　夫婦滝《めをとだき》　男滝《をだき》　女滝《めだき》　滝見　滝見茶屋

高い崖から流れ落ちる水。華厳《けごん》の滝（栃木県）・那智《なち》の滝（和歌山県）などの雄大な滝から、山道で出会う小滝まで、滝にはそれぞれの趣がある。滝壺付近に立てば肌にせまる涼しさを覚える。滝が季語となったのは近代になってからである。

神にませばまこと美はし那智の滝　高浜虚子
滝落ちて群青世界とどろけり　水原秋櫻子
滝の上に水現れて落ちにけり　後藤夜半
おほらかに滝の真中の水落つる　山口草堂
滝落ちて自在の水となりにけり　小林康治
滝の上に空の蒼さの蒐り来　後藤比奈夫
天日にせりあがりつつ滝落つる　上村占魚
滝落としたり落としたり落としたり　清崎敏郎
拝みたる位置退きて滝仰ぐ　茨木和生
大瀑布一さいの音なかりけり　山下幸枝
滝壺を流れ出て水無傷なり　津田清子
滝壺に滝活けてある眺めかな　中原道夫
滝道に何か言はるる何か言ふ　加藤かな文
その頃の懐しかりし滝見馬車　後藤比奈夫

生活

【夏休《なつやすみ》】　暑中休暇　夏期休暇

学校では七月二十日ごろから八月中を夏休みとする所が多い。期間は地域によって異なる。→休暇明（秋）・冬休（冬）・春休（春）

忙しさをたのしむ母や夏休み　阿部みどり女
黒板にわが文字のこす夏休み　福永耕二
新聞に切り抜きの窓夏休み　佐藤和枝
山に石積んでかへりぬ夏休　矢島渚男
大きな木大きな木蔭夏休み　宇多喜代子
杉山に杉の雨降る夏休み　伊藤通明
夏休み親戚の子と遊びけり　仁平　勝
ひとりゐる蔵の二階や夏休　長浜　勤
夏休最後の日なるひかりかな　小澤　實
祖母の箪笥くろぐろとある夏休　森賀まり

【暑中見舞《しよちゆうみまひ》】　土用見舞　夏見舞

暑中に知人などを訪問したり手紙を出したりして安否を尋ねること。またその手紙や贈り物をいう。昔は土用の習慣だった。→寒見舞（冬）

来はじめし暑中見舞の二三枚　遠藤梧逸
夏見舞明治村より出しにけり　井上壽子
フィヨルドの風とどきけり夏見舞　星野一夫

【帰省《きせい》】　帰省子

学生や社会人が夏休みを利用して、郷里に帰ること。実際に帰省がピークを迎えるのは八月半ばの月遅れの盆前後で秋になる。

❖帰省子の「子」は子どもに限らない。→盆帰省（秋）

桑の葉の照るに堪へゆく帰省かな　水原秋櫻子

流木に腰掛けてゐる帰省かな　古田紀一
うみどりのみなましろなる帰省かな　髙柳克弘
帰省子に石鹼淡く減りゆきぬ　八田木枯
帰省子を籠の小鳥のいぶかれる　青柳志解樹
帰省子に腹ばふ畳ありにけり　生田恵美子
まづ川を見に行くといふ帰省の子　山本一歩

【夏期講座《かきかうざ》】　夏期講習会　夏期大学

夏休みを利用して、集中的に行われる講習会。受験生を対象とする講座などもある。

学生の健やかな肘夏期講座　津田清子
夏期講座花鳥の襖とりはらひ　大島民郎
あまだれにききいることも夏期講座　山根真矢
開放の夏期大学を覗くもの　山口誓子

【林間学校《りんかんがくかう》】　臨海学校

夏休みを利用して、山などで行う特別学習。小中学校ではキャンプなどを通じて自然のなかで体験学習をするのが中心である。

林間学校汐引く如く山を去る　山田恵一
絵の具箱明日は林間学校へ　西村和子
林間学校山羊の子に囲まるる　井上弘美

【更衣《ころもがへ》】　衣更《ころもが》ふ

季節の推移にあわせて衣服を替えること。俳句では夏の衣服に替えることをいう。更衣は宮中で旧暦四月朔日《ついたち》に行われていたものが、一般に広まった。現在でも制服を着用するところでは五〜六月に夏服への更衣を行う。❖もともとは和服の慣わしであった。↓後の更衣（秋）

一つ脱いで後ろに負ひぬ更衣　芭蕉
やはらかき手足還りぬ更衣　野澤節子
更衣かくて古りゆく月日かな　岡安仁義
しみじみと大樹ありけり更衣　廣瀬直人
更衣駅白波となりにけり　綾部仁喜
二の腕に山気の触るる更衣　若井新一
白波の豊かなる日や更衣　柴田佐知子
更衣して胸元の水明り　藤本美和子

みづぎはを水の押し来る更衣　井上弘美
人にや丶おくれて衣更へにけり　高橋淡路女
衣更へて白帆を沖の花と見る　神尾久美子

【夏衣《なつごろも》】　夏衣《なつぎぬ》　夏着　夏物　麻衣《あさごろも》　麻《あさ》衣《ぎぬ》　帷子《かたびら》

夏の和服の総称。❖近年では洋服にもいう。

着馴れても折目高しや夏衣　来　山
かたびらにまばゆくなりぬ広小路　梅　室
朝風に衣桁すべりぬ夏衣　青木月斗
難所とはいつも白浪夏衣　大峯あきら
胸もとの黒子の透けて夏衣　西宮　舞
川波のことごとく急き麻衣　桂　信子

【夏服《なつふく》】　白服　麻服　サマードレス　サンドレス　簡単服　あつぱつぱ　半ズボン　ショートパンツ

夏に着る衣服で、今では主に洋服にいう。涼しげな色や素材が中心。

夏服の前に硝子の扉あり　不破　博
白服や海を見たりし釦はめ　加藤楸邨
麻服を着せかけらる丶手をとほす　瀧井孝作
サマードレスの腕が伸びきり受話器とる　河野多希女
急流の匂ひさせたるサンドレス　川口真理
簡単な体・簡単服の中　櫂　未知子
旅の荷の中より出して半ズボン　黒坂紫陽子

【袷《あはせ》】　綿抜《わたぬき》　初袷　古袷　素袷《すあはせ》

合わせ衣の意で、裏をつけて仕立てた着物のこと。綿入の綿を抜いた袷を綿抜といった。その年初めて着る袷を初袷、涼感を求めて直接素肌に着ることを素袷といった。

↓春袷（春）・秋袷（秋）

二日三日身の添ひかぬる袷かな　千代女
袷着て袂に何もなかりけり　高浜虚子
真向に比叡明るき袷かな　五十嵐播水
初袷流離の膝をまじへけり　飯田蛇笏
初袷青山窓に連れり　田村木国
初袷ひと日の皺をた丶みけり　奈良鹿郎

素袷やそのうちわかる人の味　加藤郁乎

【セル】

薄手のウールの着物地。オランダ語のセルジが語源。初夏の和服に用いられる。さらりとした肌ざわりで着心地がよいことから一時大流行した。

セル着れば夕浪袖に通ふなる　久米三汀
セルを着て手足さみしき一日かな　大野林火
かくすべき吐息あらはにセルの肩　鷲谷七菜子
セルの袖煙草の箱の軽さあり　波多野爽波
セル軽く荷風の六区歩きけり　加藤三七子
晩年の父のセル着てわが夕べ　藤田湘子
セルの背にひとひらの雲寄りくるや　友岡子郷
歌舞伎座やセルの匂ひのよぎりたる　酒井和子

【単衣《ひとへ》】　単物《ひとへもの》

裏のない一重の着物のこと。浴衣同様に涼し気であるが、単衣は外出着にもなるところが違う。

松籟に単衣の衿をかき合はす　阿部みどり女
単衣着て若く読みにし書をひらく　能村登四郎
単衣着て足に夕日のさしゐたり　橋本多佳子
会ひにゆく単衣の袖に風孕み　新船富久

【羅《うすもの》】　絽《ろ》　紗《しや》　軽羅《けいら》　薄衣《うすぎぬ》　薄衣《うすごろも》

紗・絽《ろ》・上布《じようふ》など、薄く軽やかに織った織物。またそれらで仕立てた単衣の総称。

羅をゆるやかに着て崩れざる　松本たかし
うすものを着て雲の行くたのしさよ　細見綾子
羅の消ゆる鎌倉文学館　神蔵器
うすものの中より銀の鍵を出す　鷹羽狩行
羅の風のごときとすれ違ふ　高橋悦男
浮薄なる軽羅に浅間雲ふかし　大島民郎
身のところどころに黒子うすごろも　長谷川双魚

【縮《ちぢみ》】　縮布《ちぢみふ》　白縮　藍縮《あゐちぢみ》　越後縮《ゑちごちぢみ》

緯糸《よこいと》にやや強い撚糸《よりいと》を用いて織り、仕上げに練って表面に皺《しわ》を寄せた織物。素材によって麻縮・絹縮などがある。軽く心地よい肌ざわりが喜ばれる。

縮着て一日家を離れざる　九鬼あきゑ
白縮片手上げたる別れかな　津幡龍峰
着ることもなくて逝きけり藍縮　浜　アヤ子

【上布《じやうふ》】　越後上布　薩摩《さつま》上布

薄地の良質な麻織物。雪晒《ゆきざらし》でも知られる越後上布や紺地絣・白地絣・赤縞《あかじま》を特徴とする薩摩上布が有名。

芸に身をたて通したる上布かな　杵屋栄美次郎
うち透きて男の肌《はだへ》白上布　松本たかし
謡ふなり越後上布の膝打つて　晏梛みや子

【芭蕉布《ばせうふ》】

芭蕉の皮の繊維で織った布。奄美《あまみ》・沖縄の特産。張りがあって肌につかないので夏の着物に用いられる。

芭蕉布や夕べましろき島の道　片山由美子
ゆふばえに座す芭蕉布の袂かな　井上弘美
芭蕉布干す軒は珊瑚の海明り　大城幸子

【甚平《じんべい》】　甚兵衛　じんべ

袖なしの甚平羽織を着物仕立てにした単衣。膝丈《ひざたけ》で、紐《ひも》を前で結ぶ。もっぱら男子の家庭着。

甚平を着て今にして見ゆるもの　能村登四郎
甚平や一誌持たねば仰がれず　草間時彦
甚平を着て雲中にある思ひ　鷹羽狩行
甚平のしまひどきなる山の雨　大牧　広
甚平をたたみ直して夫は亡し　八染藍子

【浴衣《ゆかた》】　湯帷子《ゆかたびら》　初浴衣　白浴衣　藍浴衣　染浴衣　古浴衣　浴衣掛

木綿で作られた単衣。昔、入浴時に用いた「湯帷子」の略。もともとは夏の家庭着で、浴衣で人前に出るようになったのは明治以降である。藍染や絞り染などがよく知られるが、現在では色彩も豊かになり、夏の略装として用いられるようになった。❖「宿浴衣」は季節感に乏しい。

浴衣著て少女の乳房高からず　高浜虚子
借りて着る浴衣のなまじ似合ひけり　久保田万太郎
浴衣着て誰に従ふでもなくて　榎本好宏
吾妻橋浴衣は風をよびやすく　須原和男
足もとの鯉も暮れたり湯帷子　綾部仁喜
少し派手いやこのくらゐ初浴衣　草間時彦
張りとほす女の意地や藍ゆかた　杉田久女
生き堪へて身に沁《し》むばかり藍浴衣　橋本多佳子
ひととせはかりそめならず藍浴衣　西村和子
貴船路の心やすさよ浴衣がけ　星野立子

【白絣《しろがすり》】　白地《しろぢ》

白地に紺・黒・茶などの絣模様を織り出したり染めたりした木綿・麻の織物。単衣に仕立てたものをいうことが多く、男女を問わず着用する。

妻なしに似て四十なる白絣　石橋秀野
来し方のよく見ゆる日の白絣　綾部仁喜
明け暮れを山見てすごす白絣　菊地一雄
濁りこそ川のちからや白絣　宮坂静生
白地着てせつぱつまりし齢かな　長谷川双魚
白地着てこの郷愁の何処よりぞ　加藤楸邨
つかの間の若さありけり白地着て　能村登四郎
白地着て雲に紛ふも夜さりかな　八田木枯
白地着て素描のごときをんなかな　小川匠太郎

【レース】　レース編む

レースの衣服やカーテン、テーブルクロスなどは涼しげなので夏に用いられる。

舟住みの女編みゐる白レース　有馬朗人
レース着て水の匂いをひるがえす　出口善子
レース着て森の時間をよぎるなり　長嶺千晶
レース編む夜とぶ鳥を思ひつつ　柴田佐知子

【夏シャツ《なつシャツ》】　白シャツ　開襟《かいきん》シャツ　アロハシャツ

涼しげな生地や色合いのシャツ。胸元の開いたデザインも多い。

少年の夏シャツ白き遠眼鏡　遠藤梧逸

夏シャツの白さ深夜の訪問者　野見山朱鳥
白蓮白シャツ彼我ひるがえり内灘へ　古沢太穂
海を見に行く白シャツは帆となつて　浅井民子
逢ひに行く開襟の背に風溜めて　草間時彦
アロハシャツ高き吊皮摑みけり　後閑達雄

【水着《みづぎ》】　海水着　水泳帽

毎年、流行の色やデザインがあり、夏の海岸はカラフルな海水着の人びとであふれる。ワンピース、ビキニなどがある。

鞄より水着出すとてすべて出す　山口波津女
明日帰る子らさゝめきて水着干す　有働亨
水着著て職員室は素通りす　樋笠文
水着まだ濡らさずにゐる人の妻　鷹羽狩行
真水にて絞れば水着一とにぎり　新田祐久
水着干し遠流の島を隠しけり　高千夏子
恋人となりたる頃の水着かな　和田耕三郎
ゆつくりと水這ひのぼる水着かな　櫂未知子
少女みな紺の水着を絞りけり　佐藤文香
まつはりて美しき藻や海水着　水原秋櫻子

【サングラス】

本来は強い紫外線から目を保護する眼鏡であるが、近年はファッションとしても用いる。

沖雲の白きは白しサングラス　瀧春一
サングラス掛けて妻にも行くところ　後藤比奈夫
サングラス妻の墓石の上におく　神蔵器
サングラスかけて目つむりゐたりけり　今井杏太郎
サングラス人の妻たること隠す　辻田克巳
夫《つま》を子をすこし遠ざけサングラス　木内怜子
サングラスかけて声まで変はりたる　高橋将夫

【夏帯《なつおび》】　単帯《ひとへおび》

夏に用いる和服の帯のこと。絽、紗などは芯を入れ、模様が浮き出るように仕立てられていて涼しげである。一重に織りあげられたものもある。

どかと解く夏帯に句を書けとこそ　高浜虚子

夏帯や一途といふは美しく　鈴木真砂女
夏帯をしめ濁流をおもひをり　飯島晴子
夏帯と角帯と行く四条かな　岩城久治
肘張つて生きるでもなし単帯　稲垣きくの

【夏帽子《なつぼうし》】　夏帽　麦稈《むぎわら》帽子　麦藁帽子
パナマ帽　カンカン帽

日焼を防ぎ、熱中症などから身を守るためにかぶる帽子の総称。→冬帽子（冬）

鎌倉へはや夏帽子かぶりそめ　吉屋信子
人生の輝いてゐる夏帽子　深見けん二
夏帽子水平線の上に置く　落合水尾
夏帽子木陰の色となるときも　星野高士
明眸を隠すでもなし夏帽子　松永浮堂
火の山の裾に夏帽振る別れ　高浜虚子
わが夏帽どこまで転べども故郷　寺山修司
夏帽を選る全身を写しけり　村上喜代子
過ぎし日のしんかんとあり麦藁帽　中山純子
パナマ帽脱げば砂上の影も脱ぐ　横山白虹

【夏手袋《なつてぶくろ》】　夏手套《なつしゅとう》

夏用の手袋で、薄手の生地やレースのものが多い。近年は紫外線防止をうたったものも多い。

夏手袋旅は橋よりはじまれる　神尾久美子
メニュー見る夏手袋を脱ぎ乍《なが》ら　嶋田摩耶子

【夏足袋《なつたび》】　単足袋《ひとへたび》

薄地のキャラコ・木綿・繻子《しゅす》・絹・麻などで作られた足袋。裏のない一重のものを単足袋という。→足袋（冬）

出稽古にゆく夏足袋をはきにけり　大場白水郎
畳踏む夏足袋映る鏡かな　阿波野青畝
夏足袋の白さみしくはきにけり　成瀬櫻桃子

【白靴《しろぐつ》】

白は見た目に涼やかでいかにも夏らしい。昔は男性も白い革やメッシュの靴を履いた。

白靴の汚れが見ゆる疲かな　青木月斗
九十九里浜に白靴提げて立つ　西東三鬼

白靴を履けば佳きことあるごとし　文挾夫佐恵
白靴の中なる金の文字が見ゆ　波多野爽波
白靴に明月院の泥すこし　大屋達治
白靴や母の支度の遅きこと　小山玄黙

【サンダル】
甲の部分が紐《ひも》などでできている開放型のはきもの。古代よりの長い歴史を持つ。涼しげなため、洋装の普及と共に愛用されるようになった。

サンダルを脱ぐや金星見届けて　櫂　未知子
サンダルを履いて少女となりにけり　田中冬生

【ハンカチ】　ハンカチーフ　ハンケチ　汗拭《あせぬぐ》ひ　汗ふき
「汗拭」が明治以降「ハンカチ」と呼ばれるようになった。❖季語としては汗をぬぐうことを目的とする。

青空と一つ色なり汗拭ひ　一　茶
今日のこと今日のハンカチ洗ひつつ　今井千鶴子
きつかけはハンカチ借りしだけのこと　須佐薫子
ハンカチを小さく使ふ人なりけり　櫂　未知子
頭文字あるハンケチは返さねば　鈴木榮子

【粽《ちまき》】　茅巻《ちまき》　笹粽　粽結ふ
粳米《うるちまい》や糯米《もちごめ》などの粉を練ったものを笹の葉や竹の皮などで包んで蒸したもの。端午の節句に作って食べる。もとは茅の葉で巻いたことから粽の名がある。五月五日に汨羅《べきら》に投身自殺した楚《そ》の屈原《くつげん》を悼んで姉が五色の糸をつけた竹筒に米を詰めて水中に投じたことが粽の起源とされる。↓端午

粽結ふかた手にはさむ額髪　芭　蕉
賑かに粽解くなり座敷中　路　通
粽解く葭の葉ずれの音させて　長谷川　櫂
雨やみて山よく見ゆる粽かな　対中いずみ
白河の関まで三里笹粽　荻原都美子
流寓のみじかき茅に粽結ふ　木村蕪城
粽結う死後の長さを思いつつ　宇多喜代子

【柏餅《かしはもち》】

粳米《うるちまい》の粉で作った皮の間に餡《あん》を入れ、柏の葉で包んで蒸したもの。五月五日の端午の節句に粽とともに供える。↓端午

てのひらにのせてくださる柏餅　後藤夜半
折りし皮ひとりで開く柏餅　山口誓子
街道のこれで売切れ柏餅　星野　椿

【夏料理《なつれうり》】

暑さを忘れさせるような工夫を凝らした夏向きの料理。素材や盛り付けにも涼しさを感じるようこしらえる。

美しき緑走れり夏料理　星野立子
箸置も橋のかたちの夏料理　北　光星
灯の映るもの、多くて夏料理　鈴木鷹夫
夏料理水かげろふを天井に　黛　執
白海老も烏賊もかがやき夏料理　福井隆子
運ばるる氷の音の夏料理　長谷川　櫂
夏料理箸を正しく使ふ人　後閑達雄

【筍飯《たけのこめし》】

筍を炊き込んだご飯で、季節感が豊かである。

松風に筍飯をさましけり　長谷川かな女
雨ごもり筍飯を夜は炊けよ　水原秋櫻子
風呂敷で筍飯がとどきけり　中山ひろ

【豆飯《まめめし》】　豆御飯
皮をむいた青豌豆《あおえんどう》や蚕豆《そらまめ》を炊き込んで薄い塩味をつけたご飯。豆の緑と白飯の白さが見た目にも美しい。

豆飯や軒うつくしく暮れてゆく　山口青邨
灯火の近江なりけり豆御飯　鈴木鷹夫
長崎も丸山にゐて豆御飯　有馬朗人
あをあをと雨の一日の豆御飯　関森勝夫
老人のひとり暮らしに豆の飯　青柳志解樹

【麦飯《むぎめし》】

白米に大麦を混ぜて炊いた飯。少し水を多めにして炊く。麦だけを炊いたものを「す

むぎ」という。昔は夏にビタミン不足による脚気《かっけ》の症状が出ることが多かったので麦飯を食べた。

京まではまだ二日路や麦の飯　草　斧
麦めしや父の弱音の貌知らず　辻田克巳
大盛であり麦飯でありにけり　山田弘子

【鮓《すし》】　鮨《すし》　馴鮓《なれずし》　押鮓　早鮓《はやずし》　一夜鮓《いちやずし》　鮒鮓《ふなずし》　鯖鮓《さばずし》　鯛鮓　鮎鮓　笹鮓　柿の葉鮓　朴葉鮓《ほほばずし》

鮓は米と魚を自然発酵させて作る魚類保存食品であった。馴鮓はその古い形で鯖《さば》・鮒《ふな》・鮎などの腹を割いて、その中に飯を詰めて数日押しておき、発酵させて独特の風味を持たせたもの。滋賀名産の鮒鮓はこの類である。近世以降、飯に酢を加えて魚の身を薄く切って並べ、生姜《しょうが》をあしらった箱鮓が作られるようになり、関西で主流となった。❖江戸後期に食されるようになった握り鮓は季節感が乏しい。

鮓押して待事ありや二三日　嘯山
川蓼や紀の茶屋が一夜ずし　紫暁
鮒鮓や彦根の城に雲かゝる　蕪村
仏間より風よく通ひ鮓馴る　皆吉爽雨
鮓押すや貧窮問答口吟み　竹下しづの女
直会や御手塩にとりて一夜鮓　渡辺文雄
鯛鮓や一門三十五六人　正岡子規
鮎鮨や吉野の川は水痩せて　佐藤鬼房

【水飯《すいはん》】　水飯《みづめし》　洗ひ飯　水漬《みづづけ》　飯饐《めしす》ゆ　汗の飯

夏は飯が饐えやすいので、洗って食べたりすることがあった。また、食欲の落ちた夏に冷水を掛けて食べることもある。

水飯やあすは出でゆく草の宿　乙二
水飯のごろ〳〵あたる箸の先　星野立子
水飯や音をたてざる暮しむき　角　光雄
飯饐る畳のくらさ夜の如し　宇佐美魚目

濁流や水屋の闇に飯饐える　牧　辰夫

【冷麦《ひやむぎ》】
小麦粉を食塩水で練って延ばした麺《めん》を茹《ゆ》で上げ、冷水にさらして食べる。薬味と味の濃い汁につけて食べる。冷索麺《そうめん》とともに食欲のない時に喜ばれる。

冷麦は夜のものとて月のさす　宗　徳
冷麦を水に放つや広がれる　篠原温亭
冷麦に朱の一閃や姉遠し　秋元不死男
冷麦てふ水の如きを食うてをる　筑紫磐井
冷麦や風は葉音を先立てて　今瀬一博

【冷索麺《ひやさうめん》】　冷素麺　索麺冷やす　流し索麺
小麦粉を食塩水でこね、胡麻《ごま》油や菜種油をつけてごく細く引き延ばし天日で乾かした麺。茹でた後、冷水や氷で冷やし、薬味を添えて濃いめの汁につけて食べる。❖「索麺」だけでは季語としない。

うまうまと独り暮しや冷索麺　山田みづえ
築山を飽かずながめて冷さうめん　小島　健
ざぶ〳〵と索麺さます小桶かな　村上鬼城
左利き目立つさうめん流しかな　出口孤城

【冷し中華《ひやしちゆうくわ》】
冷やして食べる中華麺。胡瓜《きゆうり》・卵・肉類などを細く切ったものを具として載せ、たれをかける。

七彩の冷し中華やひとりの夜　加瀬美代子
冷し中華時刻表なき旅に出て　新海あぐり
仮通夜や冷し中華に紅少し　櫂　未知子

【冷奴《ひややつこ》】
冷やした豆腐を薬味とともに醤油《しやうゆ》で食べる。

冷奴隣に灯先んじて　石田波郷
一卓に客は夕風冷奴　村越化石
ひと雨に草木洗はれ冷奴　佐藤和枝
杉を打つ雨脚の見え冷奴　今瀬剛一
けふよりは父亡き日々よ冷奴　澤井洋子

島がみな見えるさびしさ冷奴　永末恵子
日本に醬油ありけり冷奴　仲　寒蟬
屋久杉の箸の香ほのと冷奴　山田佳乃

【胡瓜揉《きうりもみ》】　瓜揉　瓜揉む

胡瓜を薄く刻んで、塩で揉み三杯酢などで和えたもの。越瓜《しろうり》などでも作る。魚介類をあしらって膾《なます》にしたものも涼を呼ぶ料理として喜ばれる。

物言はぬ独りが易し胡瓜もみ　阿部みどり女
山がすぐ前にあるなり胡瓜もみ　前澤宏光
男手の瓜揉親子三人かな　石橋秀野
鍵ひとつ恃《たの》むくらしの瓜をもむ　稲垣きくの

【冷し瓜《ひやしうり》】　瓜冷す

甜瓜《まくわうり》などを冷やしたもの。冷蔵庫のなかった時代には、清水や井戸などで冷やした瓜にさえ涼感を見出した。

瓜冷す井を借りに来る小家かな　几　董
指一本出してつつきぬ冷し瓜　波多野爽波
市振の白波つづく冷し瓜　友岡子郷
冷し瓜回して水の流れ去る　大串　章
冷し瓜若狭ことばのやはらかき　中山和子

【茄子漬《なすづけ》】　なすび漬　茄子漬ける

塩漬や糠漬《ぬかづけ》などにした茄子。暑い時期に、美しい色が食欲をそそる。

山国の夜空のいろの茄子漬　若井新一
星宿す茄子を漬け込む糠深く　殿村菟絲子
糠床の茄子に妙なる刻のあり　澁谷　道

【鴫焼《しぎやき》】　焼茄子

二つ割りにした茄子に胡麻油などを塗って焼き、練り味噌《みそ》を塗ってさらに焼き上げたもの。

鴫焼や高野の坊の一の膳　松根東洋城
鴫焼や衣重ねたる雨の冷え　石川桂郎

【梅干す《うめほす》】　梅干　梅漬　夜干の梅　干梅　梅筵《うめむしろ》

梅の実を塩漬けにし、夏の土用のころに戸

板や笊《ざる》に並べて天日で干す。塩揉みした赤《あか》紫蘇《じそ》を加えたりする。

梅干して人は日陰にかくれけり　中村汀女
梅干して地の明るさのつづくなり　榎本冬一郎
梅を干す真昼小さな母の音　飯田龍太
動くたび干梅匂ふ夜の家　鈴木六林男
梅の無きところ反りをり梅筵　小野あらた

【麦酒《ビール》】　ビール　黒ビール　生ビール　地ビール　ビヤホール　ビヤガーデン　缶ビール

麦芽を主原料とし、ホップと酵母を加えて発酵させた酒。炭酸ガスを含んでいる。四季を問わず飲まれるが、特に夏には冷たさが好まれ、ビヤホールなどがにぎわう。

それぞれに何かを終へし麦酒かな　古川朋子
人もわれもその夜さびしきビールかな　鈴木真砂女
泡見つつ注いでもらひしビールかな　高田風人子
浅草の暮れかかりたるビールかな　石田郷子
ビヤホール背後に人の増えきたり　八木林之助
さまよへる湖に似てビヤホール　櫂　未知子
ビヤガーデン最も暗き席を占む　山口誓子

【梅《うめ》酒《しゆ》】

青梅を氷砂糖とともに焼酎に漬けたもの。ガラス瓶などに密閉して保存する。

わが死後へわが飲む梅酒遺したし　石田波郷
とろとろと梅酒の琥珀澄み来る　石塚友二
わが減らす祖母の宝の梅酒瓶　福永耕二

【焼《せう》酎《ちう》】　麦焼酎　甘藷《いも》焼酎　蕎麦《そば》焼酎　泡盛

麦・薩摩芋・蕎麦・米などを原料とする蒸留酒。安価でアルコール度が高いため、暑気払いに喜ばれた。

静かなる闇焼酎にありにけり　岡井省二
黍焼酎売れずば飲んで減らしけり　依田明倫
泡盛に足裏まろく酔ひにけり　邊見京子
泡盛の一斗甕据ゑ婚の家　山本初枝

【冷酒《ひやざけ》】　冷酒《れいしゅ》　冷し酒

日本酒は燗《かん》をして飲むのが一般的であるが、夏は暑いのでそのまま、あるいは冷やして飲むことが多い。→熱燗（冬）

冷酒やはしりの下の石だたみ　其角
冷酒や蟹はなけれど烏賊《いか》裂かん　角川源義
青笹の一片沈む冷し酒　綾部仁喜
まつくらな熊野灘あり冷し酒　伊佐山春愁

【甘酒《あまざけ》】　一夜《ひとよ》酒《ざけ》

柔らかく炊いた飯または粥《かゆ》に米麹《こめこうじ》を加え、発酵させて造る飲料。六〜七時間でできることから一夜酒ともいうが、アルコール分はほとんどない。かつては暑気払いに、温めて飲んだ。❖江戸時代には真鍮《しんちゅう》の釜《かま》を据えた箱を担いだ甘酒売が売り歩いた。

あまざけや舌やかれける君が顔　嘯山
御仏に昼供へけりひと夜酒　蕪村
甘酒屋打出の浜におろしけり　松瀬青々
飲みごろの熱さを味の一夜酒　鷹羽狩行

【新茶《しんちゃ》】　走《はし》り茶《ちゃ》　古《こ》茶《ちゃ》

その年の新芽で製した茶。走り茶ともいい、最も早い芽で作ったものを一番茶と呼ぶ。香気と味のよさで珍重される。新茶が出回ると、前年の茶は古茶となる。

宇治に似て山なつかしき新茶かな　支考
新茶汲むや終りの雫汲みわけて　杉田久女
日輪と新茶の小さき壺一つ　成田千空
まだ会はぬ人より新茶届きけり　村越化石
走り茶の針のこぼれの二三本　石田勝彦
水のごとき交りもよし古茶新茶　大橋櫻坡子
筒ふれば古茶さん〳〵と応へけり　赤松蕙子
波もまた引けば古ぶよ古茶新茶　大谷弘志

【麦茶《むぎちゃ》】　麦湯

炒《い》った大麦を煎《せん》じた飲料。香ばしさが喜ばれ、冷やして飲むことが多い。

どちらかと言へば麦茶の有難く　稲畑汀子

端正に冷えてをりたる麦茶かな　後藤立夫
相国寺さまの麦湯をいただきぬ　今井杏太郎

【ソーダ水《ソーダすい》】クリームソーダ

炭酸ガスを水に溶かした、発泡性の清涼飲料水。無味のものをプレーンソーダといい、一般にはこれに種々のシロップを加え緑や赤の色を付ける。

一生の楽しきころのソーダ水　富安風生
空港のかかる別れのソーダ水　成瀬櫻桃子
ストローを色駆けのぼるソーダ水　本井英
沈黙やもう泡生まぬソーダ水　吉田千嘉子
ソーダ水方程式を濡らしけり　小川軽舟
クリームソーダ飲み干してなほ残るもの　安里琉太

【サイダー】

清涼飲料水の一種。元来は林檎酒《りんご》（シードル）を意味する英語であったが、日本では炭酸水にクエン酸・香料・砂糖などを加えたものをいう。

サイダーやしじに泡だつ薄みどり　日野草城
二階へ運ぶサイダーの泡見つつ　波多野爽波
サイダー瓶全山の青透き通る　三好潤子
叱られてサイダーの泡見つめゐる　井出野浩貴

【ラムネ】

炭酸水にレモンの香りや甘味を足した清涼飲料水。レモネードからの転訛《てんか》といわれる。ビー玉の入った独特の形のガラス瓶は郷愁を誘う。

唇にラムネの壜のいかめしき　相生垣瓜人
島去りぬラムネの玉を瓶に残し　中嶋鬼谷
ラムネ玉夕空どこか新しき　和田耕三郎
水の中なる水色のラムネ瓶　抜井諒一

【氷水《こほりみづ》】かき氷　夏氷　氷小豆《こほりあづき》　氷《こほり》苺《いちご》　氷店《こほりみせ》　削氷《けづりひ》

削った氷に各種シロップ・茹小豆《ゆで》・餡《あん》・白玉・抹茶などを加えたもの。かつては氷を鉋《かんな》で削ったが、現在ではほとんどが機械削りになった。氷水が流行し始めたのは、明治四、五年以降。❖『枕草子』にも登場するように古くから削氷《けずりひ》として食されていた。

山里や母を養ふ夏氷　暁台
氷水世間に疎くなりにけり　大場白水郎
浅草や昔のいろの氷水　鷹羽狩行
赤き青き舌ひらめかせ氷水　高橋睦郎
遠き木の揺れはじめけり氷水　藺草慶子
かなしみに終りありけり氷水　山西雅子
ここもまた誰かの故郷氷水　神野紗希
匙なめて童たのしも夏氷　山口誓子
氷店一卓のみな喪服なる　岡本眸
削氷やふと恐ろしき父の齢　宇佐美魚目

【氷菓《ひょうくわ》】　氷菓子　アイスキャンデー　アイスクリーム　ソフトクリーム　シャーベット

氷菓子の総称。果汁・糖蜜・クリームなどに香料を加えて凍らせて作る。

氷菓互ひに中年の恋ほろにがき　秋元不死男
氷菓舐めては唇の紅補ふ　津田清子
ふらふらと来る自転車は氷菓売　日原傳
木の橋のあいまいな影氷菓売り　山崎聰
アイスクリームおいしくポプラうつくしく　京極杞陽
ソフトクリーム唇少し沈みけり　小野あらた
シャーベット明石の雨を避けながら　須原和男

【葛餅《くずもち》】

葛粉を水に溶き、火にかけて練りあげたものを木枠に流し込み、冷やし固めたもの。三角に切り分けて蜜をつけ、黄粉《きなこ》をまぶして食べる。冷たさと弾力が喜ばれる。❖地方によって原料や製法に違いがある。

葛餅や老いたる母の機嫌よく　小杉余子
葛餅の黄粉の上を蜜すべる　上野章子
葛餅の三角といふよきかたち　片山由美子

【葛切《くずきり》】

葛粉を水に溶かし、加熱して固めたものを、細長く切ったもの。冷やしてから蜜をつけて食べる。上品な喉ごしの良さが特徴。

葛切に淡き交り重ねたる　後藤比奈夫
葛切や念仏寺へ坂がかり　石田勝彦
葛切を蜜の闇より掬ひ上げ　内田園生

【葛饅頭《くずまんぢゆう》】　葛桜《くずざくら》　水饅頭《みづまんぢゆう》

葛粉を水で溶いて火にかけ、練って作った葛練を皮にして、中に餡を入れ、蒸した夏の菓子が葛饅頭。葛桜はそれを桜の葉で包むもの。水饅頭は水に浮かべたもの。

ぶるぶると葛饅頭や銀の盆　千原草之
塗り盆に葛饅頭のふるへをり　櫂　未知子
宵は灯の美しきとき葛桜　森　澄雄
ひとりづつ来てばらばらに葛桜　古舘曹人
葛桜男心を人問はば　川崎展宏
水中に水饅頭の曇り失せ　片山由美子

【心太《ところてん》】　こころぶと

天草を洗って晒《さら》し、煮てから型に流し、冷やし固めたもの。心太突きで突き、酢醬油や黒蜜をかけて食べる。さっぱりした食感が親しまれる。

清滝の水汲ませてや心太　芭　蕉
ところてん逆しまに銀河三千尺　蕪　村
ところてん煙のごとく沈みをり　日野草城
むらぎもの影こそ見えね心太　安東次男
心太みじかき箸を使ひけり　古舘曹人
くみおきて水に木の香や心太　髙田正子

【水羊羹《みづやうかん》】

煮溶かした寒天に砂糖と餡を加え、冷やし固めた羊羹。水分が多く、つるんとした口当たりはまさに夏向き。

かげ口は寂しきものや水羊羹　長谷川春草
青年は膝を崩さず水羊羹　川崎展宏
まだ奥に部屋ありそうな水羊羹　五島高資

【ゼリー】

果汁などをゼラチンで冷やし固めた菓子。

心地よい食感と彩りを楽しむ。

うす茜ワインゼリーは溶くるかに　日野草城
ふるふるとゆれるゼリーに入れる匙　川崎展宏
好き嫌ひ多くてゼリー揺らしけり　大木あまり

【白《しら》玉《たま》】

米から作った白玉粉を水で練り、小さく丸めて茹でて作る団子。冷やして砂糖や蜜をかけて食べる。

白玉や浮舟の巻読み終へて　松本旭
白玉は何処へも行かぬ母と食ぶ　轡田進
白玉や子のなき夫をひとり占め　岡本眸
白玉や茶の間は風の通りみち　伊藤節子
白玉や旧街道の松を見て　石井那由太
胃の中の白玉あかり根津谷中　中原道夫

【蜜《みつ》豆《まめ》】　**餡蜜《あんみつ》**

賽《さい》の目に切った寒天に赤豌豆《えんどう》や求肥《ぎゅうひ》などを加え、蜜をかけて食べる。フルーツ蜜豆や餡蜜もある。

蜜豆をたべるでもなくよく話す　高浜虚子
蜜豆のくさ〲のもの匙にのる　亀井糸游
みつ豆はジャズのごとくに美しき　国弘賢治
蜜豆のみどりや赤や閑職や　北登猛

【麨《はったい》】　**麨粉《はったいこ》**　**麦こがし**　**麦香煎《むぎこうせん》**

米または麦を煎《い》って細かく挽《ひ》いて粉にしたもの。砂糖を加えてそのまま食べたり、水に溶いて食べる。

麨や生き生きと死の話など　古賀まり子
はつたいをこぼすおのれを訝しむ　八田木枯
亡き母の石臼の音麦こがし　石田波郷
麦こがし人に遅れず笑ふなり　桑原三郎
遠くよりさみしさのくる麦こがし　友岡子郷

【洗《あら》膾《ひ》】　**洗鯉《あらひごひ》**　**洗鯛《あらひだひ》**

鯉・鯛・鱸《すずき》などの新鮮な魚を刺身にし、冷水や氷水で洗い、身を収縮させ、臭みを取ったもの。鯉の洗膾は酢味噌で、その他のものは山葵《わさび》醤油などで食べる。

山国の水匂ひ立つ洗膾かな　西山　睦
橋灯り船灯りゐる洗膾かな　瀧澤和治
洗ひ鯉日は浅草へ廻りけり　増田龍雨
一日をほめて日暮や洗鯉　片山由美子

【泥鰌鍋《どぢやうなべ》】　泥鰌汁　柳川鍋

泥鰌を丸のまま味醂《みりん》と醬油で味付けした出汁《だし》で煮て、刻み葱《ねぎ》をあしらって食べる鍋料理。開いた泥鰌を笹搔き牛蒡《ごぼう》と一緒に煮て、卵でとじたものを柳川鍋といい、天保の初めごろ評判になった江戸の「柳川」という店の屋号にちなむ。❖泥鰌は歴史的仮名遣いでは「どぢやう」だが、江戸時代に「どぜう」と書くのが広まった。

泥鰌鍋のれんも白に替りけり　大野林火
川越せば川の匂ひやどぜう鍋　村山古郷
板敷に人を励ます泥鰌鍋　日原　傳
対岸の雨を見てゐる泥鰌鍋　佐藤郁良
月島の夜を待つ人や泥鰌汁　長谷川かな女
どぢやう汁悪事企むこと楽し　山田真砂年

【土用鰻《どよううなぎ》】

夏の土用の丑《うし》の日に食べる鰻。鰻は栄養価が高く、関東は背開き、関西では腹開きにし、白焼や蒲焼《かばやき》などにして食べる。土用の丑の日に鰻を食べる風習がいつ始まったかはっきりしないが、江戸時代に平賀源内が鰻屋から頼まれて看板を書いたことに由来するという説もある。↓土用

魚籠のまま土用鰻の到来す　亀井糸游
土用鰻店ぢゆう水を流しをり　阿波野青畝
土用鰻息子を呼んで食はせけり　草間時彦

【沖膾《おきなます》】

鰺《あじ》・鱸《すずき》・鰯《いわし》など、沖で取った魚をそのまま舟の上で、膾やたたきなどにして食べること。江戸時代には舟遊びの料理ではもっとも粋《いき》なものとされていた。

松遠み夕日うすづく沖鱠　角田竹冷

沖膾海上に酢の匂ふまで　野村喜舟
坐りよき水軍徳利沖膾　山内繭彦

【水貝《みづがひ》】

新鮮な生の鮑《あわび》の肉を磨いて薄切りや賽《さい》の目に切り、氷を入れた薄い塩水に浮かべたもの。薬味を添え、そのままあるいは山葵《わさび》醤油で食べる。❖見た目も涼やかで鮑の滋味と歯応えも楽しめる夏らしい料理。

水貝や一湾窓にかくれなし　浦野芳南
水貝やすなはち匂ふ安房の海　石塚友二
水貝のための夜空でありにけり　櫂未知子

【夏館《なつやかた》】

夏らしい趣が感じられる邸宅のこと。↓冬館（冬）

夏館燈を吸ふ水の流れゐる　室積徂春
ロンロンと時計鳴るなり夏館　松本たかし
山上に強き燈洩らす夏館　桂信子
夏館より楡眺め馬眺め　依田明倫
夏館古き時計を疑はず　岩田由美
スリッパを幾度も揃へ夏館　下坂速穂
花束の届けられたる夏館　後閑達雄

【夏の灯《なつのひ》】　夏灯《ともし》　灯涼し

暑い夏は、夜になって灯火を見ると涼しさを覚える。

夏の灯にひらくや浪花名所図会　鷲谷七菜子
乾杯の指うつくしき夏灯　佐藤博美
動く灯の中に動かぬ灯の涼し　片山由美子

【夏炉《なつろ》】　夏の炉

夏、北国や高地で暖をとるためにしつらえておく囲炉裏《いろり》や暖炉。↓春の炉（春）・炉（冬）

火の小さく夏炉大きくありにけり　粟津松彩子
こだはりて夏炉の炭を組み直す　飯島晴子
雨を来て夏炉の生の火に当たる　鷹羽狩行
大江山近々とある夏炉かな　山田弘子
夏炉焚く雲の崩れを湖に見て　野中亮介

家中の柱の見ゆる夏炉かな　中岡毅雄

【夏座敷《なつざしき》】

日本家屋では夏になると座敷のしつらえを替えてきた。襖《ふすま》・障子を取り外したり、簾《すだれ》を吊《つ》り簾戸《すど》をはめるなどして風通しを良くした。また、簟《たかむしろ》などの敷物に替え、涼しげな触感を楽しんだ。❖実際の涼しさとともに風情を味わう。→冬座敷（冬）

山も庭も動き入るゝや夏座敷　芭蕉
思ひ思ひに外を見てゐる夏座敷　細見綾子
夏座敷暮れつつ遠き灯のみゆる　木下夕爾
水牛の角つるしたる夏座敷　飯島晴子
真中に僧が帯解く夏座敷　柿本多映
雨音を野の音として夏座敷　廣瀬直人
夏座敷何か忘れてゐるやうな　水田むつみ

【露台《ろだい》】　バルコニー　バルコン　ベランダ

洋風建築の屋根のない張り出し。椅子やテーブルなどを据えて涼を楽しむ。❖露台の日本語訳はバルコニー、バルコンなどで、庇《ひさし》のあるものはベランダという。

宵浅し露台へのぼる靴の音　日野草城
灯の中に船の灯もある露台かな　福田蓼汀
蠍座の尾のちかぢかと露台かな　永島靖子
ベランダの椅子に大きな富士の闇　今井千鶴子

【滝殿《たきどの》】　泉殿　釣殿　水殿《みづどの》　水亭《すいてい》

平安時代の建築様式のひとつで、庭園の滝のほとりに作られた建物。水辺の涼しさを楽しむ。❖『源氏物語』や『後拾遺集』などにも見られる。

滝殿や運び来る灯に風見えて　田中王城
よりかゝる柱映れり泉殿　池内たけし

【噴水《ふんすい》】

公園や庭園に作られた水を噴き上げる装置。水の涼感を楽しむためのもの。

噴水をはなれたる人去りにけり　後藤夜半

噴水のしぶけり四方に風の街　石田波郷
噴水の影ある白き椅子ひとつ　木下夕爾
大噴水小噴水へ水分かつ　竹中碧水史
噴水の内側の水怠けをり　大牧　広
噴水の翼をたたむ夕べ来る　朝倉和江
噴水の玉が玉押す爆心地　西山常好
噴水のむこうの夜を疑わず　塩野谷仁
噴水は遠き花壇を濡らしけり　日原　傳

【夏蒲団《なつぶとん》】　**夏掛《なつがけ》**　**麻蒲団**

夏用の掛蒲団。綿《わた》も薄く、麻などの素材で涼しげに仕立てられ、色や柄もあっさりしたものが多い。

相談の結果今日から夏布団　池田澄子
夏蒲団夢も見ざるにはづれたる　島谷征良
明け方の手足にさぐる夏蒲団　北村貞美
夏掛のすぐ足元に行きたがる　仁平　勝
麻布団さらりと木曾の旅寝かな　新藤公子

【夏座蒲団《なつざぶとん》】　**藺座蒲団《ゐざぶとん》**　**革蒲団**　**円座**

夏用の座蒲団。麻や縮《ちぢみ》など肌ざわりの良い布地で作る。また、藺《い》座蒲団や革蒲団のひんやりとした感触も好まれる。❖「円座」は藁または蒲《がま》などの茎葉を渦巻き型に編んだもの。

夏坐ぶとんひとの全く来ぬ日あり　及川　貞
五枚づゝ夏座布団の十五枚　下田実花
忌を修す夏座布団の軽さかな　八木下　巌
藺座布団男の膝を余しけり　石田あき子
革布団青き畳に浮みけり　高浜虚子

【花茣蓙《はなござ》】　**絵茣蓙**　**寝茣蓙**

種々の色に染めた藺を花模様に織り出した茣蓙。畳の上はもちろん、板の間や縁側などにも敷いて涼感を楽しむ。

花茣蓙にわがぬくもりをうつしけり　阿部みどり女
また雨が降る花茣蓙の香なりけり　細川加賀
花茣蓙の花に影なき暮色かな　嶋田麻紀
花茣蓙の花のかたよる目覚めかな　片山由美子

花茣蓙の潮風に浮き上りけり　井上弘美
奥能登の一夜の宿の寝茣蓙かな　大橋越央子
かさなりて寝茣蓙の厚きところかな　小原啄葉

【簟《たかむしろ》】　竹筵　籐筵《とうむしろ》

竹を細く割いて編んだ敷物。籐で編んだものが「籐筵」。肌触りが冷やかで、見た目にも涼しげである。

漣《さざなみ》や近江表をたかむしろ　其角
棕梠の葉を打つ雨粗し簟　日野草城
簟眼にちから這入りけり　飯島晴子
さえざえと居て簷《のき》深き籐筵　砂子多鶴

【籠枕《かごまくら》】　籐枕《とうまくら》　陶枕《とうちん》

竹や籐で籠目に編んだ枕。円筒形で中が空洞で風通しが良い。夏の午睡《ひるね》に適当。陶製のものを陶枕という。

するすると涙《なむだ》走りぬ籠枕　松本たかし
谷音のにはかに近し籠枕　黛執
夢のなか風吹き抜けて籠枕　檜紀代
陶枕の青き山河に睡りけり　綾部仁喜
陶枕に夢の出てゆく穴ふたつ　中原道夫
亡き父を知る陶枕の唐子たち　上野一孝

【竹婦人《ちくふじん》】　竹夫人《ちくふじん》　抱籠《だきかご》

涼をとるため、抱きかかえて寝る竹籠。一〜一・五メートルほどの筒形の籠であることが多い。

くびれたるところがかたし竹婦人　小原啄葉
わが骨のありどをさぐり竹婦人　山上樹実雄
真昼間は立てて置くなり竹婦人　今瀬剛一
風のよく通るところに竹婦人　仁平勝
竹婦人にも相性といふがあり　福永法弘

【網戸《あみど》】

風を通し、蚊・蝿などの虫の侵入を防ぐために目の細かい網を張った戸のこと。

月さすや網戸に森の遠ざかる　水原秋櫻子
網戸入れ夜を鮮しくひとり住む　菖蒲あや
網戸して外より覗く己が部屋　柴田佐知子

島一つ暮れ残りたる網戸かな　水田光雄
団欒の灯のあをあをと網戸越し　片山由美子
ビクターの犬見えてゐる網戸かな　対中いずみ

【日除《ひよけ》】　日覆《ひおほひ》

真夏の鋭い日差しを避けるための布・簀・木製の覆い。日覆ともいう。

三日月にたたむ日除のほてりかな　渡辺水巴
ばた〳〵と夕風強き日除巻く　星野立子
仏具店日除の下に犬が寝て　斎藤朗笛
壺売の日除の中にひそみをり　宮坂静生
日蔽《ひおほひ》が出来て暗さと静かさと　高浜虚子

【青簾《あをすだれ》】　簾　竹簾　葭簾《よしすだれ》　伊予簾　絵簾　古簾

青竹を細く割って編んだもの。軒や縁先に吊して日を遮り、風通しを良くする。蘆の茎を用いたものを葭簾といい、絵模様を編み込んだものを絵簾という。❖青竹の青がいかにも涼感を漂わせる。→秋簾（秋）

青簾髪にさはりてつよからず　才麿
起ちすわり誰が見てもよし青簾　岩木躑躅
東山すだれ越しなる楽屋かな　中村吉右衛門
日は遠く衰へゐるや軒簾　松本たかし
紺暗く夜空は簾ふちどりぬ　石田波郷
上賀茂の風のきてゐる簾かな　山本洋子
一人居の夜の簾を怖れけり　佐久間慧子
戸口まで湖《うみ》を湛えて葭簾　赤尾冨美子
絵すだれを潜り童女の消えゆけり　中村苑子
絵簾に海荒き日のつづきをり　石原八束

【夏暖簾《なつのれん》】　麻暖簾

夏の間用いる暖簾のこと。麻や木綿などの薄手の素材で作られた涼しげなものが多い。

夏暖簾垂れて静かに紋所　高浜虚子
大らかに孕み返しぬ夏のれん　富安風生
空地より風を貰ひて夏のれん　鈴木真砂女
父を知る祇園の女将夏暖簾　大橋敦子
カステラの老舗灯《ひとも》す夏暖簾　中尾杏子

男らに誘はれくぐる麻暖簾　伊藤トキノ

【葭簀《よしず》】　葭簀掛　葭簀茶屋

蘆を編んで作った簀《す》。庇《ひさし》などに立てかけて日除《ひよけ》にする。葭簀で囲うことを葭簀張という。

朝の海葭簀に青き縞なせり　内藤吐天
葭簀ごし月のさしゐる鯉の水　木村蕪城
影となりて茶屋の葭簀の中にをる　山口誓子

【葭戸《よしど》】　葭障子　簀戸《すど》　葭屏風《よしびやうぶ》

葭簀をはめこんだ戸または障子。夏は襖や障子に代えて用いる。また屏風にはめこんだものを葭屏風という。いずれも涼しさを呼ぶ夏の調度である。

葭戸過ぎ几帳も過ぎて風通る　山口誓子
灯が消えて耳さとくをり葭障子　林　翔
簀戸入れて我家のくらさ野の青さ　橋本多佳子

【籐椅子《とういす》】　籐寝椅子

籐製の夏用の椅子で、ひんやりとして心地良い。大型の仰臥《ぎようが》用のものを籐寝椅子という。

籐椅子に母はながくも居たまはず　馬場移公子
籐椅子や一日かならず夕べあり　井沢正江
籐椅子に深く座れば見ゆるもの　星野高士
籐椅子にゐて満天の星の中　長谷川　櫂
頭から足の先まで籐寝椅子　粟津松彩子
籐寝椅子夕闇すでに踝に　荒井千佐代

【ハンモック】　吊床《つりどこ》

樹木や柱など二本の支柱に吊って使用する、紐《ひも》を編んで作った寝具。熱帯地方で用いられていたが、のちに西欧に紹介され、主に船乗りの寝具となった。❖日本では夏に木陰などに張り、涼を楽しんだり午睡《ごすい》したりするのに用いられる。

腕時計の手が垂れてをりハンモック　波多野爽波
白樺の幹軋ませてハンモック　黒坂紫陽子
折れさうな水平線やハンモック　河内静魚

木を選ぶことから始めハンモック　佐藤郁良

【蠅除《はへよけ》】　蠅覆《はへおほひ》　蠅帳《はひちやう》　蠅入らず

蠅が入らないようにするための台所用品。蠅帳は蠅入らずともいい、紗《しや》や金網を張った戸棚。母衣蚊帳《ほろがや》状に作って食卓を覆うものもある。↓蠅

蠅除の四隅の一ついつも浮く　後藤比奈夫
蠅帳といふわびしくて親しきもの　富安風生
蠅帳を置く場所として拭いてゐる　加倉井秋を
蠅帳に古漬その他母の昼　草間時彦

【蠅取《はへとり》】　蠅叩　蠅捕器《はへとりき》　蠅捕リボン
蠅捕紙　蠅捕瓶

蠅を捕る道具のことで、蠅叩や蠅捕紙・蠅捕リボンなどのことをいう。蠅叩はかつては棕櫚《しゅろ》の葉などで作っていたが、その後は金網やプラスチック製に代わった。

蠅叩一日失せてゐたりけり　吉岡禅寺洞
甲斐駒や定位置に吊る蠅叩　川上良子
営々と蠅を捕りをり蠅捕器　高浜虚子
軒の雨篠つく蠅取リボン垂れ　富安風生
蠅取紙飴色古き智慧に似て　百合山羽公

【蚊帳《かや》】　幮《かや》　蚊屋　青蚊帳　白蚊帳　母《ほ》衣蚊帳《ろがや》

蚊を防ぐために、吊り下げて寝床を覆うもの。麻や木綿で作り、普通は緑色で、赤い縁布がついており、柱などの四隅の鐶《かん》に掛けて吊る。折り畳み式のものを母衣蚊帳という。↓蚊・秋の蚊帳（秋）

水に入るごとくに蚊帳をくぐりけり　三好達治
帰り来て妻子の蚊帳をせまくする　石橋辰之助
蚊帳の中いつしか応えなくなりぬ　宇多喜代子
やはらかき母にぶつかる蚊帳の中　今井聖
子の幮に妻ゐて妻もうすみどり　福永耕二
白蚊帳にうすき寝嵩もひとりなる　鷲谷七菜子
母衣蚊帳の裾のみどりをにぎり寝る　目迫秩父

【蚊遣火《かやりび》】　蚊火　蚊遣　蚊遣香　蚊取

線香

蚊を追い払うために、かつては松・杉・榧《かや》の葉や蓬《よもぎ》などを焚いていぶした。その後除虫菊を主原料とする渦巻状の蚊取線香が普及し、さらに現在では化学薬品を用いた除虫器具が主流になっている。↓蚊

燃え立つて貌《かほ》はづかしき蚊やりかな　蕪村
うつくしや蚊やりはづれの角田川　一茶
蚊遣火の匂ひが通夜の席にあり　本宮哲郎
蚊遣火の灰美しく残りけり　和田順子
なきがらを守りて一と夜の蚊遣香　瀧　春一

【香水《かうすい》】　オーデコロン　オードトワレ　香水瓶

動植物から抽出した天然香料や人工の合成香料をアルコールに溶かした化粧品。香水は四季を問わず、身だしなみとして用いられるが、汗をかく夏は特に使う人が多い。

香水の香ぞ鉄壁をなせりける　中村草田男
香水の一滴づつにかくも減る　山口波津女
香水は「毒薬《ポアゾン》」誰に逢はむとて　文挾夫佐恵
香水を分水嶺にしたたらす　櫂　未知子
香水のなかなか減らぬ月日かな　岩田由美
漆黒の闇に香水こぼしけり　明隅礼子
触れぬものの一つに妻の香水瓶　福永耕二

【暑気払ひ《しょきばらひ》】

暑さを払いのけること。また、そのために酒や薬を飲むこともいう。

年とらぬ老人ばかり暑気払　小笠原和男
火の酒をもて火の国の暑気払ひ　杉　良介
魚の絵のうつは選びて暑気払　長谷川久々子

【天瓜粉《てんくわふん》】　天花粉　汗しらず

黄烏瓜《きからすうり》（天瓜）の根から作った白色の澱粉《でんぷん》。汗しらずともいう。子供の汗疹《あせも》・ただれなどを防ぐのに用いる。現在では滑石を主原料にしている。

鏡にも手のあと白し天瓜粉　岡本松濱

天瓜粉額四角にたゝきやる　久保より江
かたちなき空美しや天瓜粉　三橋敏雄
天瓜粉まだ土知らぬ土踏まず　古賀まり子
天瓜粉しんじつ吾子は無一物　鷹羽狩行
天瓜粉叩き赤子の仕上がりぬ　土肥あき子

【冷房《れいばう》】　クーラー　冷房車

室内を冷やすこと。また、その装置。公共の乗り物やオフィスビル、デパートでは冷房が完備されている。一方、適温の設定などが問われる時代になっている。

冷房にゐて水母めくわが影よ　草間時彦
冷房の画廊に勤め一少女　岡田日郎
冷房を首筋に人悼みけり　辻　恵美子
冷房に冷えし釣銭渡されぬ　小野あらた
冷房車大河に沿ひてすぐ離る　岡本　眸

【花氷《はなごほり》】　氷中花　氷柱《ひようちゆう》

装飾に使われる氷の柱で、中に色とりどりの草花が閉じ込められている。冷房が今ほど普及していなかったころは、室内を冷やすために置かれていた。

正面といふもののなく花氷　森田　峠
三界に夕暮はあり花氷　藺草慶子
八方へそつなくひらき氷中花　檜　紀代
氷柱に真白き芯の通りけり　古舘みつ子

【冷蔵庫《れいざうこ》】

現在は電気冷蔵庫が四季を通じて使われるが、かつては氷を入れた冷蔵庫が使われた。生鮮品の保存のために夏の必需品となった。

妻留守の冷蔵庫さて何も無し　岡本圭岳
金塊のごとくバタあり冷蔵庫　吉屋信子
書き置きのメモにて開く冷蔵庫　右城暮石
冷蔵庫ひらく妻子のものばかり　辻田克巳
開けてみるホテルの部屋の冷蔵庫　笹原和子

【扇《あふぎ》】　扇子《せんす》　白扇《はくせん》　絵扇　古扇

扇は中国の団扇に対して平安時代初頭に日本で創案された。長年使っているものは古扇という。現在、扇の生産は京都が中心。
❖礼装用や舞扇は季語にならない。↓秋扇（秋）

富士の風や扇にのせて江戸土産　芭蕉
倖を装ふごとく扇買ふ　馬場移公子
いつせいに年忌の扇使ひけり　石田勝彦
応へねばならぬ扇をつかひけり　山尾玉藻
海わたるひとりの旅の扇子かな　及川貞
宗祇水汲むに扇子を落しけり　松崎鉄之介
白扇をひらけば山河生まれけり　鷹羽狩行
ひらかれて白扇薄くなりにけり　河内静魚

【団扇《うちは》】　白団扇　絵団扇　水団扇　渋団扇　古団扇　団扇掛

中国から伝わったものだが、江戸時代に岐阜・京都・丸亀・房州など各地で団扇製作が盛んになった。絹を張った絹団扇、絵が描かれた絵団扇、柿渋を塗って丈夫にした渋団扇などがある。古団扇は前年まで使用したもの。

さし向かふ別れやともに渋団扇　丈草
麦の穂を描きて白き団扇かな　後藤夜半
戦争と畳の上の団扇かな　三橋敏雄
手に団扇ありて夕風呼びにけり　村越化石
やはらかく胸を打ちたる団扇かな　片山由美子
三輪山の鳥のこゑ聞く団扇かな　押野裕
宵浅き灯に絵団扇の品さだめ　水原秋櫻子
絵団扇を持ちて夕べの隅田川　斎藤夏風
胡座《あぐら》して大きく使ふ渋団扇　小原菁々子

【扇風機《せんぷうき》】

数枚の羽を回転させ、風を起こす装置。天井扇風機、スタンド扇風機、卓上扇風機などがある。近年はクーラーが普及したが、室内に冷気を行き渡らせたり、心地良い風や風情が好まれ、特に家庭で愛用される。

扇風器大き翼をやすめたり　山口誓子
ひとり居のわれに首振り扇風機　細川加賀

扇風機提げて出てくる主かな　森田　峠
駄菓子屋の奥見えてゐる扇風機　斎藤夏風
扇風機ひとつの風に死者生者　今瀬剛一
居間にゐて見る食卓や扇風機　金原知典
エーゲ海色の翼の扇風機　月野ぽぽな

【風鈴《ふうりん》】　江戸風鈴　南部風鈴　貝風鈴　風鈴売

鉄・ガラス・陶磁器などの小さな鐘形または壺形の鈴。内部に舌があり、短冊などを吊り下げる。軒下や窓に吊すと風に揺らいで涼しげな音色を響かせる。釣忍《つりしのぶ》に下げたものなども売られている。風鈴を連ねて町を回って歩く風鈴売が登場したのは江戸時代中期。

風鈴を吊る古釘をさがしけり　増田龍雨
風鈴や浅きねむりの明けそめて　鈴木真砂女
風鈴の鳴らねば淋し鳴れば憂し　赤星水竹居
風鈴をしまふは淋し仕舞はぬも　片山由美子
鳴らしつつ探す風鈴吊るところ　下坂速穂
重さうに南部風鈴鳴りにけり　長沼紫紅
隧道に風鈴売の入りにけり　菅原閧也

【釣忍《つりしのぶ》】　吊忍　釣荵　軒忍

忍草の根や茎を束ねて球形または月・小屋・船形などさまざまな形に作ったもの。軒下などに吊し、充分水を与えることで、緑葉の涼しさを楽しむ。

薄べりにつどふ荵《しのぶ》のしづくかな　一茶
下町の今日も雨呼ぶ釣忍　水原春郎
子を海にやりて幾夜やつりしのぶ　安住敦
来ればすぐ帰る話やつりしのぶ　西村和子
吊しのぶ小禽のやうに水貰ふ　坂巻純子
妻に聞く娘のはなし吊忍　小島健
吊忍水やれば水たらしけり　辻桃子

【走馬灯《そうまとう》】　回り灯籠

影絵仕掛の回り灯籠。紙や布を張った四角い外枠の内側で、人馬や草花などの絵を切り抜いて張りつけた筒状の部分が回転すると、影絵が走るように見える。中心の蠟燭《ろうそく》や電球をともすと、熱によりあたためられ上昇気流が生じて筒が回転するしくみ。

走馬燈消えてしばらく廻りけり　村上鬼城
走馬燈こゝろに人を待つ夜かな　高橋淡路女
みな飛んでゆくものばかり走馬燈　下田実花
走馬燈えにし濃しとも淡しとも　佐野美智
ひとところゆつくり見せて走馬灯　片山由美子
生涯にまはり灯籠の句一つ　高野素十

【日傘《ひがさ》】　ひからかさ　白日傘　絵日傘　パラソル

強い日差しを避けるために用いる傘。江戸時代には紙を張った日傘《ひからかさ》が流行した。絵日傘は小型で絵や模様のある美しいもの。明治時代以降、西洋式のパラソルが普及した。
→春日傘（春）

降るものは松の古葉や日傘《ひからかさ》　嘯山
鈴の音のかすかにひゞく日傘かな　飯田蛇笏
飛火野の一人が日傘ひらきけり　田畑美穂女
たたみたる日傘のぬくみ小脇にす　千原叡子
運河とは日傘の遠くなるところ　青山丈
寺町を日傘のほかは通らざる　日美清史
母の忌や一つ日傘を姉とさし　渡辺恭子
祈りとは白き日傘をたたむこと　渡辺誠一郎
砂丘ゆくパラソルの色海の色　藤崎久を

【風炉茶《ふろちや》】　風炉　風炉点前《ふろてまへ》　初風炉《しよぶろ》

茶道では旧暦三月晦日《みそか》に炉塞《ろふさ》ぎをし、四月一日から風炉による点前とする。現在では各茶道流派ともほぼ五～十月が風炉の期間。風炉を用いて茶をたてるのが風炉点前である。→風炉の名残（秋）・炉開（冬）

風炉かけて淋しき松の雫かな　支考
香合は堆朱を出して風炉支度　及川貞
風炉手前糸の細さに水使ひ　伊藤敬子

【蒼朮を焚く《さうじゆつをたく》】　をけらたく　うけら

焼く
山野に生える薬草である白朮《おけら》（キク科の多年草）の根を陰干ししたものを蒼朮といい、火にくべると特異な匂いがする。蒼朮は湿気を払い黴《かび》を防ぐ効果があるとされ、梅雨時や出水後などに屋内でいぶす風習があった。

をけら焚く香にもなれつつ五月雨　居然
蒼朮を焚きひそやかにすまひけり　清原枴童

【虫干《むしぼし》】　虫払　風入《かぜいれ》　土用干　曝書《ばくしょ》
梅雨が明けた後、衣類や書物を陰干し、湿気を取り、黴《かび》や虫の害を防ぐこと。年中行事として虫干を行う社寺も多い。土用の晴天の日を選んで行うことが多いので「土用干」ともいう。曝書は書物に風を通すこと。

亡き人の小袖も今や土用干し　芭蕉
虫干や縞ばかりなる祖母のもの　草間時彦
虫干や太子ゆかりの寺々も　原田暹
家ぢゅうが仏間の暗さ土用干　鷹羽狩行
漢籍を曝して父の在るごとし　上田五千石
書を曝し少年の日を曝したり　辻田克巳

【晒井《さらしゐ》】　井戸替　井戸浚《ゐどさらへ》
井戸の底に溜《た》まったさまざまな塵芥《じんかい》などを浚い、井戸を清浄にし、水の出をよくすること。

晒井や水屋の神の朝灯　岩谷山梔子
晒井の夜の賑へる山家かな　茨木和生
井戸替へてはじめの水は井の神へ　丹野麻衣子
井戸浚まづ電球を下ろしたる　永方裕子

【芝刈《しばかり》】　芝刈機
芝は梅雨どきあたりから、めざましく生長するので、それをきれいに刈り揃える必要がある。今では芝刈機を用いることが多い。

まつさをな微塵とびたち芝刈機　阿波野青畝
芝刈機海のぎりぎりまで押しぬ　山崎ひさを
芝刈機押す要領のわかるまで　千原叡子

芝刈機一と日堤に音を立て　深見けん二

【打《うち》水《みづ》】　水打つ　水撒《みづまき》　撒水車《さんすいしゃ》

夏の夕方などに、暑さや埃《ほこり》を抑えるため、道路や庭に水を撒くこと。水を打つと庭の木や草は蘇《よみがえ》ったように緑を増し、にわかに涼しさを覚える。

武士町や四角四面に水をまく　一茶
打水の拾ひ歩きや神楽坂　今井つる女
打水に夕べせはしき木挽町　武原はん
打水の流るる先の生きてをり　上野　泰
打水のさなか夕刊すいと来る　辻田克巳
立山のかぶさる町や水を打つ　前田普羅
水を打つ水のかたまりぶつつけて　大橋敦子
豪華なる今日の眺めの撒水車　福永耕二

【日向《ひなた》水《みづ》】

日盛《ひざかり》に桶《おけ》や盥《たらい》に張った水を日向に出して置くと湯のようになる。それを行水などに使った。

死水と同じひかりに日向水　綾部仁喜
尾道の袋小路の日向水　鷹羽狩行
乳母車しづかに通る日向水　山本洋子

【行《ぎやう》水《ずい》】

庭先などで盥に湯や水を満たし汗を流すこと。❖江戸時代の庶民は夏は銭湯へ行かず盥で行水というのが一般的で、秋の半ばになって盥をしまうのを行水名残といった。

行水や暮れゆく松のふかみどり　金尾梅の門
行水の膚に流るる緑かな　上野　泰
行水のどこから洗ふ赤ん坊　原　雅子

【シャワー】

夏は汗をかきやすいので、入浴をシャワーですませることも多い。

絵タイルの薔薇華やかにシャワー浴ぶ　赤尾恵以
シャワー浴ぶくちびる汚れたる昼は　櫂　未知子
口開けて叫ばずシャワー浴びており　五島高資

【夜《よ》濯《すすぎ》】

夏の夜に洗濯すること。その日の汗にまみれた衣類を夜風が立ってから洗濯して干しても、翌朝にはもう乾いてしまう。

夜濯にありあふものをまとひけり　森川暁水
夜濯ぎの水をながしてをはりけり　加藤覚範
夜濯やはつかなものに時かけて　藤田直子
夜濯や夜も明るき街に住み　鶴岡加苗

【麦刈《むぎかり》】　麦車　麦扱《むぎこき》　麦打《むぎうち》　麦埃　麦殻焼　麦稈《むぎわら》　麦藁《むぎわら》

麦は初夏に刈取をする。刈り取ったものを脱穀するのが「麦扱《こき》」。扱き落とした麦の穂から実を落とすのが「麦打」。その時に埃が立つので、「麦埃」という。実を取り去ったあとの「麦稈《わら》」は、色々な細工などに使われる。↓麦の秋

麦刈りて遠山見せよ窓の前　蕪村
麦扱や暫く曇る塀の先　非群
見付たり軒端の枇杷に麦埃　青牛
麦刈て近江の湖《うみ》の碧きかな　石井露月
麦刈りて墓の五六基あらはるる　細見綾子
麦車馬におくれて動き出づ　芝不器男
麦打の掃き浄めたる一ところ　軽部烏頭子
嚏《くさめ》して犬通りけり麦埃　内藤吐天
傾いてわたる日輪麦埃　涼野海音
麦殻を焼いて列車を見送りぬ　櫂未知子
麦稈の肌のひかりを籠に編む　佐野俊夫
麦藁の今日の日のいろ日の匂ひ　木下夕爾

【牛馬冷す《ぎゅうばひやす》】　牛冷す　馬冷す　牛洗ふ　馬洗ふ

夏、農耕用の牛馬を水辺に曳いていき、体に水をかけ、丹念に洗い、疲労回復させること。

絶海の死火山の裾牛冷す　野見山朱鳥
浜名湖の夕波たたむ冷し牛　有馬籌子
噴煙のかくす夕日や馬冷す　小路紫峡
冷し馬潮《うしほ》北さすさびしさに　山口誓子

冷し馬貌《かほ》くらくしてゆき違ふ　岸田稚魚
いつまでも暮天のひかり冷し馬　飯田龍太

【溝浚へ《みぞさらへ》】　溝浚ひ　堰浚《せきさら》へ　どぶさらひ

溝などの泥を除き、水の流れを良くすること。蚊の発生や悪臭を防ぐため、近隣で一斉に浚った。❖農村では、田植前に用水路を浚う。

朝靄の溝浚へとはなつかしや　八木林之助
あたらしき水走りくる溝浚へ　仁尾正文
いつ越して来し人ならむ溝浚へ　鷹羽狩行
溝浚ひなども手伝ひ住みつきぬ　福田蓼汀
溝浚ふ昼の祇園を通りけり　鈴木鷹夫

【代搔く《しろかく》】　代搔《しろかき》　田搔く　田搔馬　田搔牛　代馬　代牛

田植前の田に水を引いて搔きならし、田植ができる状態に整えること。代搔きがすみ、田植の準備ができた田を代田という。❖したがって、「代田搔く」とはいわない。↓代田

代かくやふり返りつつ子もち馬　一茶
代搔いてをるや一人の手力男　京極杞陽
代搔きの後澄む水に雲の影　篠田悌二郎
うながされまたひとしきり田搔馬　福田蓼汀
鞭もまた泥まみれなり田搔牛　若井新一

【田水張る《たみずはる》】　田水引く

代搔きが終わった田に水を引いて溜めること。↓代田・代搔く

半島の先へ先へと田水張る　加藤憲曠
みなもとは木曽の神山田水引く　滝藤萩露

【田植《たうゑ》】　田植笠《たうゑがさ》　田植歌　田植時　早《さ》乙女《をとめ》

代搔きがすみ、水を張った田に早苗を植えること。地域によって差があるが、五月初旬に行うところが多い。❖苗取や田植をする女性を早乙女という。農業の機械化が進

み、紺絣《こんがすり》の単衣や手甲・脚絆といった早乙女の姿は、近年では田植の神事以外では見られなくなった。↓早苗

田一枚植ゑて立ち去る柳かな　芭　蕉
湖の水かたぶけて田植かな　几　董
田植待つ田のさざなみや近江なる　押　野　裕
忽ちに一枚の田を植ゑにけり　高浜虚子
田を植ゑていちにち光る飛驒の国　日下部宵三
田を植ゑて家持の国水びたし　林　　徹
田を植ゑてあはき靄立つ石舞台　根岸善雄
田植笠紐結へたる声となる　中村汀女
みめよくて田植の笠に指を添ふ　山口誓子
葛城の木がくれ神や田植唄　米澤吾亦紅
田植歌途切れて能登は小昼どき　千田一路
早乙女のひとかたまりに下りたちぬ　軽部烏頭子
踏切を越え早乙女となりゆけり　波多野爽波
草摑み早乙女畦へ上がりけり　若井新一

【雨乞《あまごひ》】　**祈雨《きう》　雨の祈《いのり》**

旱魃《かんばつ》の際に農村などで氏神や水神に降雨を祈ること。雨の祈《いのり》ともいい、火を焚き、歌や踊で神を慰め、神社に籠《こも》ったりする。雨乞のあと降る雨を「喜雨《きう》」という。↓喜雨

雨乞ひの幾夜寝ぬ目の星の照り　太　祇
雨乞の天照らす日を仰ぎけり　外川飼虎
雨乞の大幡かゝげ進みけり　滝沢伊代次
雨乞の手足となりて踊りけり　綾部仁喜
父いずこ雨乞いの輪の遠ざかる　宇多喜代子

【水喧嘩《みづげんくわ》】　**水論《すいろん》　水争《みづあらそひ》　水敵《みづがたき》**

旱魃の際、農民たちが自分の田に多くの水を引こうとして起きる争い。灌漑《かんがい》設備が整った現在では少なくなった。

水にをる自分の顔や水喧嘩　阿波野青畝
田の水を叩いて怒る水喧嘩　石井いさお
水論の先代にまでさかのぼる　足立幸信

【水盗む《みづぬすむ》】　**水番　水番小屋　水守る**

日照りが続くと、農民たちが田の水を確保

するために、夜陰に乗じてこっそり水を自分の田に多く引き入れようとする「水盗み」が起こる。これを防ぐために交代で水の番をする。

さりげなく来て隣田の水盗む　古河内　操
さそり座の真下に水を盗みけり　若井新一
水番の片手しばらく樹をたたく　桂　信子
水番の莚の上の晴夜かな　福田甲子雄
水を守る人たちらしくはなしごゑ　長谷川素逝

【早苗饗《さなぶり》】

田植が終わった祝いのことでサノボリともいう。もともとは田植始めに田の神を迎える「サオリ」（さ降り）に対し、田植後に神が帰るのを送る祭だった。転じて田植終わりの祝宴や田植休みの意になった。

早苗饗や神棚遠く灯ともりぬ　高浜虚子
ふる里の早苗饗すぎし田風かな　皆川白陀
早苗饗のあいやあいやと津軽唄　成田千空
早苗饗餅搗きたて犇《ひし》と笹衣　堀口星眠
馬も潔め早苗饗の酒はじまれり　木附沢麦青

【田草取《たぐさとり》】　田草引く　一番草　二番草　三番草

田植後に雑草を取り除くこと。早苗の根がついて十日前後に行うのが一番草で、ほぼ十日おきに二番草、三番草と行う。炎天下に屈《かが》み込んでの作業は重労働だったが、除草器具や除草剤の普及で労働は軽減された。

山ひとつ背中に重し田草取り　蓼　太
毛の国に真日の闌《た》くるや田草取　鷲谷七菜子
田草取立ち上らねば忘れられ　野見山ひふみ
水飲んでくづるる貌《かほ》や田草取　藤田湘子

【草刈《くさかり》】　草刈る　草刈籠

家畜の飼料や耕地の肥料にするために草を刈ること。草刈は通常は早朝に行い、露に濡《ぬ》れた草を刈った。大正以降に定着した季語。❖庭の雑草を刈ることではなく、農作

業である。↓干草

草刈の昨日刈りたる山を越ゆ　木附沢麦青
月山のこゝにも草を刈りしあと　中岡毅雄
眼前の刈る草のほか何も見ず　廣瀬町子

【草取《くさとり》】　**草引く**　**草むしり**

畑などの雑草をむしること。夏は雑草がすぐに伸び、頻繁に草取をしなければならないので、重労働である。

晴耕といふも草取より出来ず　三溝沙美
日の照れば帽子いただき草むしり　小沢青柚子

【豆蒔く《まめまく》】　**豆植う**　**大豆蒔く**　**小豆蒔《あづきま》く**

豆の種子を蒔くこと。畑や田植後の畦《あぜ》に大豆などの種を蒔く。かつては夏鳥の郭公《かっこう》を豆蒔《まめまき》鳥といい、郭公が鳴くころが豆を蒔くのに適当な時期とする地方が多かった。

豆を蒔くひとり往き来の没日なる　村上しゅら
豆蒔くや噴煙小さく駒ヶ嶽　岡村浩村
豆植うや山鳩の鳴く森のかげ　沖田光矢
畦蒔きの大豆へ灰を一摑み　松浦敬親

【菊挿す《きくさす》】　**菊《きく》の挿芽《さしめ》**　**挿菊**

菊を増やす方法には、普通、根分と挿芽とがあるが、大型の菊は主として挿芽によっている。挿芽は五月上旬から六月中旬までに行うことが多い。↓根分（春）

菊挿して雨音つよき夜となりぬ　篠崎玉枝
大土間に菊の挿し芽の鉢並ぶ　岡田日郎

【竹植う《たけうう》】　**竹植うる日**　**竹酔日《ちくすいじつ》**

旧暦五月十三日に竹を植えると必ず根付くという中国の俗信が伝わり、行われるようになった。この日は新暦の梅雨どきにあたり、竹の移植に適しているといえる。俳諧においても、この日を竹の移植の日とした。

降らずとも竹植うる日は蓑と笠　芭蕉
竹酔日来合せ笛の竹もらふ　能村登四郎

【菜種刈《なたねかり》】　**菜種干す**　**菜種打つ**　**菜種**

殻　菜殻焚《ながらたき》　菜殻火《ながらび》

熟した油菜を刈ること。油菜は引き抜いて、天日で干す。十分に乾いたものから打って、種子を落とす。種子は菜種油の原料となる。種子を落としたあとの殻が菜種殻で、それを田畑の隅などで焼くことを菜殻焚《たき》という。この灰は肥料とした。❖手を焦がさんばかりに上がる炎は壮観であり、菜殻焚は九州などの風物詩だった。

足許に港の見ゆる菜種刈　齋藤朗笛
鶏小舎へ鶏呼び込んで菜種干す　青柳志解樹
人間に夜なくばさみし菜殻燃ゆ　野見山朱鳥
こなたなる闇にも菜殻燃えはじむ　大橋櫻坡子
鴟尾躍るしばし大和の菜殻火に　阿波野青畝
荼毘に似る山国伊賀の菜殻火は　右城暮石
菜殻火をふちどる雨の光りつつ　内藤吐天

【藺刈《ゐかり》】　藺草刈　藺干す　藺車

畳表の原料にする藺草の刈り取りは、梅雨末期から梅雨が明ける頃に行う。暑さが厳しくなる時期に泥の中で行われる厳しい作業である。刈り取った藺草は泥染めする。これにより乾燥が促され、緑色がよく残る。

颯々《さつさつ》と風切るごとく藺草刈る　向野楠葉
鎌の音しづかに藺草刈りすすむ　林　徹

【藻刈《もかり》】　藻刈る　藻刈舟　刈藻《かりも》　刈藻《かるも》

夏は藻が舟足の邪魔になるため、これを刈り取る。刈り取った藻は干して主に肥料とする。藻刈のために藻の中に乗り入れていく小舟を藻刈舟といい、藻を棹《さお》でからめとったり、長柄の鎌で刈り取ったりする。↓

藻の花

奈落より鎌を抜きたる藻刈かな　大石悦子
藻を刈ると舳に立ちて映りをり　杉田久女
舟倉にあまる舳や藻刈舟　水原秋櫻子
筊《ど》のあまた沈める上を藻刈舟　山口誓子
舟溜藻刈りの舟も来て憩ふ　能村登四郎

【昆布刈《こんぶかり》】　昆布刈る　昆布干す　昆布船

昆布はもっとも重要な海藻で、投げ鉤《かぎ》・曳《ひき》鉤《かぎ》・懸鉤《かけかぎ》などを用いてからめとる。採取の時期はおおむね六月から九月であり、北海道や東北が主産地。

両の目に余る昆布を刈りにけり　櫂　未知子
引上ぐる昆布に波が蹤いてくる　津田清子
干し昆布のごとくに折りたたむ　今井星女
音たてて日なたの昆布しまひけり　吉田千嘉子

【天草採《てんぐさとり》】　天草採る　石花菜《てんぐさ》とる　天草干す　天草海女《あま》

紅藻類の天草を採ること。天草海女が海中に潜って取る。採取した天草は浜で干される。これが寒天や心太《ところてん》の原料となる。

命綱まだまだ沈む天草採り　皆吉爽雨
いとけなく天草採りの海女といふ　清崎敏郎
天草《てぐさ》桶抛りし波に身を抛り　村松紅花
天草干す能登見ゆる日は風荒く　三村純也
磯着洗ふ泉のありて天草海女　松林朝蒼

【干瓢剝く《かんぺうむく》】　干瓢干す　新干瓢

干瓢を作るために夕顔の果肉をテープ状に剝くこと。現在ではほとんどが機械剝きで、天日に晒して乾燥させて仕上げる。栃木県が主産地で、七月から月遅れの盆のころにかけて、剝かれた干瓢がひらひら空に舞う光景が見られる。

息しづかに干瓢長く長く剝く　津田清子
干瓢のとりとめなきを剝きつづけ　成瀬櫻桃子

【袋掛《ふくろかけ》】

桃・梨・林檎《りんご》・葡萄《ぶどう》・枇杷《びわ》などの果実を病虫害・鳥害・風害などから守るために紙袋をかぶせる作業で、日本独自の技術。また袋をかぶせることで、外観の美しい良質の果実が得られる。

袋掛け一つの洩れもなかりけり　鮫島春潮子

袋掛け終へて夕づく桃の村　内山芳子
生まじめな顔あらはるる袋掛　井上康明
まだ形なさざるものへ袋掛　片山由美子
朝の日を包んでやりぬ袋掛　陽　美保子

【瓜番《うりばん》】　瓜守　瓜小屋　瓜番小屋　瓜盗人

甜瓜《まくわうり》や西瓜《すいか》などを盗まれないように瓜畑の番をすること。またその人。畑の中に瓜小屋と呼ばれる簡単な番小屋を建て、そこで寝ずの番をする。

瓜番に闇ふかぐ〳〵と土ほめく　田村木国
瓜番の少し大人になりにけり　星野高士
足早き瓜盗人に驚きぬ　松藤夏山

【干草《ほしくさ》】　乾草　草干す　刈干《かりぼし》

牛馬の冬の飼料にするため、夏、草を刈って乾燥させる。このころの草は生命力が旺盛で養分に富み、収量も多い。

干草の山が静まるかくれんぼ　高浜虚子
身を埋めて揺籃のごと乾草は　大野林火
乾草のにほひを花とあやまりぬ　篠原　梵

【漆掻《うるしかき》】　漆掻く

漆の木から樹液を採取する作業。漆は樹齢七～十年になると採取可能となり、木の幹に傷をつけると乳液状の生漆《きうるし》が流れ出てくる。通常、六月から七月半ばころまで行われる。❖古くから漆は日本人の生活にとって重要なものであった。

谷深うまこと一人や漆掻　河東碧梧桐
空谷に木魂して掻く漆かな　岡本癖三酔
木を撫でて居りしが漆掻き始む　今瀬剛一

【誘蛾灯《いうがとう》】

虫が光に集まる習性を利用して、害虫などを捕らえるように工夫した装置。蛍光ランプなどで集めた虫をランプ下の水を湛《たた》えた器に落として殺すようになっている。稲田や果樹園などに多く設けられる。↓火取虫

死にさそふものの蒼さよ誘蛾燈　山口草堂
翼あるもの先んじて誘蛾燈　西東三鬼
遠《をち》にあるとき美しき誘蛾燈　遠藤若狭男
約束に少し間のあり誘蛾灯　五島高資
大き蛾は大回りして誘蛾灯　小野あらた

【繭《まゆ》】　**上蔟《じやうぞく》　蚕《こ》の上蔟《あがり》　繭掻《まゆかき》　新繭　白繭　黄繭　玉繭　繭干す**

春先から育てた蚕は四回の脱皮（四眠）を終え夏に繭を作る。蚕に繭を作らせるため蔟《まぶし》に入れるのを「上蔟《じようぞく》（上蔟《あがり》）」という。繭ができたら、蛹《さなぎ》の羽化を防ぐため、乾燥や煮沸して繭をとる。❖繭を作りはじめる直前の蚕を熟蚕《じゆくさん》と呼ぶ。→蚕飼（春）

道ばたに繭干すかぜのあつさかな　許六
うす繭の中ささやきを返しくる　平畑静塔
かげぼうしこもりゐるなりうすら繭　阿波野青畝
悉く繭となりたる静けさよ　高野素十
上簇や馬立ち眠る星の下　林十九楼
老の手のしづかにはやし繭掻ける　市村究一郎
繭干してうすきひかりの信濃かな　高浦銘子
張り初めし糸にやすらふ蚕かな　中田みづほ

【糸取《いととり》】　**糸引　糸取歌　繭煮る**

繭を煮ながら生糸を取ること。煮立った鍋《なべ》の中の繭から糸を繰り出す作業は糸引ともいわれ、かつては座繰りであった。糸取の作業は女性が中心で、糸を繰りながら歌う糸取歌も伝わっている。→繭・蚕飼（春）

糸取の目よりも聡き指持てる　廣瀬ひろし
神棚に鏡がひとつ糸を引く　茨木和生
十本の水のやうなる糸を取る　山田佳乃
一筋の糸引出すや繭躍る　沢木欣一

【鮎釣《あゆつり》】　**鮎漁　鮎掛　鮎狩　囮鮎《をとりあゆ》**

鮎釣解禁になると釣り人たちが一斉に川へ繰り出し釣果を競う。鮎釣は鮎の縄張り性を利用した友釣が有名だが、その他鵜飼《うかい》や、網、簗《やな》を用いた漁法もある。琵琶湖《びわこ》では魞《えり》

漁や沖掬《おきすく》い網漁などで、川を遡上《そじょう》せずに湖に残った鮎を獲る。↓鮎

激流を鮎釣竿で撫でてをり　阿波野青畝
遠目にも竿の長さは鮎を釣る　清崎敏郎
鮎釣のひとり〳〵に川流れ　今井千鶴子
鮎釣の竿横たへて昼の飯　対中いずみ
囮鮎妙にいきいきしてゐたり　大牧　広
一人づつ流れ窪ませ鮎を釣る　柏原眠雨
鮎釣の賑はつてゐて静かなり　吉田千嘉子

【川狩《かはがり》】 **投網《とあみ》　川干《かはぼし》　瀬干《せぼし》　毒流し　換掘《かへぼり》　掻掘《かいぼり》**

川で一挙に魚を獲ること。主に投網・叉手《さで》網《あみ》・四つ手網など網を用いる。また、川を堰《せ》き止め中の水を干して獲る「川干」、川に毒を流して漁獲する「毒流し」などがあり、堀や池の水を汲《く》み干して獲ることを「換掘」という。

川狩や帰去来《かへらなん》といふ声すなり　蕪村
川狩の雑魚の力の魚籠鳴れり　米澤吾亦紅
川狩のあと山国の星そろふ　鷹羽狩行
掻掘やさわだつ水のつぎの堀　木津柳芽

【鵜飼《うかひ》】 **鵜匠　鵜遣《うつかひ》　鵜縄《うなは》　荒鵜　疲れ鵜　鵜籠　鵜舟　鵜篝《うかがり》**

飼い慣らした鵜に鮎を獲らせる漁法。鵜飼は『古事記』『日本書紀』『万葉集』などにも見られ、古くから各地で徒歩鵜《かちう》・昼鵜飼・夜《よ》鵜飼などが行われていた。岐阜の長良《ながら》川の鵜飼は有名で、伝統を今に伝えている。現在、長良川の鵜飼は五～十月、宇《う》治《じ》川の鵜飼は七～九月に行われている。❖鵜舟の舳《へさき》で篝火《かがりび》を焚き、それが川面に反映する光景は幻想的で美しい。↓鮎

おもしろうてやがてかなしき鵜舟かな　芭蕉
鵜飼見る紅惨のこの絵巻物　鷹羽狩行
早瀬ゆく鵜綱のもつれもつるるまま　橋本多佳子
嘴の潰れてゐたる荒鵜かな　辻　恵美子

疲れ鵜の一羽が鳴けば皆鳴くよ　野見山朱鳥
疲れ鵜の喉のふるへのをさまらず　浅井陽子
舟音のこだまとなりて鵜飼果つ　長谷川久々子
夕影を待てるがごとき鵜籠かな　後藤夜半
宇治の月ここに懸れる鵜舟かな　和田華凜
全長を嘴のごとくに鵜飼舟　八染藍子
鵜篝のおとろへて曳くけむりかな　飯田蛇笏
鵜松明《たいまつ》川面の闇を切りすすむ　鷲谷七菜子

【夜振《よぶり》】　夜振火　火振　川灯《ともし》

闇夜に松明《たいまつ》や電灯などを打ち振り、その火影に寄ってくる川魚を獲ること。網で掬《すく》ったり、やすで突いて捕らえることが多かった。

静かにも近づく火ある夜振かな　清原枴童
国栖人《くずびと》の面をこがす夜振かな　後藤夜半
月に棹立てて夜振の終りけり　小島　健
夜振の火かざせば水のさかのぼる　中村汀女
あかあかと見えて夜振の脚歩む　軽部烏頭子
夜振の火遥かに二つ相寄れる　今井千鶴子

【夜焚《よたき》】　夜焚舟

夜、沖に停泊させた船の舳《へさき》に松明《たいまつ》や電灯をともし、寄ってくる魚を獲ること。光源は強い光を発するものに変化してきている。
❖闇夜の海に点在する烏賊釣や鯖釣《さばつり》の漁船のともす夜焚の火はどこか幻想的。

水の面を鱵《さより》が走る夜焚かな　黒　湖
まつさをな魚の逃げゆく夜焚かな　橋本多佳子
夜焚の灯にはかにふえてきたりしよ　清崎敏郎
降り足らぬ夕立の沖へ夜焚舟　水原秋櫻子

【夜釣《よづり》】　夜釣人　夜釣舟

涼みを兼ねながら夜間にする釣り。黒鯛や鱸《すずき》などの夜行性の海魚や、鮒《ふな》や鯉などの川魚などが主な対象。明かりをつけて魚を集めたり、竿《さお》に鈴をつけて魚信を待ったりするのも楽しい。

夜釣りの灯なつかしく水の闇を過ぐ　富田木歩

夜釣の灯消えしところに又灯る　今井つる女
夜釣人しづかに声を掛け合へり　伊藤伊那男
夜釣舟片頬くらく漕ぎ出づる　大串　章

【箱眼鏡《はこめがね》】

箱の底にガラスを張ったもので、水中を透視する道具。これを用いて浅い海底を覗《のぞ》いて貝類や海藻類を獲ったり、岩陰にひそんでいる魚を突いたりして獲る。↓水中眼鏡

しつかりと水を抑へて箱眼鏡　山崎ひさを
己が足ときどき見えて箱眼鏡　鈴木鷹夫

【水中眼鏡《すいちゅうめがね》】　水眼鏡

潜水用具の一つで、水が入らないように縁にゴムがついている眼鏡。海女《あま》が水中に潜る時や水泳に用いる。↓箱眼鏡

水中眼鏡女すいすい近寄り来　清水基吉
海底のしづかな狂気水眼鏡　秋山卓三

【簗《やな》】　魚簗《やな》　簗さす　簗打つ　簗かく　簗瀬　簗守《やなもり》

河川に設ける漁獲用の仕掛け。川の流れを堰き止め、その一箇所だけを開けて魚を誘い込み簀棚《すだな》や筌《うけ》で捕える。主に鮎・鯉・鰻《うなぎ》を対象とし、現在では観光用がほとんど。簗のある瀬が簗瀬で、簗を設けることを「簗さす」または「簗打つ」「簗かく」という。↓上り簗（春）・下り簗（秋）

切尖のさみしき竹を簗に組む　神尾季羊
簗掛けの水をなだめてゐたりけり　草間時彦
谷底に簗つくろへる谺かな　黒田桜の園
簗守は峡の夜明けの火を抱く　有働木母寺
簗守の影あらふなり簗しぶき　堀口星眠

【烏賊釣《いかつり》】　烏賊釣火　烏賊火　烏賊釣舟

鯣《するめ》烏賊などは昼間深海に生息しているが、夜になると浅いところに浮上してくる。灯を慕う習性があるため、極めて強力な集魚灯を備えた船から疑餌鉤で釣る。❖水平線

に連なる幻想的な烏賊釣火は夏の風物詩となっている。

烏賊釣のわが灯ひとつにつゞく闇　米澤吾亦紅
烏賊火燃ゆ対馬に古き月ひとつ　岡部六弥太
烏賊火より遠き灯のなし日本海　吉原一暁

【避暑《ひしよ》】　避暑地　避暑の宿

炎暑にあえぐ都会を避けて、海岸や冷涼な高原に滞在すること。三、四日の短い滞在から別荘で一夏を過ごすものまでさまざま。この時期、軽井沢など各地の別荘地は大いに賑《にぎわ》う。→避寒（冬）

みめかたち確かに避暑の子供かな　今井千鶴子
風に鳴るもののふえゆく避暑名残　片山由美子
避暑の子や白き枕を一つづつ　岸本尚毅
避暑楽し読まぬ雑誌を借りもする　岩田由美
鞄積み重ねて避暑の宿らしく　高浜虚子
けふもまた浅間の灰や避暑の宿　山口青邨

【納涼《すずみ》】　納涼《なふりやう》　門涼み　橋涼み　夕涼み　夜涼み　涼み台　涼み舟　納涼船《なふりやうせん》

涼を得るために水辺や木陰など涼しい場所を求めること。場所により門涼み・橋涼み・舟涼みなどといい、時間により夕涼み・宵涼み・夜涼みなどという。また涼み舟・涼み台なども用いる。

此の松にかへす風あり庭涼み　其角
梳《くしけづ》る人もありけり門すずみ　白雄
左右の山暮れて相似る橋涼み　富安風生
すぐそばに深き海ある夜の涼み　山口波津女
別々にゐるくらがりの涼みかな　赤尾恵以
橋裏を皆打仰ぐ涼舟　高浜虚子
納涼船海より陸の灯を眺む　延江金児

【川床《ゆか》】　川床《かはどこ》　床《ゆか》　川床涼《ゆかすず》み　納涼川床《すずみゆか》　川床座敷《ゆかざしき》　川床料理《ゆかれうり》

涼をとるために河原に張り出して作られる桟敷《さじき》。京都鴨川沿いの茶屋・料亭では「ゆか」と呼び、江戸時代から賑った。現在は二条～五条間の鴨川西岸沿いの禊川《みそぎ》に設けられ、祇園祭や大文字のころは特に賑う。貴船や高雄などでは京都の奥座敷という意味で「川床《かわどこ》」と呼ばれる。

川床つづくぽつかり開いてまたつづく　波多野爽波
ぎぎと川床きしませ芸妓来りけり　橋本美代子
南座におくれて川床に灯の入りぬ　榎本好宏
川床涼みだらりの帯を近く見て　辻田克巳
さはりよき酒や言葉や川床涼み　西村和子
箸ぶくろ風にさらはれ川床料理　檜　紀代

【船遊《ふなあそび》】　船遊《ふなゆ》山《さん》　遊船　遊び船

夏のあいだ、海や川に船を出して遊ぶこと。江戸時代、隅田《すみだ》川では川開きの折など大いに賑ったという。現在、各地の川・湖・湾などでも納涼船が運航される。

満開の海の岩岩船遊び　山口誓子
近松の戯作の川を舟遊び　後藤綾子
遊船や醍醐の山に日の当る　青木月斗
遊船のさんざめきつつすれ違ひ　杉田久女
帯といて遊船にある女かな　下田実花
遊船や毛氈《もうせん》の上水の玉　大橋宵火
遊船に灯を入れ男座りかな　横井　遥

【船料理《ふなれうり》】　生簀《いけす》船《ぶね》　船生洲《ふないけす》　生洲料理

船上で作られた料理を楽しむこと。船の中には生簀などがあり、新鮮で涼味豊かな料理を供する。大阪で盛んになった。❖沖《おき》膾《なます》と違って沖に出向いての料理ではなく、船は舫《もや》ってある。

立ち上る一人に揺れて船料理　高浜年尾
船料理水は夜へと急ぎをり　有働　亨
月の夜の水の都の生簀船　鈴木花蓑

【ボート】　貸ボート

オールで水を掻いて進む小舟。川や湖に浮かべて楽しむ。観光地の湖沼などでは貸ボートがあり、手軽に楽しめる。

ボート裏返す最後の一滴まで　山口誓子

【ヨット】
西洋式の帆船で、比較的小型のもの。クルージングやスポーツに利用される。❖飛沫《しぶき》を上げて、水上を傾きつつ疾走するさまは爽快感《そうかい》がある。

鏡中にヨット傾き子の熟寝《うまい》　秋元不死男
港出てヨット淋しくなりにゆく　後藤比奈夫
ヨットの帆寄する白波より白し　島　清子
帆を上げしヨット逡巡なかりけり　西村和子
競ふとも見えぬ遠さのヨットかな　三村純也

【登山《とざん》】　山登り　登山道　登山口　登山小屋　登山宿　登山杖　登山帽　登山靴　登山電車　登山馬　ケルン
日本の登山は本来信仰や修行のために行われたもので、富士山・御嶽《おんたけ》山・立山・白山・石鎚《いしづち》山など霊峰が対象であった。明治にヨーロッパからスポーツ登山が伝わり、今では主流となっている。最適なシーズンの夏ともなれば、登山帽・登山靴にピッケルを持った人々の姿が多数見られる。❖日本の近代登山の先駆者はイギリス人宣教師のウェストンで、長野県上高地に記念碑がある。

髭白きまで山を攀ぢ何を得し　福田蓼汀
水筒の水大揺れに初登山　津川絵理子
登山道なか〳〵高くなつて来ず　阿波野青畝
登山靴穿きて歩幅の決まりけり　後藤比奈夫
来世には天馬になれよ登山馬　鷹羽狩行
檸檬齧りゐたりケルンを積みゐたり　加藤三七子
切株の平らに開く登山地図　遠藤若狭男

【キャンプ】　テント　バンガロー　キャンプ村　キャンプ場　キャンプファイヤー　バーベキュー
野山や海辺にテントを張って泊まること。毎夏、景勝の地はキャンパーで賑い、テントが所狭しと張られる。また夜の焚火のことをキャンプファイヤーといい、火を囲んで歌ったり踊ったりする。

キャンプの水汲む急流の水選び　右城暮石
倒れ木にキャンプの朝のもの刻む　皆吉爽雨
嶺の星いろをかへたるキャンプかな　加藤楸邨
霧しづく柱をつたふキャンプかな　篠原鳳作
膝を抱くことを覚えてキャンプ果つ　片山由美子
キャンプの子火熾すときの大人びて　対中いずみ
星空のととのふまでをバーベキュー　小山玄黙

【泳《およ》ぎ】　泳ぐ　水泳　水練　遊泳　遠泳　競泳　クロール　平泳ぎ　背泳ぎ　バタフライ　立泳ぎ　飛び込み　浮輪　ビーチボール

日本では武術の一種として発達し、日本泳法と呼ばれた。明治になって西洋式の泳法が伝わり、競泳及び娯楽としての水泳が盛んになった。

泳ぎ出て天の高きをたゞ怖る　大谷碧雲居
およぎつゝうしろに迫る櫓音あり　及川貞
泳ぐ人あり月の波くだけをり　高浜年尾
暗闇の眼玉濡らさず泳ぐなり　鈴木六林男
首飾われに托して泳ぎ出づ　橋本美代子
遠泳や高浪越ゆる一の列　水原秋櫻子
愛されずして沖遠く泳ぐなり　藤田湘子
遠泳の列を追ひ越す雲の影　棚山波朗
遠泳や海動かすはわれらのみ　宮田勝
競泳の勝者しづかにただよへり　小室善弘
クロールの腕白雲を崩しゆく　田中春生
遠景のゆらりと見えて平泳ぎ　櫂未知子
背泳ぎの空のだんだんおそろしく　石田郷子
こんなにもさびしいと知る立泳ぎ　大牧広
飛込の途中たましひ遅れけり　中原道夫
急流に近づいてゆく浮輪かな　辻桃子
ビーチボール空に触れたる光かな　小山玄黙

【プール】　プールサイド

泳ぐために人工的に水を溜めたところ。縦

の長さ二十五メートルのものが一般的だが、子ども用や波を起こせるプールなど、その形態はさまざまである。

ピストルがプールの硬き面《も》にひびき　山口誓子
夜の辻のにほひてどこかプールあり　能村登四郎
教室にプールの水の匂ひ来る　茨木和生
仰向けに夜のプールに泳ぎをり　森重昭
プールより生まれしごとく上がりけり　西宮舞
プールサイドの鋭利な彼へ近づき行く　中嶋秀子

【海水浴《かいすいよく》】　海開き　潮浴《しほあび》　波乗　サーフィン　サーファー　海の家

海水浴の習慣は西洋から伝わったもので、元来は療養や保養のためであった。明治十四年に愛知県千鳥ケ浜、同十八年に神奈川県大磯に海水浴場ができた。その後各地で海辺の行楽が定着した。

歩き行く地が砂になり海水浴　古屋秀雄
富士暮るゝ迄夕汐を浴びにけり　大須賀乙字
汐浴の帽子大きく休み居る　篠原温亭
浪のりは鋭き口笛を鳴らしけり　横山白虹
天井のかくも雑なり海の家　大牧広
トラックに積まれて消えぬ海の家　山根真矢

【砂日傘《すなひがさ》】　浜日傘　ビーチパラソル

海水浴場の砂浜で直射日光を避けるために立てる大型の日傘。

影遠く逃げてゐるなり砂日傘　松本たかし
脱ぎ捨ての羽衣ばかり砂日傘　日野草城
砂日傘ちよつと間違へ立ち戻る　波多野爽波
留守を守るタオル一枚砂日傘　龍野龍
砂日傘抜きたる砂の崩れけり　小野あらた
ビーチパラソルの私室に入れて貰ふ　鷹羽狩行
ビーチパラソルとびとびに同じ色　水田光雄

【釣堀《つりぼり》】

池や堀で鯉・鮒《ふな》などを飼い、料金を取って釣らせる施設。

いつまでも居て釣堀の客ならず　保坂伸秋

釣堀の四隅の水の疲れたる　波多野爽波
釣堀の平らな昼を見て飽かず　栗山政子
釣堀に一日二言三言かな　山田佳乃

【夜店《よみせ》】　箱釣《はこづり》

夜、縁日などで開く露店のこと。食べものを売る店やさまざまな遊びの店が並ぶ。浅い水槽の中の金魚を掬《すく》わせるのが「箱釣」である。

そくばくの水を守れる夜店かな　綾部仁喜
父の背が記憶のはじめ夜店の灯　黒崎かずこ
さみしさに夜店見てゆくひとつひとつ　篠崎圭介
少年の時間の余る夜店かな　山根真矢
四つ折の千円ひらく夜店かな　鶴岡加苗
箱釣や棚の上なる招き猫　富安風生

【金魚売《きんぎょうり》】　金魚屋

金魚を売り歩く行商人のこと。かつては金魚の桶を天秤棒《てんびんぼう》で担い、独特の呼び声で街を流して歩いた。↓金魚

踏切を一滴ぬらす金魚売　秋元不死男
金魚売り己れの影へ水零す　中村苑子
金魚売過ぎゆき水尾のごときもの　鷹羽狩行
金魚売消えて真水の匂ひかな　仁平　勝
金魚屋が路地を素通りしてゆきぬ　菖蒲あや
金魚屋の水とんがりてゆれてをり　上野章子

【花火《はなび》】　打揚花火　揚花火　仕掛花火
手花火　庭花火　線香花火　ねずみ花火
遠花火　花火舟　花火師

夜空に高く打ち開く打揚花火や仕掛花火などの大型のものと、庭先で楽しむ線香花火などの玩具花火とに大別される。❖初期俳諧では花火は盆行事の一環と考えられ、秋の季語であったが、納涼が中心となった現代では夏の季語に分類している。昔から有名な両国の花火は隅田川の「川開き」に行われたもの。

暗く暑く大群集と花火待つ　西東三鬼

ねむりても旅の花火の胸にひらく　大野林火
宿の子を借りて花火を見にゆくも　田中裕明
揚花火二階灯してすぐ消して　長谷川かな女
くるぶしへぬるき風くる揚花火　小原啄葉
はじまりは紐のようなり揚花火　月野ぽぽな
落城のごとくに仕掛花火かな　片山由美子
舟に舟寄せて手花火わかちけり　永井龍男
手向くるに似たりひとりの手花火は　馬場移公子
手花火が昼間は見えぬもの照す　行方克巳
鎌倉の小路の鼠花火かな　石嶌岳
遠花火消えて岬の闇深し　石塚奇山
花火師も花火の筒も闇に立つ　山崎ひさを

【夏芝居《なつしばゐ》】　夏狂言　水狂言　水芸　土用芝居

旧暦六月から七月にかけては猛暑と祭礼月のため、歌舞伎役者は本興行を休み、避暑がてら地方巡業に出かけた。その留守に若手が水狂言や怪談狂言などの芝居を演じ、それが夏芝居・夏狂言と呼ばれるものになった。今では涼しさを呼ぶ演目を中心に上演される。

汗拭くや左袒《はだぬ》ぐ夏芝居　几董
殺し場の暗転ながき夏芝居　大堀柊花
夏芝居監物《けんもつ》某《なにがし》出てすぐ死　小澤實
灯跳る水狂言の水の先　松藤夏山
水芸に火の芸一つ見せにけり　森田峠

【ナイター】

夜間試合を意味する和製英語で、おもにプロ野球についていう。昨今はナイトゲームともいう。

ナイターの光芒大河へだてけり　水原秋櫻子
ナイターに見る夜の土不思議な土　山口誓子
ナイターの八回までは勝ちゐしを　大島民郎

【水遊《みづあそび》】　水鉄砲

河川や海辺、または庭先などで水を使って遊ぶこと。ビニールプールや水鉄砲、ビーチボールなどの玩具で楽しむ。

水遊とはだんだんに濡れること　後藤比奈夫
水遊びまだ出来ぬ子を抱いてをり　日原　傳
水遊びする子に先生から手紙　田中裕明
ちちははを水鉄砲の的に呼ぶ　井沢正江
見えてゐる水鉄砲の中の水　山口昭男

【浮人形《うきにんぎやう》】　浮いて来い　樟脳舟《しやうなうぶね》

水に浮かべて遊ぶ子供の玩具。人形・金魚・船・水鳥などの形をゴム・ブリキ・セルロイド・ビニールなどの素材で作ったもの。樟脳などを利用して水面を走るようにした小舟もあり、「樟脳舟」という。❖「浮いて来い」は密閉した容器に水を満たし、ガラス製の人形を浮かべ、水面への圧力を変えることによって浮き沈みさせる玩具。浮人形とはまったく別のものである。

そのたびにおどけ顔して浮人形　鷹羽狩行
浮いてこい浮いてこいとて沈ませて　京極杞陽
長子次子稚《わか》くて逝けり浮いて来い　能村登四郎
俳諧は屁のやうなもの浮いてこい　中原道夫

【水機関《みづからくり》】

水の落差を利用した手品の見世物。高い所に水槽を置き、細い管から水を落として水車を回し、玉を転がし、人形を動かして太鼓を叩《たた》かせる。江戸時代には大坂道頓堀で行われていた。

雨の夜の水からくりの音は淋し　内藤吐天
水足して水からくりの動き出す　山崎ひさを

【水中花《すいちゆうくわ》】　酒中花

水に入れると水を吸って開く造花。元来はかんな屑《くず》で作った。江戸時代、酒宴の席で杯に浮かべたことから「酒中花」ともいった。

泡ひとつ抱いてはなさぬ水中花　富安風生
ある日妻ぽとんと沈め水中花　山口青邨
水中花にも花了りたきこころ　後藤比奈夫

水中花けふ一日の水を足す　神蔵　器
水中花かたむくままに日の過ぎて　水田むつみ
覚めし夢まだ覚めぬ夢水中花　深谷雄大
動かざる水は老いゆく水中花　二川茂徳
いきいきと死んでゐるなり水中花　櫂　未知子

【金魚玉《きんぎよだま》】　金魚鉢

金魚を飼うガラス製の球形の器。藻を入れ金魚を泳がせ、軒先などに吊っておく。金魚鉢は底が平らなもので、置いて楽しむ。

金魚玉天神祭映りそむ　後藤夜半
金魚玉吊る繚乱を仰ぎたく　能村登四郎
窓にすぐひろがる港金魚玉　木下夕爾
夫へ来る便り少なし金魚玉　名村早智子
新しき色の加はる金魚玉　藤本美和子
金魚玉とほき木立を映しけり　高浦銘子

【箱庭《はこには》】

底の浅い箱や浅鉢に土や砂を盛り、各地の名勝や名園を模したもの。草木を植え、小石を置き、亭・橋・灯籠《とうろう》・人形などを配して夏の景を作る。江戸時代に大流行した。

箱庭のとはの空家の涼しさよ　京極杞陽
箱庭にほんものの月あがりけり　小路紫峡
下京や箱庭の丹を濡らす雨　大屋達治
いつ見ても箱庭は夕暮の景　片山由美子
箱庭にさみしき町の出来あがる　加藤かな文

【捕虫網《ほちゆうあみ》】　捕虫網《ほちゆうまう》

飛んでいる蝶などの虫を捕獲する網。昔は夏休みに捕虫網を持った子供たちが山野に出かける姿がよく見られた。採集した昆虫を標本にしたりした。

捕虫網買ひ父がまづ捕へらる　能村登四郎
捕虫網を絞りて持てり駅の晴　田川飛旅子
捕虫網まだ使はれぬ白さもて　鈴木貞雄
垣越しにゆく大小の捕虫網　佐藤郁良
新神戸駅で降りたる補虫網　涼野海音

【蛍狩《ほたるがり》】　蛍見　蛍舟

夏の夜、水辺で蛍を採る遊び。闇の中を飛び交う蛍の光は幻想的である。❖「狩」には蛍の美しさを追い求め、愛《め》でる気持ちが込められている。↓蛍

蛍見やこの宵闇に舟早し　蛾眉
身のなかのまつ暗がりの蛍狩り　河原枇杷男
闇にふむ地のたしかさよ蛍狩　赤松蕙子
渡るべき橋見付からず蛍狩　松森向陽子
蛍狩うしろの闇へ寄りかかり　正木ゆう子
蛍見の人みなやさし吾もやさし　飯島晴子

【蛍籠《ほたるかご》】

蛍を飼うための籠。竹や曲げ物の枠に紗《しゃ》などの布や、細かい目の金網を張ってある。軒先や縁側に置いて静かな蛍の光の明滅を楽しむ。↓蛍

ふりしきる雨となりけり蛍籠　久保田万太郎
蛍籠昏《くら》ければ揺り炎《も》えたたす　橋本多佳子
夜のなくば人の世いかに蛍籠　鷹羽狩行
蛍籠吊るす踵を見られけり　西村和子
夢を見るために置きたる蛍籠　山本一歩

【起し絵《おこしえ》】　組絵　立版古《たてばんこ》

紙工作の一つ。錦絵の人物や家屋などを描いたものを切り抜き、厚紙で裏打ちして枠の中に立てた絵で、いわば立体紙芝居のようなもの。夕涼みの時などに蠟燭《ろうそく》をともして子どもに見せた。近年は「立版古」の復刻版が多く出回っている。

起し絵の男をころす女かな　中村草田男
起し絵を見せて見送る仏かな　後藤比奈夫
起し絵のなかに浴びたき波すこし　櫂未知子
さし覗く舞子の顔や立版古　後藤夜半
立版古波また波をまづ組んで　能村登四郎

【蓮見《はすみ》】　蓮見舟

蓮は、夜明けに開き始める。暗いうちに起きて、その開き始めの蓮を見にゆくことを蓮見といい、そのために仕立てた舟を蓮見

舟と呼ぶ。

舳《へ》にしづむ花をあなやと蓮見舟　皆吉爽雨

蓮見舟蓮にうもれて巡りけり　松岡きよ

蓮見舟蓮をへだててすれ違ふ　岡崎桂子

【草矢《くさや》】

芒《すすき》・蘆《あし》・茅《ちがや》などの葉を裂いて、指に挟んで矢のように飛ばす遊び。

大空に草矢放ちて恋もなし　高浜虚子

日を射よと草矢もつ子をそそのかす　橋本多佳子

放ちたる草矢は水に漂へる　山田閏子

【草笛《くさぶえ》】

草の葉を折りとって作る笛。唇につけて吹くとするどい音が出る。

草笛を子に吹く息の短かさよ　馬場移公子

草笛で呼べり草笛にて応ふ　辻田克巳

踞《かが》みをり草笛を子に教へむと　伊藤通明

草笛を指太々と仕る　本井英

草笛を吹く四五人に加はりぬ　山西雅子

【麦笛《むぎぶえ》】

一方に節のある麦の茎の中ほどを破り、笛のように吹き鳴らすもの。

麦笛や一つ年上女の子　高浜虚子

麦笛の天を裂く音もありて吹く　井沢正江

麦笛を吹くや拙き父として　福永耕二

麦笛やいとこはとこもはや老いて　宮田正和

【裸《はだか》】　素裸　丸裸　裸子

冷房のない時代、暑さの盛りには裸でくつろぐこともあった。裸で嬉々《きき》として戯れる子供たちの姿は愛らしい。

晩年をうべなひてゐて裸かな　大井戸辿

海の闇はねかへしゐる裸かな　大木あまり

裸子をひとり得しのみ礼拝す　石橋秀野

裸子の尻らつきようのごと白く　本井英

裸子がわれの裸をよろこべり　千葉皓史

裸子や背よりこぼるる海の砂　吉田千嘉子

裸の子裸の父をよぢのぼる　津田清子

【跣足《はだし》】　跣《はだし》　素足

跣足《はだあし》の転で、履物を履かずに地上を歩くこと。またはその足。素足は靴下などを履いていない足のこと。暑い夏には素足で過ごすことが多い。

はればれと佐渡の暮れゆく跣足かな　藤本美和子
生きてゐる草のつめたき跣足かな　陽　美保子
曼荼羅図見上げてゐたる跣の子　井上康明
女の素足紅らむまでに砂丘ゆく　岸田稚魚
良寛の海に降り立つ素足かな　原　裕

【肌脱《はだぬぎ》】　片肌脱　諸肌脱《もろはだぬぎ》

暑い日に上半身の衣類を脱ぎ、肌を出すこと。片半身だけ脱ぐのを片肌脱、両肩の肌を出してしまうことを諸肌脱という。

いつも二階に肌ぬぎの祖母ゐるからは　飯島晴子
肌脱をさめて齢さびしめる　上田五千石
馬関なり老機関士の肌脱も　岩永佐保

【端居《はしゐ》】　夕端居

室内の暑さを避けて、縁先や風通しの良い端近《はしぢか》に座を占め涼をとることをいう。

端居してたゞ居る父の恐ろしき　高野素十
端居して濁世なかなかおもしろや　阿波野青畝
いふまじき言葉を胸に端居かな　星野立子
端居してかなしきことを妻は言ふ　村山古郷
端居せるこころの淵を魚よぎる　野見山朱鳥
考への断崖にをる端居かな　上野　泰
旅さきにあるがごとくに端居かな　鷹羽狩行

【髪洗ふ《かみあらふ》】　洗ひ髪

夏の髪を洗ったあとの心地良さは格別である。洗ったあと乾くまでの髪を「洗ひ髪」という。❖本来は女性の長い黒髪を洗うことに意味があった。

髪洗ひたる日の妻のよそ〳〵し　高野素十
せつせつと眼まで濡らして髪洗ふ　野澤節子
髪洗うまでの優柔不断かな　宇多喜代子
ぬばたまの夜やひと触れし髪洗ふ　坂本宮尾

髪洗ふ砂漠の起伏まならに　片山由美子
夕ぐれの黒き山なみ髪洗ふ　森賀まり
すぐ乾くことのさびしき洗ひ髪　八染藍子
落日のあたりに船や洗髪　中西夕紀

【汗《あせ》】　汗ばむ　玉の汗

夏はじっと動かずにいても汗がにじむ。運動や労働のあとにしたたる大粒の汗を「玉の汗」という。

突く杖を汗が握つてをりにけり　栗津松彩子
美しきものにも汗の引くおもひ　後藤比奈夫
今生の汗が消えゆくお母さん　古賀まり子
汗のシャツぬげばあらたな夕空あり　宮津昭彦
水族館汗の少女の来て匂ふ　ねじめ正也
汗拭いて腹壊しさうな河と思ふ　櫂　未知子
汗ばみて加賀強情の血ありけり　能村登四郎

【日焼《ひやけ》】　潮焼　日焼止め

夏の強い紫外線を浴びると肌が赤みを帯び、やがて黒くなる。小麦色に焼けた姿は健康的で美しいが、最近の医学では、日焼は好ましいことではないとされている。

虚を衝かれしは首すぢの日焼かな　飯島晴子
少女はも珊瑚の色に日焼して　行方克巳
純白の服もて日焼子を飾る　林　翔
日焼子は賢しき答へ返しけり　五十崎朗
潮焼にねむれず炎《も》えて男の眼　能村登四郎

【昼寝《ひるね》】　午睡《ごすい》　三尺寝《さんじゃくね》　昼寝覚《ひるねざめ》

酷暑の折は熟睡できず睡眠不足になるので、疲れをとるために午睡をするとよい。職人や大工などが、仕事場で短時間寝るのを「三尺寝」という。

昼寝して手の動きやむ団扇かな　杉　風
ちらと笑む赤子の昼寝通り雨　秋元不死男
昼寝覚め青き潮路にわがゐたり　山口波津女
さみしさの昼寝の腕の置きどころ　上村占魚
昼寝より覚めてこの世の声を出す　鷹羽狩行
何はともあれと昼寝の枕出す　島谷征良

をさなくて昼寝の国の人となる　田中裕明
昼寝覚雲を目に入れまた眠る　大野林火
はるかまで旅してゐたり昼寝覚　森　澄雄
どの草のひかりと知れず昼寝覚　正木ゆう子

【寝冷《ねびえ》】　寝冷子《ねびえご》

蒸し暑い夜に油断して裸で寝たり、夏掛などをはいで寝たりすると、体が冷えて体調を崩すことがある。子供に多く、予防のために腹巻などをする。

寝冷子のまはりが昏《くら》しやはらかし　長谷川双魚
寝冷子の大きな瞳に見送られ　橋本多佳子
真青な雨の櫟《くぬぎ》と寝冷の子　神尾季羊

【夏の風邪《なつのかぜ》】　夏風邪

多くは鼻風邪程度の軽いものだが、治りが遅く、憂鬱《ゆううつ》なものである。近年は冷房のききすぎなどが原因で風邪をひく人が多い。
→風邪（冬）・春の風邪（春）

眠たさの涙一滴夏の風邪　野澤節子
夏風邪をひき色町を通りけり　橋　閒石
夏風邪の児の髪日向《ひなた》臭きかな　高野　芳

【暑気中《しょきあたり》】　暑さ負け　水中《みづあたり》

夏は身体の抵抗力が衰え体調を崩しやすい。また水物の取りすぎで下痢を起こすことを水中という。

重ねてはほどく足なり暑気中り　西山泊雲
暑気あたり大きな声のききとれず　阿部みどり女
一晩にかほのかはりぬ暑気中り　森川暁水
のぞきこむ父の面輪や暑気中　石田波郷
匙落ちてこめかみひびく暑気中　山﨑冨美子
熊の胆《い》を殺《そ》いでくれたる水中り　茨木和生
にんげんは管でありけり水中り　中原道夫

【夏痩《なつやせ》】　夏負け

夏の暑さで食欲が衰え、体重が減少すること。「夏負け」ともいう。❖「夏痩せて」「夏負けて」とは使わない。

夏痩やほの〴〵酔へる指の先　久保田万太郎

おもかげやその夏痩の髪ゆたか　水原秋櫻子
夏痩も知らぬ女をにくみけり　日野草城
夏痩や窓をあければ野のひかり　大木あまり
夏まけの妻子を捨てしごとき旅　能村登四郎

【日射病《につしやびやう》】　熱射病《ねつしやびやう》　熱中症《ねつちゆうしやう》　霍乱《くわくらん》

強い直射日光を長時間浴びた際に起こる急性の疾患。脱水状態が病因となる。高熱・眩暈《めまい》・倦怠《けんたい》・昏睡《こんすい》などの症状を呈する。戸外労働者や帽子をかぶらずに長時間スポーツをする人などがかかりやすい。屋外に限らず屋内でも気温の上昇により日射病と同様の症状をおこすことがあり、これを熱中症という。

日射病頂上見えて倒れけり　森田峠
日射病戸板にのせて運ばれぬ　滝沢伊代次
日射病戦跡巡りまだ半ば　広田祝世
人も樹も大揺れしたり日射病　寺井朴人
霍乱の一とき雲を追ふ目あり　和田暖泡

【汗疹《あせも》】　あせぼ

顔や胸、首などの発汗の多い部分に生じる粟粒《あわつぶ》のような紅《あか》い発疹。乳幼児に多い。

なく声の大いなるかな汗疹の児　高浜虚子
汗疹の子砂遊びしておとなしき　野村喜舟
征く父に抱かれ睡れりあせもの児　文挾夫佐恵

行事

【こどもの日《こどものひ》】

五月五日。国民の祝日の一つで、かつての端午の節句。子供の人格を尊重し、子供の幸福を図る目的で昭和二十三年に制定された。

子供の日小さくなりし靴いくつ　林　翔
子供の日すべり台よくすべりけり　成瀬櫻桃子
竹林の何故か明るく子供の日　蓬田紀枝子
子どもらの水に映りてこどもの日　藤本美和子
おとなしき馬駆り出され子供の日　佐藤博美

【母の日《ははのひ》】

五月の第二日曜日で、母に感謝をする日。一般的には赤いカーネーションを贈る。由来はアメリカの一女性が亡母を偲《しの》んで白いカーネーションを配ったことによる。のちにウィルソン大統領によって「母の日」に制定され、広まった。亡母を偲ぶには白、健在の母の場合は赤い花を胸につけた。大正時代に伝わったが、定着したのは戦後。
❖カーネーションの花言葉は母の愛情。

母の日やそのありし日の裁ち鋏　菅　裸馬
母の日や大きな星がやや下位に　中村草田男
少し酔ひぬ母の日の波こまやかに　星野麥丘人
母の日のきれいに畳む包装紙　須賀一惠
樟絶えず風生む母の日なりけり　今村俊三
母の日の花に囲まれゐて淋し　今井千鶴子
母の日のてのひらの味塩むすび　鷹羽狩行

【愛鳥週間《あいてうしうかん》】　バード・ウィーク　バード・デー　愛鳥日

五月十日からの一週間で、鳥類保護の運動

や催しが行われる。昭和二十二年、国土の復興と山野の緑化運動を目的として始まったもので、最初は四月十日からだったが、昭和二十五年に五月十日からになった。

愛鳥週間手を差しあげて鳩放つ　尾形嘉城
愛鳥日の孔雀に影を踏まれをり　桂　樟蹊子

【時の記念日《ときのきねんび》】　時の日

六月十日。天智天皇の十年（六七一）四月二十五日に大津宮に漏刻《ろうこく》（水時計）が設けられた。その日を新暦に換算すると六月十日にあたるので、大正九年、この日を時の記念日とした。❖滋賀県大津市の近江《おうみ》神宮では、毎年漏刻祭が行われる。

時の日や順風の帆の模型船　鷹羽狩行
時の日の時をゆるやか明治村　遠藤若狭男
時の日の花植ゑ替ふる花時計　太田静江
時の日や数字をもたぬ砂時計　柏木まさ

【父の日《ちちのひ》】

六月の第三日曜日。父に感謝する日。アメリカのJ・B・ドッド夫人の提唱によって設けられた。日本には第二次世界大戦後に取り入れられたが、母の日ほどには定着していない。

父の日の隠さうべしや古日記　秋元不死男
父の日の忘れられをり波戻る　田川飛旅子
父の日の橋に灯点る船のやう　成田千空
父の日や常の朝餉を常のごと　山崎ひさを
父の日や日輪かつと海の上　本宮哲郎
父の日やライカに触れし冷たさも　広渡敬雄
真つ白な雲湧く父の日なりけり　しなだしん

【海の日《うみのひ》】

七月の第三月曜日。国民の祝日の一つ。海の恩恵に感謝するとともに海洋国日本の繁栄を願う日。平成八年、七月二十日として定められ、平成十五年、現在の日となった。

「海の日」の日記のページ空白なり　横山房子

海の日の終るしばしの夕茜　深見けん二
海の日の海より月の上りけり　片山由美子
海の日の一番線に待ちゐたる　涼野海音

【端午《たんご》】　**端午の節句　五月の節句　菖《あや》蒲《め》の日《ひ》　旧端午　武者人形　五月人形　武具飾る　菖蒲葺《ふ》く　菖蒲挿す　軒菖蒲**

五月五日の男子の節句で、菖蒲《しょうぶ》の節句ともいう。五節句の一つで平安時代には宮中で行われていたが、室町時代に武家の行事に取り入れられ、菖蒲を尚武にかけて男子の成長や武運長久を祈願するようになった。男子のある家では幟《のぼり》を立てたり武者人形などを飾り、この日を祝う。菖蒲を軒に挿す行事を「菖蒲葺く」「菖蒲挿す」「軒菖蒲」と呼ぶが、今ではあまり行われない。❖菖蒲はサトイモ科の常緑多年草で、花を観賞する花菖蒲とは別種。古くは「あやめ」とも呼んだが、近世以降は「しょうぶ」とも呼ぶようになった。

大原女の紺着のにほふ端午かな　石原舟月
雨がちに端午ちかづく父子かな　石田波郷
黒松の暮色の中の端午かな　中山純子
竹割つて竹の匂ひの端午かな　木内彰志
草の香の月空にある端午かな　廣瀬町子
海原のごとく山ある端午かな　甲斐由起子
噴煙の柱朝より旧端午　大岳水一路
武者人形兜の紐の花結び　高橋淡路女
次の間に武具飾りたる昼餉かな　石田郷子
日月をいたゞく兜飾りけり　大橋櫻坡子
菖蒲葺く千住は橋にはじまれり　大野林火
夕空や切先のぞく軒菖蒲　草間時彦

【幟《のぼり》】　**五月幟《さつきのぼり》　座敷幟　初幟　鯉幟《こひのぼり》　五月鯉《さつきごひ》　吹流し　矢車**

江戸時代には、定紋や鍾馗《しょうき》の絵を染め抜いた幟を兜・長刀《なぎなた》・吹流しなどとともに家の前に立てた。古くは紙製であったが、これが小さくなって座敷幟となっていった。武家の幟に対して、町人は、滝をも登るとする鯉を出世の象徴として鯉幟を立て、男子の成長を祈った。明治時代の末頃までは紙製だったが、今はほとんど布製で五色の吹流しとともに立てる。❖初節句に立てるのが初幟。

笈も太刀も五月にかざれ紙幟　芭蕉
矢車に朝風強き幟かな　内藤鳴雪
遠州は風の国とぞ幟立つ　米谷静二
幟立つ島はもとより潮の中　友岡子郷
鯉幟富士の裾野に尾を垂らす　山口誓子
畳まれて眼の金環や鯉幟　有働亨
鯉のぼり目玉大きく降ろさるる　上村占魚
鯉幟ゆらりと白き腹を見せ　深見けん二
立山に雲をとばして鯉のぼり　中山純子
力ある風出てきたり鯉幟　矢島渚男
やはらかき草に降ろして鯉のぼり　小島健
草を擦りつつ上りゆく鯉幟　広渡敬雄
降ろされて息を大きく鯉のぼり　片山由美子
裏道もよき風の吹く鯉幟　小野あらた
高空に青き山あり吹流し　相馬遷子
雀らも海かけて飛べ吹流し　石田波郷

【菖蒲湯《しやうぶゆ》】　菖蒲風呂《しやうぶぶろ》

端午の節句に菖蒲の茎や葉を入れて沸かした風呂。邪気を祓《はら》い、心身を清めるためのもので鎌倉時代からの風習。❖この菖蒲は花菖蒲とは違いサトイモ科の多年草で、独特の香気を放ちその根が薬用になる。

さうぶ湯やさうぶ寄りくる乳のあたり　白雄
日のさして菖蒲片寄る湯槽かな　内藤鳴雪
菖蒲湯の沸くほどに澄みわたりけり　鷹羽狩行
菖蒲湯に十指むすんでひらきけり　行方克巳
菖蒲湯にたがひちがひに沈みけり　鈴木庸子

【薬玉《くすだま》】　長命縷《ちやうめいる》　五月玉《さつきだま》

各種の香料を袋に入れ、蓬《よもぎ》・菖蒲・造花な

どを添えて五色の糸を垂らしたもの。端午の節句の日に柱などにかけ、邪気・悪疫祓いにした。朝廷で行った端午の節会《せちえ》の遺風である。中国では長命縷といい、五月五日に肘《ひじ》などにかけて邪気を祓う呪《まじな》いとした。

薬玉や五色の糸の香に匂ふ　嘯　山
薬玉のしづかにまはり戻るかな　安田蚊杖
薬玉や大きな星が一つ出て　片山由美子
長命縷かけてながるゝ月日かな　清原枴童

【薪能《たきぎのう》】　興福寺の薪能　若宮能　芝能　薪猿楽《たきぎさるがく》

奈良の興福寺で行われる野外薪能。元来は二月の修二会《しゅにえ》の薪献進に始まる神事能だったが、明治二十年代以降中絶していた。戦後復活し昭和三十五年から簡略化して五月十一・十二日に行われるようになった。❖近年では夏のみならず薪能と称して各地で野外能が行われ季節感が失われた。

笛方のかくれ貌なり薪能　河東碧梧桐
鼓うてば闇のしりぞく薪能　石原八束
薪能五重の塔の黒装束　津田清子
曳くやうに笛吹き出せり薪能　茨木和生
火の影を踏む白足袋や薪能　小川軽舟
一笛に月の芝能はじまりぬ　大橋宵火

【夏場所《なつばしょ》】　五月場所

五月に東京の両国国技館で十五日間行われる大相撲本場所。神社仏塔の営繕の資金を募る勧進相撲の名残。天明年間から幕末までは毎年江戸両国回《え》向院《こういん》で行われた。↓初場所（新年）

夏場所やひかへぶとんの水あさぎ　久保田万太郎
煌々と夏場所終りまた老ゆる　秋元不死男

【ペーロン】　競渡《けいと》　ハーリー　ペーロン船　爬竜船《はりゅうせん》

和船で行われる競漕で、古く中国で五月五日に行われた競渡の風習が輸入されたもの。

もとは端午の節句の関連行事で、汨羅《べきら》で入水した中国の詩人屈原を弔う故事に基づいている。長崎市のものが最も規模が大きく、現在は七月の最終日曜日に行う。漕ぎ手二十八人、太鼓打ち・銅鑼《どら》叩《たた》き・舵《かじ》取り・あかとり・指揮者が乗り込み覇を競いあう。現代では長崎・熊本・沖縄・兵庫で行われる。

ペーロンに関りもなく巨船出づ　下村ひろし
ペーロンの舳先揃へてまだ発《た》たず　中村孝一
ハーリーやくろがねの胸水はじく　沢木欣一

【巴里祭《ぱりさい》】　パリ祭　パリー祭

七月十四日。一七八九年のフランス革命記念日の日本での呼び方。昭和八年、ルネ・クレールの映画『Quatorze Juillet（七月十四日）』の邦訳題名を「巴里祭」と訳したことに由来する。

汝が胸の谷間の汗や巴里祭　楠本憲吉
飾窓《ウインド》に帽子の咲く木巴里祭　宮脇白夜
名詩には名訳ありて巴里祭　杉　良介
古きよき雨の映画やパリー祭　鷹羽狩行
七月十四日《ル・カトルズ・ジュイエ》海の彼方といふ言葉　三橋敏雄

【朝顔市《あさがほいち》】　入谷《いりや》朝顔市

東京入谷の鬼子母神境内で七月六日から八日まで開かれる市。江戸時代、このあたりで朝顔の栽培が盛んだったことから朝顔市が有名になった。

しまひ日の朝顔市に来てゐたり　深見けん二
ぼつぼつと朝顔市の荷がとどく　佐藤和夫
切り火もて朝顔市の紺の護符　鈴木太郎
ひと雨を朝顔市にやりすごす　片山由美子

【鬼灯市《ほほづきいち》】　酸漿市《ほほづきいち》　四万六千日《しまんろくせんにち》

七月九・十日の両日、東京浅草寺の境内に立つ市。子供の虫封じ、女の癪《しやく》に効くとして鉢植えの鬼灯を売る。また十日の観世音《かんぜおん》菩薩《ぼさつ》の結縁日に参詣《さんけい》すると、四万六千日分に相当する功徳を授かるといわれる。

鬼灯市夕風のたつところかな　岸田稚魚
また少しこぼれて鬼灯市の雨　村沢夏風
したたかに踏まれ鬼灯市の土　藤本美和子
傘雫はらひて四万六千日　石井那由太
四万六千日人混みにまぎれねば　石田郷子

【山開《やまびらき》】 開山祭　ウエストン祭

夏の登山シーズンの初めに各山で行われる儀式で、鎮座する神により日は一定しない。富士山は麓《ふもと》では毎年七月一日に、山頂の富《ふ》士山本宮浅間《じさんほんぐうせんげん》大社奥宮では十一日に山開きがある。その他の山も多くこのころに行う。

↓川開

榊にて下天を払ふ山開　平畑静塔
神官の背を雲這へり山開き　岡田日郎
雨をもて木木を洗へり山開　瀧澤宏司
教会の鐘にはじまる山開　水田光雄
龍の棲む池も祓ひて山開　三村純也

【川開《かはびらき》】 両国の川開　両国の花火

各地の大きな川で、七月下旬から八月上旬にかけて行われる。河畔の納涼開始の幕開け。川開きと呼ぶのは川で泳ぐみそぎの風習があったことによる。とりわけ両国の川開きが有名。江戸名物の一つで、旧暦五月二十八日には、隅田川で花火が打ち上げられ、玉屋・鍵《かぎ》屋が互いにその技を競い、岸も水上も見物客で大いに賑った。昭和三十七年に中断されていたが、昭和五十三年から隅田川の花火大会として復活、江戸情緒の名残をとどめている。↓山開

夕飯や花火聞ゆる川開　正岡子規
満ち汐にすでに灯つらね川開　原石鼎
日のうちに一の花火や川開　福田素吾
川開水忘じたる時ありけり　星野石木

【祭《まつり》】 夏祭　祭獅子《まつりじし》　祭太鼓　祭笛
祭囃子《まつりばやし》　祭提灯《まつりぢやうちん》　祭髪　祭衣　宵宮《よひみや》　夜宮

宵祭《よひまつり》　本祭　陰祭　山車《だし》　神輿《みこし》　渡御《とぎよ》　御《お》旅所《たびしよ》　祭舟

夏季に行われる各神社の祭礼の総称。古くは祭といえば京都の上賀茂神社・下鴨神社の祭礼である賀茂祭（葵祭《あおいまつり》）のことをさした。❖春や秋の祭は農作物豊穣の祈願や感謝のためのものがほとんどだが、夏の祭は疫病や水害その他の災厄からの加護を祈るものが多い。↓春祭（春）・秋祭（秋）

神田川祭の中をながれけり　久保田万太郎
ふるさとの波音高き祭かな　鈴木真砂女
昼の月あはれいろなき祭かな　安住　敦
ふえてくる祭支度の足の音　西山　睦
紅さして腕の中なる祭の子　深見けん二
まつ青な蘆の中から祭の子　中西夕紀
御祭の昼の太鼓は子が打ちぬ　髙田正子
祭笛吹くとき男佳かりける　橋本多佳子
帯巻くとからだ廻しぬ祭笛　鈴木鷹夫
祭笛吹き納めたる口を拭く　福神規子
夜すがらの祭囃子に遠くゐて　永方裕子
男らの汚れるまへの祭足袋　飯島晴子
祭足袋一雨あびて来たらしく　須原和男
魂抜けの祭浴衣を月に干す　須賀一惠
宵宮や幼なじみも子を連れて　三村純也
灯より灯へ膳をはこびぬ宵祭　山本洋子
棺かつぐときの顔ぶれ荒神輿　沢木欣一

【御柱祭《おんばしらまつり》】　御柱　諏訪《すは》の御柱祭　諏訪祭　木落し

長野県諏訪大社の寅《とら》・申《さる》にあたる年の大祭。上社（本宮・前宮）と下社（春宮・秋宮）の四社の社殿の周囲に立てられる樅《もみ》の巨木（御柱）を新たに取り替える行事。巨木を切り出す「山出し」の途中の急坂での「木落とし」は、男たちが巨木に跨《また》がって滑り落ち、豪壮雄大なことで有名。

御柱落すあめつち息をとめ　高木良多

御柱に叫《おら》びて縋る歓喜かな　矢島渚男
宮入りの傷だらけなる御柱　棚山波朗
引綱に一夜の湿りおんばしら　伊藤伊那男
木落しの修羅場へ塩の撒かれたり　伊藤白潮

【競馬《くらべうま》】　賀茂《かも》の競馬《くらべうま》　きそひ馬

五月五日、京都市上賀茂神社で行われる神事。堀河天皇の治世に始まった競馬で、二十人の騎手が左方・右方の赤黒二手に分かれて、古式にのっとった衣冠姿で二頭ずつ競馬を行う。競馳《きょうち》に先立ち、一日に馬と騎手の組み合わせを決定する足汰式《あしぞろえしき》がある。❖故事により第一走だけは左方の勝ちが決まっていて、左方が走った後、右方が走る。

競べ馬一騎遊びてはじまらず　高浜虚子
樗より榎へ風や競べ馬　西村和子
競べ馬果てたる脚の洗はるる　井上弘美

【筑摩祭《つくままつり》】　鍋祭《なべまつり》　鍋冠祭《なべかんむりまつり》　鍋被《なべかぶり》　筑摩鍋　鍋乙女

五月三日、滋賀県米原市の筑摩神社の祭礼。「鍋冠祭」ともいわれる奇祭。薄緑の狩《かり》衣《ぎぬ》・緋袴《ひばかま》の平安朝装束をまとった少女らが、紙製の鍋や釜をかぶって祭神の還御に供奉《ぐぶ》する。里の女が契《ちぎ》りを交わした男の数だけ鍋釜を頭に載せて参詣《さんけい》させられたことが始まりとする説が有名。

小わらはも冠りたがるやつくま鍋　一茶
みめよくて浅くかむりぬ鍋祭　本田一杉
上ワ目して冠せてもらふ筑摩鍋　由山滋子
丸顔の八つならびて鍋乙女　岩崎照子

【葵祭《あふひまつり》】　賀茂祭《かもまつり》　加茂祭　賀茂葵　懸《かけ》葵《あふひ》　かざしぐさ

五月十五日の上賀茂・下鴨両社の祭。平安時代には祭といえば賀茂祭をさした。葵祭の名は近世以降のことで、人も馬や牛も葵を飾って参列する。午前十時半に平安朝の装束美々しい供奉の行列が御所を出発、下鴨神社で古式による祭儀を行った後、上賀茂神社に到着。それぞれの社前で「社頭の儀」といわれる牽馬《ひきうま》・東遊《あずまあそび》を行う。もとは旧暦四月の第二の酉《とり》の日に行った。❖石清《いわし》水《みず》八幡宮の祭を南祭、賀茂祭を北祭ともいった。

呉竹のよよにあふひの祭かな　樗良
大学も葵祭のきのふけふ　田中裕明
御車はうしろさがりや賀茂祭　後藤夜半
待つことも古きに倣ひ加茂祭　森宮保子
地に落ちし葵踏みゆく祭かな　正岡子規
牛の眼のかくるるばかり懸葵　粟津松彩子
行列に風の寄り添ふ懸葵　西宮　舞
かざしぐさ若き勅使の冠に　谷中隆子
かざしぐさ乾き上社に近づけり　田中博一

【三社祭《さんじゃまつり》】　浅草祭《あさくさまつり》　びんざさら踊

東京の浅草神社の祭礼。現在は五月十七・十八日に近い金曜日に神輿御魂入れ、土曜日には町内神輿連合渡御《とぎょ》、日曜日には本社神輿渡御が行われる。神輿渡御は江戸第一の荒祭として知られ、今でも多くの人で賑う。びんざさら（打楽器の一つ。数十枚の札状の板を綴《つづ》りあわせ、両端の取手を握って動かすと板同士が打ち合って鳴る）を持って舞うびんざさら神事、木遣りや手古舞の大行列など多彩である。

結綿に花櫛に三社祭かな　野村喜舟
大団扇三社祭を煽ぎたつ　長谷川かな女
肝煎の雪駄あたらし三社祭　斎藤夏風
草々に三社祭の朝の露　石田勝彦
浅草の祭へかかる橋いくつ　岩崎健一

【三船祭《みふねまつり》】　舟遊祭《しういうさい》　扇流し　西祭

五月第三日曜日に行われる京都車折《くるまざき》神社の祭礼。平安時代の船遊びを再現したもので、社前での神儀のあと、大堰《おおい》川（桂川）に御座船《ござぶね》・竜頭船《りゅうとうせん》・鷁首船《げきすせん》の三船を中心に芸能船が繰り出される。詩歌・管弦・舞楽などさまざまな芸能が奉納される。❖流扇船からは芸能上達を祈願して奉納された扇が次々流され、川面を彩る。

神遊ぶ三船祭の水ゆたか　太田由紀
三船祭昨夜の濁りの消えぬまま　江口井子
扇流しの扇の中の花一図　津根元　潮
遠目にも舸子《かこ》の水干西祭　後藤比奈夫

【御田植《おたうゑ》】 御田《おんだ》　御田祭《おんだまつり》　神植《かみうゑ》

多くの神社などで行われる御田植神事。田植はそれ自体、一種の祭儀であって、ここから田遊び・田楽《でんがく》・能などの芸能が発達した。現在の田植神事も多く田舞や田遊びなどの芸能を伴っている。大阪住吉《すみよし》大社の田植神事の「御田《おんだ》」は六月十四日に行われ、舞や踊で賑やか。伊勢神宮の「御田植」は、神宮の料田で五月上旬、神宮別宮の伊雑宮《いざわのみや》の「御神田《おみた》」は六月二十四日に行われる。

御田植に囃子鎮めのささら摺　桂　樟蹊子
一枚の空うすみどりお田植祭　伊藤敬子
投げ苗の御田《おんだ》の舞の上をとぶ　高野素十
植ゑる舞ふ囃す一つの御田にて　二川のぼる
御田植済みし和琴を抱へ去る　吉岡翠生

【富士詣《ふじまうで》】 富士道者　富士行者　富士《ふじ》禅定《ぜんぢやう》　山上詣　富士講　浅間講《せんげんかう》

富士山に登り、山頂の富士山本宮浅間《ふじさんほんぐうせんげん》大社奥宮に参ること。通常、七月一日の山開から行われる。参詣者は白衣をつけ、金剛杖を携え、「六根清浄お山は晴天」と唱和しながら山を登る。山開きにあわせて各地の浅間神社でも富士山の溶岩で作った境内の富士塚に登る。登頂によって行を修めることを「山上詣」「富士禅定」といった。

うすものに雲の匂やふじ詣　春　和
砂走《すばし》りの夕日となりぬ富士詣　飯田蛇笏
熱き茶をのこして発《た》てり富士道者　飯野燦雨

富士講者火を連ねつつ夜を登る　能見八重子

【厳島管絃祭《いつくしまくわんげんさい》】　厳島祭　管弦祭

安芸《あき》の宮島の厳島神社で行われる、平安絵巻さながらの神事。旧暦六月十七日に行われる。御霊代《みたましろ》を安置した御座船《ござぶね》は、多くの船を従えて管弦を奏しながら宮島の対岸の地御前《じごぜん》神社に向かい、神事を行う。夜の満潮時に篝火《かがりび》をつけて還御となり、見事な海の祭は幕を降ろす。

厳島管絃祭に月の波　皆川盤水
舟べりに酔ひ寝の漁夫や管絃祭　林　徹
大鳥居海に残して管弦祭　宮島英二
列柱に潮ひたひた管弦祭　西村和子
御座船の動くともなく動きそむ　清崎敏郎
篝火を先立て月の還御船　鷹羽狩行

【名越の祓《なごしのはらへ》】　御祓《みそぎ》　夏越《なごし》　夏祓《なつはらへ》　水《み》無月祓《なづきはらへ》　川祓《かははらへ》　川社《かはやしろ》　御祓川《みそぎがは》　形代流《かたしろなが》す　形代《かたしろ》　茅《ち》の輪《わ》　菅貫《すがぬき》

旧暦六月晦日《みそか》に行う祓の称。新暦となってからは六月三十日、七月三十一日に行う神社とさまざま。旧暦十二月の晦日を年越というのに対して六月の晦日を夏越と呼んだ。夏越神事は形代に半年間の穢《けが》れを託して川に流したり、茅の輪をくぐることが一般的である。なお川岸に斎串《いぐし》を立てて祭壇を設けることがあるが、これが川社である。❖菅貫は茅の輪のこと。

山へ紙ひらひらとんで御祓かな　宇佐見魚目
神楽殿ずいと夏越の風通す　藤木倶子
山へ飛ぶ大きな鳥や夏祓　原　雅子
叡山のあたりに雨気や夏祓　上野一孝
形代の襟のあたりのかげりかな　深見けん二
形代にかけたる息のあまりけり　綾部仁喜
白に白重ね形代納めけり　落合水尾
形代の面濡らさず流れゆく　名村早智子
青葭を茅の輪に結へり湖の神　森　澄雄

神官のこわごわくぐる茅の輪かな　蓬田紀枝子
みづうみへゆらりと抜けし茅の輪かな　大石悦子
水ひびく糺の森の茅の輪かな　七田谷まりうす
暮れてより空の晴れ来る茅の輪かな　浅井陽子
誰もゐぬ夜の茅の輪をくぐりけり　島谷征良
くらき滝茅の輪の奥に落ちにけり　田中裕明
まつすぐに汐風とほる茅の輪かな　名取里美

【祇園祭《ぎをんまつり》】　祇園会《ぎをんゑ》　祇園御霊会《ぎをんごりやうゑ》　山鉾《やまほこ》　鉾　二階囃子《にかいばやし》　祇園囃子《ぎをんばやし》　祇園太鼓　鉾祭　鉾町　屏風祭《びやうぶまつり》　無言詣《むごんまうで》　鉾立　弦召《つるめそ》

京都東山《ひがしやま》の八坂《やさか》神社の祭礼。江戸時代には日本三大祭の一とされ、七月一日の吉符入《きつぷいり》に始まり、前祭、後祭と繰り広げ、三十一日の疫《えき》神社の夏越祭に終わる。前祭、後祭では山鉾に提灯《ちようちん》をともし、祇園囃子が奏でられる。前祭は、十五・十六日の宵山、長《なぎ》刀鉾《なたぼこ》を先頭に祇園囃子も賑やかに練り歩く十七日の山鉾巡行まで。十八日からは後祭の山鉾を立て、平成二十六年に復活した大船鉾などが二十四日に巡行して終わる。二階囃子は祇園囃子の練習のこと。❖厄除けとして売られる鉾粽は各家庭で玄関に飾る。かつては巡行の時に鉾の上から観客に撒いたりしたが、現在では行っていない。「屏風祭」は鉾町の町家が秘蔵する屏風を飾り、道行く人々に披露する習わしのこと。

鉾にのる人のきほひも都かな　其角
祇園会や二階に顔のうづたかき　正岡子規
東山暮れて山鉾燦然と　小路智壽子
東山回して鉾を回しけり　後藤比奈夫
大車輪ぎくりととまり鉾とまる　山口波津女
月鉾に夜空は雨を降らしけり　鈴木真砂女
ゆくもまたかへるも祇園囃子の中　橋本多佳子
祇園囃子ゆるやかにまた初めより　辻田克巳
荒縄をくぐる荒縄鉾組めり　井上弘美
まつすぐに我にとび来ぬ鉾粽　大橋櫻坡子

その奥に屏風祭の人の影　藤本美和子
鉾の稚児雨の袂を重ねけり　髙田正子
願《ね》ぎごとを恥ぢつつ無言詣かな　加藤三七子
船鉾の日和神楽のぞろと来し　大石悦子

【博多祇園山笠《はかたぎをんやまかさ》】　山笠　博多祭

七月一～十五日（もとは旧暦六月一～十五日）に行われる博多（福岡市）の櫛田神社の夏祭。祭の起源は聖一国師が病気退散を祈禱《きとう》したことによる。七月一日に各町に飾り山笠が展示される。十日に舁《か》き山が始動し、水法被《みずはっぴ》の男たちが水を浴びながらかついで舁き山を豪快に走らせる。十五日は追山笠で祭は最高潮に達する。

山笠が立てば博多に暑さ来る　下村梅子
山笠見るや五寸の隙に身を入れて　小西和子

【野馬追《のまおひ》】

七月二十三～二十五日に行われる福島県相馬の太田神社・中村神社・小高神社の妙見三社の祭礼。甲冑《かっちゅう》に身を固めた騎馬武者が旗指物をなびかせて祭場の雲雀《ひばり》ヶ原《はら》で戦国の合戦絵巻さながらの神旗争奪戦を繰り広げる。野馬追は相馬氏の始祖平将門《まさかど》が家臣に放馬を追わせて訓練したことに由来するという。

野馬追も少年の日も杳《はる》かなる　加藤楸邨
野馬追へ具足着け合ふ兄弟　松崎鉄之介
野馬追の神旗を奪ふ砂ぼこり　棚山波朗
みちのくは雲湧きやすし野馬祭　古賀まり子

【天神祭《てんじんまつり》】　天満祭《てんままつり》　鉾流《ほこながし》の神事《しんじ》　川《かは》渡《と》御《ぎよ》　船渡御　神輿舟　どんどこ舟　御迎《おむかへ》人形《にんぎやう》　天満《てんま》の御祓《おはらひ》

七月二十五日、大阪天満宮の夏の大祭。鉾を流して豊穣を祈願する。前日の二十四日は宵宮で「鉾流神事」などが行われる。二十五日には陸渡御の後、この祭の圧巻である船渡御が行われる。神霊を載せた奉安船を中心に催太鼓《もよおしだいこ》や地車囃子《だんじりばやし》のどんどこ舟が供奉《ぐぶ》し、打ち上げ花火が揚げられる。

大阪の川の天神祭りかな　青木月斗
早鉦《はやがね》の執念き天満祭かな　西村和子
船渡御の波に団扇の流れけり　大橋宵火
おくれくるどんどこ舟は鉦迅し　河本　和

【安居《あんご》】 夏安居《げあんご》　雨安居《うあんご》　夏《げ》　一夏　夏行《げぎやう》　夏籠《げごもり》　夏断《げだち》　夏入《げいり》　結夏《けつげ》　解夏《げげ》　夏百日　夏書　夏花

旧暦四月十六日から七月十五日までの間、僧侶《そうりよ》が修道のため一室に籠《こも》り、精進修行すること。安居は梵語《ぼんご》の雨期の意で、万物が生長・発育するのを妨げたり、殺生しないようにとの釈迦《しやか》の教えによる。日本では古く宮中に始まり、一般仏家に広まった。期間を前安居・中安居・後安居の三つに分け、安居に入ることを結夏、安居の終了を解夏という。↓冬安居（冬）

しばらくは滝に籠るや夏の始め　芭　蕉
たもとして払ふ夏書の机かな　蕪　村
湯葉の香の一椀賜ふ安居かな　草間時彦
夏安居や石階塵もなく掃かれ　津田清子
半蔀をあげて夏安吾はじまりぬ　加藤三七子
奥山の滝に打たるる夏行かな　大石悦子
夏籠の箸がそろへてありにけり　井上弘美
まつすぐに一を引くなる夏書かな　高野素十
夏書了へ杉千本の夕日射　永方裕子
或時は谷深く折る夏花かな　高浜虚子

【練供養《ねりくやう》】 當麻練供養《たいまのねりくやう》　當麻法事　来《らい》迎会《がうゑ》　迎接会《げいせつゑ》　曼陀羅会《まんだらゑ》

阿弥陀《あみだ》如来と二十五菩薩《ぼさつ》の来迎のさまを演じるもの。奈良県葛城《かつらぎ》市の當麻寺で、阿弥陀如来の助けを借り、當麻曼陀羅を織り上げて極楽往生した中将姫の忌日とされる五月十四日に営まれる。二十五菩薩に扮《ふん》した菩薩講の人たちが中将姫の像に従い、来迎橋と呼ばれる長い渡廊下を練り進む。

茂りから鳥の音近し練供養　麦　水
附き人が菩薩を煽ぐ練供養　右城暮石
練供養翠微の雨のなか進む　高木石子
菩薩みな頭でつかち練供養　成瀬櫻桃子

【伝教会《でんげうゑ》】　**最澄忌《さいちようき》**　**伝教大師忌**　**延暦《えんりやく》寺《じ》六月会《みなづきゑ》**　**長講会《ちやうがうゑ》**

天台宗の祖、伝教大師最澄（七六七〜八二二）の命日の六月四日（もとは旧暦六月四日）に比叡山《ひえいざん》延暦寺浄土院で営まれる法要で、「長講会」ともいう。当日は大師の宝前に大津市坂本でとれた新茶が献上され、その後散華《さんげ》の斉唱や論義などが行われ、大師の遺徳を偲《しの》ぶ。

六月会雲母の雲も払けり　嘯　山
最澄忌山へ入りゆく鐘一基　柿本多映

【鞍馬の竹伐《くらまのたけきり》】　**竹伐会**　**竹伐《たけきり》**　**蓮華《れんげ》会《ゑ》**

六月二十日、京都の鞍馬寺で行われる会式。水への感謝、五穀豊穣、破邪顕正《はじやけんしやう》を祈るもの。本堂の前に大蛇に見立てた太い青竹を置き、近江座《おうみざ》・丹波座二手に分かれた僧兵（姿の法師）がその青竹を五段に切り速さを競う。勝った方の地域がその年の豊作を約束されるといわれる。❖峯延《ぶえん》上人が修行中に現れた大蛇を仏法の力で倒した故事にちなむ。

竹伐会済みし谷川激《たぎ》ちけり　轡田　進
僧兵の裔《すゑ》は美男よ竹伐会　浜　明史
東西に荒法師立ち竹伐会　塩川雄三
竹伐や錦につつむ山刀　鈴鹿野風呂

【原爆忌《げんばくき》】　**原爆の日**　**広島忌**　**長崎忌**

昭和二十年八月六日。広島市に世界最初の原子爆弾が落とされ、最初の四か月間で十三万人以上の人命が失われた。八月九日には長崎にも投下され七万人余りの人命が失われたと推定される。両日を原爆忌といい、八月六日を「広島忌」、九日を「長崎忌」という。広島では平和祈念公園で平和記念式典が行われ、長崎でも平和公園で平和祈念式典が行われる。

子を抱いて川に泳ぐや原爆忌　林　徹
原爆忌一つ吊輪に数多の手　山崎ひさを
八月の月光部屋に原爆忌　大井雅人
噴水の高きに折れて原爆忌　池田秀水
手がありて鉄棒つかむ原爆忌　奥坂まや
道と道しづかに別れ原爆忌　川口真理
立葵朱に咲き上る広島忌　金箱戈止夫
下闇に鳩の目あまた広島忌　橋本榮治
広島忌振るべき塩を探しをり　櫂　未知子
首上げて水光天に長崎忌　五島高資

【沖縄忌《おきなはき》】　慰霊の日

六月二十三日。第二次世界大戦末期、沖縄では日米最後の地上戦が行われた。正規軍より一般市民の犠牲の方が多く、死者十数万人、住民の四分の一が亡くなった。昭和二十年六月二十三日、沖縄軍司令官が摩文《まぶ》仁《に》岬で自決し沖縄軍は壊滅。この日を「慰霊の日」と決め、摩文仁の平和祈念公園で沖縄全戦没者追悼式が行われる。

艦といふ大きな棺沖縄忌　文挾夫佐恵
草を擂りつぶし草魂《くさだま》沖縄忌　宮坂静生
映像に死ぬ前の顔沖縄忌　矢島渚男
青白き妊婦沖縄慰霊の日　岡村美江
折れやすきクレパス沖縄慰霊の日　鈴木ふさえ

【鑑真忌《がんじんき》】

旧暦五月六日。唐招提寺《とうしょうだいじ》開祖鑑真《がんじん》和上（六八八～七六三）の忌日。現在、奈良の唐招提寺では新暦六月六日を命日として、御廟《ごびょう》に隣接する開山御影《かいさんみえい》堂で開山忌舎利会《しゃりえ》を行う。六月五～七日の三日間、堂内では国宝の鑑真和上坐像を開扉する。

塵なきを掃く学僧や鑑真忌　肥田埜勝美
鑑真忌堂の油火昼も足す　橋本美代子
もろどりの山深くゐて鑑真忌　矢島渚男
ひとすぢの跡白波や鑑真忌　中嶋鬼谷

【蟬丸忌《せみまるき》】　蟬丸祭

旧暦五月二十四日。平安時代、琵琶・和歌の名手であった蟬丸の修忌。大津市の逢坂《おうさか》の関蟬丸神社上社・下社、それに同市大谷町の蟬丸神社の三か所に音曲芸道の始祖として祀《まつ》られ、上社・下社では五月二十四日に近い第三または第四日曜日、蟬丸神社では五月第三日曜日に祭礼が行われる。

山ゆけば花みなしろし蟬丸忌　三嶋隆英
みづうみの波高くなり蟬丸忌　岬　雪夫
逢坂の雨のさみどり蟬丸忌　山田弘子

【業平忌《なりひらき》】　在五忌

旧暦五月二十八日。在五中将在原業平《ありわらのなりひら》（八二五〜八八〇）の忌日。六歌仙の一人で『古今和歌集』などに入集。日本の美男の代表で、『伊勢物語』のむかし男に擬せられる。京都の十輪寺で五月二十八日に営まれる業平忌には、三味線にあわせて経文を唱える三弦法要などの奉納がある。

山寺のはなやぐ一日業平忌　田畑美穂女
老残のこと伝はらず業平忌　能村登四郎
業平忌鷗のこゑの潮さび　永方裕子
在五忌の伝業平の山の墓　茨木和生
在五忌の樗は花を撒きそめし　西村和子
在五忌の雨むらさきに小塩山　徳永亜希

【万太郎忌《まんたらうき》】　傘雨忌《さんうき》

五月六日。俳人・小説家・劇作家久保田万太郎（一八八九〜一九六三）の忌日。東京浅草生まれ。俳句は初め岡本松濱、次いで松根東洋城に師事、暮雨または傘雨と号した。昭和二十一年「春燈」創刊、主宰。句集に『道芝』『流寓抄』ほか。

単衣着て胸元冷ゆる傘雨の忌　鈴木真砂女
死はある日忽然と来よ傘雨の忌　安住　敦

【たかし忌《たかしき》】　牡丹忌《ぼたんき》

五月十一日。俳人松本たかし（一九〇六～五六）の忌日。本名孝。東京神田《かんだ》の宝生流座付能役者の家に生まれる。病弱のため俳句に専心、高浜虚子の花鳥諷詠《ふうえい》を信奉し、「ホトトギス」で川端茅舎・中村草田男らと一時期を画した。句集に『松本たかし句集』ほか。

たかし忌の芥子卓上に花散らす　大橋敦子
取出だす遺愛の鼓牡丹忌　松本つや女

【晶子忌《あきこき》】　白桜忌

五月二十九日。歌人、与謝野《よさの》晶子（一八七八～一九四二）の忌日。現大阪府堺市《さかいし》生まれ。明治三三年創刊の「明星」を舞台に活躍、翌年刊行した歌集『みだれ髪』は、当時の女性としては先例をみない激しい情熱と大胆な表現で一躍脚光を浴びた。与謝野鉄幹《てっかん》と結婚し、五男六女をもうける。歌集に『小扇』『舞姫』『佐保姫』、古典の現代語訳に『新訳源氏物語』などがある。

晶子忌や両手にあます松ぼくり　永島靖子
晶子忌の壺にあふるる紅薔薇　片山由美子

【多佳子忌《たかこき》】

五月二十九日。俳人橋本多佳子（一八九九～一九六三）の忌日。東京本郷生まれ。大正十一年杉田久女を知り、「ホトトギス」「破魔弓」「天の川」などに投句。山口誓子に師事し、「天狼」の主要同人として活躍した。昭和二十三年「七曜」を主宰。昭和三十八年、大阪にて没。句集に『紅絲』『命終』ほか。

百合伐つて崖を荒せり多佳子の忌　橋本美代子
北見れば星うすうすと多佳子の忌　門屋文月
誰よりも長き黒髪多佳子の忌　ながさく清江

【桜桃忌《あうたうき》】太宰忌《だざいき》

六月十三日。小説家太宰治（一九〇九〜四八）の忌日。本名津島修治。青森県生まれ。無頼派・破滅型と称され、『斜陽』『人間失格』などは戦後文学の代表作とされる。昭和二十三年六月十三日、玉川上水で入水自殺、十九日に発見された。毎年六月十九日に東京三鷹市の菩提寺《ぼだいじ》禅林寺で桜桃忌が修される。

黒々とひとは雨具を桜桃忌　石川桂郎
林道を深くも来たり桜桃忌　波多野爽波
東京をびしよ濡れにして桜桃忌　蟇目良雨
太宰忌の身を越す草に雨の音　飯田龍太
太宰忌の夕日まるごと沈みゆく　中村明子
太宰忌へバネつよき傘ひらきたり　大信田梢月

【楸邨忌《しうそんき》】達谷忌《たつこくき》

七月三日。俳人加藤楸邨（一九〇五〜九三）の忌日。本名健雄。達谷とも号した。東京生まれ。水原秋櫻子を知り、「馬酔木《あしび》」に投句するようになる。のち、馬酔木調を脱し、人間内面の表現を希求するところから、中村草田男・石田波郷らとともに人間探求派と呼ばれた。昭和十五年に「寒雷」を創刊主宰。句集に『寒雷』『野哭《やこく》』『まぼろしの鹿』ほか多数。

楸邨忌灯点し頃をともさずに　猪俣千代子
葉桜は天蓋となり楸邨忌　小檜山繁子
濁り江の夜の底ゆく楸邨忌　中嶋鬼谷
水中の桃ひかりをり楸邨忌　江中真弓

【鷗外忌《おうぐわいき》】

七月九日。軍医・小説家、森鷗外（一八六二〜一九二二）の忌日。本名林太郎《りんたろう》。島根県津和野《つわの》の藩医の長男として出生。東大医学部を卒業後、軍医となる。ドイツに留学し、明治四十年（一九〇七）軍医総監陸軍省医務局長に就任。小説家としても夏目漱石とともに明治文壇に確固たる地位を築いた。代表作に、訳詩集『於母影《おもかげ》』、小説『舞姫』『雁』『阿部一族』『高瀬舟』『渋江抽斎』など多数。❖死に際して「石見《いわみ》人森林太郎トシテ死セント欲ス」という遺書を残して永眠。

復刻版限定五百鷗外忌　片山由美子

伯林《ベルリン》と書けば遠しや鷗外忌　津川絵理子

【茅舎忌《ばうしやき》】

七月十七日。俳人川端茅舎（一八九七～一九四一）の忌日。本名信一。東京生まれ。初め飯田蛇笏、のちに高浜虚子に師事して作句。約二十年間、病床にあった。句集に『華厳』『白痴』『川端茅舎句集』ほか。

茅舎忌の朝開きたる百合一花　高野素十

茅舎忌や芋の葉は露育てつつ　肥田埜勝美

【秋櫻子忌《しうあうしき》】　喜雨亭忌　紫陽花忌《あぢさゐき》　群青忌《ぐんじやうき》

七月十七日。俳人水原秋櫻子（一八九二～一九八一）の忌日。本名豊。東京神田生まれ。高浜虚子に師事し、四Ｓの一人として活躍したが、のち、「馬酔木」を主宰、虚子と訣別《けつべつ》した。近代的叙情を開拓。句集に『葛飾《かつしか》』『霜林』『余生』ほか多数。

炎天のわが影ぞ濃き喜雨亭忌　能村登四郎

朝顔の紺いさぎよし喜雨亭忌　水原春郎

紫陽花忌色なき夢に目覚めけり　徳田千鶴子

雲表は月夜なるべし群青忌　藤田湘子

【河童忌《かつぱき》】　我鬼忌《がきき》　龍之介忌

七月二十四日。小説家芥川龍之介（一八九二～一九二七）の忌日。東京京橋生まれ。漱石に認められて世に出た。独自の文学世界を築き、大正文壇の寵児《ちようじ》となった。代表作は『羅生門』『鼻』『地獄変』など。俳句も嗜《たしな》み、俳号は我鬼。昭和二年自殺。死後『澄江堂《ちようこうどう》句集』が刊行された。

河童忌や紙を蝕むセロテープ　小林貴子
蚊を打つて我鬼忌の厠ひゞきけり　飴山實
枡酒に我鬼忌の鼻を濡らしけり　木内彰志
踏切の音のしてゐる我鬼忌かな　武藤紀子
纜の引き合ふ力我鬼忌かな　髙橋富里

【不死男忌《ふじをき》】 甘露忌《かんろき》

七月二十五日。俳人秋元不死男（一九〇一～七七）の忌日。本名不二雄。横浜市生まれ。新興俳句運動の第一線に立ち、生活に即したリアリズムを追求した。昭和十六年、新興俳句弾圧事件に連座し、二年間の獄中生活を送る。その間の俳句をまとめた句集に『瘤《こぶ》』がある。戦後は「天狼」に参加するとともに「氷海」を主宰する。句集に『街』『甘露集』ほか。

走馬灯廻らぬもあり不死男の忌　堀内一郎
甘露忌の蟬と怠けて山の中　鷹羽狩行
甘露忌に白き風呼ぶさるすべり　木内彰志

【草田男忌《くさたをき》】 炎熱忌

八月五日。中村草田男（一九〇一～八三）の忌日。本名清一郎。外交官であった父の任地の中国厦門《アモイ》で生まれる。高浜虚子に師事。楸邨・波郷とともに人間探求派と称された。戦後「萬緑」を創刊主宰し、芸と文学の融合を提唱した。句集に『長子』『萬緑』『来し方行方』ほか多数。

草田男忌峡《かひ》の正座に北極星　平井さち子
炎天こそすなはち永遠《とは》の草田男忌　鍵和田秞子
浮雲に帰心ありけり草田男忌　井上閑子
海の上のあをき夕空草田男忌　友岡子郷

動物

【鹿の子《しかのこ》】 鹿《か》の子《こ》　子鹿　親鹿

鹿は秋に交尾し、翌年の四月中旬〜六月中旬に子を一匹産む。雄鹿は二年目から角が生える。親鹿のあとについて甘えるように歩いている子鹿は可愛い。↓春の鹿（春）・鹿（秋）

萩の葉を咥へて寝たる鹿の子哉　一　茶
鹿の子にももの見る眼ふたつづつ　飯田龍太
鹿の子の耳より聡き肢もてる　後藤比奈夫
鹿の子のひとりあるきに草の雨　鷲谷七菜子
森深く月さしてゐる鹿の子かな　西嶋あさ子
せせらぎを渡り終へたる鹿の子かな　陽　美保子
ひと波に消えて子鹿の蹄あと　八染藍子

【袋角《ふくろづの》】 鹿の袋角　鹿の若角

鹿の角は毎年、春に付け根から落ち、晩春から初夏にかけて生えかわる。初めビロードのような柔毛の生えた皮をかぶっており、中は多数の毛細血管が満ちていて柔らかい。これが袋角で、再生するたびに角の枝が殖える。↓落し角（春）

袋角熱あるごとくあはれなり　中田みづほ
袋角鬱々と枝を岐《わか》ちをり　橋本多佳子
袋角夕陽を詰めてかへりゆく　澁谷　道
日輪のぼんやりとある袋角　ながさく清江
決然として触れしめず袋角　赤松蕙子
木漏れ日の影のからまる袋角　西宮　舞

【蝙蝠《かうもり》】 かはほり　蚊《か》喰鳥《くひどり》

頭が鼠のようで前肢が長い翼手目の哺乳《ほにゅう》類の総称。夜行性で屋根裏・巌窟《がんくつ》・樹洞などに棲息《せいそく》している。後肢で止まってぶら下がり休む。多くの種類が食虫性。初夏から晩秋にかけて、夕方になると盛んに外を飛び回り、蚊などを捕食するので蚊喰鳥ともいわれる。年一回、初夏に二、三匹の子を産む。翼と思われるものは前肢の長い指の間に発達した飛膜で、すすけた褐色をしている。❖超音波をレーダーのように使う種類が多く、闇夜でも障害物に衝突することがない。

蝙蝠やひるも灯ともす楽屋口　永井荷風
やはらかく蝙蝠あげぬ港町　秋沢猛
蝙蝠の黒繻子の身を折りたたむ　正木ゆう子
見失つてはかはほりの増ゆるなり　加藤かな文
羽音なほ夜空に残し蚊喰鳥　稲畑汀子
室生寺にかくれ道あり蚊喰鳥　山本洋子

【亀の子《かめのこ》】　**銭亀《ぜにがめ》**

亀には多くの種類があるが、日本特産の石亀の子はその形が銭に似ていて可愛いので銭亀といわれる。池や泉に固まって、甲羅を干したり、幼い様子で泳いだりしている亀の子は愛くるしい。

亀の子のその渾身の一歩かな　有馬朗人
亀の子のすつかり浮いてから泳ぐ　髙田正子
亀の子も小さき音して水に入る　金久美智子
銭亀売る必ず白き器にて　斎藤夏風

【雨蛙《あまがへる》】　**枝蛙《えだかはづ》**　**青蛙《あをがへる》**　**夏蛙《なつがへる》**　**森青蛙**

体長四センチぐらいで、目の後ろに黒線がある。木の葉や草の上に棲《す》み、夕立の前などにキャクキャクと鳴く。葉の上では緑色であるが、木の幹や地上では灰褐色になるなど環境に合わせて体の色を変化させる。枝の上にとまることができるので枝蛙ともいう。青蛙は丘陵や水辺に棲む緑色の蛙、森青蛙は本州の山地に棲み初夏、樹上に黄白色の卵塊を産み付ける。↓蛙（春）

葛城の雲のうながす雨蛙　水原秋櫻子

手を出せと言はれて受けぬ雨蛙　松浦加古
鳴く前の喉ふるはせて雨蛙　伊藤伊那男
やや高き枝に移りぬ雨蛙　長谷川　櫂
青蛙おのれもペンキぬりたてか　芥川龍之介
青蛙ぱつちり金の瞼かな　川端茅舎

【河鹿《かじか》】　河鹿蛙　河鹿笛

山間のきれいな谷川に棲息する蛙。体長は雌が七、八センチで雄は四、五センチと小さい。すべての指先に吸盤があるので岩に吸い付き早瀬でも流されることがない。ヒヨヒヨ、フィフィフィ……と美しくよく響く声で鳴く。声を称美して河鹿笛と呼ぶ。
❖声を愛《め》でて山の鹿に対して河の鹿といったのが名の由来。

瀬の音のまさりゆきつゝ河鹿かな　星野立子
仮の世と思ふ河鹿の声の中　村沢夏風
河鹿聞くとて宿の灯を細うせり　上野　燎
聴くほどに数の増えゆく夜の河鹿　加藤瑠璃子
水際まで山落ちてゐる河鹿笛　矢島渚男
滝音の遠のきてより河鹿笛　宮木忠夫

【蟇《ひきがへる》】　蟾蜍《ひきがへる》　蟾《ひき》　蝦蟇《がま》　がまがへる

日本産の蛙の最大のもので、肥えていて四肢が太く短い。背面は黄褐色または黒褐色で疣《いぼ》がたくさんある。動作が鈍重で、のっそり歩く。夕方庭先などに現れて、蚊などの昆虫を捕食する。「蝦蟇」は蟇の異名。

蟇誰かものいへ声かぎり　加藤楸邨
跳ぶ時の内股しろき蟇　能村登四郎
遅れたる足を引き寄せ蟇　石田勝彦
人の世の端に居座る蟇　村越化石
山風の響みに頓《ひた》と蟇　宮坂静生
蟾蜍長子家去る由もなし　中村草田男
裏山をゆすりて蝦蟇のつるみけり　那須淳男
大き蟇月ある方へ歩みけり　鍵和田秞子
土砂降りの泥の中なる蟇の恋　小島　健
蟇交む似たやうな顔うち重ね　岩田由美

【山椒魚《さんせうを》】　はんざき

サンショウウオ目の両生類の総称。蜥蜴《とかげ》のような形で、体長四センチから一二〇センチくらいのものまでいる。山間の渓流や、水の湧く場所に棲息、水中の小魚・蟹・蛙などを捕食する。山椒に似た匂いがするのでこの名がある。❖大山椒魚は半分に裂いても死なないとのいわれから、はんざきと呼ばれる。特別天然記念物。

月光にもっとも近き山椒魚　すずき巴里
山椒魚百年生きて死ににけり　福永法弘
石にゐて石よりしづか山椒魚　大谷弘至
山椒魚動きて岩とけぢめつく　茨木和生
はんざきの傷くれなゐにひらく夜　飯島晴子
永劫を見つめはんざき動かざる　有馬朗人
はんざきは手足幼きままに老ゆ　日原　傳

【蠑螈《ゐもり》】　井守《ゐもり》　赤腹《あかはら》

イモリ科の両生類。守宮《やもり》に似ているが、やや大きい。背が黒く腹が赤いので赤腹と呼ばれる。尾が平たいので遊泳に適している。池や溝、野井戸などに棲息、水面へ出ると肺呼吸する。五〜六月ごろに産卵する。

石の上にほむらをさます井守かな　村上鬼城
浮み出て底に影あるゐもりかな　高浜虚子
浮き上がりきりたる蠑螈力抜く　茨木和生

【守宮《やもり》】　壁虎《やもり》　家守

ヤモリ科の爬虫類《はちゆうるい》。夜行性で小さな昆虫類を食べる。指の裏に吸盤を持ち、壁・天井・雨戸・門灯などに手を広げてぴったりと吸いつく。❖害虫を捕食する有益な動物である。

守宮出て全身をもて考へる　加藤楸邨
高床の家に棲みたる守宮かな　明隅礼子
硝子戸の夜ごとの守宮とほき恋　鍵和田秞子

【蜥蜴《とかげ》】　青蜥蜴　瑠璃蜥蜴《るりとかげ》　縞蜥蜴《しまとかげ》

全長二〇センチに達し、尾が長い。成体は

一様に茶褐色であるが、幼体は背が黒色で縦筋が走り、尾は鮮やかな青色をしている。夏、草むらや石垣の隙間などにいて小虫を捕食する。敏捷《びんしょう》で腹を地につけるようにして走る。敵に襲われると尾を切り捨てて逃げるが、尾は再生する。

しんかんと蜥蜴が雌を抱へをり　横山白虹
いくすぢも雨が降りをり蜥蜴の尾　橋本鶏二
はしり過ぎとまり過ぎたる蜥蜴かな　京極杞陽
蜥蜴と吾どきどきしたる野原かな　大木あまり
掌中にタクラマカンの蜥蜴の子　岩月通子
すりぬける蜥蜴の縞の流れかな　鴇田智哉
なめらかに地の罅わたる青蜥蜴　福田蓼汀
青蜥蜴オランダ坂に隠れ終ふ　殿村菟絲子
青蜥蜴石を冷たくしてゐたり　小島健
瑠璃蜥蜴神に呼ばれて走るなり　前川弘明

【蛇《へび》】　くちなは　ながむし　青大将　赤《やま》楝蛇《かがし》　山楝蛇《やまかがし》　縞蛇《しまへび》　烏蛇《からすへび》

胴が長く四肢のない爬虫類。日本に棲息するものは蝮《まむし》や飯匙倩《はぶ》、山楝蛇などの類を除けば無毒で、害を加えることはない。冬眠した蛇は啓蟄《けいちつ》のころ穴を出、夏になるとあたりを徘徊《はいかい》するが、水面も走る。❖顎の関節が緩く、大きく口を開いて自身より大きな動物を呑み込むことが出来る。↓蛇穴を出づ（春）・蛇穴に入る（秋）

水ゆれて鳳凰堂へ蛇の首　阿波野青畝
全長のさだまりて蛇すすむなり　山口誓子
畦草に乗る蛇の重さかな　飯島晴子
蛇のあとしづかに草の立ち直る　邊見京子
姫塚のほとりを蛇の去りやらず　古田紀一
まなじりへ滑り込みたる蛇の影　中坪達哉
一筋の冷気となりて蛇すすむ　山本一歩
いきほひの出て真直ぐに蛇泳ぐ　日原傳
蛇の舌空気舐めつつ進むなり　村上鞆彦
青大将女の声にたぢろぎぬ　上野みのり

碧大将実梅を分けてゆきにけり　岸本尚毅
まだそこに尾の見えてをり赤棟蛇　金久美智子
赤棟蛇流れの底に落ちにけり　石　寒太

【蛇衣を脱ぐ《へびきぬをぬぐ》】　蛇皮を脱ぐ　蛇の衣　蛇の殻　蛇《へび》の蛻《もぬけ》

蛇が成長のために表皮を脱ぐこと。食物などの条件を満たせば、温暖な時期に数回脱皮し、そのたびに体は大きくなる。その脱け殻は蛇の衣とも呼ばれ、草の中や垣根、石垣などに残っているのを見かけることがある。

髪乾かず遠くに蛇の衣懸る　橋本多佳子
袈裟がけに花魁草に蛇の衣　富安風生
蛇の衣吹かれ何とはなく急ぐ　鷲谷七菜子
蛇の衣一枚岩に尾が余り　廣瀬直人
地に置けば地の昂ぶれる蛇の衣　小泉八重子
眼の玉のところ破れて蛇の衣　大木あまり
カムイ坐す岩はいびつに蛇の殻　源　鬼彦

【蝮《まむし》】　蝮蛇《まむし》　赤蝮　蝮捕《まむしとり》　蝮酒

毒蛇で、四〇～七〇センチ。ずんぐりしていて尾が短く、灰褐色の地に赤褐色の斑点がある。頭が三角形で平たいのが特色。他の蛇と違って人が近づいても逃げず、飛びかかって来る。生きたまま焼酎につけた蝮酒など、昔から強壮剤に利用されている。

曇天や蝮生き居る罎の中　芥川龍之介
蝮の子頭くだかれ尾で怒る　西東三鬼
枕木をわたつて来る蝮捕　小原啄葉
蝮捕水のぬくもり見に来たる　茨木和生
鼈甲の色滴らしまむし酒　石塚友二

【羽抜鳥《はぬけどり》】　羽抜鶏《はぬけどり》

換羽期の鳥のこと。多くの鳥類は繁殖期の終わった夏から秋にかけて全身の羽毛が抜け換わる。大抵の鳥がみすぼらしく見えて滑稽であり、侘《わび》しい感じもする。羽抜鶏は羽の抜けた鶏をいう。鶏舎に行くとおびただしい抜け羽が散っていることがある。

寵愛のおかめいんこも羽抜鳥　富安風生
首伸ばし己たしかむ羽抜鶏　右城暮石
羽抜鶏片目にわれをとらへけり　古舘曹人
人間と暮してゐたる羽抜鶏　今井杏太郎
羽抜鶏五六歩駆けて何もなし　岡田日郎
羽抜鶏影を大きくして歩く　森下草城子
引潮とへだたるばかり羽抜鶏　友岡子郷

【時鳥《ほととぎす》】　子規《ほととぎす》　不如帰《ほととぎす》　杜鵑《ほととぎす》　蜀魂《ほととぎす》
杜宇《ほととぎす》

日本で繁殖するカッコウ科の小型の鳥。背面は暗灰色、風切羽はやや褐色、尾羽には黒色の地に白斑がある。五月中旬ごろに南から渡ってきて、低山帯から山地などに棲息し飛び回る。卵を鶯《うぐいす》などの巣に托《たく》す習性(托卵)がある。昼夜の別なく一種気迫のある鳴き方をし、「てっぺんかけたか」「本《ほん》尊《ぞん》かけたか」「特許許可局」その他いろいろに聞き做《な》す。古来、激しい鳴き声を「帛《きぬ》を裂く如し」といい、鳴くときに口中の鮮紅が見えるので「鳴いて血を吐くほととぎす」という。❖『道元禅師和歌集』の歌、〈春は花夏ほととぎす秋は月冬雪さえてすずしかりけり〉のとおり、雪月花に並ぶ夏の主要な季の詞《ことば》であり、鶯とともに、初音を待ちわびるものであった。

時鳥なくや湖水のさゝ濁り　丈草
野を横に馬牽き向けよほととぎす　芭蕉
ほととぎす平安城を筋違に　蕪村
水晶を夜切る谷や時鳥　泉鏡花
往くのみの戦のありし時鳥　伊藤通明
谺して山ほととぎすほしいまゝ　杉田久女
ほとゝぎすなべて木に咲く花白し　篠田悌二郎
村人に微笑仏ありほととぎす　秋元不死男
ほととぎす鳴くやあの世のあかるくて　中山純子
山荘に肘つく机ほととぎす　土屋未知

ほととぎす啼いて雨また降りはじむ　山本洋子
山城は山に還りぬほととぎす　藤田直子
井戸水にくもる庖丁ほととぎす　山下知津子
誰がこともいつか昔にほととぎす　高田正子
母病めば父病む雨のほととぎす　名取里美

【郭公《くわくこう》】　閑古鳥

ホトトギスと似ているがやや大型の鳥。五月半ばに南方から飛来して秋に去る。低山や平地の樹林に棲息し、卵を頰白・鵙《もず》・葭《よし》切《きり》などに孵化《ふか》させる托卵《たくらん》の習性は時鳥と同じである。鳴き声はカッコウ、ハッポウなどと聞こえるのですぐに識別できる。羽色は雌雄同色。

うき我をさびしがらせよかんこ鳥　芭蕉
郭公や何処までゆかば人に逢はむ　臼田亜浪
郭公の己がこだまを呼びにけり　山口草堂
郭公の声のしづくのいつまでも　草間時彦
郭公や水の底まで石畳　廣瀬直人
郭公や湿原に水滅びつつ　矢島渚男
日の束の摑めさうなり夕郭公　小林貴子
閑古鳥耳成山に鳴《なき》にけり　松瀬青々
湖《うみ》といふ大きな耳に閑古鳥　鷹羽狩行
焼き上がるベーコンサンド閑古鳥　篠沢亜月
山寺のきざはし数へ閑古鳥　両角玲子

【筒鳥《つつどり》】

色彩・大きさ・習性など郭公とよく似た鳥。ポポポポ、ポンポンとあたかも筒を引き抜くような声で鳴く。低山帯・平地に多く棲息、四月中〜下旬に南方より飛来、秋に去る。他のホトトギス科の鳥同様、托卵の習性がある。地方によって名称はさまざま。

筒鳥を幽かにすなる木のふかさ　水原秋櫻子
筒鳥や山に居て身を山に向け　村越化石
筒鳥や風いくたびも吹き変り　山田みづえ
筒鳥のこゑ溜まりくる朝の月　藤本美和子
筒鳥の風の遠音となりにけり　三村純也

【慈悲心鳥《じひしんてう》】　十一《じふいち》

ホトトギス類四種のうちこの鳥だけは羽毛がはっきりと違う。頭から背面にかけて灰黒色で、尾羽は灰褐色、腹は錆びた赤色。ジュイチー、ジュイチー（十一）、もしくはジヒシン、ジヒシン（慈悲心）と鳴く。日本に渡って来る時鳥類では最も標高の高い所にまで棲息。五月に南方から飛来する。

❖鳥の名はジュウイチであるが季語としては慈悲心鳥が好んで使われる。

慈悲心鳥おのが木魂に隠れけり　前田普羅

岳人の寝顔をさなし慈悲心鳥　岡田貞峰

慈悲心鳥一族十戸の神祀る　岡部義男

十一や北壁見ゆる三の沢　桂　樟蹊子

十一や牧の昼餉は木に寄りて　橋本榮治

【仏法僧《ぶつぽふそう》】　木葉木菟《このはづく》　三宝鳥

高野山、比叡山《ひえいざん》、身延山《みのぶさん》や愛知県の鳳来寺《ほうらいじ》山《さん》などの深山霊域で、夏の夜ブッポウソウと鳴くのはブッポウソウ科の仏法僧だと古来信じられてきた。しかし、昭和十年に、実はフクロウ科の木葉木菟であることが判明した。そこで仏法僧を「姿の仏法僧」、木葉木菟を「声の仏法僧」と呼ぶ。仏法僧は青緑色で赤い嘴《くちばし》が目立つ。木葉木菟は全体に褐色で金色の目をしている。幼鳥は共に純白。

仏法僧鳴くべき月の明るさよ　中川宋淵

仏法僧坊の時計はひとつ鳴りぬ　澤田緑生

仏法僧月下に杉の鉾尖り　渡邊千枝子

仏法僧寺の水桶蕗浸す　小川原嘘帥

【夜鷹《よたか》】　怪鴟《よたか》　蚊吸鳥《かすひどり》

五月中旬に飛来し、低山などに棲息してキョキョキョと鋭い声で鳴く。鳩くらいの大きさで全体に灰褐色、夜行性。飛びながら昆虫類、主として蛾や蚊などを捕食する。

❖夕方と払暁前後に鳴くことからヨメオコ

シ、鳴き声からキュウリキザミなどの地方名がある。

夜鷹鳴く鳥海までの真の闇　山口青邨
まぎれなく夜鷹と聴きて寝そびれし　千代田葛彦
夜鷹鳴き湖の彼方の灯に執す　馬場移公子
この辺り伊勢が近くて夜鷹啼く　鈴木鷹夫
真赤なる河内の月に夜鷹啼く　大峯あきら
夜鷹鳴きいつも何かに急かれゐる　棚山波朗

【青葉木菟《あをばづく》】

フクロウ科の鳥で青葉の頃に飛来し、秋に南方に去る。背部は黒く、尾羽には灰褐色の帯斑がある。山麓《さんろく》または平地の森林に多くいるが、村落・都会の神社などの木立にも棲息する。昼は梢で眠っているが、夜になるとホーッ、ホーッと一種特異な寂しい暗い声で鳴く。

夫《つま》恋へば吾に死ねよと青葉木菟　橋本多佳子
青葉木菟おのれ恃めと夜の高処　文挾夫佐恵
きつちり置くひとりの枕青葉木菟　河合照子
子を肩に載せて歩けば青葉木菟　福永耕二
一叢の草濡れてをり青葉木菟　望月百代
枕辺に父の来てゐる青葉木菟　ふけとしこ
真昼には真昼の暗さ青葉木菟　江崎紀和子
手紙よく書きたるむかし青葉木菟　片山由美子

【老鶯《らうあう》】　**老鶯《おいうぐひす》**　**夏鶯《なつうぐひす》**　**乱鶯《らんあう》**　**残鶯《ざんあう》**

夏の鶯。高原や山岳地帯では、繁殖のために山に上がった鶯が夏になっても鳴いている。これが老鶯で、老いた鶯をいうのではない。晩夏になり繁殖期を過ぎた鶯は鳴かなくなる。これを「鶯音を入る」という。

→鶯（春）・笹鳴（冬）

老鶯や峠といふも淵のうへ　石橋秀野
老鶯や珠のごとくに一湖あり　富安風生
老鶯やしんしん暗き高野杉　石塚友二
老鶯や晴るるに早き山の雨　成瀬櫻桃子
老鶯の声の一滴ゆきわたり　金原知典

待つ明るさ夏うぐひすの次の声　加倉井秋を
夏うぐひす総身風にまかせゐて　桂　信子
乱鶯のこゑ谷に満つ雨の日も　飯田蛇笏

【雷鳥《らいてう》】

日本アルプスと新潟県火打山周辺の高山帯に棲息する留鳥。夏羽は褐色、冬羽は白色と、季節の環境に合わせて羽色を変える。犬鷲などの猛鳥を警戒して、朝夕の薄明時、また雷雨などがきそうな荒天を利用して採《さい》餌《じ》するのでこの名がある。❖子への愛情の強い鳥で、繁殖期の夏季には雛《ひな》をつれた親鳥が見られる。特別天然記念物。

雷鳥の声雪渓の風にのり　小原菁々子
登山綱《ザイル》干す我を雷鳥おそれざる　石橋辰之助
雷鳥がゐて薄明の霧ながる　山上樹実雄
夕闇に雷鳥まぎれ岩残る　岡田日郎
雷鳥や雨の来さうな山の色　田所節子

【燕の子《つばめのこ》】　子燕　親燕

燕は初夏から七月にかけて二度産卵する。それぞれ一番子、二番子と呼ぶ。五月になると、一番子が顔を並べて巣の中で親が運んでくる餌を待つ様子が見られる。六月に入ると飛翔を習い始めるほほえましい姿を見ることが出来る。↓燕（春）・燕帰る（秋）

天窓の朝明けを知る燕の子　細見綾子
早鞆《はやとも》の風に口あけ燕の子　飴山　實
真つ暗な幾夜を経たる燕の子　廣瀬直人
ゆふかぜに頭吹かれて燕の子　井上弘美
つばめの子ひるがへること覚えけり　阿部みどり女
子燕のこぼれむばかりこぼれざる　小澤　實
子燕の口を数へて朝はじまる　津川絵理子

【鴉の子《からすのこ》】　烏《からす》の子《こ》　子烏　親烏

鴉の産卵期は三〜六月ごろで、この時期に鴉の巣を見かける。夏には若鳥が巣から地面に降り立って、親鳥と一緒に尻を振って歩いているのを見かける。

たべ飽きてとんとん歩く鴉の子　高野素十
白波の立ち上がりくる鴉の子　石井那由太
烈風の枝を歩いて鳥の子　山西雅子
鳥の子一羽になりて育ちけり　村上鬼城
子別れの鳥の落す羽根一つ　有馬朗人

【葭切《よしきり》】　行々子《ぎやうぎやうし》　葭雀《よしすずめ》

大葭切と小葭切があるが、よく見かけるのは大葭切である。大葭切は雀より少し大きく鶯に似ている。背面はオリーブ色を帯びた淡褐色、腹面は黄白色。五月はじめに中国南部から飛来し、沼沢・河畔の蘆《あし》の繁茂する所に巣を作る。ギョギョシギョギョシと鳴くので行々子とか葭原雀ともいわれる。小葭切は蘆原の他に乾燥した草原でも見られる。

よしきりや汐さす川の水遅し　几董
行々子大河はしんと流れけり　一茶
葭切のをちの鋭声や朝ぐもり　水原秋櫻子
月やさし葭切葭に寝しづまり　松本たかし
葭切やぽつと日の差す捨て小舟　三田きえ子
葭切や迂回して着く渡し舟　寺島ただし
夜は雨の堅田に眠り行々子　清水基吉
一本の芦よりひびく行々子　滝沢伊代次
まつさをな日暮来てをり行々子　今井杏太郎
葭雀二人にされてゐたりけり　石田波郷

【翡翠《かはせみ》】　川蟬　せうびん　翡翠《ひすい》

雀より大きい留鳥で、全体が青緑色。いわゆる翡翠《ひすい》の玉に似てきわめて美しい。嘴《くちばし》は黒くて鋭く長い。夏、渓流や池沼に沿った杭《くい》や岩・樹枝の上から魚を狙い、見つけると急降下して捕らえる。飛翔は直線的で、飛びながらツィーという声で鳴く。❖翡翠《ひすい》は異称で、雄を翡、雌を翠という。

翡翠の打ちたる水の平かな　松根東洋城
翡翠の影こん〳〵と溯り　川端茅舎

翡翠に杭置去りにされにけり　八木林之助
一身を矢とし翡翠漁れる　山口　速
合流の瀬を翡翠のひとたたき　石井那由太
翡翠の魚呑みし嘴まだ光る　辻　恵美子

【鷭《ばん》】　大鷭《おほばん》

水鶏《くいな》よりやや大型。羽色は灰黒色で、嘴の基部が赤い。尾を高く上げクルルーとかキュックと鳴きながら水面を巧みに泳ぐ。首を前後に動かしながら泳ぐのが特徴。四〜九月に、水辺の草の間に枯草を重ね皿形の巣を作り、五〜十個の卵を産む。肉が美味で狩猟の対象とされる。大鷭は全身が黒くて鼻から嘴にかけて白い。

鷭鳴いてたそがれ近き沼ひかる　下村ひろし
鷭の子の親の水輪に溺れさう　藤木倶子
鷭の子を風が集めてゆきしかな　西山　睦

【浮巣《うきす》】　鳰《にほ》の浮巣《うきす》　鳰の巣

かいつぶり（鳰）が沼や湖に掛ける巣のこと。水生植物の茎を支柱とし、真菰《まこも》・蓮《はす》・藻などを利用して逆円錐《えんすい》形に作る。水の増減に応じて巣も上下するので、鷭や水鶏《くいな》の巣のようにめったに水中に沈むことはない。

五月雨に鳰の浮巣を見に行かむ　芭　蕉
朝雲の消えて遠のく浮巣かな　兆　映
濡れてゐる卵小さき浮巣かな　山口青邨
つゝがなく浮巣に卵ならびをり　阿波野青畝
舟出して浮巣見にゆく月の中　森　澄雄
雨にすぐ輪を生む池の浮巣かな　鷹羽狩行
降る雨を浮巣の上に見て戻る　相馬黄枝
舷の高さに浮巣上がりけり　佐久間慧子
青きもの根づいてゐたる浮巣かな　片山由美子
葦のひま鳰の浮巣を匿《かく》しけり　石川桂郎

【鳰の子《にほのこ》】

鳰は四〜七月に四〜六個を産卵し、雛は二十〜二十五日くらいでかえる。孵化《ふか》後、約一週間で泳げるが、しばらくは親鳥が背中に乗せて保温し外敵からまもる。雛は自分で餌がとれるようになるまで親鳥から餌の捕え方を教えられ、その後追われるように巣立つ。巣立ちまでおよそ六十〜七十日である。

鳰たのし親が潜れば子も潜り　竹末春野人
浮御堂けふ鳰の子の孵りけり　伊沢　恵
鳰の子の母の水輪を離れざる　今橋眞理子

【軽鳧の子《かるのこ》】　軽鴨の子

軽鳧は四〜七月に七〜十二個を産卵し、雛は二十六日くらいでかえる。黄褐色の軽鳧の子は全身綿羽に覆われている。しばらくは母鳥の後を追うようによちよちと歩いたりして、あどけない姿が愛らしい。❖俳句で鴨の子と詠まれているのはほとんど軽鳧の子である。

かるのこがつぎつぎ残す水輪かな　村上鬼城
軽鳧の子の親を離るゝ水尾引いて　今井つる女
軽鳧の子もはばたくやうなことをして　高田正子

【通し鴨《とほしがも》】　夏の鴨　軽鴨《かるがも》　夏鴨　黒鴨《くろがも》　鴨涼し

大方の鴨は春になると北方に帰るが、そのまま残っているものを夏の鴨といい、水に浮くさまを鴨涼しなどと詠む。これとは別に、留鳥の軽鴨を夏鴨ともいい、何羽もの子どもを連れて歩いている様子を見かける。❖「通し」とは、渡り鳥がそのまま日本に滞留することをいう。→鴨（冬）

妙高の霽《は》るると羽搏《う》つ通し鴨　木村蕪城
水暗きところにをりぬ通し鴨　星野麥丘人
瑠璃沼の瑠璃のさざなみ通し鴨　阿部子峡
夏鴨へくらき敷居を跨ぎけり　摂津よしこ

【鵜《う》】　海鵜《うみう》　河鵜《かはう》

烏のような黒や緑黒色の羽毛に覆われたウ科の鳥で、嘴が長い。潜水が巧みでよく魚を捕らえる。河鵜・海鵜・姫鵜などがある。

河鵜は現在、繁殖地が激減しているが、海鵜は北海道から九州までの沿岸や小島で繁殖する。❖鵜飼に使われるのは海鵜。↓鵜飼

波にのり波にのり鵜のさびしさは　山口誓子
曇天に時に湧きたつ鵜なりけり　細見綾子
鵜が寄りて濡身をさらに濡らしあふ　藤井亘
北陸線鵜の礁《いは》鵜の礁暗くなる　森澄雄
昼は渚をひたすら歩み鵜と会ひぬ　金子兜太
昼寝鵜のさめたるまるき目なりけり　細川加賀

【水鶏《くひな》】　水鶏笛

クイナ科の鳥の総称。水鶏・緋水鶏《ひくいな》などがあるが、和歌などに詠まれてきたのは緋水鶏で、顔面から腹にかけて赤栗色。足は赤色。沼や沢などの湿地に好んで棲息する。繁殖期の夜に、雄がキョッキョッキョッキョッと戸を叩《たた》くような声で鳴く。それを「水鶏叩く」という。水鶏笛は水鶏を誘い出す笛。

水鶏啼くと人のいへばや佐屋泊り　芭蕉
知らでなほ余所に聞きなすくひなかな　太祇
叩けども叩けども水鶏許されず　高浜虚子
水鶏なくさとのはやねと申すべし　室生犀星
みよしののくらき月夜の水鶏かな　下村梅子
朽舟の空を広げし水鶏笛　木山杏理

【青鷺《あをさぎ》】

日本のサギ類の中では最も大型で、背面が青灰色。産卵期は四〜五月。北海道・本州・四国・対馬《つしま》で繁殖するが、北方のものは秋に南下し、冬季を暖地で過ごす。クァー、クァーと低い声で鳴き、ゆるく羽打ちながら飛ぶ。水辺や干潟に下りて、魚・蛙・貝・昆虫などを食べる。水辺などで塑像のように動かない姿を目にする。

夕風や水青鷺の脛をうつ　蕪村
青鷺の真中に下りる最上川　中西舗土
青鷺の草の深きをしのびあし　小島千架子

青鷺の一歩を待てず雲崩る　目黒十一
青鷺の嘴を斜めに漁《すなど》れり　加藤耕子

【白鷺《しらさぎ》】　大鷺　小鷺

サギ科の白色の鳥の総称で、大鷺《だいさぎ》・中鷺・小鷺がある。前二種は渡り鳥、小鷺は留鳥。いずれも初夏から巣を営む。沼沢や水辺を渡り歩いて餌をあさる渉禽《しょうきん》で、形は鶴に似ている。

白鷺の佇つとき細き草摑み　長谷川かな女
美しき距離白鷺が蝶に見ゆ　山口誓子
白鷺の風を抱へて降りにけり　西山睦
飛んでゐる白鷺の足そろひけり　清水良郎
白鷺のみるみる影を離れけり　小川軽舟

【鰺刺《あぢさし》】　小鰺刺

カモメ科で、頭と後ろ首が黒く、背と翼が灰色で腹面が白い。海や河川の水上を敏速に飛び、魚を発見すると急降下して捕らえるので、この名がある。鰺刺類では小さい小鰺刺は夏、河口に近い川原や海辺に集団で巣を営み、秋になると南方へ去る。鮎刺・鮎鷹とも呼ばれる。

鰺刺の搏ったる嘴のあやまたず　水原秋櫻子
鰺刺や空に断崖あるごとし　林翔
鰺刺の海光まとひ渓に消ゆ　角川源義
小鰺刺太平洋を穿ちたり　陽美保子

【大瑠璃《おほるり》】　瑠璃　小瑠璃

鳴き声の美しい鳥で大きさは雀ぐらい。雄の背面は目の覚めるような瑠璃色である。晩春、南方から渡ってきて五～七月ごろ繁殖期を迎える。高く澄んだ美声でピールリと囀《さえず》り続け、ジュッジュッという軋《きし》み声を混ぜる。❖声がよいので、古くから鶯・駒鳥とともに三鳴鳥といわれている。

大瑠璃や入江の深さ眼下にす　目黒十一
瑠璃鳥の色のこしとぶ水の上　長谷川かな女
瑠璃鳴くやなほ林中の夕明り　戸川稲村

水音を抜けて小瑠璃の声聞こゆ　茨木和生

【三光鳥《さんくわうてう》】

葭切くらいの大きさで、ツキ、ヒ、ホシ（月日星）ホイホイホイと鳴くことから三光鳥と呼ばれる。上胸以上が紺色、下胸と腹は白く、翼と尾は黒褐色。雄は尾が長く、嘴《くちばし》と目の周囲は美しい青色だが、雌は尾も短く雄ほど目立たない。繁殖期は五〜七月ごろ。低山帯や平地の森林に棲息し、秋に南方に去る。

三光鳥鳴くよ梢《うれ》越す朝風に　伊東月草
三光鳥あそべる樹々の暗さかな　森田　峠
月日星いづれがほろぶ三光鳥　土屋休丘
落葉松の枝より枝へ三光鳥　伊藤敬子

【夏燕《なつつばめ》】

春に南方から渡ってきた燕は、四〜七月に通常二回産卵する。産卵後一か月余りで巣立ちをし、成鳥ともども各地で軽快に飛翔する姿が見られる。❖青田をかすめて飛ぶ姿はいかにも夏らしくすがすがしい。↓燕（春）

山国の雨したたかに夏燕　瀧　春一
夏燕かならず雲を置いてゆく　秋尾　敏
夕暮は人に近づく夏つばめ　大井雅人
壁青きカフカの家や夏つばめ　栗田やすし
潮の香へ開く改札夏つばめ　奥名春江
駅裏にのこる運河や夏つばめ　坂本宮尾
安房は手を広げたる国夏つばめ　鎌倉佐弓

【目白《めじろ》】　眼白　目白籠

雀より小形の鳥で、頭部・背面は草緑色、腹部は白色。目の回りに光沢のある白い環があるのが特徴で愛らしい。集団で活動することが多く、一つの枝にいわゆる「目白押し」になって居並ぶことがある。鳴き声が良いので広く飼われていたが、現在は保護鳥。

見えかくれ居て花こぼす目白かな　富安風生
目白鳴く磧つづきの家の中　飯田龍太
三井寺の門にかけたり眼白籠　松瀬青々
波除の内なる軒や目白籠　中山世一

【四十雀《しじふから》】
雀とほぼ同じ大きさの鳥で、背面は灰青色で、黒い頭に白い頰、腹の中央を黒い筋が走っているのが特徴。四〜七月の繁殖期にツーツーピーと鳴く。秋や冬は小さい群を作って行動する。都会の庭園などでもよく見かける。

少年の影克明に四十雀　飯田龍太
山晴るる日は呼び合ひて四十雀　中島畦雨
四十雀絵より小さく来たりけり　中西夕紀

【山雀《やまがら》】
雀よりやや小さい鳥で、背と腹が赤茶色なので他の雀（カラ）類と区別できる。主に大木の多い常緑広葉樹に棲《す》む。芸を仕込むとよく覚え、かつては山雀に扉を開けさせ、おみくじを引かせる見世物などがあった。

人を見て山雀鳴くや籠の中　松根東洋城
山雀とあそぶさみしさこのみけり　徳永山冬子

【日雀《ひがら》】
四十雀よりやや小さい鳥で、背面は青みがかった灰色で腹は白い。特徴は頰と後頭部が白いこと。亜高山帯に棲んでいるが、秋や冬には人里近くに下りてくる。張りのある声でツッピンツッピンと囀る。地鳴きはチーチー。

松島の松をこぼるる日雀かな　成田千空
日雀鳴く或る日さみしさ火のやうに　神尾久美子

【緋鯉《ひごひ》】　色鯉《いろごひ》　白鯉　錦鯉
真鯉に対して色のついた鯉の総称。緋鯉をもとにして他の品種と交配してできたものが錦鯉《にしきごい》。❖熱帯魚や金魚のように涼を呼ぶ観賞魚であることから、夏季の季題とする。

↓寒鯉（冬）

朝市の映れる川に緋鯉飼ふ　泉　春花

周防とや緋鯉の水に指ぬらし　飯島晴子

【濁り鮒《にごりぶな》】

鮒は梅雨のころになると、産卵のために、増水して濁った小流を遡ったり、水田に入ってきたりする。その鮒を濁り鮒といって、叉手網《さであみ》や手網で掬《すく》って捕る。濁った水から銀鱗《ぎんりん》をきらめかせてあがる鮒は美しい。↓乗込鮒（春）・寒鮒（冬）

濁り鮒腹をかへして沈みけり　高浜虚子

濁り鮒夕雲草に沈みつつ　大嶽青児

【鯰《なまず》】　梅雨鯰《つゆなまず》　ごみ鯰

淡水魚で、頭部と口が大きく、長短二対の口髭《くちひげ》が生えている。川や湖沼の砂泥底に棲息し体長は五〇センチにも及ぶ。五～六月ごろ水草に卵を産みつける。

大鯰じたばたせずに釣られけり　成瀬櫻桃子

ふる里は月を大きく梅雨鯰　斎藤梅子

よその田へつるりと逃げし梅雨鯰　本宮哲郎

【鮎《あゆ》】　香魚《かうぎよ》　年魚《ねんぎよ》　鮎の宿

万葉時代から賞美され、釣りや鵜飼《うかい》などによって漁獲されてきた。北海道西部を北限として砂礫《されき》の多い河川に分布する。秋、川で孵化《ふか》した幼魚は、海に下り冬は海中で棲息。春、五～七センチになった若鮎は川を遡り、上流で夏を過ごし、二〇～二五センチ、所によっては三〇センチに発育する。秋には川の中・下流域へ下り、砂礫に産卵すると多くは死んでしまう。一年の命であることから年魚、一種独特の香りがあることから香魚ともいう。❖鮎の腸または子を塩漬けにした「うるか」は珍重される。↓若鮎（春）・落鮎（秋）

鮎くれてよらで過ぎ行く夜半の門　蕪村

足許の石に来てゐる鮎夕べ　瀧井孝作

鮎の骨強き吉野の坊泊り　百合山羽公
月のいろして鮎に斑のひとところ　上村占魚
せせらぎやきらりきらりと鮎の数　齊藤美規
いつまでも滴垂るるや鮎の笊　加藤三七子
鮎の腸《わた》口をちひさく開けて食ふ　川崎展宏
川音の方へ片寄り生簀鮎　黛　執
影色にもどり生簀の鮎となる　山下知津子

【岩魚《いはな》】　嘉魚《かぎよ》　巌魚《いはな》　岩魚釣

日光岩魚《いわな》・大和《やまと》岩魚などの総称で淡水魚。本州・北海道の山間渓流に棲息する。川釣りの対象とされ山宿や山小屋で膳《ぜん》にのぼり、山に親しむ人を喜ばせる。❖骨やひれを焼いて熱燗に浸し、骨酒《こつざけ》として賞味する。近似種の雨鱒《あめます》を岩魚と呼ぶこともある。

石狩の岩魚を炙る石積めり　長谷川かな女
岩魚焼く山国の星瞭《あきら》かに　西村公鳳
戸隠の神の炉に焼く岩魚かな　宮下翠舟
岩魚焼くうすくれなゐの炭火かな　佐川広治
岩魚焼く串削りゐて雨催　篠沢亜月
岩魚釣水濁さずに歩きけり　茨木和生

【山女《やまめ》】　山女釣

終生淡水にとどまって海に下らない桜鱒の河川陸封型をいう。体長は約四〇センチ。側線に沿って美しい紅色の筋と黒い斑点《はんてん》が散らばるのが特徴。渓流釣りの対象として知られ、肉は美味。

激つ瀬にうつぶし獲たる山女かな　木村蕪城
蕗の葉に山女三匹空青し　福田甲子雄
月いでて岩のしづまる山女魚《やまめ》釣り　松村蒼石
大粒の雨が肘《ひじ》打つ山女釣　飯田龍太

【金魚《きんぎよ》】　和金　琉金《りうきん》　蘭鋳《らんちう》　出目金
オランダ獅《し》子頭《しがしら》　金魚田

金魚は鮒を観賞用に改良したもので、室町時代末期に中国から伝えられたとされる。その後日本で品種改良が重ねられ、出目金・琉金・蘭鋳その他さまざまな新品種を

作り出した。→金魚売

水更へて金魚目さむるばかりなり　五百木飄亭
灯してさゞめくごとき金魚かな　飯田蛇笏
少し病む児に金魚買うてやる　尾崎放哉
死したるを棄てて金魚をまた減らす　山口誓子
金魚大鱗夕焼の空の如きあり　松本たかし
まだ赤といふにはあらず苗金魚　宮田正和
引越のたびに大きくなる金魚　星野恒彦
ビー玉を沈め金魚をよろこばす　那須淳男
金魚繚乱けふ何事もなかりけり　糸　大八
一瞬の眼力金魚躍り落す　石井いさお
ゆるやかに尾ひれほどきて金魚かな　今橋眞理子
金魚の尾冷たく燃えてをりにけり　稲畑廣太郎
死ぬときも派手に和蘭陀獅子頭　櫂　未知子

【熱帯魚《ねったいぎょ》】　闘魚　天使魚

熱帯地方に産する観賞用の魚の総称。グッピー、エンゼル・フィッシュ、ネオンテトラその他種類が多い。美しい形と鮮やかな色彩が賞美される。卵胎生魚はよく繁殖するが、水温の調節などの管理が難しい。❖天使魚はエンゼル・フィッシュのこと。

しづかにもひれふる恋や熱帯魚　富安風生
熱帯魚石火のごとくとびちれる　山口青邨
熱帯魚見るや心を閃かし　後藤夜半
熱帯魚縞あきらかにひるがへり　舘岡沙緻
さりげなき闘魚のたたかひ見て倦まず　矢野野暮
天使魚も眠りそびれてをりにけり　永方裕子
天使魚の愛うらおもてそして裏　中原道夫

【目高《めだか》】　緋目高　白目高

体長三、四センチぐらいで、日本に産する淡水魚のなかで最も小さい。黒灰色の目高と、赤黄色の緋目高がいる。体のわりに目が飛び出していて愛らしい。水槽や水盤などに飼い、涼味を観賞する。❖かつては日本中どこでも見られたが、平成一一年に絶滅危惧《きぐ》種に指定された。

水底の明るさ目高みごもれり　橋本多佳子
目高ひねもす急発進急停止　上谷昌憲
緋目高の生れていまだ朱もたず　五十嵐播水

【黒鯛《くろだひ》】　ちぬ　ちぬ釣

黒色の鯛。関東ではクロダイ、関西ではチヌという。大阪湾一帯の古名、茅渟《ちぬ》の海にちなむもの。日本各地の水深の浅い沿岸部に多い。

黒鯛釣るや与謝の入海あをあをと　深見けん二
黒鯛の潮のしたたり虹色に　きくちつねこ
ちぬ釣の月光竿をつたひくる　米澤吾亦紅
ちぬ釣に潮引く速さありにけり　永方裕子

【初鰹《はつがつを》】　初松魚《はつがつを》

鰹は黒潮に乗って北上するが、遠州灘《なだ》を越えて伊豆《いず》半島を回るころになると、脂が乗ってくる。これが青葉の茂る五、六月ごろで、このころ獲れるはしりの鰹を初鰹という。江戸時代には初物好きの江戸っ子に珍重された。↓鰹

目には青葉山郭公《やまほととぎす》初鰹　素堂
初鰹襲名いさぎよかりけり　久保田万太郎
初鰹躍《せり》の氷片とばしけり　皆川盤水
浅草もさみしくなりぬ初鰹　真鍋青魚
断つほどの酒にはあらず初鰹　鷹羽狩行
男らに畏友盟友初鰹　片山由美子
初鰹貫く光捌きけり　小野あらた

【鰹《かつを》】　松魚《かつを》　鰹釣　鰹船

鰹は黒潮に乗って北上し、二～三月ごろに八重山・宮古海域に現れ、七～八月に三陸沖に達する。鰹漁も鰹を追って順次北上していく。枕崎、高知、勝浦などは鰹漁の基地。また沿岸に回遊してくる鰹は一本釣りといわれる豪快な竿釣りで漁獲される。

鰹時男波重たき背をつらね　野澤節子
鰹来る大土佐晴れの濤高し　福田甲子雄
本潮に乗りて釣り来し鰹とぞ　茨木和生

鰹船飯くふ裸身車座に　瀧　春一
散らばるは十中八九鰹船　宇多喜代子

【鯖《さば》】　鯖釣　鯖火　鯖船

日本近海で鯖と称されるものには真鯖《まさば》・胡《ご》麻《ま》鯖《さば》などがある。後者は腹部に黒い斑点がある。真鯖は比較的沿岸近くを大群をなして回遊しているが、夏には産卵のため岸近く現れる。胡麻鯖は真鯖より南方をやはり大群で回遊している。秋季にはさらに脂が乗り美味となる。鯖は光に集まる習性があるので夜、火を焚いて漁をする。これを鯖火といい、かつてはおびただしい火が沖につらなる景が見られた。↓秋鯖（秋）

鯖寄るや日ねもす見ゆる七ッ岩　前田普羅
水揚げの鯖が走れり鯖の上　石田勝彦
壱岐の燈を鯖火たちまち奪ひけり　米澤吾亦紅
海中《わたなか》に都ありとぞ鯖火もゆ　松本たかし

【鰺《あぢ》】　真鰺《まあぢ》　室鰺《むろあぢ》　夕鰺

普通、鰺と呼んでいるのは真鰺で、日本各地の沿岸に分布している。味も良いことから干物などが食卓に上ることが多い。稜鱗《りようりん》と呼ばれる鱗《うろこ》が発達し、体長四〇センチに及ぶものもある。夕方の河岸に着いたばかりのものを売り歩くことを「夕鰺」と呼んだ。

あまぐもの鰺割いてゐるとき迅き　久保田万太郎
日の暮の空あをあをと鰺を割く　飯島晴子
海までの街の短し鰺を干す　神蔵　器
沖に雨けむれる鰺の叩きかな　鈴木鷹夫
夕河岸の鰺売る声や雨あがり　永井荷風

【鱚《きす》】　きすご　鱚釣

普通、鱚といえば白鱚《しろぎす》のことをいい、背は淡黄色、腹部は銀白色、体長一〇〜三〇センチで、浅海に棲息する。上品であっさりとした味が喜ばれる。青鱚はかつては東京湾に多く、江戸時代から脚立釣《きやたつづり》で知られていたが、現在は見られない。

引潮の今がさかひや鱚を釣る　高浜年尾
手に軽く握りて鱚といふ魚　波多野爽波
荒磯の鱚直線に焼かれたり　小檜山繁子
鱚釣の竿先の鈴拭いてをり　今井　聖

【べら】　べら釣

ベラ科の魚は種類が多いが、釣りの対象として知られるのは求仙《きゅうせん》である。体長二〇〜三〇センチで函館以南の各地に産する。赤・青などの色彩が毒々しいくらい美しいが、赤は雌、青は雄である。関西では雄を青べらと呼んで特に珍重する。

潮離る丶寸前ベラのなまめきて　横山白虹
べらが出て糶もおほかたすみにけり　三村純也

【飛魚《とびうを》】　とびを　つばめ魚《うを》　あご

体長三五センチで、蒼白《そうはく》。強大な胸鰭《むなびれ》を開いて海の上を滑空し、時には二百メートル以上も滑空することがある。主に南日本の海域に多く、初夏に産卵する。❖九州や伊豆諸島で飛魚を「あご」と呼ぶのは、顎が小さいことから「あごなし」を略しての名称。

飛魚や航海日誌けふも晴れ　松根東洋城
飛魚の波の穂を追ひ穂に落ちぬ　原　柯城
飛魚の翼張りつめ飛びにけり　清崎敏郎
飛魚や昨日も今日も印度洋　山崎ひさを
飛魚《あご》とんで玄海の紺したたらす　片山由美子

【赤鱏《あかえひ》】　鱏　鱝《えひ》

菱形の平たい魚で、背面と尾部は黄赤色。体長一メートルに達するものがある。南日本に多く、海底の砂泥に棲息する。尾にある針には毒があり、これに刺されると激痛が走る。肉は美味で夏季が旬。

赤鱝の眼のひとつある切身かな　茨木和生
水槽の無音を鱏の横断す　奥坂まや
黒きもの動きて鱝となりにけり　岡田耿陽

【鱧《はも》】 水鱧　鱧の皮　祭鱧

鰻《うなぎ》や穴子に似るが、それらより大きく、体長二メートル以上のものもある。口が大きく、鋭い歯を持つ。背は灰褐色、腹は銀白色。本州中部以南、特に瀬戸内海から九州に多く、夏の関西料理には欠かせないが、小骨が多いので骨切りといわれる技術を要する。大阪湾や瀬戸内海で獲れる小ぶりのものを水鱧という。❖梅雨の時期の六月下旬から約一ヶ月が旬で、それが祇園祭や天神祭の頃であることから祭鱧とよばれている。

まつくらな山見て鱧の洗ひかな　住田榮次郎
すぐ手帳開く男と鱧食へり　小川軽舟
水鱧のこがねびかりをしてゐたり　茨木和生
大粒の雨が来さうよ鱧の皮　草間時彦
偏屈と言はれてをりぬ鱧の皮　日美清史
青竹の林を抜けて祭鱧　大木あまり
祭鱧逢ふときいつも雨もよひ　井出野浩貴
いちにちを下京にゐる鱧茶漬　橋本榮治

【穴子《あなご》】 海鰻《あなご》　うみうなぎ

普通、真穴子のことをいう。夜行性で昼間は海底の砂泥や岩間の穴に潜んでいる。灰褐色で白色の斑点があり、体長六〇センチ程度。春から夏にかけてが産卵期である。夜釣で獲る。穴子料理は関西が本場である。

ひらかれて穴子は長き影失ふ　上村占魚
裂かれたる穴子のみんな目が澄んで　波多野爽波
播州の海の明るき穴子かな　成瀬櫻桃子
穴子割く水のごとくに手を使ひ　和田順子

【鰻《うなぎ》】 鰻掻　鰻筒

古くから食用として重要な淡水魚。海で孵《ふ》化《か》した無色半透明の鰻の稚魚（白子鰻《しらすうなぎ》）は、川を遡《さかのぼ》って発育して黒色小型の鰻となり、成魚となる。移動範囲が広く、七、八年淡水中で過ごすと海に下り、産卵する。各地で白子鰻を捕獲し、養殖する。鰻筒は鰻を捕る道具で、約一メートルの竹筒などを何本も連ねて水底に沈め、鰻が入り込む頃合いを見計らって引き揚げる。❖鰻は『万葉集』の大伴家持の歌にも登場する馴染みの魚。産地としては浜名湖が有名。

宗右衛門町の裏見て鰻食ふ　浦野芳南
腰の辺に浮く丸桶や鰻掻　竹下竹人
裏返る波見てゐたり鰻食ふ　廣瀬直人
掴まれて鰻一瞬真直なる　須川洋子

【章魚《たこ》】　**蛸　蛸壺**

吸盤をもつ軟体動物。日本近海には三、四〇程度の種類が棲息しているが、真蛸がよく知られている。頭に二つの眼があり、その反対側に噴水孔をもち墨汁嚢から墨を吹いて敵から逃げる。❖古くから食され『出雲国風土記』に記述がある。明石海峡の蛸が有名で、それを干して作った蛸飯は美味。

蛸壺を抱へ芭蕉の句を知らず　大串　章
蛸突の少年岩を跳びて来る　茨木和生
金曜のテトラポッドは蛸まみれ　竹岡一郎

【烏賊《ゐか》】　**真烏賊　やり烏賊　するめ烏賊　烏賊の墨　烏賊の甲**

烏賊は日本を含む北西太平洋に九〇種類以上が棲息していると推定される。やり烏賊は体長四〇センチ、するめ烏賊は三〇センチくらい。肉食で触腕を伸ばして餌を捕える。良質のたんぱく質を含み、ビタミン、ミネラルも豊富なことからよく食膳にのぼる。❖肉の厚いもんごう烏賊などは焼きものに、肉の薄いするめ烏賊やけんさき烏賊は、蕗や大根などと炊き合わせると美味。

佐渡七里烏賊の来ている風の色　多賀啓子
烏賊墨の禁色の黒むさぼりぬ　大石悦子

【鮑《あはび》】　**鮑取《あはびとり》　鮑海女《あはびあま》**

巻貝で、大型のマダカ鮑・雌貝《めかい》鮑・黒鮑・

蝦夷《えぞ》鮑の総称。北海道南部西岸から九州に分布。若布《わかめ》などの褐藻類を好んで食べる。海女が潜ってとることが多いが網や突きでもとる。酢の物・水貝・蒸し鮑・粕《かす》漬けなどにして食べる。

口中に鮑すべるよ月の潟　野澤節子
うかみくる顔のゆがめり鮑採　伊藤柏翠
礁《いくり》飛びして波に消ゆ鮑海女《あま》　舘野翔鶴

【海酸漿《うみほほづき》】
赤螺《あかにし》や天狗螺などの巻貝卵嚢《らんのう》を、植物のホオズキのように吹き鳴らすことから海酸漿という。形や種類によって長刀酸漿《なぎなたほおずき》・軍配酸漿などの名がある。産卵期は初夏。いずれも黄白色で、皮が硬く、海中の岩や石に群がり付着する。❖縁日などで赤や緑に染めたものが売られる。針などで穴をあけ、中の卵を絞り出し、袋状にしたものを吹き鳴らす。

海の町うみほゝづきは美しき　山口青邨
海酸漿売る灯が映る潦　菖蒲あや
病む妻に海酸漿を見付けけり　松林朝蒼
海ほおずき鳴らして一の橋渡る　おぎ洋子

【蝦蛄《しゃこ》】
甲殻類で、蝦《えび》に似ているが、体は平たい。体長一五センチぐらい。白灰色で、暗色の小点が点在。脚が多く殻をかぶっている。泥深い海底に棲息する。天麩羅《てんぷら》や鮨《すし》種ともなり、卵を持つ初夏のころが美味である。

死者のため茹でたての蝦蛄手で喰らふ　飯島晴子
おほいなる蝦蛄の鎧のうすみどり　見学御舟
蝦蛄といふ禍々しくて旨きもの　長谷川櫂

【蟹《かに》】　山蟹　沢蟹　川蟹　磯蟹　ざりがに
夏の水辺で目にする小蟹の総称。磯の蟹、川の蟹、山の蟹、それぞれ種類も多く趣も違うが、螯《はさみ》をかざし横走りする姿は目を楽しませる。ザリガニは体長七センチ程度。体は赤みを帯びた暗緑色で殻表は平滑。後方にしざる性質があるからこの名前がついた。❖カニはカニ下目、ザリガニはザリガニ下目で、別の種類である。↓ずわい蟹(冬)

代る代る蟹来て何か言ひては去る　富安風生
蟹死んで潮少しづつ上りくる　加藤瑠璃子
腹の子をこぼして蟹の崖登る　北村保
男の掌ひらけば山の蟹紅し　山田弘子
沢蟹のむらさき透いて甲斐の国　瀧澤和治
水を見てゐて沢蟹を見失ふ　対中いずみ
ザリガニの音のバケツの通りけり　山尾玉藻
蝲蛄の鋏ひとつで戦へり　坂本緑

【土用蜆《どようしじみ》】

夏の土用に食べる蜆のこと。土用のころの蜆は滋養があるといわれ、味《み》噌《そ》汁《しる》などにして食べる。↓蜆(春)

土用蜆母へも少し買ひにけり　星野麥丘人
振り声も土用蜆や明石町　小坂順子

【舟虫《ふなむし》】　船虫

海岸や岩礁・石垣・舟揚げ場などに棲む甲殻類。草鞋《わらじ》のような形をした黄褐色や黒褐色の虫で、長い触角を動かし、群れをなして行動する。体長三、四センチ。人の気配に敏感に反応する。

舟虫の微塵の足に朝日さす　百合山羽公
舟虫のちれば渚の夜もふけぬ　高屋窓秋
舟虫の失せて薄日を残しけり　角川照子
舟虫や一つ岩のみ浪攻むる　坂巻純子
のつけから舟虫勢揃ひしてをりぬ　九鬼あきゑ
船虫の顔がうごいてゐてあはれ　今井杏太郎

【海月《くらげ》】　水母《くらげ》　水海月

種類が多く、色や形などさまざま。多くは傘を開け閉じするような格好をして、寒天質の体を水中に漂わせて移動する。毒針を持っていて泳ぐ人を刺す電気クラゲ（カツオノエボシ）、食用となる備前クラゲや越前クラゲなどがある。

沈みゆく海月みづいろとなりて消ゆ　山口青邨
裏返るさびしさ海月くり返す　能村登四郎
海月漂ふ芥一切かかはらず　大澤ひろし
掬ひたる海月に重さありにけり　金子泰久
海へ還るくらげはくらげ色をして　雨宮きぬよ

【夏の蝶《なつのてふ》】　夏蝶　梅雨《つゆ》の蝶《てふ》　揚羽蝶《あげはてふ》
鳳蝶《あげはてふ》　青筋揚羽　青条揚羽

夏に見られる蝶のこと。特に大型のものが多い。黄色地に黒の複雑な模様を持つ揚羽蝶や黒揚羽、青筋揚羽など種類もさまざま。梅雨時に飛んでいる蝶を梅雨の蝶という。
→蝶（春）・秋の蝶（秋）・冬の蝶（冬）

教会の木の扉から夏の蝶　熊谷愛子
摩周湖の隅まで晴れて夏の蝶　星野　椿
沼に日のゆきわたりけり夏の蝶　井上弘美
夏の蝶空に大波あるやうに　森賀まり
夏蝶を追ひ湿原に深入りす　川崎慶子
夏蝶の踏みたる花のしづみけり　村上鞆彦
つまみたる夏蝶トランプの厚さ　髙柳克弘
梅雨の蝶人の訃いつもひらりと来　鈴木榮子
揚羽より速し吉野の女学生　藤田湘子
竹林を揚羽はこともなく抜ける　宗田安正
黙禱の影のなかより黒揚羽　佐藤きみこ
遠く来て夢二生家の黒揚羽　坪内稔典
磨崖仏おほむらさきを放ちけり　黒田杏子

【夏蚕《なつご》】　二番蚕

夏期に飼育する蚕のこと。春蚕の卵が孵ったもので二番蚕といわれる。四眠を経て繭を作るのは同じだが、暑いので飼育日数が短い。普通、七月上〜中旬に上蔟《じょうぞく》するが、糸の量も質も春蚕に劣る。→蚕飼（春）・蚕（春）

夏蚕いまねむり足らひぬ透きとほり　加藤楸邨

夏蚕飼ふ灯を水色に谷の家　福田甲子雄
母屋より高く夏蚕の部屋灯る　蓬田紀枝子
梁の闇のしかかる夏蚕かな　橋本榮治

【火取虫《ひとりむし》】　灯取虫　灯虫《ひむし》　火蛾《ひが》　燭蛾《しょくが》

夏の夜、灯火に集まってくる虫の総称。多くは蛾のことで、金亀虫《こがねむし》・甲虫などもいう。

すさまじや早瀬の舟に燈虫《ひとりむし》　梅　室
はためくをやめてあゆみぬ火取虫　軽部烏頭子
火より人恋ひ山中の火取虫　鷹羽狩行
灯を消してしばらく音の火取虫　鹿野佳子
掃きよせて嵩なき昨夜の灯取虫　原　柯城
灯虫さへすでに夜更のひそけさに　中村汀女
金粉をこぼして火蛾やすさまじく　松本たかし
火蛾とんで闇の一画のみ使ふ　星野高士

【蛾《が》】　天蛾《すずめが》　夕顔別当　山繭　天蚕《やままゆ》　樟《くす》蚕《さん》　蓑蛾《みのが》　白髪太郎

チョウによく似ているが、多くは夜間活動し、翅を開いて止まる。多くの種類があり、日本だけで五千種棲息する。夜、灯に集まってくるものが多いが、日中花に飛んでくるオオスカシバなどもある。天蚕や樟蚕からは糸を採る。天蚕の薄緑色の繭から採れるのが天蚕糸《てんさんし》で、光沢があり上質。夕顔別当はエビガラスズメの異称。白髪太郎は樟蚕の幼虫。

うらがへし又うらがへし大蛾掃く　前田普羅
蛾のまなこ赤光なれば海を恋ふ　金子兜太
甕に落つ蛾の銀粉のひろがれり　福田甲子雄
舷梯をはづされ船の蛾となれり　鷹羽狩行
新宮に帰る特急大きな蛾　杉浦圭祐
きれぎれの夢の中へも蛾の翅音　藤田湘子
蛾の翅の厚みに山雨きざしけり　陽　美保子
山繭の白くなりたきうすみどり　後藤比奈夫

【毛虫《けむし》】　毛虫焼く

蛾の幼虫。松や梅などに無気味な毛虫がたかっているのを見る。茎や葉を食い荒らすので、焼き殺すなどして駆除する。各地方に異称が多い。

山刀伐《なたぎり》峠の栗の毛虫の大きさよ　細川加賀
もくもくと忙しくゆく毛虫の毛　矢島渚男
雨粒を運んでゐたる毛虫かな　陽　美保子
糸曳いて毛虫の降りてくるところ　日原　傳
ちと云うて炎となれる毛虫かな　高田正子
毛虫焼くちいさき藁火つくりけり　川島彷徨子

【尺蠖《しやくとり》】　尺取虫　寸取虫　土壜割《どびんわり》

尺蛾の幼虫。体が細長く、歩く時は頭と尾で調子を合わせる。屈伸する格好があたかも指で尺をとるようなのでこの名がついた。休む時は二対の腹脚で枝葉につかまり、一直線になって小枝や葉と区別がつかないように擬態を示すことがある。❖土壜割はクワエダシャクの幼虫で、名前の由来はうっかり土壜を掛けて落としたことによるといわれる。

動く葉は尺蠖虫の居りにけり　高浜虚子
しやくとりのとりにがしたる虚空かな　加藤楸邨
尺蠖の哭《な》くが如くに立ち上り　上野　泰
尺蠖のたかが知れたる背伸びかな　亀田虎童子
尺蠖の一歩踏み出す山河かな　石井那由太

【夜盗虫《よとうむし》】　やたう　よたう

夜盗蛾の幼虫で、春と秋の二回孵化《ふか》する。昼間は土中に隠れ、夜出てきて、豌豆《えんどう》・白菜・キャベツなどを食い荒す。時に大発生して農作物に被害を及ぼすこともある。

夜盗虫いそぎ食ふ口先行す　加藤楸邨
月青し道にあふれて夜盗虫　足立原斗南郎

【蛍《ほたる》】　初蛍　蛍火　源氏蛍　平家蛍　夕蛍　蛍合戦　流蛍《りうけい》

六月の闇夜に、すいすいと光を放ちながら飛んでいる蛍は美しいばかりでなく、神秘的ですらある。蛍の名所も数多く、宇治の蛍合戦など、蛍にまつわる伝説も多い。古来蛍狩りの対象となってきたのは源氏蛍と平家蛍。流蛍は闇を飛ぶ蛍の光のこと。❖源氏蛍の明滅の周期について、気温や時間などで相違はあるが、関東は約四秒、関西は約二秒と東西で違いがあるとの調査報告がある。→蛍狩

人殺す我かも知らず飛ぶ蛍　前田普羅
霧ふいて数の増えたる蛍かな　阿部みどり女
蛍くさき人の手をかぐ夕明り　室生犀星
蛍獲て少年の指みどりなり　山口誓子
姿見にはいつてゆきし蛍かな　眞鍋呉夫
一の橋二の橋ほたるふぶきけり　黒田杏子
濡れ縁やほたるの闇に足を垂れ　恩田侑布子
ほうたるの闇膨れきて呑まれけり　照井　翠
ゆるやかに着てひとと逢ふ蛍の夜　桂　信子
蛍の夜老い放題に老いんとす　飯島晴子
くるぶしに草のつめたき初蛍　小原啄葉
蛍火の明滅滅の深かりき　細見綾子
蛍火や疾風のごとき母の脈　石田波郷
蛍火の乱舞とまではいかねども　猪俣千代子
蛍火や手首細しと摑まれし　正木ゆう子
蛍火や暗き水面の浮かびくる　長嶺千晶
蛍火の少なき方へ手を引かれ　望月　周

【兜虫《かぶとむし》】甲虫《かぶとむし》　さいかち虫　源氏虫

角の形が兜の前立てに似ているのでこの名がある。長さ五センチ前後、黒褐色や赤褐色で光沢がある。硬い前翅の下に薄い後翅があり、これで飛ぶ。力も強く、子供が角に糸をつけて物を引かせて遊んだりする。櫟《くぬぎ》・楢《なら》などの他に皂莢《さいかち》にも集まることから皂莢虫の名もある。関西では源氏虫という。

兜虫漆黒の夜を率てきたる　木下夕爾
兜虫摑《つか》みて磁気を感じをり　能村研三
兜虫一滴の雨命中す　奥坂まや
ひつぱれる糸まつすぐや甲虫　高野素十
甲虫たゝかへば地の焦げくさし　富沢赤黄男

兜虫湖ひっさげて飛びにけり　大串　章

【天牛《かみきり》】　髪切虫　かみきり

最も普通に見られるのは胡麻斑天牛《ごまだらかみきり》で、四センチ前後の長楕円《だえん》形、鞭《むち》のように長い触角を持つ。前翅は硬く黒地に白い斑点《はんてん》がある。捕まえるとキイキイと鳴く。❖長い触角は牛の角を連想させ、空を飛ぶので天牛と書き、口器が髪の毛を嚙み切るほどに鋭いのでこの名がついた。

天牛のぎいと音して日没りけり　佐藤鬼房
天牛の金剛力を手にしたる　大石悦子
放つまで髪切虫の声を出す　右城暮石
きりきりと紙切虫の昼ふかし　加藤楸邨
天牛の髭にんげんを訝しむ　柘植史子

【玉虫《たまむし》】

四センチ前後の紡錘《ぼうすい》形の虫で、あでやかな紅紫色の太い二本の模様があり、全体が非常に美しい金緑色の金属光沢に輝いている。七〜八月ごろに出現し、衰弱した榎《えのき》などにつき中を食い荒す。昔から装飾に用いられ、法隆寺の玉虫厨子《たまむしのずし》にはこの虫の翅《はね》が用いられている。❖幸運の吉兆とされ、簞笥《たんす》などにしまっておくと、着物が増えるという俗信がある。

たまの緒の絶えし玉虫美しき　村上鬼城
玉虫の羽のみどりは推古より　山口青邨
玉虫の死して光のかろさなる　野澤節子
雪舟の寺の玉虫飛びにけり　石田勝彦
玉虫のこの世の色を尽くしけり　馬場龍吉

【金亀子《こがねむし》】　金亀虫《こがねむし》　黄金虫《こがねむし》　かなぶん　ぶんぶん　ぶんぶん虫

甲虫の一種で、体長約二センチ。体色に特徴があり、金緑・黒褐色・紫黒などいろいろある。大きな羽音を立てて灯火などへ飛び込んでくる。電灯にぶつかってぽたりと落ち、死んだふりをしたりする。

金亀子擲《なげう》つ闇の深さかな　高浜虚子
こがね虫葉かげを歩む風雨かな　杉田久女
モナリザに仮死いつまでもこがね虫　西東三鬼
金亀虫アッツに父を失ひき　榎本好宏
みちのくの強き引力黄金虫　中嶋秀子
かなぶんぶん生きて絡まる髪ふかし　野澤節子
金亀子父へ放れば母へ飛ぶ　有馬朗人

【天道虫《てんたうむし》】　瓢虫《てんたうむし》　てんとむし

小型の甲虫。種類が多いが、みな卵形・楕円形で背が丸い。黒・赤・黄などの美しいさまざまな斑点を持ち光沢がある。枝や葉を這《は》うが、空も飛ぶ。七星天道など多くは益虫だが、二十八星天道《にじゆうやほしてんとう》などの害虫もいる。

翅わっててんたう虫の飛びいづる　高野素十
てんと虫一兵われの死なざりし　安住　敦
のぼりゆく草ほそりゆくてんと虫　中村草田男
天道虫その星数のゆふまぐれ　福永耕二
石抱へ天道虫の動かざる　稲田眸子

【穀象《こくざう》】　穀象虫　米の虫

約三ミリの甲虫で、穀類を食い荒す害虫。全体が黒褐色で赤黄褐色の斑点がある。穀物に口吻《こうふん》で穴をあけ、卵を産みつける。幼虫は穀物の内部に食い入り、成長する。米を干すと、ぞろぞろ出てくることがある。
❖小さな虫だが、頭部の先端が象の鼻のように突出しているのでこの名前がある。

穀象の群を天より見るごとく　西東三鬼
徒食の手もて穀象を掻き廻す　福田蓼汀
穀象の命の軽さ水に浮く　稲畑汀子
米櫃のこの穀象も生きてゐる　笹本千賀子

【斑猫《はんめう》】　道をしへ

赤・黄・紫・黒・緑などの斑点のある甲虫。地上にいて、人が来ると飛び立って少し先へ行き、近づくとまた飛ぶさまが、道を教えているようなので「道おしえ」の名がある。

斑猫のいふなりに墳巡りけり　辻田克巳
斑猫や松美しく京の終　石橋秀野
道をしへ一筋道の迷ひなく　杉田久女
いそがねば戻れぬ道のみちをしへ　加藤楸邨
傍らの納屋にもの音道おしえ　桂　信子
道をしへ真昼の道へ出てゐたる　武藤紀子
橋に乗るかなしき道を道をしへ　秋元不死男

【落し文《おとしぶみ》】　鶯の落し文　時鳥《ほととぎす》の落《おと》し文《ぶみ》

オトシブミという体長三～一〇ミリの甲虫が、栗・櫟《くぬぎ》・楢などの広葉樹の葉を巻いて卵を産みつけ、幼虫は筒の中で育つ。それが落ちたものを、鶯や時鳥が落としたものと見立ててこの名が付けられた。❖季語としては落ちているものを言うが、虫の名前でもある。

音たてて落ちてみどりや落し文　原　石鼎
落し文端やや解けて拾へとや　皆吉爽雨
解きがたくして地に返し落し文　井沢正江
西行の道みな細し落し文　鷲谷七菜子
隣る世へ道がありさう落し文　手塚美佐

【米搗虫《こめつきむし》】　叩頭虫《こめつきむし》　ぬかづきむし

甲虫の一種で、種類が多く体長は微小なものから三センチに及ぶものまである。ひっくり返して机の上などに置くと、頭で地をたたきピシンと音を立てて飛び上がる。この動作と音が米搗きに似ていることからこの名がある。❖幼虫は土中で作物の根を食い荒らす針金虫。

鼻先に米搗虫や来て搗ける　石塚友二
象潟《きさかた》や米搗虫の手より立つ　加藤治美

【源五郎《げんごらう》】　源五郎虫《げんごらうむし》

楕円形で四センチ程度の黒色の甲虫。夏の池・沼・水田などによくいる。食肉性でお玉杓子《たまじゃくし》・やごなどを襲う。櫂《かい》の形に似た後脚を同時に動かして泳ぎ回る格好は滑稽である。陸にあげると滑って歩けない。

水口の幣汚したる源五郎　美柑みつはる
午後からの沼の波立ち源五郎　木内彰志

【鼓虫《まひまひ》】　水澄《みづすまし》　渦虫

一センチぐらいの紡錘形で、黒く光沢のある甲虫。夏の沼や池、川の水面を輪を描いてくるくるせわしく回っている。水に潜る時は尻に空気の玉をつける。背と腹に一対ずつ目があって空中と水中を同時に見ることができる。❖関西で水馬のことを「みずすまし」と言った。

まひ〱やかはたれどきの水明り　村上鬼城
まひ〱や雨後の円光とりもどし　川端茅舎
まひまひの水玉模様みづのうへ　上村占魚
まひ〱や己が天地に遊びをり　高田風人子

【水馬《あめんぼ》】　水馬《あめんぼう》　みづすまし　水蜘蛛《みづぐも》

小川や池・沼の水面に長い六本の足を張って、すいすいと滑走したり水面を跳ねたりしている灰褐色の昆虫の総称。飴《あめ》に似た匂いがするのでこの名があるといわれている。❖歴史的仮名遣いを、「飴棒」を語源として「あめんばう」とする説もある。

しづまれば流る丶脚や水馬　太　祇
あめんぼと雨とあめんぼと雨と　藤田湘子
松風にはらはらとぶ水馬　高浜虚子
水面の硬さの上の水馬　山上樹実雄
新しき水輪の中の水馬　倉田紘文
水馬この世の先へ走りたる　斎藤一骨
水すまし平らに飽きて跳びにけり　岡本　眸

【蟬《せみ》】　油蟬　みんみん　熊蟬　にいにい蟬　唖蟬《おしぜみ》　初蟬　朝蟬　夕蟬　夜蟬　蟬時雨《せみしぐれ》

初夏になると初蟬の声を聞く。梅雨が明ければ、一斉にいろいろな蟬の声が聞こえてくる。ジイジイと鳴く油蟬、ミーンミーンと鳴くミンミン蟬、シャーシャーと鳴く熊蟬、ニイニイと鳴くニイニイ蟬。蟬の降るような声を蟬時雨という。日中の声は暑苦しいが、朝夕聞く声は涼しい。唖蟬は鳴かない雌蟬のことである。↓蜩（秋）・法師蟬（秋）

閑《しづか》さや岩にしみ入る蟬の声　芭蕉
やがて死ぬけしきは見えず蟬の声　芭蕉
蟬鳴けり泉湧くより静かにて　水原秋櫻子
子を殴ちしながき一瞬天の蟬　秋元不死男
身に貯へん全山の蟬の声　西東三鬼
大地いましづかに揺れよ油蟬　富沢赤黄男
一木の蟬そのほかは風に消え　友岡子郷
生きものの通りし暗さ蟬の穴　宮田正和
これもこれもこれもさうなり蟬の穴　高田風人子
蟬時雨子は担送車に追ひつけず　石橋秀野
蟬時雨もはや戦前かもしれぬ　攝津幸彦
そのあとも力を抜かず蟬の穴　落合水尾
蟬時雨人焼く煙など見えず　星野昌彦
蟬時雨校門閉めてありにけり　小笠原和男

【空蟬《うつせみ》】　蟬の殻　蟬の脱殻

地下に数年間棲息していた蟬の幼虫は、やがて成長し、夏、地上に這《は》い出してきて背を割り皮を脱ぎ、夜の間に成虫となる。この蟬の脱け殻を空蟬という。透明な脱け殻が木の幹をつかんでいたり、山道に転がっていたりする。

空蟬のいづれも力抜かずゐる　阿部みどり女
空蟬の一太刀浴びし背中かな　野見山朱鳥
空蟬やいのち見事に抜けゐたり　片山由美子
それぞれに空蟬となる高さかな　横井遥
空蟬の背を月光のなほも裂く　中村正幸
握りつぶすならその蟬殻を下さい　大木あまり

【蜻蛉《とんぼ》生る《うまる》】

卵から孵《かえ》った蜻蛉の幼虫は水中で孑孑《ぼうふら》やお玉杓子を食べて大きくなる。蜻蛉の幼虫を普通はやごというが、太鼓虫、やまめともいう。やごは十分成長すると、羽化のため

に水を出て岸辺の草の葉に這い上がって、そこで脱皮して成虫となる。❖蜻蛉生《あ》るとは詠まない。→蜻蛉（秋）

蜻蛉生れ水草水になびきけり　久保田万太郎

池の底木もれ日差してやご歩む　小島國夫

尾を上げてふるへてとんぼ生まれけり　落合水尾

蜻蛉生る四万十川の石透かしつつ　奥村和廣

【糸蜻蛉《いととんぼ》】　灯心蜻蛉《とうしんとんぼ》　とうすみ蜻蛉　とうすみ　とうしみ蜻蛉　とうしみ

体が糸のように細く三〜四センチのトンボ。初夏に各地の池や沼に発生し、弱々しく飛ぶ。止まっている時は翅を背中で合わせる習性がある。青や緑など美しい体の色をした種類が多い。体の形状を灯心にたとえて灯心蜻蛉とも呼ぶ。

しなやかなものにつかまり糸とんぼ　吉原一暁

とうすみの糸のいのちの交むかな　鈴木貞雄

糸蜻蛉夕べの色にまぎれけり　嶋田麻紀

【川蜻蛉《かはとんぼ》】　おはぐろとんぼ　おはぐろ　かねつけ蜻蛉

林間の小川などに発生し、水辺を飛ぶトンボ。六センチぐらいで種類が多い。よく見かけるのは雌雄ともに黒色の翅を持つ御歯《おは》黒蜻蛉《ぐろとんぼ》である。ひらひらとしなやかに飛んで水草の葉などに止まっている。

木洩日が翅をくすぐる川蜻蛉　松浦敬親

おはぐろに見えぬ糸ある水の上　鈴木鷹夫

おはぐろの方三尺を生きて舞ふ　邊見京子

【蟷螂生る《たうらううまる》】　蟷螂生る《かまきりうまる》　子かまきり

蟷螂は多く五月ごろから孵化する。数百の卵が固まりとなって葉や梢につき、やがてうようよと子が生まれる。生まれてすぐに斧《おの》をかざす格好をするのは愛嬌《あいきょう》がある。❖蟷螂生《あ》るとは詠まない。→蟷螂《かまきり》（秋）枯蟷螂（冬）

蟷螂や生れてすぐにちりぢりに　軽部烏頭子

蟷螂のわれもわれもと生れけり　原　雅子

【蠅《はへ》】家蠅　青蠅　金蠅　銀蠅　蛆

種類が多く、病原菌を伝播《でんぱ》するものもあり嫌われている。山や野原で見かける蠅は大きく、追われても逃げない。❖幼虫を蛆と呼ぶ。→蠅除・蠅取

生創に蠅を集めて馬帰る　西東三鬼

戦争にたかる無数の蠅しづか　三橋敏雄

一つ追ひをれば二つに夜の蠅　久保田万太郎

蠅とんでくるや簞笥の角よけて　京極杞陽

大きな目大きな口の蠅生まれ　今瀬剛一

金蠅の欄間をぬけてきたりけり　長浜　勤

【蚊《か》】藪蚊《やぶか》　縞蚊　蚊柱《かばしら》

血を吸うのは雌で、なかには伝染病を媒介するものもある。生殖のために雌雄が一団になって飛ぶことを蚊柱という。❖清少納《せいしょうな》言《ごん》は『枕草子』に、眠たいと思って寝たところ蚊が「細声にわびしげに名のりて、顔のほどに飛びありく、羽風さへその身のほどにあるこそ、いとにくけれ」と描写している。→蚊遣火・蚊帳

蚊柱に夢の浮橋かかるなり　其　角

蚊の声す忍冬の花の散るたびに　蕪　村

叩かれて昼の蚊を吐く木魚かな　夏目漱石

蚊が一つまつすぐ耳へ来つつあり　篠原　梵

ひるの蚊を打ち得ぬまでになりにけり　石橋秀野

顔の上蚊の声過ぎし夜明かな　加畑吉男

なつかしき法然院の藪蚊かな　中山世一

蚊柱を吹いて乱せる遊びかな　鈴木鷹夫

小さき蚊来る暗がりに乱れ籠　大木あまり

【孑孑《ぼうふら》】ぼうふり　棒振虫

蚊の幼虫。棒振ともいうように夏、池や溝のよどんだ水や岩の窪《くぼ》みに溜《た》まった水の中で、棒を振るような格好で浮いたり沈んだりしている。驚かすと一斉に沈んでしまう。一週間のうちに四回脱皮して蛹《さなぎ》になる。

大寺や孑孑雨をよろこびて　波多野爽波
ぼうふらの水に階あるごとく攀づ　有馬籌子
さがるにもぼうふら力入れにけり　落合水尾
孑孑に生まれ棒振るほかはなし　名村早智子
ぼうふらの音無けれども賑やかな　西村麒麟

【蠛蠓《まくなぎ》】　めまとひ　糠蚊《ぬかか》

ヌカカなど小型の蚊の総称で、ひと固まりになって上下にせわしく飛んでいる。夏の野道などで、目の前につきまとい、はなはだうるさい。黒色をしていることはわかるが、あまり近くで飛ぶため、はっきり見定めがたい。

遠会釈蠛蠓をうちはらひつつ　富安風生
蠛蠓といふ厄介なものに逢ふ　藤崎久を
まくなぎの阿鼻叫喚をふりかぶる　西東三鬼
まくなぎに目鼻まかして牛の貌　清崎敏郎
まくなぎの群はひつぱりあひにけり　藤本美和子

【蚋《ぶよ》】　蟆子《ぶと》　ぶよ　ぶゆ

蚊と同じように人畜の血を吸う。長さ三、四ミリぐらいで脚が短く黒色。昼間に多く出て、山や野を歩いていると刺され、腫《は》れて痒《かゆ》みが長く続く。蚊と違って羽音はしないが、うるさくまとわりついてくる。

寂寞と庵結ぶや蚋の中　尾崎紅葉
雲を割る金色光に蚋の陣　加藤楸邨

【ががんぼ】　蚊蜻蛉《かとんぼ》　蚊姥《かのうば》

糸状の長い触角と長い脚を持っている昆虫の総称。蚊に似ているがそれよりも大きいので、蚊の姥などともいわれる。夏の夜、襖《ふすま》や障子を打ちながら狂ったように飛び、かすかな音を立てているのを見かける。刺す虫ではない。

ががんぼにいつもぶつかる壁ありけり　安住　敦
ががんぼの脚あまた持ち地をふまず　長谷川双魚
ががんぼの脚狼狽《うろた》へるため長し　後藤比奈夫
ががんぼの溺るるごとく飛びにけり　棚山波朗

蚊の姥の竹生島より来りしか　星野麥丘人

ががんぼをこはさぬやうに払ひけり　栗島　弘

ががんぼの夜の鏡を落ちてゆく　松野苑子

ががんぼや遅れて着きし旅役者　相原利生

【草蜉蝣《くさかげろふ》】　臭蜉蝣《くさかげろふ》

小さい蜻蛉のような形で、緑色、顔面に黒い斑紋がある。動作も姿も弱々しい。主に樹枝上の蚜虫《ありまき》を食べる。一部の種類は触れると悪臭を放つので「臭蜉蝣」ともいわれる。卵は優曇華《うどんげ》といわれている。↓優曇華

草蜉蝣発たせて鳴らす花鋏　山口葭子

月に飛び月の色なり草かげろふ　中村草田男

草かげろふ夜をみづみづしくしたり　小島　健

【優曇華《うどんげ》】

草蜉蝣の卵。白くて一・五センチばかりの糸状で、柄があり先が丸い。木の枝や天井・壁などに産みつけられている。ちょっと見ると花のように見える。❖これが発生すると瑞兆あるいは凶事の兆とする俗信がある。↓草蜉蝣

優曇華や寂と組まれし父祖の梁　能村登四郎

うどんげや眠りおちたる深まつげ　長谷川久々子

優曇華やおもしろかりし母との世　西嶋あさ子

優曇華や人に会はざるやすけさに　岡本高明

【薄翅蜉蝣《うすばかげろふ》】

アリジゴクの成虫。三・五センチぐらいで透明な翅を持っている。↓蟻地獄

うすばかげろふ翅重ねてもうすき影　山口青邨

とぶときのうすばかげろふ翅見えず　五十嵐播水

【蟻地獄《ありぢごく》】　あとずさり　擂鉢虫《すりばちむし》

薄翅蜉蝣の幼虫で一センチぐらい。体は土灰色で細い刺《とげ》があり、小さな砂粒をまとっている。縁の下や松原などの乾いた砂の中に、すり鉢状の穴を掘り、滑り込む蟻その他の小昆虫を捕らえて体液を吸う。地上を這《は》わせると後ずさりする。↓薄翅蜉蝣

蟻地獄寂寞として飢ゑにけり　富安風生
蟻地獄松風を聞くばかりなり　高野素十
蟻地獄すれすれに蟻はたらけり　加藤かけい
蟻地獄しづかにものを殺めけり　後藤比奈夫
待つものの静けさにゐて蟻地獄　桂　信子
じつと待ち死ぬまで待てる蟻地獄　齊藤美規
蟻地獄指一本で消されけり　西宮　舞
足垂らしをれば風吹く蟻地獄　加藤かな文

【ごきぶり】　油虫　御器齧《ごきかぶり》

台所などによく出てくる不快害虫。体は扁平で楕円形、褐色あるいは黒褐色が普通。長い髭《ひげ》を持ち、全体が油を塗ったように光っていることから油虫ともいう。走るのが速く、飛翔する。食物を選ばず、わずかな量でも生きながらえ、繁殖力も旺盛《おうせい》。❖もっとも古い昆虫のひとつであり、三億年ほど前から生き残っている。元来は野外の樹皮下に棲息していたが、都市部では暖かい家屋に多く棲みつく。

ごきぶりを打ち損じたる余力かな　能村登四郎
髭の先までごきぶりでありにけり　行方克巳
ゴキブリと知恵くらべして雨夜かな　鍵和田秞子
あるはずのなき隙間へと油虫　土生重次
書斎派と厨派のをり油虫　鈴木鷹夫

【蚤《のみ》】　蚤の跡

多くは体長二、三ミリ。跳躍力があり、雄は垂直距離で二五センチ、水平距離で四〇センチも跳ぶ。雌雄いずれも血をすい、刺されたあとが非常に痒い。

切られたる夢は誠か蚤の跡　其角
見事なる蚤の跳躍わが家にあり　西東三鬼

【紙魚《しみ》】　衣魚《しみ》　きらら　雲母虫《きららむし》

蝦《えび》をごく小さくしたような形をしていて、鱗毛《りんもう》がいっぱい生えている銀白色の一センチほどのシミ科の昆虫の総称。昆虫としてもっとも原始的で、翅はなく、紙でも衣服でも澱粉《でんぷん》のついたものは何でも食糧とする。日光を嫌い、暗い所を好み、走るのが速い。

紙魚ならば棲みてもみたき一書あり　能村登四郎
ひもとける金槐集のきらゝかな　山口青邨
紙魚としてなほ万巻の書をあゆむ　橋本善夫
しろがねの鱗落して紙魚逃ぐる　高橋睦郎

【蟻《あり》】　**山蟻　黒蟻　赤蟻　蟻の道　蟻の列　蟻の塔　蟻の巣　蟻塚**

黒蟻や赤蟻などの俗称で呼ばれるが、種類が多い。日本では約二百種が発見されている。集団で生活し、甘いものを好み、強くて幼虫の世話もよくする。働き蟻で一〜二年、雌蟻で十年前後生きる。延々と列を作って進むことを「蟻の道」という。地面を掘って塚を作り、巣を営むが、これを「蟻の塔（蟻塚）」という。

蟻の道雲の峰よりつづきけん　一茶
夜の蟻迷へるものは弧を描く　中村草田男
蟻殺すしんかんと青き天の下　加藤楸邨
蟻這はすいつか死ぬ手の裏表　秋元不死男
影を出ておどろきやすき蟻となる　寺山修司
石階の蟻大いなる影はこぶ　原裕
蟻殺す見失はざるため殺す　岡本眸
一匹の蟻ゐて蟻がどこにもゐる　三橋鷹女
絵硝子のひかりの中へ山の蟻　朝倉和江
木陰より総身赤き蟻出づる　山口誓子
黒蟻の畳を這へる葬りかな　小島健
蟻の列曲る見えざるものを避け　河合照子
こまごまと大河の如く蟻の列　深見けん二

【羽蟻《はあり》】　**飛蟻《はあり》**

交尾期に現れる有翅《ゆうし》の蟻。初夏から盛夏にかけて無数の蟻が、朽ちた柱や戸袋の隙間などからしきりに這い出したり、灯火を慕って家の中へ飛んできて困ることがある。羽蟻は巣を飛び立ち、結婚飛行を行い、交尾をする。地上に戻った雌蟻は石の下などに隠れ、ここで産卵し、やがて新しいコロニーを作ることになる。

暗やみの中に富士あり羽蟻の夜　高浜虚子
老斑の遂にわが手に羽蟻の夜　篠田悌二郎
終ひ湯をつかふ音して羽蟻の灯　清崎敏郎

【螻蛄《けら》】

三センチぐらいで暗褐色。昼は土中生活をし、夜になると地上に出て飛翔する。前翅は短く、後翅は長く燕尾《えんび》状。前脚は土を掘るのに適した形に発達している。俗に螻蛄の道といわれるトンネルを作って、その終点に卵を産む。↓螻蛄鳴く（秋）

螻蛄の闇闇の力といふがあり　佐藤鬼房
灯りたる障子に螻蛄の礫かな　岡田耿陽
螻蛄の闇野鍛冶は粗き火を散らす　成田千空

【蜘蛛《くも》】　蜘蛛《くも》の囲《ゐ》　蜘蛛の巣　蜘蛛の糸
女郎蜘蛛　蜘蛛の太鼓　蜘蛛の子

種類が多く日本に約千種いる。木と木の間などに円形の巣を作る様をよく見る。その巣を蜘蛛の囲ともいう。女郎蜘蛛などが巣の中心で獲物を待つ姿は印象的。初夏に雌蜘蛛が大きな卵嚢《らんのう》をぶら下げている様子を蜘蛛の太鼓という。それが破れると無数の子蜘蛛が飛び出し、その様子が「蜘蛛の子を散らす」という譬《たと》えになっている。❖蜘蛛は昆虫とは別の仲間で節足動物クモ綱に属す。なお、蜘蛛の中には網状の巣を作らないものもいる。

蜘蛛の子はみなちりぢりの身すぎかな　一茶
大蜘蛛の虚空を渡る木の間かな　村上鬼城
影抱へ蜘蛛とどまれり夜の畳　松本たかし
脚ひらきつくして蜘蛛のさがりくる　京極杞陽
われ病めり今宵一匹の蜘蛛も宥さず　野澤節子
怒濤いま蜘蛛の視界の中にあり　保坂敏子
蜘蛛の囲や朝日射しきて大輪に　中村汀女
蜘蛛の囲の全きなかに蜘蛛の飢ゑ　鷹羽狩行

蜘蛛に生れ網をかけねばならぬかな　高浜虚子
眼前に蜘蛛の巣かゝり夕山河　川端茅舎
能の出の笛のごとくに蜘蛛の糸　宇佐美魚目
払はれしあとのひとすぢ蜘蛛の糸　下坂速穂
山雨過ぎ網を繕ふ女郎蜘蛛　大久保白村
蜘蛛の子のみな足もちて散りにけり　富安風生

【蠅虎《はへとりぐも》】　蠅捕蜘蛛《はへとりぐも》

蠅ぐらいの大きさで、八つの単眼を持つ。走り回ったり飛び上がったりするのが巧みで、蠅や小さな昆虫を敏捷に捕えて食べる。網を張らずに家のなかに住みついていて時折現れては飛び跳ねる。

蠅虎鉄斎の書にはしりけり　阿波野青畝
蠅取れぬ蠅虎と時過ぎぬ　加藤楸邨
文机の広さ蠅虎にあり　粟津松彩子
潮風の畳蠅虎飛べり　押野裕

【蜈蚣《むかで》】　百足虫《むかで》　百足《むかで》

節足動物で、体は細長く扁平。多くの環節をもち、各節に一対ずつの脚がある。黒褐色で光沢がある。石垣・木の根・床下・土中などの湿った所に棲息する。人に有害な種もあり、刺されると疼痛《とうつう》を伴い跡が腫《は》れあがる。

なにもせぬ百足虫の赤き頭をつぶす　古屋秀雄
百足虫ゆく畳の上をわるびれず　和田悟朗
百足虫這ふ五右衛門風呂の天井に　後閑達雄

【蚰蜒《げぢげぢ》】

節足動物。ゲジゲジはゲジの俗称。体は三センチほどで、細長い十五対の脚をぞろぞろと動かして速く走る。床下や朽木などの湿っぽい場所に棲息する。はなはだ気味の悪い虫であるが、屋内の虫を食べる。

蚰蜒を打てば屑々になりにけり　高浜虚子
蚰蜒を打てば雲散霧消しぬ　辻田克巳
遁走のげぢげぢの脚揃ひけり　村上喜代子

【蛞蝓《なめくぢ》】　なめくぢり　なめくぢら

蝸牛《かたつむり》に似ているが、貝殻がない。頭には伸縮自在な触角があって、ゆっくり這《は》う。朽木や台所などのじめじめした所にいて、這ったあとには銀色に光った粘液の道を残す。梅雨の上がり際などことに多く出る。❖野菜や果実を食べるので害虫。

蛞蝓といふ字どこやら動き出す　後藤比奈夫
なめくぢがなめくぢに触れ凹みをり　栗原利代子
花びらのごとくつめたくなめくぢり　山西雅子

【蝸牛《かたつむり》】　蝸牛《くわぎう》　ででむし　でんでんむし　まひまひ　かたつぶり

陸生の巻貝。木や草に這い上がり若芽や若葉を食う。螺旋《らせん》形の殻を負い、頭に屈伸する二対の角がある。その長い方の先端に目があり、明暗を判別する。食用になる種もある。❖ナメクジと同じマイマイ目の有肺類。野菜や果実を食べる害虫。

かたつぶり角ふりわけよ須磨明石　芭蕉
殻の渦しだいにはやき蝸牛　山口誓子
あかるさや蝸牛かたく〱ねむる　中村草田男
蝸牛いつか哀歓を子はかくす　加藤楸邨
思ひ出すまで眼を瞑り蝸牛　六本和子
愛されよこの最小の蝸牛　村越化石
蝸牛もとより遠き海のいろ　淺井一志
曲りたる時間の外へ蝸牛　花谷清
墓石に映るおほぞら蝸牛　山西雅子
かたつむり甲斐も信濃も雨の中　飯田龍太
かたつむりつるめば肉の食ひ入るや　永田耕衣
水やれば咲くかもしれずかたつむり　櫂未知子
でで虫や老いて順ふ子のなくて　大島雄作

【蛭《ひる》】　山蛭

環形動物。体長三、四センチ程度で、笹の葉に似て細長く扁平。前後両端に皿状の吸盤があり、前吸盤の奥に口をもつ。水田や池沼に棲息し、小動物を食べたり、人や動物の血を吸う。伸縮自在で、吸いつくと引っ張ってもなかなか離れない。渓谷に棲む山蛭、暗緑色をした一〇センチ余りの馬蛭などの種類がある。❖血を吸う習性を利用して瀉血《しやけつ》に用いられてきた。

一尺の馬蛭の啣《は》ふ港かな　上島清子
蛭ひとつ水縫ふやうに動きけり　花　史
浮草を押しながら蛭泳ぎをり　高野素十
頭やら口やら蛭の伸びゆくは　岸本尚毅

【蚯蚓《みみず》】

土中や水中に棲息する環形動物で、もっともよく見られるのは縞《しま》蚯蚓。種類によって大きさは異なるが、おおむね一〇センチ程度。光を嫌い、陸生の蚯蚓は夜になると地表に出て来ることもある。昔から釣りの餌に利用されてきた。❖蚯蚓は土を食べ、有機物や微生物、小動物を消化吸収して粒状の糞として排泄《はいせつ》する。それが、土地改良に役立つため農業では重要視される。↓蚯蚓鳴く（秋）

みちのくの蚯蚓短かし山坂勝ち　中村草田男
何をしにここに出てきて蚯蚓死す　谷野予志
ゆく方へ蚯蚓のかほの伸びにけり　鴇田智哉
ももいろのおほきな蚯蚓縮みけり　浜崎壬午

【夜光虫《やくわうちゆう》】

海中に浮遊するプランクトンの一種。体は直径一ミリぐらいの球形で、それに鞭状の触手をつけている。体内に発光体を持っていて、夜間青白い燐光《りんこう》を発し幻想的で美しい。

石段にのりくる潮よ夜光虫　今井つる女
夜光虫尚漕ぎ戻る船のあり　高野素十
一湾の縁のかなしみ夜光虫　鷹羽狩行
一本の櫂に集まり夜光虫　中村和弘

植物

【余花《よくわ》】

初夏になってまだ咲く桜。❖山国や北国で、青葉若葉の頃にまだちらほらと咲く花の風情を詠む。↓残花（春）

余花に逢ふ再び逢ひし人のごと　高浜虚子
妻の禱りこのごろながし余花の雨　五十嵐播水
ホルン抱き青年が過ぐ余花の坂　飯村寿美子
余花といふ消えゆくものを山の端に　大串　章

【葉桜《はざくら》】　花は葉に

桜は花が散ると葉が出始め、五月には美しい緑が広がり空を覆うようになる。日の光に透けた葉桜はことに美しい。❖桜の葉ではなく、青々と葉をつけた桜の木の意。その頃の明るさや風の心地よさも連想させる。

葉ざくらや南良《なら》に二日の泊り客　蕪　村
葉桜の中の無数の空さわぐ　篠原　梵
葉桜や天守さびしき高さにて　上田五千石
葉ざくらや鋏ひとつのほどきもの　檜　紀代
葉桜の雨しづかなり豊かなり　九鬼あきゑ
葉ざくらや白さ違へて塩・砂糖　片山由美子
葉桜やたためば屋台ひと抱へ　内海良太
俯伏せのわれに海光花は葉に　金子兜太
花は葉に父に背きしこと数多　小河洋二

【桜の実《さくらのみ》】　実桜

桜の花のあとにつく果実。小豆《あずき》ほどの球形で、熟すると黒紫色になる。❖桜桃とは違うが、地方によってはさくらんぼという。↓さくらんぼ

来てみれば夕の桜実となりぬ　蕪　村
実桜やいにしへきけば白拍子　麦　水

桜の実赤し黒しとふふみたる　細見綾子
吹き降りの眉山に熟れて桜の実　林　徹
晩年の友を増やしぬ桜の実　諸角玲子
子の髪のつややかに濡れ桜の実　長嶺千晶
実桜や少年の目の海の色　永方裕子

【薔薇《らば》】　薔薇《さうび》　紅薔薇　白薔薇　薔薇園
薔薇垣

薔薇の野生種は世界に約二百種、日本にも約十種がある。幹は叢生《そうせい》・蔓《つる》性とその中間に分けられる。古代から中近東や中国で色と香りが愛されてきたが、現在の園芸種はヨーロッパと東西アジアの原産種が複雑に交配されたもの。五月ごろに最盛期を迎える。

咲き切つて薔薇の容《かたち》を超えけるも　中村草田男
ばらの香のをり〳〵強し雨の中　楠目橙黄子
薔薇よりも濡れつつ薔薇を剪《き》りにけり　原田青児
薔薇よりも淋しき色にマッチの焔　金子兜太
薔薇剪るや深きところに鋏入れ　島谷征良
黒ばらに近き紅ばらかと思ふ　落合水尾
薔薇切つて薔薇のことから手紙書く　岡崎光魚
東京の夜景に薔薇を加へけり　櫂　未知子
大輪の薔薇剪り何か失へり　野見山ひふみ
路地奥のロシア語教室薔薇匂ふ　辻　美奈子
夕風や白薔薇の花皆動く　正岡子規
薔薇の園引返さねば出口なし　津田清子
薔薇園の薔薇整然と雑然と　須佐薫子
薔薇園に雨まだ誰も傘ささず　鶴岡加苗
薔薇垣の夜は星のみぞかがやける　山口誓子

【牡丹《ぼたん》】　ぼうたん　富貴草《ふうきさう》　白牡丹《はくぼたん》
緋《ひ》牡丹《ぼたん》　牡丹園

ボタン科の落葉低木の花。中国原産で、平安時代初期に薬用植物として渡来し、はじめは寺院で栽培された。花の王・花神・富貴花などの異名を持つ。晩春から初夏にかけて直径一〇～二〇センチの豊麗な花をつける。❖牡丹色の名のごとく、原種は紅紫だったが、白・淡紅・黒紫・黄・絞りなどさまざまに改良された。散った花弁もまた美しい。→寒牡丹（冬）

あたらしき宿の匂ひや富貴草　桃隣
ぼうたんと豊かに申す牡丹かな　太祇
牡丹散りて打かさなりぬ二三片　蕪村
夜の色に沈みゆくなり大牡丹　高野素十
牡丹百二百三百門一つ　阿波野青畝
火の奥に牡丹崩るるさまを見つ　加藤楸邨
日の牡丹たちまち風の牡丹かな　藤岡筑邨
牡丹《ぼうたん》の花に暈ある如くなり　松本たかし
この世から三尺浮ける牡丹かな　小林貴子
牡丹の茎しなやかに花支ふ　加藤耕子
ぼうたんの百のゆるるは湯のやうに　森　澄雄
ぼうたんの吐息おほきく崩れけり　西宮　舞
白牡丹といふといへども紅ほのか　高浜虚子
白牡丹しんとひらきて無きごとし　西尾　一
奥の間に赤子の見ゆる牡丹園　菅原閧也

【紫陽花《あぢさゐ》】　四葩《よひら》　七変化《しちへんげ》

梅雨時を代表するユキノシタ科の落葉低木の花。額《がく》紫陽花を母種とし、日本原産といわれる。「四葩」の名は、花びらのように見える四枚の萼《がく》の中心に細かい粒のような花をつけることから。花色は酸性土では青、アルカリ性土では赤紫色となる。色が次第に変化することから「七変化」ともいう。❖一般には蕾がほころび始めた頃は葉に紛れそうな薄緑で、しだいに白くなり、徐々に青や赤紫に色づいていくので、白から緑に変化することはない。〈紫陽花に秋冷いたる信濃かな　杉田久女〉は、秋になっても美しく咲き残っている紫陽花を詠んだもの。→額の花

あぢさゐや仕舞のつかぬ昼の酒　乙二
紫陽花の末一色となりにけり　一茶

紫陽花のあさぎのまゝの月夜かな　鈴木花蓑
あぢさゐやきのふの手紙はや古ぶ　橋本多佳子
あぢさゐの藍をつくして了りけり　安住　敦
紫陽花の雨に重さを持ちはじむ　嶋田一歩
あぢさゐの毬は一つも地につかず　上野章子
紫陽花剪るなほ《は》美しきものあらば剪る　津田清子
紫陽花や家居の腕に腕時計　波多野爽波
あぢさゐのどの花となく雫かな　岩井英雅
兄亡くて夕刊が来る濃紫陽花　正木ゆう子
由良の門に水銀《みずがね》色の四葩かな　小林貴子

【額の花《がくのはな》】　**額紫陽花《がくあぢさゐ》**

額紫陽花は紫陽花の花のように毬《まり》状にならず、枝先の散房花序にたくさんの小花をつけ、周囲を萼《がく》である装飾花が取り巻く。花色は青紫・紫・淡紅、まれに白。暖地の海岸沿いに自生し、古くから園芸用に栽培されてきた。→紫陽花

橋ありて水なかりけり額の花　高橋淡路女
水よりも土が濡れゐて額咲けり　草間時彦
数々のものに離れて額の花　赤尾兜子
雲間よりさつと日の射す額の花　小檜山繁子
いつまでも一人娘や額の花　柴原保佳
谷深く日のとどきゐて額の花　江中真弓
額の花日々の境のあはくなり　中岡毅雄

【石楠花《しゃくなげ》】

ツツジ科の常緑低木。晩春から初夏にかけて、枝先に鐘形の花が薬玉のように二〜十数個集まって咲く。日本には四種自生し、高山・亜高山生の種は六〜八月上旬が花期。近年栽培が盛んな西洋石楠花は、中国雲南省からヒマラヤにかけて自生する野生種を基本に改良されたもので、花色も大きさもさまざま。

石楠花に手を触れしめず霧通ふ　臼田亜浪
石楠花や朝の大気は高嶺より　渡辺水巴
石楠花や水櫛あてて髪しなふ　野澤節子

石楠花は富士の夕の色に咲けり　阿部完市
石楠花の女人高野に雨のすぢ　鍵和田秞子

【百日紅《さるすべり》】　百日紅《ひゃくじつこう》　白さるすべり　百日白《ひゃくじつはく》

ミソハギ科の落葉中高木。中国原産で庭園に植栽され、七～九月に桃・紅・紅紫・白色などのちりめん状の花が群がり咲く。花期が長いため百日紅の漢名がある。樹皮が剝《は》がれやすく、滑らかな幹は猿も滑り落ちるというので、猿滑《さるすべり》と名づけられた。

袖に置くや百日紅の花の露　貞室
籠らばや百日紅の散る日まで　支考
散れば咲き散れば咲きして百日紅　千代女
百日紅ややちりがての小町寺　蕪村
咲き満ちて天の簪百日紅　阿部みどり女
百日紅雀かくるゝ鬼瓦　石橋秀野
女来と帯纏《ま》き出づる百日紅　石田波郷
奈良坂の家うち暗きさるすべり　桂信子
さるすべり美しかりし与謝郡　森澄雄
寺もまたいくさにほろぶ百日紅　石田勝彦
道化師に晩年長し百日紅　仁平勝
さるすべりしろばなちらす夢違ひ　飯島晴子
洗ふたび赤子あたらし百日紅　松本ヤチヨ
星生る百日白の花の上　粟津松彩子

【梔子の花《くちなしのはな》】

梔子はアカネ科の常緑低木で、多くは庭木として植栽される。花は直径五～六センチの白色一重または八重で、六～七月に強い芳香を放って咲く。❖単に梔子といえば実を意味するので、花であることがわかるように詠む必要がある。→梔子の実（秋）

口なしの淋しう咲けり水のうへ　青蘿
くちなしの花びら汚れ夕間暮　後藤夜半
口なしの花はや文の褪せるごと　中村草田男
梔子の花見えて香に遠き距離　八木澤高原
くちなしの白きを園のあはれとす　田上石情

われ嗅ぎしあとくちなしの花の錆び　山口　速

錆びてより梔子の花長らへる　棚山波朗

山梔子の花びらに刷くうすみどり　雨宮能子

【杜鵑花《さつき》】　**五月躑躅《さつきつつじ》**

ツツジ科の常緑低木で、朱または紅紫色の漏斗状の花が五弁に中裂する。花期は五～七月。江戸時代以来多くの園芸品種があり、花色や形は変化に富む。盆栽としても好まれる。❖五月に咲く「さつきつつじ」の略であり、「杜鵑花《とけんか》」と書くのは、杜鵑《ほととぎす》が鳴くころ咲くことに由来する。

庭石を抱てさつきの盛りかな　嘯　山

満開のさつき水面に照るごとし　杉田久女

濡れわたりさつきの紅のしづもれる　桂　信子

【繍線菊《しもつけ》】

バラ科の落葉低木で、五～八月、枝先の複散房花序に直径三～六ミリの小花を多数つける。色は濃紅・淡紅・白など。日当たりのよい草地などに自生するが、庭木や盆栽として観賞用にも栽培される。❖花が似ている下野草《しもつけそう》はバラ科の多年草。

繍線菊やあの世へ詫びにゆくつもり　古舘曹人

しもつけの花を小雨にぬれて折る　成瀬正俊

繍線菊やえんぴつ書きの母の文　山内八千代

繍線菊をぶつきらぼうに束ねけり　七田谷まりうす

【繡毬花《てまりばな》】　**手毬花《てまりばな》**　**粉団花《てまりばな》**　**手毬の花**　**おほでまり**

スイカズラ科の落葉低木の花。藪手鞠《やぶてまり》の変種で、木は高さ一～三メートルになり、葉や花の形は紫陽花に似ている。四～五月、梢上に多数の白色の花を球形につける。

落ちてまたあがれ手まりの花の露　立　圃

大でまり小でまり佐渡は美しき　高浜虚子

かたむきて傾く雨のおほでまり　八木林之助

【金雀枝《えにしだ》】　**金枝花《えにしだ》**　**金雀児《えにしだ》**

マメ科の落葉低木で、五月ごろ、葉腋《ようえき》ごと

に黄金色の蝶形《ちょうがた》の花を一〜二個ずつつける。地中海沿岸原産で日本には江戸時代に渡来した。

えにしだの夕べは白き別れかな　臼田亜浪
金雀枝や日の出に染まぬ帆のひとつ　水原秋櫻子
金雀枝や基督に抱かると思へ　石田波郷
金雀枝の咲きあふれ色あふれけり　藤松遊子
金雀枝の午后有耶無耶に過しけり　田中良次

【泰山木の花《たいさんぼくのはな》】
泰山木はモクレン科の常緑高木で、六月ごろ直径一五センチほどの白い大輪の香り高い花を、空に向けて開く。葉は長さ一二〜二五センチの長楕円《だえん》形で、艶《つや》がある。庭木・街路樹として栽培され、宝珠形の蕾《つぼみ》は茶花として用いられる。北米原産で、明治初期に渡来した。❖泰山木だけでは花のことにならない。

壺に咲いて奉書の白さ泰山木　渡辺水巴
夢殿や泰山木の花ひらく　穴井太
ロダンの首泰山木は花得たり　角川源義
あけぼのや泰山木は臘の花　上田五千石
泰山木の花にきのふとけふの白　村上喜代子
人拒む高さに泰山木の花　田中春生

【夾竹桃《けふちくたう》】
夾竹桃は六〜九月、枝先に直径四〜五センチの花を多数つける。花色は淡紅・白・紅・黄と種類が多い。八重咲きもある。インド原産で、江戸時代に渡来したといわれる。観賞用に栽培されるが、高速道路の分離帯や工場の周辺などにも植えられる。

夾竹桃しんかんたるに人をにくむ　加藤楸邨
夾竹桃日暮は街のよごれどき　福永耕二
夾竹桃白きは夕べ待つごとし　米谷静二
二階より見えて夜明けの夾竹桃　菖蒲あや
夾竹桃おなじ忌日の墓並ぶ　朝倉和江
ヒロシマの夾竹桃が咲きにけり　西嶋あさ子

夾竹桃白を激しき色とせり　正木浩一
夾竹桃踏切が開きまた歩く　加藤かな文

【南天の花《なんてんのはな》】　花南天

南天はメギ科の常緑低木で、五〜六月に白色の目立たない小花を多数つける。暖地には野生もあるが、多くは庭木として植えられる。→南天の実（秋）

花南天実る容《かたち》をして重し　長谷川かな女
花南天こぶりに妻の誕生日　本宮鼎三

【凌霄の花《のうぜんのはな》】　凌霄《のうぜん》花　凌霄《のうぜん》　のうぜんかづら

凌霄はノウゼンカズラ科の蔓性落葉樹で、七〜八月に橙色の漏斗状の花が咲く。花の先端は五裂して開き、直径六〜七センチ。中国原産で観賞用に植えられる。茎は長く伸びて付着根を出し、他のものに吸着して伸びる。❖通常は実を結ばない。

凌霄や水なき川を渡る日に　蒼虬
のうぜんの花は遠くに見ゆるなり　今井杏太郎
凌霄やギリシャに母を殺めたる　矢島渚男
凌霄の花の燭台咲きさがり　本井英
日の残る空なまぐさし凌霄花　吉田成子

【梯梧の花《でいごのはな》】　海紅豆《かいこうず》

梯梧はインド原産のマメ科の落葉高木で、四〜五月に葉よりも早く直径五〜八センチの真っ赤な蝶形の花を多数開く。幹や枝に太い刺《とげ》があり、花の盛りには木全体が赤く見えるほど。沖縄県の県花。❖梯梧の一種の海紅豆はブラジル原産でアメリカ梯梧ともいい、梯梧より寒さに強く、本州の暖地に植樹される。

デイゴ咲き口中赤き魔除獅子　中嶋秀子
海彦とふた夜寝ねたり花でいご　小林貴子
海紅豆咲き焼酎の甕ひとつ　草間時彦
散り敷きて焰くづさず海紅豆　米谷静二
海風にしたたかな色海紅豆　河野多希女

【仏桑花《ぶっさうげ》】　琉球木槿《むくげ》　ハイビスカス

アオイ科の常緑低木で、七〜十月に、直径一〇センチの木槿に似た漏斗状の花が咲く。通常日本では温室栽培だが、大隅諸島以南では露地植えされ、四季を通じて花をつける。ふつう赤色であるが、白色、黄色や八重咲きなどもある。園芸では属名のハイビスカスと呼ぶことが多い。

赤屋根の漆喰しるし仏桑花　堀　古蝶
屋根ごとに魔除獅子置き仏桑花　轡田　進
家よりも墓ひろびろと仏桑花　深見けん二
渚まで続く白砂や仏桑花　古賀まり子
村人にハイビスカスの長き舌　有馬朗人
紬織る筬の間遠やハイビスカス　細川普士子

【茉莉花《まつりくわ》】　ジャスミン

モクセイ科の常緑低木で、西アジア原産の香料植物の花。夏に咲く直径三センチほどの白い花は香水の原料となる。中国のジャスミン茶は乾燥した花を香料として加えたもの。ジャスミンはモクセイ科ソケイ属の総称で、世界に約二百種ある。茉莉花もその一種。

茉莉花を拾ひたる手もまた匂ふ　加藤楸邨
茉莉花に帽子の鍔の触るるまで　西村和子
ヒンズーの神に茉莉花こぼれけり　明隅礼子
ジャスミンは伽藍の空へ咲きのぼる　唐澤南海子

【花橘《はなたちばな》】　橘の花

橘はミカン科の常緑低木で、六月ごろ葉腋《ようえき》に直径二センチの香り高い白い花を開く。暖地の沿岸地帯にまれに自生する。葉は蜜柑に似て、透明な小点がある。↓橘（秋）

駿河路や花橘も茶の匂ひ　芭　蕉
橘やむかしやかたの弓矢取り　蕪　村
人にあふも花たちばなの香にあふも　山口青邨
嵯峨御所の橘薫る泊りかな　阿波野青畝
橘の花に夕日の濃かりけり　海老原真琴

【蜜柑の花《みかんのはな》】 花蜜柑

蜜柑は、五〜六月、枝先や葉腋に直径三センチ余りの香りのある白い花を開く。↓青蜜柑（秋）・蜜柑（冬）

駅降りてすぐに蜜柑の花の中　加倉井秋を
ふるさとはみかんのはなのにほふとき　種田山頭火
蜜柑咲きにはかに潮の濃く流る　中　拓夫
手に持ちて木よりも匂ふ花蜜柑　山口波津女
花蜜柑島のすみずみまで匂ふ　山下美典

【柚子の花《ゆずのはな》】 柚《ゆ》の花《はな》　花柚子《はなゆず》　花柚《はなゆ》

柚子は中国原産のミカン科の常緑小高木で、花期は五〜六月。葉腋《ようえき》に直径三センチほどの香りのある白い花をつける。↓柚子（秋）

柚の花や能き酒蔵す塀の内　蕪村
色慾もいまは大切柚子の花　草間時彦
叱られて姉は二階へ柚子の花　鷹羽狩行
かにかくに逢へばやすらぐ花柚の香　野澤節子
朝ごとに散る花柚子の白さかな　小針京子

【栗の花《くりのはな》】 花栗

栗はブナ科の落葉高木で、花期は六〜七月。山野に自生するが、食用として早くから栽培されてきた。雌雄同株で、黄白色穂状の雄花がやや上向きに咲き、緑色の雌花はその基部に固まる。独特の強い青臭い匂いがする。

世の人の見付けぬ花や軒の栗　芭蕉
売る馬は名づけぬといふ栗の花　後藤綾子
栗の花丹波は雲の厚き国　茨木和生
栗咲く香この青空に隙間欲し　鷲谷七菜子
栗の花水の彼方に日は落ちて　斎藤夏風
犬老いて一日眠る栗の花　栗田やすし
ポケットに自転車の鍵栗の花　林　桂
花栗のちからかぎりに夜もにほふ　飯田龍太

【柿の花《かきのはな》】

柿は六月ごろ葉腋に黄緑色の合弁花を開く。雌雄同株。↓柿（秋）

渋柿の花ちる里と成にけり　蕪村
役馬の立ち眠りする柿の花　一茶
柿の花こぼれて久し石の上　高浜虚子
ふるさとへ戻れば無冠柿の花　高橋沐石
百年は死者にみじかし柿の花　藺草慶子
呼鈴に声の返事や柿の花　小川軽舟

【石榴の花《ざくろのはな》】　花石榴

石榴は六月ごろ直径五センチほどの花をつける。朱赤色の花びらは薄くて皺《しわ》がある。結実しない八重咲きの園芸品種を花石榴と呼び、花の色は白・淡紅・朱・絞りなどさまざま。

水打てば妻戸にちりぬ花ざくろ　素丸
日のくわっとさして柘榴の花の数　小林篤子
花石榴雨きらきらと地を濡らさず　大野林火
花石榴老人のゐずなりし家　岸田稚魚
花ざくろ周防のうすく河面明け　古沢太穂
妻の居ぬ一日永し花石榴　辻田克巳
かつて坂あり花ざくろ満開に　金田咲子
墓碑銘はアリョーシャと読め花柘榴　西村和子
花石榴漱石を待つ子規がゐて　林桂

【青梅《あをうめ》】　梅の実　実梅　実梅もぐ

梅の実は五〜六月に急速に育つ。熟す前の硬くて青い実を「青梅」と呼ぶ。葉の色に紛れがちながら、梅雨時に雨粒を弾《はじ》いている様子はみずみずしい。❖近世に入り、俳諧で詠まれるようになった。

青梅の臀うつくしくそろひけり　室生犀星
青梅を落しゝ後も屋根に居る　相生垣瓜人
青梅や影あるもののみなしづか　岡本高明
水のごとくに青梅を籠《こ》に移す　鷹羽狩行
青梅や母とふたりの箸洗ふ　対中いずみ
落ちてゐる実梅の一つ落着かず　京極杞陽
海賊の島の実梅の太りけり　櫛部天思
遠縁といふ男来て梅落とす　廣瀬直人

【青柿《あをがき》】

柿の実は夏のあいだ青いままひっそりと大きくなっていく。↓柿の花・柿（秋）

青柿落ちて疵つかざるはなかりけり　安住　敦
青柿や昼餉の茶碗洗ひ伏せ　瀧　春一
どこに落ちても青柿はひそかな音　保坂敏子
青柿の青き音して落ちにけり　北川英子
青柿のほとりの水の迅さかな　日原　傳

【青胡桃《あをくるみ》】　生胡桃

胡桃は夏になると青い核果が房状に実る。
↓胡桃（秋）

青胡桃しなのの空のかたさかな　上田五千石
川音の空へ抜けゆく青胡桃　小島　健
青胡桃瀬音あふるる狐川　横井法子
鍵穴のやうな子の耳青胡桃　鶴岡加苗

【木苺《きいちご》】

バラ科の落葉低木で、山野に自生する。四月ごろ白い花が咲き、初夏、直径一〜一・五センチの黄色の球形の実がつく。モミジイチゴ、ミヤマイチゴなど多くの種類があり、食用となる。↓木苺の花（冬）

書庫までの小径木苺熟れてゐる　山口青邨
木苺をふふめば雨の味のして　比田誠子
木苺のこころもとなき粒ひとつ　山本顯映

【青葡萄《あをぶだう》】

熟す前の青くて硬い葡萄。房状に小さな実がなり、次第に大きくなるが、夏のあいだは固くて食用にはならない。↓葡萄（秋）

青葡萄密なりあたり暗きまで　相馬遷子
青葡萄島の祭に映画あり　加倉井秋を
澄むものはたやすく濁り青ぶだう　友岡子郷
うつくしき吐息ぐもりの青葡萄　伊藤白潮
青葡萄玲瓏と昼過ぎにけり　菅原鬨也
月食やひそかにこぼれ青葡萄　蟇目良雨
子にだけは唄ふ父なり青葡萄　能村研三

【青林檎《あをりんご》】

夏のうちに出荷される早生種の林檎。酸味

と硬さが特徴。↓林檎（秋）

夜光るもの丶色なり青林檎　相生垣瓜人
刃を入れて拒む手ごたへ青林檎　鷹羽狩行
おのづから雲は行くもの青林檎　友岡子郷
等分に割りていづれも青林檎　池田秀水
鏡の中に青林檎置き忘れ　坂本宮尾
青林檎置いて卓布の騎士隠る　能村研三

【楊梅《やまもも》】　山桃　やまうめ

楊梅は温暖な地域の山地に自生し、雌雄異株。四月ごろ花が咲き、実は夏に赤く熟す。直径一～二センチの球形で、甘酸っぱい。常緑高木で樹形が良いので、公園や庭に植えられる。

磯ぎはをやまもも舟の日和かな　惟然
楊梅熟る青鬱然と札所寺　松崎鉄之介
楊梅の樹下に月夜の真くらがり　堀葦男
やまももの樹下におもはぬ深轍　大石悦子
やまももを頬張つて目の笑ひをり　大串章

【さくらんぼ】　桜桃《あうたう》の実《み》　桜桃

バラ科の落葉高木、西洋実桜の実をさすのが一般的。直径一・二～二・五センチの球形で、色は淡紅・赤黄・真紅。艶《つや》があり美味。栽培は冷涼な気候に適する。↓桜の実

茎右往左往菓子器のさくらんぼ　高浜虚子
さくらんぼと平仮名書けてさくらんぼ　富安風生
一つづつ灯を受け止めてさくらんぼ　右城暮石
さくらんぼさざめきながら量らるる　成瀬櫻桃子
一粒にゆきわたる紅さくらんぼ　伊藤敬子
幸せのぎゆうぎゆう詰めやさくらんぼ　嶋田麻紀

【山桜桃の実《ゆすらのみ》】　山桜桃《ゆすらうめ》　英桃《ゆすらうめ》

山桜桃はバラ科の落葉低木で、中国から江戸時代に渡来した。六月ごろ赤く熟す実は、直径一センチの球形で甘い。庭木としても植えられる。↓山桜桃の花（春）

泣きやめばみめよき子なりゆすら梅　風間八桂
つゞきたる雨の間に熟れゆすらうめ　五十嵐播水

ゆすらうめ実のほろほろと草の上　岩崎眉乃

【李《すもも》】
バラ科の落葉高木で、古く中国から渡来した。果実は球形。果皮は硬くて毛がない。赤紫色に熟したものは甘くて美味。西洋李（プラム）は楕円形で藍紫色に熟すものが多い。→李の花（春）

葉隠れの赤い李になく小犬　一茶
雨つのる伊賀の李の昔かな　加藤楸邨

【杏《あんず》】　杏子《あんず》　唐桃《からもも》　杏の実
中国北部原産のバラ科の落葉高木で、日本に古く渡来した。果実は表面に密毛があり、直径三センチほどの球形で梅に似る。黄熟すると甘酸っぱい。生だけでなく乾燥したものを食べるほか、ジャム、シロップ漬けなどにもする。❖種子の中の胚《はい》は杏仁《きようにん》といい咳《せき》止めの薬とされる。→杏の花（春）

あんずあまさうなひとはねむさうな　室生犀星
百年の杏熟れ落つ生家かな　大峯あきら
月一つ杏子累々熟れはじむ　青柳志解樹
すこやかに大地濡れゆく杏の実　井上弘美

【巴旦杏《はたんきやう》】
李の一種。果実は球形で緑黄色、果肉は黄色で甘い。

巴旦杏捥《も》ぐ庭にある八ヶ嶽　木村蕪城
賞与得てしばらく富みぬ巴旦杏　草間時彦
簀にあげてしづかな雫巴旦杏　斎藤夏風

【枇杷《びは》】　枇杷の実
バラ科の常緑高木で、石灰岩地帯に野生し、改良品種が栽培されている。六月ごろ倒卵形の果実が黄橙色に熟し、薄い皮を剥いて食べる。種が大きく、豊富な果汁が特徴。

枇杷買ひて夜の深さに枇杷匂ふ　中村汀女
船室の明るさに枇杷の種のこす　横山白虹
口中にふくらむばかり枇杷の種　右城暮石
種ありてこそなる枇杷のすすり甲斐　後藤比奈夫

選り抜きの枇杷うす紙につつまれて　亀田虎童子
枇杷の実を空からとつてくれしひと　石田郷子

【パイナップル】鳳梨《ほうり》　アナナス

南米原産のアナナス科の多年草の果実。淡紫色の花のあと、七～九月に長さ約二〇センチの集合果を結ぶ。生食のほか缶詰や乾燥させたものを食す。国内では沖縄県が主産地。

パイナップル日照雨《そばへ》が中の香はげし　関谷嘶風
船下りてまつはる風と鳳梨売　福永耕二
パイナップル吾子ににきびの二つ三つ　湯澤久美子

【バナナ】

ほとんどが輸入でありながら、林檎や蜜柑と共に日常的な果物のひとつ。❖パイナップルやバナナのほかマンゴー、ドリアンなどを高浜虚子が熱帯季語として『新歳時記』に採用したことから、南国産の果物が季語になった。

海は照り青きバナナの店ならぶ　田村木国
バナナ熟れ礁《いくり》の月は夜々青し　神尾季羊
バナナ食ぶ午後の作戦練りながら　篠沢亜月

【夏木立《なつこだち》】夏木

夏になり、青々と葉が茂った木立。一本の場合には夏木という。

先づ頼む椎の木も有り夏木立　芭蕉
いづこより礫打けむ夏木立　蕪村
塔ばかり見えて東寺は夏木立　一茶
門ありて唯夏木立ありにけり　高浜虚子
新宮の丹の美しき夏木立　遠藤梧逸
又雨の太き糸見え夏木立　星野立子
剣術のこえ羞かしき夏木立　和田悟朗
ひろしまや樹齢等しく夏木立　川崎慶子
夏木立抜けて全長見せる汽車　麓幸一郎
結ひ上げて黒髪に艶夏木立　井上康明
四五本の夏木が影をひとつにす　谷野予志

【新樹《しんじゆ》】

若葉におおわれた初夏のみずみずしい樹木を新樹と呼ぶ。↓新緑

夏山は目の薬なるしんじゆかな　季吟
白雲を吹尽したる新樹かな　才麿
大風に湧き立つてをる新樹かな　高浜虚子
夜の雲に噴煙うつる新樹かな　水原秋櫻子
新樹並びなさい写真撮りますよ　藤後左右
新樹の夜猫の集会あるらしき　清水基吉
夜の新樹詩の行間をゆくごとし　鷹羽狩行
新樹光人を悼みて甲斐に在り　丸山哲郎
新樹揺れ孔雀隠してをりにけり　坊城俊樹
その新樹一羽を吸ひて二羽をはき　金原知典
信濃いま触れ合ふ音のみな新樹　甲斐由起子

【若葉《わかば》】　谷若葉　里若葉　山若葉　若葉風　若葉雨　若葉寒　若葉冷

春に芽吹いた木々が五月ごろに広げる美しい新葉。柿若葉・蔦《つた》若葉など、それぞれの名を冠しても用いる。↓新樹・青葉・新緑・万緑

若葉して御目の雫拭はばや　芭蕉
あらたふと青葉若葉の日の光　芭蕉
不二ひとつうづみのこして若葉かな　蕪村
ざぶざぶと白壁洗ふわか葉かな　一茶
若葉して家ありとしも見えぬかな　正岡子規
若葉して手のひらほどの山の寺　夏目漱石
樟多き熊本城の若葉かな　京極杞陽
水音の透けてをりたる谷若葉　木暮陶句郎
若葉風ひとゆれで発つ小海線　土生重次
待つ人の一人来なくて若葉雨　岩城梅
病院に母を置きざり夕若葉　八木林之助
夕若葉まだ文字読めて灯《ひとも》さず　岡本眸
ゆつくりと一人の点前若葉冷　高畑浩平

【青葉《あをば》】　青葉山　青時雨　青葉時雨

若葉同様、初夏の木々の葉。若葉より緑の深まりを感じさせる。「青時雨」「青葉時雨」は、青葉のころに雨が上がったあとの

木の下を通ると、葉に溜《た》まっていた雫《しずく》がはらはら落ちてくること。❖江戸時代に〈目には青葉山郭公初鰹　山口素堂〉と詠まれているが、この時代にはまだ季語ではなかった。↓若葉

青葉して浅間ヶ嶽のくもりかな　村上鬼城
鳥籠の中に鳥とぶ青葉かな　渡辺白泉
はこばるる太鼓青葉に触れて鳴る　今瀬剛一
きらきらと野望の育つ夜の青葉　柘植史子
ずぶ濡れの少年に会ふ青葉山　雨宮きぬよ
死者の目のみるみる乾く青時雨　白濱一羊
大原や青葉しぐれに髪打たす　鍵和田秞子

【新緑《しんりょく》】　緑さす　緑夜

初夏の若葉のあざやかな緑をいう。緑は、やや季節が深まった様子を思わせる。↓新樹

摩天楼より新緑がパセリほど　鷹羽狩行
新緑やまなこつむれば紫に　片山由美子
新緑の闇よりヨーヨー引き戻す　浦川聡子
新緑の木立を過ぐるフランス語　和田耕三郎
緑さす薄粥を花のごと余す　小林康治
遠国の船が水吐く緑夜かな　斎藤梅子

【茂《しげ》り】　茂み　茂る

夏の樹木が生い茂った状態。初夏の新樹の茂り、夏も深まり鬱蒼《うっそう》とした木々の茂りなどをいう。❖草叢《くさむら》の場合は「草茂る」として区別する。↓万緑

光り合ふ二つの山の茂りかな　去来
とある木の幹に日のさす茂りかな　久保田万太郎
灯ともせば雨音わたる茂りかな　角川源義
奔流の貫いてゐる茂りかな　赤尾冨美子
目かくしの子を一人置く茂りかな　渡辺純枝
胸像のはやくも馴染む茂かな　深見けん二
戞戞と馬身よぎれる茂かな　市川葉
茂みより茂みへ消える山の葬　小島花枝

【万緑《ばんりょく》】

木々の緑が深まり、生命力に溢れる様子。王安石の「万緑叢中紅一点」に基づく。中村草田男が用い、一般化した。

万緑の中や吾子《あこ》の歯生え初むる　中村草田男
万緑やわが掌に釘の痕もなし　山口誓子
万緑やわが額《ぬか》にある鉄格子　橋本多佳子
万緑にとべばましろき鳥ならむ　平井照敏
万緑のどこに置きてもさびしき手　山上樹実雄
万緑や木の香失せたる仏たち　伊藤通明
万緑や鳥は横貌より見せず　永島靖子
万緑の島へ舳先の水しぶき　鳥居三朗
万緑に一戸一戸の沈みゆく　西山睦
万緑や洋食店に客の列　皆吉司

【木下闇《こしたやみ》】　木の下闇　下闇　青葉闇

木々が鬱蒼と茂るようになると、樹下は昼とは思えぬ暗さである。それを木下闇という。明るい場所から急に入る時など、特に暗く感じる。

須磨寺や吹かぬ笛聞く木下闇　芭蕉
霧雨に木の下闇の紙帳かな　嵐雪
一塊の石を墓とす木下闇　田中王城
水音の落ち込んでゆく木下闇　今井つる女
名刹といふもおほかた木下闇　檜紀代
椅子売は椅子にねむりて木下闇　明隅礼子
下闇や朽舟水に還りつつ　不破博
青葉闇抜け出でしとき海動く　下鉢清子

【緑蔭《りょくいん》】

緑が茂った木立の陰をいう。炎天下とは別世界のような涼しさを感じさせる。❖木下闇ほどの鬱蒼とした暗さではなく、その下でくつろぐような趣がある。

緑蔭や矢を獲ては鳴る白き的　竹下しづの女
緑蔭に三人の老婆わらへりき　西東三鬼
緑蔭に顔さし入れて話しをり　橋本鶏二
緑蔭の戸毎に朝のミルクあり　石橋辰之助
ひと一人ゐて緑蔭の入りがたき　飯島晴子

緑陰といふには少し早き頃　深見けん二
緑蔭を大きな部屋として使ふ　岩淵喜代子
緑蔭にあり美しき膝小僧　加古宗也
緑蔭や日向のもののみな遠く　岩田由美
緑蔭や声よき鳥は籠の鳥　山根真矢

【結葉《むすびば》】

樹木の茂りが盛んなさまをいい、若葉が結ばれたように見えるというので結葉という。

❖江戸時代の歳時記には「葉を結ぶ」として夏木立に併出している。

結葉やひたひにさはる合歓の枝　木津柳芽
結葉に一痕もなき通り雨　森川光郎

【柿若葉《かきわかば》】

柿の若葉は明るい萌黄色で艶があり、まだ柔らかい。柿若葉を透ける日差しの美しさは、初夏ならではのものである。

しんしんと月の夜空へ柿若葉　中村汀女
七時まだ日の落ちきらず柿若葉　久保田万太郎
柿若葉重なりもして透くみどり　富安風生
月曜の新聞軽し柿若葉　片山由美子
一声に鯉の集まる柿若葉　須沢ふさゑ
自転車に昔の住所柿若葉　小川軽舟

【常磐木の若葉《ときはぎのわかば》】　椎若葉《しひわかば》　樫若葉《かしわかば》　樟若葉《くすわかば》

常緑樹は初夏に新葉が萌《も》え出る。椎・樫・樟などが代表的で、それぞれの名を冠して詠むことが多い。

椎若葉一重瞼を母系とし　石田波郷
教室にわつと歓声椎若葉　谷野予志
風摶つてわが血騒がす椎若葉　福永耕二
道化師の指の力や椎若葉　飯田悦子
樫若葉橘寺のいらか見ゆ　高木良多
神事近き作り舞台や樟若葉　河東碧梧桐
樟若葉樟一木のほとけかな　安東次男
樟若葉大きな雨の木となりぬ　森賀まり

【若楓《わかかへで》】　楓若葉　青楓

若葉の楓の略。青楓とともに古歌に詠まれてきた伝統をもつ言葉で、独立した季語となっている。↓楓の芽（春）・紅葉（秋）

弟子達の弓の稽古や若楓　中村吉右衛門
子を産みに子が来てゐるや若楓　安住　敦
さびしさも透きとほりけり若楓　永島靖子
雨の輪に次の雨の輪若楓　浦川聡子

【葉柳《はやなぎ》】　夏柳

柳は新芽のころが最も美しく、柳といえば春季だが、夏の葉の茂った柳も別の趣がある。↓柳（春）・枯柳（冬）

葉柳の寺町過ぐる雨夜かな　白　雄
宗祇水とや一幹の夏柳　高田風人子
夏柳風に吹き割れ古人見ゆ　宇佐美魚目
池の面に垂れて映らず夏柳　島谷征良
自転車を休ませておく夏柳　佐藤郁良

【梧桐《あをぎり》】　青桐《あをぎり》

アオギリ科の落葉高木。青い幹が涼しげなので庭木・街路樹として植えられる。大きな葉が茂って木陰を作り、涼しさを感じさせる。桐の花ほどには目立たないが、六～七月ごろ黄色味を帯びた小花を多数開く。葉は長さ一五～二五センチの大型の扁円形で、浅く三～五裂する。

梧桐に少年が彫る少女の名　福永耕二
梧桐の遠き一樹を標とす　ほんだゆき
梧桐や勉強部屋のありしころ　佐藤博美
青桐の三本の影かたまりぬ　野村喜舟

【海桐の花《とべらのはな》】　花海桐《はなとべら》

海桐は関東以西の海岸に自生しているが、庭木としても栽培され、五～六月に一センチほどの芳香のある五弁花を多数つける。白色の花だが後に黄変する。こんもり茂る常緑低木で、光沢のある厚い葉が特徴。↓海桐の実（秋）

海女のもの脱ぎ捨ててあり花海桐　仁尾正文

潮曇りものうく匂ふ花海桐　宮内幸子

【土用芽《どようめ》】

土用のころ萌え出る新芽。梅雨の間生長の止まっていた芽が一度に伸びることがある。要糯《かなめもち》などの赤い芽は特に目立つ。

びつしりと樅の土用芽宙に出づ　石原舟月
・土用芽の星のごとくにつらなれる　山口青邨
土用芽のわけてもばらは真くれなゐ　篠田悌二郎
土用芽の丈一寸にして赤し　伊藤晴子
土用芽や土葬の土のすこし余る　小原啄葉

【病葉《わくらば》】

青葉のころに、病害虫や風通しの悪さによって赤や黄色に変色した木の葉。❖病葉という言葉に詩情を誘うものがある。

わくら葉の小雨にくれるいほりかな　之角
病葉のいささか青み残りけり　野村喜舟
地におちてひびきいちどのわくらばよ　秋元不死男
病葉の渦にのりゆく迅さかな　石橋秀野
病葉の水になじまぬま丶流れ　上野章子
病葉のはなやぎ落つる墓の上　村山古郷
櫨《はぜ》の木の火の病葉を舟の上　石田勝彦
病葉や鋼のごとく光る海　飴山實
病葉や産土に古る木の駅舎　老川敏彦

【常磐木落葉《ときはぎおちば》】　杉落葉　樫落葉　椎落葉　夏落葉　樟落葉

常緑樹の落葉の総称。初夏に新葉が生い始めると、古葉が静かに落ちる。杉・椎・樫・樟など、木の名を冠して詠むことが多い。

掃き集め常磐木落葉ばかりなる　高浜年尾
弾み落つ月の出頃の夏落葉　斎藤夏風
見れば降るくらやみ坂の夏落葉　藺草慶子
夏落葉水に流せば沈みけり　池田澄子
国病んで宮居に積もる夏落葉　藤田直子
いつまでも樟落葉掃く音つづく　山口青邨

【松落葉《まつおちば》】　散松葉

松も初夏に葉を落とす。風の強い日など、

松林で降るように青い松葉が散ってくることがある。↓敷松葉（冬）

清滝や波に散り込む青松葉　芭　蕉
散松葉歩幅小さくなりにけり　飯島晴子
杜国の墓絶えず潮風松落葉　橋本美代子
人もなし木陰の椅子の散松葉　正岡子規

【卯の花《うのはな》】　空木《うつぎ》の花《はな》　花うつぎ　山うつぎ　姫うつぎ　卯の花垣

空木の花のこと。空木はユキノシタ科の落葉低木。種類が多い。山野に自生し、生垣などにも植えられる。五月ごろ、白色五弁の小花が密に垂れ下がって咲く。❖旧暦四月を「卯月」と呼ぶのは、この花の名に由来するとも。

卯の花の絶え間たたかん闇の門　去　来
卯の花に蘆毛の馬の夜明かな　許　六
山かけて卯の花咲きぬ須磨明石　支　考
卯の花は日をもちながら曇りけり　千代女
卯の花に立てかけてある田掻棒　山口都茂女
屋根も垣も網干し卯の花月夜なり　古賀まり子
卯の花や肩にほろりと髪落ちる　大竹多加志
よく濡れるものに空あり花卯ッ木　八田木枯
夕刊の届く時間よ花卯木　星野　椿

【茨の花《いばらのはな》】　花茨　花うばら　野茨の花

バラ科の落葉低木である野茨の花。茨は日本に古くから自生し、古歌にも歌われている。五月ごろ、枝先に芳香のある白い五弁花を多数つける。茎は叢生《そうせい》し、枝や梢上には多くの刺《とげ》がある。↓茨の実（秋）

愁ひつつ岡にのぼれば花いばら　蕪　村
川原への道野茨の花のみち　青柳志解樹
茨《ばら》さくや根岸の里の貸本屋　正岡子規
茨咲く水の迅さよ旅をゆく　中村汀女
花いばらどこの巷も夕茜　石橋秀野
海へ出る砂ふかき道花いばら　大井雅人
夕空の匂いくるかに花茨　山田貴世

花茨散り坂道のはじまりぬ　山田径子
花うばらふたたび堰にめぐり合ふ　芝　不器男
引きあげて櫂のさみしや花うばら　岩永佐保
野ばら咲きぬ幼き唄はみな忘れ　橋　閒石

【桐の花《きりのはな》】　花桐

桐はゴマノハグサ科の落葉高木で、五月上旬、枝先に大型の円錐《えんすい》花序を直立させ、筒状の紫色の花を多数つける。❖桐の木は材が良質で、簞笥《たんす》などの家具用に古くから栽植されてきたが、自生しているものも見られる。

電車いままつしぐらなり桐の花　星野立子
桐の花朝日はあつくなりにけり　高屋窓秋
あを空を時の過ぎゆく桐の花　林　徹
くもりのち雨のあかるさ桐の花　山口　速
夕方の水に埃や桐の花　宮田正和
桐の花盥《たらひ》に曲る山の鯉　伊藤通明
押入にむかしの匂ひ桐の花　大木あまり
山々に麓ありけり桐の花　小島　健
桐の花らしき高さに咲きにけり　西村和子
自転車に乗ればひとりや桐の花　森賀まり
桐咲いて雲はひかりの中に入る　飯田龍太
桐咲くや泣かせて締むる博多帯　西嶋あさ子
鉈傷をもちたる桐の咲きにけり　前田攝子

【胡桃の花《くるみのはな》】　花胡桃

胡桃は雌雄同株の落葉高木で、五～六月に緑色のあまり目立たない房のような花をつける。山野の川沿いに自生するのは鬼胡桃、高冷地で栽培されるのは中国原産の手打《てうち》胡桃《ぐるみ》。種子が食用となる。

待ちくれて胡桃も花を垂れゐたり　村越化石
仏縁に垂れて胡桃の花みどり　宮津昭彦
のぼり来て富士失ひぬ花胡桃　角川源義
追分は風吹き抜けて花胡桃　井本農一
仔牛まだ親を離れず花胡桃　古賀まり子
花すべて流れに乗せて沢胡桃　片山由美子

【朴の花《ほほのはな》】　厚朴《ほほ》の花《はな》

朴はモクレン科の落葉高木で、五月ごろ枝先に直径一五センチほどの花を上向きに開く。花弁は六〜九枚。樹頭に咲くため、下からは見えにくいが、黄色味を帯びた白色の大きな花は強い芳香がある。

鞍馬より貴船へ下る朴の花　大橋越央子
壺にして深山の朴の花ひらく　水原秋櫻子
火を投げし如くに雲や朴の花　野見山朱鳥
月読の神の山なり朴の花　加藤三七子
雲に入る中仙道や朴の花　岡部六弥太
朴咲いて山の眉目のひらきけり　きくちつねこ
あり余る雲を離れて朴の花　廣瀬直人
山門の高きに揺れて朴の花　鈴木厚子
うつすらとこころに錆よ朴の花　岩井かりん
朴散華即ちしれぬ行方かな　川端茅舎

【橡の花《とちのはな》】　栃《とち》の花《はな》　マロニエの花

日本の特産種トチノキの花。トチノキは山地に自生し、周囲約二メートル、高さ三〇メートルにもなる。五月ごろ黄白色の円錐花序を密集してつける。❖街路樹などとして植えられるマロニエは、ヨーロッパ原産のセイヨウトチノキ。↓橡の実（秋）

橡の花きつと最後の夕日さす　飯島晴子
水中にしんと日を置く橡の花　ながさく清江
見えてゐる遠くの風や栃の花　鈴木しげを
足許に橡の花咲く峠かな　坂本宮尾
空の音空にて消ゆる栃の花　正木ゆう子

【槐の花《ゑんじゅのはな》】　花槐

中国原産のマメ科の落葉高木である槐は、初夏、梢上に黄白色の蝶形の花を円錐状につける。庭園や街路に植えられ、若葉も美しい。乾燥させた槐花《かいか》は止血薬となる。❖名前の紛らわしい針槐はニセアカシアのことで、全く別の植物。

風に舞ふ槐の花を避けられず　中西舗土

潮待ちのまた風待ちの花槐　宮岡計次
槐咲く峡やさだかに雲のみち　西島麦南
楼蘭の木乃伊をろがむ花槐　海老原真琴

【棕櫚の花《しゆろのはな》】　棕梠の花

棕櫚はヤシ科の常緑高木で、五月ごろ葉間から黄白色の細花を無数につづった肉穂花序を垂れる。庭園に植えられるが、暖地では自生している。

日当たりて黄金《こんじき》垂る、棕櫚の花　五十嵐播水
棕櫚の花沖より来たる通り雨　皆川盤水
棕櫚の花海に夕べの疲れあり　福永耕二
刻々と海の落日棕櫚の花　舘野豊
現れて黄の塊や棕櫚の花　山西雅子
姉立てば母に似てゐる棕櫚の花　森賀まり

【水木の花《みづきのはな》】

水木はミズキ科の落葉高木で、山地に自生し、五～六月、枝先の散房花序に小さな白い花を密につける。枝は扇形に広がり、遠望すると雪をかぶったようである。幹に樹液が多く、材は下駄、箸、器具などに用いられる。❖「花水木」（春）とは無関係なので注意したい。

尾根下だる水木の花を下に見て　川島彷徨子
花咲きて水木は枝を平らにす　八木澤高原
水木咲く高さ那須嶽噴く高さ　斎田鳳子

【ハンカチの木の花《はんかちのきのはな》】

ハンカチノキ科の落葉高木の花。五～六月、包葉の中に多数の雄花と一個の両性花からなる頭状花序をつける。垂れ下がる大きな白い包葉がハンカチを思わせるところからこの名がついた。❖高さ二〇メートルにもなる木にたくさんのハンカチが揺れているようでロマンを誘う。ハンカチの花ではなく、「ハンカチの木の花」が正しい。

ハンカチの木の花洗濯日和かな　森尻禮子
ハンカチの木の花汚れてはならず　片山由美子

【ひとつばたごの花《ひとつばたごのはな》】　なんじゃもんじゃの木の花

ヒトツバタゴはモクセイ科の落葉高木で、高さ二〇メートルほどになる。五月ごろ、白く小さな花が円錐状花序に多数つく。❖何の木か分からないというところから「なんじゃもんじゃの木」といわれるようになり、その名で親しまれている。

うやむやにけむりひとつばたごのはな　須賀一惠
風やんでなんじやもんじやの落花急　小枝秀穂女

【山法師の花《やまぼふしのはな》】　山法師

山法師はミズキ科の落葉高木で山野に自生し、六〜七月、小枝の先に白い花びらのように見える苞《ほう》に囲まれた頭状花序をつける。最近は街路樹としてもよく見る。

山法師妻籠《つまご》は雨に変りけり　松本陽平
雲中にして道岐れ山法師　木内彰志
風音を過客と聞けり山法師　鈴木鷹夫
天心へ飛び立つかたち山帽子　吉田千嘉子
山法師あたりのものの定まらず　星野高士

【忍冬の花《すひかづらのはな》】　忍冬　忍冬《にんどう》　金銀花

スイカズラは半落葉の蔓性木本で、初夏、葉腋《ようえき》に細い筒形の合弁花を開く。花色は初め白色だが後に黄色に変わる。そこから金銀花の名がある。

忍冬の花うちからむくまでかな　白雄
忍冬の花折りもちてほの暗し　後藤夜半
忍冬の花のこぼせる言葉かな　後藤比奈夫
月光の昨夜のしづくの金銀花　橋本榮治

【アカシアの花《アカシアのはな》】　花アカシア　針《はり》槐《ゑんじゅ》の花　ニセアカシアの花

日本でいうアカシアは針槐（別名ニセアカシア）のことで、初夏にマメ科特有の白色の蝶形花を房状に開き下垂する。香りがよく、札幌のアカシアは有名。

咲き充ちてアカシヤの花汚れたり　高浜年尾

アカシアの花のうれひの雲の冷え　千代田葛彦
いつも日暮アカシアの花仰ぐのは　石田郷子
満月に花アカシヤの薄みどり　飯田龍太
花アカシア月光を吸ふ高さかな　勝又星津女
たそがれの歩をゆるめゆく花アカシヤ　伊藤敬子
針槐風とどまればにほひたつ　深谷雄大

【大山蓮華《おほやまれんげ》】　天女花《おほやまれんげ》

モクレン科の落葉低木。五〜七月ごろに直径八〜一〇センチの匂いの良い白い花を開き、芯の紅色が美しい。本州中部以西の深山に自生し、庭木としても植えられる。

捲き移る霧に大山蓮華あり　大橋宵火
との曇る大山蓮華ひらかむと　神尾久美子
鳥たちし大山蓮華ゆるるかな　小澤實
大樽の乾され大山蓮華咲く　今村博子
青空に天女花ひかりたれ　原石鼎
月の出を待ちゐる天女花かな　森澄雄

【楝の花《あふちのはな》】　樗《あふち》の花《はな》　花樗　栴檀《せんだん》の花《はな》

楝はセンダン科の落葉高木の花で、五〜六月ごろ白または淡紫色の小花を円錐花序に開く。暖地の海岸近くに多く自生するが、庭園にも植えられる。枝は太く四方に広がる。❖楝は栴檀の別名だが、「栴檀は双葉より芳し」といわれる栴檀は楝ではなく白檀のこと。

どむみりと樗や雨の花曇り　芭蕉
玉桙の道の月夜や花あふち　来山
むら雨や見かけて遠き花樗　白雄
林中の暮色にまぎれ花楝　樋笠文
樗咲き空は深さをうしなひぬ　福永耕二
ひろがりて雲もむらさき花樗　古賀まり子
花樗霧吹く如き盛りかな　西村和子
栴檀のありあまる花こぼさざる　鷹羽狩行

【黐の花《もちのはな》】

常緑高木のモチノキの花。雌雄異株で、初夏、黄緑色の小花を葉腋に密につける。モチノキは宮城県・山形県以南の海岸近くの山地に自生し、庭園などにも植えられる。❖樹皮からトリモチを作ったことからこの名がある。

黐の花しばらく遠嶺あかるくて　柴田白葉女
掌をあてて散る枝散らぬ枝黐の花　加倉井秋を
もち咲いてつねにたそがれ木歩の碑　野澤節子
茅屋根に隠し蔵あり黐の花　松　ひろこ

【椎の花《しひのはな》】

椎はブナ科の常緑高木で、五～六月ごろ雌雄の花序をつけ、一斉に淡黄色や黄色の小花をつける。雄花序は長さ八～一二センチ、枝の下部に上向きに出て、青臭い強烈な匂いがする。つぶら椎とすだ椎があり、実が食用になる。

旅人の心にも似よ椎の花　芭　蕉
男らの無口に椎の花ざかり　藤田湘子
夜も椎の花の匂へる無縁坂　江口千樹
坂に来て夜空の重き椎の花　渡邊千枝子
川魚の風邪に敏しよ椎の花　土屋未知
一舟は筌を沈めに椎の花　正木ゆう子

【えごの花《えごのはな》】　えご散る

落葉高木のエゴノキの花。五～六月、長さ五～六センチの花柄をつけて白い花が下垂する。林野に多いが、庭園などにも植えられているのを見る。葉は卵円形で先端がとがり、わずかに鋸歯《きょし》がある。❖花はサポニンを含み、むかしは子供が水につけてしゃぼん玉遊びをした。果皮には麻酔効果があり、搾汁を川に流して魚をとるのに使われた。えごは山苣《やまぢさ》ともいう。

えごの花住み古る人をまだ知らず　今井つる女
人声の水渡りくるえごの花　原田青児
奈良坂にわが身漂ふえごの花　山上樹実雄
咲きそめてはやこぼれつぐえごの花　片山由美子
えごの花散り敷く水に漕ぎ入りぬ　大橋越央子

えご散るや咲くやしづかに山の音　渡辺桂子
子に踞《かが》む妻を見てをりえご散れり　千代田葛彦
えご散るやうすくらがりに水奔《はし》り　鷲谷七菜子

【合歓の花《ねむのはな》】　ねぶの花　花合歓

マメ科落葉高木のネムノキの花。六～七月の夕暮近く、枝先に十～二十個の頭状花序を開く。雄しべの花糸が淡紅色で長く、紅刷毛《べにはけ》のようで美しい。葉は互生し二回羽状複葉で、非常に多数の小葉からなる。❖夜間、小葉が閉じて眠るように見えることから、ねむ、ねぶ、ねぶた、ねぶのき、ねぶり、ねぶりのきなど、さまざまに呼ばれる。

象潟や雨に西施がねぶの花　芭蕉
雨の日やまだきにくれてねむの花　蕪村
ねぶの花ちるやこはたの別れみち　大江丸
真すぐに合歓の花落つ水の上　星野立子
石鎚《いしづち》山の下に雲とび合歓の花　五十崎朗
合歓の花咲きては散りて城古りゆく　成瀬正俊
宇陀に入るはじめの橋のねぶの花　山本洋子
雨脚の音とはならず合歓の花　爐木優子
海底は水にかくれて合歓の花　鳥居真里子
花合歓に夕日旅人はとどまらず　大野林火

【沙羅の花《しゃらのはな》】　沙羅《さら》の花《はな》　夏椿　姫沙羅《ひめしゃら》

ツバキ科落葉高木の夏椿の花だが、詩歌では沙羅の別名で親しまれている。六～七月、直径五～六センチの椿に似た白色の五弁花を開く。樹皮は黒を帯びた赤褐色で、薄く剝《は》がれる。❖インドで、仏陀がその木の下で悟りを開いたとされる沙羅双樹とは別。

地に落ちて沙羅はいよいよ白き花　山口草堂
頬杖という杖ふくよかに沙羅の花　澁谷道
夕暮はたたみものして沙羅の花　矢島渚男
拾ひたるところへ戻す沙羅の花　梅本豹太
降る前の山の近さよ沙羅の花　中野美代子
濡縁に夕べのひかり沙羅の花　藺草慶子
夏椿母の起居の水のごと　永方裕子

夏椿落ちてゆくとき目を開き　保坂敏子

【玫瑰《はまなす》】　浜茄子《はまなす》　浜梨《はまなし》

北地の海岸に自生するバラ科の落葉低木。六〜八月に、紅色五弁で直径六〜八センチの大型の美しい花を開き、香りが良い。浜梨が訛《なま》ったという説がある。白花もある。

玫瑰や今も沖には未来あり　中村草田男
はまなすや破船に露西亜文字のこり　原　柯城
玫瑰にまぬがれがたき雨となる　大峯あきら
玫瑰や親潮といふふかき紺　豊長みのる
玫瑰や舟ごと老ゆる男たち　正木ゆう子

【桑の実《くはのみ》】　桑いちご

桑は落葉高木で、実ははじめ赤色で、やがて七〜八月に紫黒色に変じて熟す。多汁で甘い。

黒く又赤し桑の実なつかしき　高野素十
桑の実や湖のにほひの真昼時　水原秋櫻子
桑の実ややうやくゆるき峠道　五十崎古郷
桑の実の紅しづかなる高嶺かな　飯田龍太
桑の実を食べたる舌を見せにけり　綾部仁喜
舟の上から桑の実へ手を伸ばす　高畑浩平

【夏桑《なつぐは》】

夏蚕《なつご》を飼うころの桑。夏の強い日に照らされた桑畑は、むんむんといきれがつよい。

↓桑（春）

御召列車過ぐ夏桑に巡査立ち　舘岡沙緻
夏桑に沿ひいきなりの汽笛かな　永方裕子

【竹落葉《たけおちば》】

竹は初夏に新葉が生じ始めると、常緑樹と同じく古葉が落ちる。↓竹の秋（春）

これほどに軽きものなし竹落葉　右城暮石
竹落葉時のひとひらづつ散れり　細見綾子
きりもみのひとひらまじへ竹落葉　佐藤和枝
かりそめに散るにはあらず竹落葉　渡辺恭子
水面に重なり乾く竹落葉　茨木和生
昼の月よりひらひらと竹落葉　倉田紘文

竹の葉の落ちゆく先も竹の谷　鷲谷七菜子

【竹の皮脱ぐ《たけのかはぬぐ》】　竹皮を脱ぐ

筍《たけのこ》は伸びるにつれて、下方の節から順に皮を脱いでいく。真竹の皮には斑点《はんてん》があるが、淡竹《はちく》にはない。❖竹の皮は葉鞘《ようしょう》が変化したもので、自然に脱落するころに採取し、ものを包むのに用いる。

脱ぎ捨ててひとふし見せよ竹の皮　蕪村
音たてゝ竹が皮脱ぐ月夜かな　小林康治
竹皮を脱いで光をこぼしけり　眞鍋呉夫
竹皮を脱ぎ月光をまとひをり　田村正義
手を貸してやりたや皮を脱ぐ竹に　森田純一郎
竹皮を脱ぐやわが家に姫ふたり　西宮　舞

【若竹《わかたけ》】　今年竹

皮を脱いだ筍はたちまち生長して親竹をしのぐほどになる。幹も葉もすがすがしい緑で、一目で今年竹とわかる。❖今日広く見られる孟宗竹が中国から移植されたのは十八世紀になってからで、それ以前は真竹、淡竹などが多かった。したがって、現代の竹林のイメージは時代が下ってからのものということになる。

若竹やふしみの里の雨の色　闌更
若竹や鞭の如くに五六本　川端茅舎
若竹や雲に力の満ちて来し　鷲谷七菜子
若竹の揺らぎはじめの雨となる　雨宮きぬよ
若竹に雨の香の立ち上りけり　生駒大祐
闇ながらさだかに見えて今年竹　鈴木花蓑
いつかむかしの青空今年竹仰ぎ　友岡子郷
今年竹空をたのしみはじめけり　大串　章

【篠の子《すずのこ》】　笹の子

篠竹の子。篠竹は常緑多年生の笹で、高さ一〜三メートル。群生する。横走した根茎の末端から出る細い筍が篠の子。山菜として食される。

篠の子や小暗き顔のふり返り　岸田稚魚

篠の子のなめらかに日を流しをり　きくちつねこ

【燕子花《かきつばた》】　杜若《かきつばた》

水辺・湿地に群生するアヤメ科の多年草の花。高さ四〇~九〇センチで、地下に長い根茎を持つ。葉は剣状にとがり、長さ三〇~七〇センチ。六月ごろ叢生《そうせい》した葉の中央から花茎を伸ばし、茎頭に濃紫色の花を開く。外層の三弁は垂れて大きく、内層の三弁は直立して細い。アヤメと比べ葉の巾が広く二、三センチ。❖アヤメは花弁の元のところも模様綾目を描き、カキツバタは、花弁の元から花弁の先に向って一本象牙色の線がある。

杜若語るも旅のひとつかな　芭蕉
息つめて蕾をきるやかきつばた　梅室
今朝見れば白きも咲けり杜若　蕪村
よりそひて静なるかなかきつばた　高浜虚子
絹糸のごとき雨なりかきつばた　笹本千賀子
天上も淋しからんに燕子花　鈴木六林男
燕子花高きところを風が吹き　児玉輝代
降出して明るくなりぬ杜若　山口青邨
晩年の波のかなたの杜若　橋閒石
葬のまた傘をさす杜若　岸田稚魚
あれこれと言ひておそらく杜若　山田佳乃

【渓蓀《あやめ》】　野あやめ　花あやめ

山野に生えるアヤメ科の多年草で、花期は五~六月。花茎の根元は赤紫色を帯び、叢生した葉の中央から直立して、先端に紫色の花をつける。葉の巾が狭く一センチほど。❖水生ではなく陸草である。

きのふ見し妹が垣根の花あやめ　暁台
一人立ち一人かゞめるあやめかな　野村泊月
あやめ咲く野のかたむきに八ヶ嶽　木村蕪城
鳥辺山ほどにぬれゐるあやめかな　柿本多映
死後のことそれとなく言ふ花あやめ　岡本差知子
花と花の間さびしき花あやめ　大井雅人

【花菖蒲《はなしやうぶ》】　白菖蒲　野花菖蒲　菖蒲園　菖蒲田

アヤメ科の多年草で六月ごろ色彩もさまざまに鮮麗な花を開く。水辺などの湿地に栽培される。茎は緑色で直立し、円柱形。葉は剣状でとがり、中央に隆起した脈がある。原種の野花菖蒲は山野の湿地に自生する。江戸時代初期に改良された国産園芸種。❖各地で催されるあやめ祭の「あやめ」は、実際には花菖蒲であることが多い。

はなびらの垂れて静かや花菖蒲　高浜虚子
むらさきのさまで濃からず花菖蒲　久保田万太郎
むらさきも濃し白も濃し花菖蒲　京極杜藻
花菖蒲夕べの川のにごりけり　桂　信子
花菖蒲しづかに人を集めをり　深見けん二
舟通ることなき水路花菖蒲　森田　峠
てぬぐひの如く大きく花菖蒲　岸本尚毅
莟《つぼみ》解く風を待ちをり白菖蒲　高島筍雄
白菖蒲剪つてしぶきの如き闇　鈴木鷹夫
菖蒲園隅より水の忍び出で　平畑静塔
菖蒲田の夕日に浮ぶ花となりぬ　松本たかし

【菖蒲《しやうぶ》】　白菖《しやうぶ》　あやめぐさ

サトイモ科の多年草で、湿地に群生する。根茎は白色多肉で紅色を帯びる。葉は平行脈が通り、長剣状で長さ六〇〜九〇センチ、根茎とともに芳香がある。初夏のころ、淡黄色の小花多数を肉穂花序に開く。端午の節句にはこれを軒端にかけ、菖蒲酒を造り、菖蒲湯をたてる。↓端午

あやめ草足に結ばん草鞋の緒　芭　蕉
鎌の刃も菖蒲も雫してをりぬ　ふけとしこ
立ちながら流れてきたるあやめ草　中山世一
京へつくまでに暮れけりあやめぐさ　田中裕明

【グラジオラス】

アヤメ科の多年草で、六月ごろ剣状の葉間から六〇〜九〇センチの花茎を伸ばし、六

弁の漏斗状の花を横向きに多数開く。江戸時代に、オランダ船がもたらしたことから和蘭《オランダ》菖蒲といわれた。現在栽培されているのは明治以後の輸入種で、多くの種類が出回っている。

グラジオラス妻は愛憎鮮烈に　日野草城
グラジオラス揺れておのおの席につく　下田実花
船室に活けて反り身のグラジオラス　高木公園
グラジオラス己が身丈をもて余す　佐藤みほ

【鳶尾草《いちはつ》】　一八《いちはつ》

アヤメ科の多年草で、五月ごろ、燕子花に似た形の白や紫の花が咲く。高さ三〇〜六〇センチ、葉はやや短広で剣状。火災を防ぐという俗信から、藁《わら》屋根の棟によく植えた。中国原産。

いちはつの花すぎにける屋根並ぶ　水原秋櫻子
袱紗解くごと一八の花ひらく　轡田進
一八に落ちてきさうな甍あり　大木あまり
一八や朝のやつれの羽根枕　岩永佐保

【芍薬《しゃくやく》】

ボタン科の多年生草本の花で、高さ六〇〜九〇センチ。一株から数本の茎が直立、分岐した茎頂に五月ごろ数個の大輪花を開く。花弁は十枚内外、花色は白や紅。花の姿が美しいところから、顔佳《かおよ》草《ぐさ》ともいう。根は薬用になる。❖中国では「花の宰相」と呼び、牡丹の「花の王」と対比される。

芍薬のつんと咲きけり禅宗寺　一茶
左右より芍薬伏しぬ雨の径　松本たかし
芍薬や剪りたての葉のぎしぎしと　佐野青陽人
芍薬のうつらうつらと増えてゆく　阿部完市
芍薬の花散るときは潔し　鈴木勘之

【ダリア】　天竺牡《てんぢくぼ》丹《たん》　ポンポンダリア

キク科の多年草の花。葉は羽状に分裂する。葉腋《ようえき》から分枝した茎は茎頂で枝分かれし、先端に晩夏のころ美麗な頭花を開く。世界各地で三万種以上栽培され、花色や形はさまざま。中南米の高地が原産。

一滴の雨もとどめず緋のダリア　中村菊一郎
曇る日は曇る隈もつダリヤかな　林原耒井
海の雲海へしりぞけダリヤ園　鷹羽狩行
南浦和のダリヤを仮りのあはれとす　攝津幸彦
一掬の水をダリアに恋人に　小林貴子
週明の青空高きダリアかな　大石弘

【サルビア】

シソ科の多年草の花。日本では一年草として栽培される。原産地はブラジル。茎は方形でよく分枝し、先に花穂《かすい》をつける。緋紅色の萼《がく》に包まれた唇形の花が数層に輪生する。花期は長く六〜十月。観賞用栽培種には青紫色・紫色・桃色などもある。❖地中海沿岸原産のセージは薬用種で、ハーブとして食用にもする。

サルビアの花の衰へ見れば見ゆ　五十嵐播水
サルビヤの咲く猫町に出でにけり　平井照敏
サルビアのどっと暮れたる海のいろ　黒田杏子
サルビアと雨しか見えぬ雨宿り　馬場公江

【向日葵《ひまはり》】　日車《ひぐるま》　日輪草　天蓋花《てんがいばな》

北米原産のキク科の一年草。盛夏、茎頂または枝頭に巨大な頭状花を横向きに開く。周辺は鮮黄色の舌状花《ぜつじょうか》で、中央には褐色または黄色の管状花が密集する。高さ二〜三メートル。❖庭先に二、三本咲いているものだけでなく、油を採るために植えられた一面の向日葵畑が詠まれることがある。太陽の動きにつれて花の向きを変えるといわれるが、実際は蕾《つぼみ》が開く時だけ、太陽の方向を向く。

向日葵に剣の如きレールかな　松本たかし
黒みつつ充実しつつ向日葵立つ　西東三鬼
向日葵の一茎一花咲きとほす　津田清子
向日葵や遠まはりして日の沈む　亀田虎童子

向日葵の群れ立つは乱ある如し　大串　章
一面に咲き向日葵は個々の花　片山由美子
向日葵の百人力の黄なりけり　加藤静夫
向日葵や坂の高さに海がある　木村勝作

【葵《あふひ》】　立葵　花葵　蜀葵《からあふひ》　銭葵《ぜにあふひ》

一般に葵として詠まれるのは、中国原産の立葵の花。花葵ともいい、茎は高さ二メートル余りになり、下から順に花が開き梢に至る。花色は豊富で、濃紅・淡紅・白・紫など。花期は六〜八月。ヨーロッパ原産の銭葵は高さ六〇〜一五〇センチと小ぶりで、花は紫の筋のある淡紫色。

明星に影立ちすくむ葵かな　一　茶
蝶低し葵の花の低ければ　富安風生
七尾線どこの駅にも立葵　佐藤和夫
鶏鳴の終りかすれし立葵　山上樹実雄
夕刊のあとにゆふぐれ立葵　友岡子郷
立葵尺のあたりを木にくくる　伊藤敬子
ごみバケツ洗ひあげたる立葵　星野恒彦
雨脚のいきなりみえて立葵　上田　操
貧乏に匂ひありけり立葵　小澤　實
立葵雀くはへて猫戻る　押野　裕
こころ足る日は遠出せず花葵　福永耕二
銭葵運河へ開くどの窓も　有馬朗人

【紅蜀葵《こうしよくき》】　もみぢあふひ

北米原産のアオイ科の多年草の花。葉は掌状に三〜五深裂し、七月ごろ緋紅色の大きな花を開く。

沖の帆にいつも日の照り紅蜀葵　中村汀女
花びらの日裏日表紅蜀葵　高浜年尾
雷鳴の一夜のあとの紅蜀葵　井上　雪
伊那へ越す塩の道あり紅蜀葵　宮岡計次
雄鶏の声粘る昼紅蜀葵　中野真奈美

【黄蜀葵《わうしよくき》】　とろろあふひ

中国原産のアオイ科の一年草の花。葉は掌状に五〜九深裂し、七〜八月に茎上部に直径約一〇センチの黄色の花をまばらな穂状につける。高さ一～二メートル。❖根からは和紙を漉《す》く際の糊《のり》を採る。

母の家の水が甘しや黄蜀葵　皆川盤水
歩きゐて日暮るるとろろ葵かな　森　澄雄
満開といへどあはあは黄蜀葵　木内怜子

【罌粟の花《けしのはな》】　芥子《けし》の花《はな》　白芥子　芥子畑

ケシ科の花の総称。四～六月、茎頂に一重または八重の花を開く。色は真紅・紫・白・絞りなど多様。地中海沿岸・西南アジアの原産。高さ一メートル余り。茎は直立し、葉は長楕円《だえん》形で互生する。種類によっては阿片が採れるため、栽培は禁止されているものもある。↓罌粟坊主

散り際は風もたのまずけしの花　其　角
罌粟ひらく髪の先まで寂しきとき　橋本多佳子
罌粟畠の夜は花浮いて花浮いて　後藤比奈夫
風誘ひては厭ひては芥子の花　鈴木貞雄
芥子咲いて其日の風に散りにけり　正岡子規
芥子咲けばまぬがれがたく病みにけり　松本たかし
芥子赤きかたはら別の芥子くづる　野澤節子

【雛罌粟《ひなげし》】　虞美人草《ぐびじんそう》　ポピー

ヨーロッパ中部原産のケシ科の二年草の花。初夏、枝の先に花を開く。花は四弁で広円形または円形。色は朱・紅・白・絞りなど。高さ約五〇センチ、全体に粗毛があり、葉は羽状に分裂し互生する。楚《そ》の武将項羽《こうう》の寵姫虞《ちょうきぐ》美人が、死後この花に化したとの伝説から、「虞美人草」の名がある。

陽に倦《う》みてひな罌粟いよよくれなゐに　木下夕爾
雛罌粟のはらりと花になりにけり　今井肖子
虞美人草只いちにんを愛し抜く　伊丹三樹彦
すぐ散ってしまふポピーを買ひにけり　草間時彦

【罌粟坊主《けしぼうず》】　芥子坊主　罌粟の実

罌粟の花の散ったあとの球形の実で、風に

揺れる様がユーモラスであることから、罌粟坊主と親しみをこめて呼ぶ。

揺るること花におくれず罌粟坊主　片山由美子

泣かぬこと覚えたる日や罌粟坊主　宮沢豊子

芥子坊主どれも見覚えある如し　右城暮石

青春が晩年の子規芥子坊主　金子兜太

【夏菊《なつぎく》】

六～七月ごろに咲く菊の花。秋の花より小型である。高さ三〇センチほどで、色や形は多様である。↓菊（秋）

夏菊の黄はかたくなに美しき　富安風生

夏菊や遠き野川に油浮く　秋元不死男

【矢車草《やぐるまさう》】　矢車菊

ヨーロッパ原産のキク科の一・二年草の花。四～七月に、長い茎の先に頭状花を開く。色は紫・赤・白・桃など多様で、形が矢車に似ている。細い茎が風に揺れやすく頼りなげなさまに趣がある。正しくは矢車菊のこと。❖これとは別に山中に自生する矢車草というユキノシタ科の植物がある。

茎弱き矢車草も混りをり　波多野爽波

驟雨来て矢車草のみなかしぐ　皆川盤水

【孔雀草《くじやくさう》】　波斯菊《はるしやぎく》　蛇の目草

北米原産のキク科一・二年草の花。六～七月、細長い花柄の先に周辺が鮮黄色、中心部が赤褐色のコスモスに似た鮮やかな頭状花を開く。それが蛇の目傘に似ていることから蛇の目草ともいう。葉は羽状に裂ける。

蕊《しべ》の朱が花弁にしみて孔雀草　高浜虚子

孔雀草かがやく日照続くかな　水原秋櫻子

【石竹《せきちく》】　唐撫子《からなでしこ》　常夏《とこなつ》

ナデシコ科の多年草で、初夏、分枝した茎頂に紅・薄赤・薄紫の花を開く。中国原産。花の似ている常夏もナデシコの一種。

石竹や紙燭して見る露の玉　許六

石竹の揺れ合ふ丈の揃ひたる　上野さち子

常夏に水浅々と流れけり　松瀬青々
石竹のどこに咲きても昔めく　片山由美子

【カーネーション】

ナデシコ科の多年草で、露地栽培では五～六月、真紅・淡紅・白などの花を茎頂に開く。オランダ原産。茎や細長い葉はやや白みを帯びた緑色。❖赤いカーネーションは母の日に母に捧げる花となっている。

灯を寄せしカーネーションのピンクかな　中村汀女
いっぽんは姑《しうとめ》のためカーネーション　櫂　未知子

【睡蓮《すいれん》】　未草《ひつじぐさ》

スイレン科の多年生水草で、七月ごろ細長い花柄の先に直径数センチの蓮に似た花を開く。色は白・黄・桃などさまざま。在来種の未草《ひつじぐさ》は沼沢地に自生し、六～九月に、直径五センチほどの白い清楚《せいそ》な花をつける。花が未の刻（午後二時）に開くといわれ、この名がある。園芸品種が多い。

睡蓮や鬢に手あてゝ水鏡　杉田久女
睡蓮や鯉の分けゆく花二つ　松本たかし
睡蓮や聞き覚えある水の私語　中村苑子
睡蓮や水をあまさず咲きわたり　深見けん二
睡蓮の花の布石のゆるがざる　木内彰志
睡蓮のところどころの水まぶし　安藤恭子
漣の吸ひ込まれゆく未草　西村和子

【蓮の浮葉《はすのうきは》】　蓮の葉　蓮浮葉　浮葉　蓮の巻葉

初夏、根茎から出てしばらく水面に浮いている蓮の新葉。その形から中国では銭荷という。

浮葉巻葉立葉折葉とはちすらし　素　堂
飛石も三つ四つ蓮のうき葉哉　蕪　村
水よりも平らに蓮の浮葉かな　鷹羽狩行
くつがへる蓮の葉水を打ちすくひ　松本たかし
蓮の葉のまぶしきものをこぼしけり　片山由美子
蓮の葉の隙間も見せず揺れにけり　柴田佐知子

いつぺんに水のふえたる浮葉かな　千葉皓史

【蓮の花《はすのはな》】　**白蓮《びやくれん》**　**白蓮《しろはす》**　**紅蓮《べにはす》**　**蓮華《れんげ》**
蓮池《はすいけ》

蓮はハス科の多年生水草。観賞用・食用として池・沼・水田などで栽培される。七月ごろ根茎から長い花茎を水上に出して、その先端に大きく美しい花を開く。色は紅・白・紅紫など。香りが良く、早朝開く。❖季語では「はくれん」は「白木蓮」のことで「白蓮」の読みには使わない。

白蓮に人影さはる夜明けかな　蓼太
蓮の香や水をはなるる茎二寸　蕪村
蓮の花開かんとして茎動く　滝沢伊代次
抽んでて宙にとどまる蓮の花　手塚美佐
蓮の花遠くにばかり見えてをり　久保ともを
蓮咲いて風その上をその下を　伊丹三樹彦
白蓮の闇を脱ぎつつ膨らめり　小枝秀穂女
手にもてば手の蓮に来る夕かな　河原枇杷男
西方へ日の遠ざかる紅蓮　野澤節子
紅蓮つひの一花を見届けに　神尾久美子
水音の晴ればれとして大賀蓮　猿山木魂
蓮池のまひるの風の匂ふなり　五十嵐播水

【百合《ゆり》】　**鉄砲《てつぽう》百合**　**鬼百合**　**姫百合**　**鹿《か》の子《こ》百合《ゆり》**　**山百合**　**笹百合**　**白百合**　**カサブランカ**

ユリ科の多年草の花で、きわめて種類が多く、匂いの強いものも多い。園芸用に植えられるもののほか、切花としては鉄砲百合、カサブランカなどに人気がある。

百合の花朝から暮るるけしきなり　一茶
起ち上る風の百合あり草の中　松本たかし
すぐひらく百合のつぼみをうとみけり　安住敦
百合咲くや海よりすぐに山そびえ　鈴木真砂女
百合ひらき甲斐駒ヶ岳目をさます　福田甲子雄
むき／＼に花粉こぼして卓の百合　奈良鹿郎
献花いま百合の季節や原爆碑　後藤比奈夫

仏壇の中の暗きに百合ひらく　菖蒲あや
百合の香を深く吸ふさへいのちかな　村越化石
折り持てば首より動くかのこゆり　松藤夏山
稚児百合の丈のあはれに揃ひけり　吉田万里子
腕の中百合ひらきくる気配あり　津川絵理子
鉄砲百合一花は海の日をまとも　友岡子郷

【含羞草《おじぎさう》】　眠草《ねむりぐさ》

ブラジル原産のマメ科多年草で、夏から秋にかけて淡紅色の小さな花が球状に固まって咲く。日本では一年草。葉は合歓《ねむ》に似て夜に閉じるが、手で触れてもしばらく閉じているのでこの名がある。

おじぎ草眠らせてゐて睡うなりぬ　大石悦子
眠草静かにさめるところかな　山田美好
ねむり草眠らせてゐてやるせなし　三橋鷹女
ねむり草驚いてから眠るなり　加藤かな文

【金魚草《きんぎよさう》】

ゴマノハグサ科の多年草で、六月ごろ直立した茎の上に唇形花を穂状に多数つける。花色は赤・黄・紅・白などで、個々の花の形が金魚に似ている。ヨーロッパ原産で、江戸時代末期に渡来した。

金魚草よその子すぐに育ちけり　成瀬櫻桃子
いろいろな色に雨ふる金魚草　高田風人子
ふつくらと雨の零るる金魚草　宇野恭子

【花魁草《おいらんさう》】　草夾竹桃《くさけふちくたう》

ハナシノブ科の多年草で、七月ごろ、茎頂に夾竹桃に似た小花を毬《まり》状につづる。色は紅紫、または白。花かんざしに似るのでこの名がある。北米原産で、高さ六〇〜一二〇センチ。

花期ながきこともあはれや花魁草　堀　葦男
おいらん草笄《かうがい》散らし櫛散らし　樋笠　文

【縷紅草《るこうさう》】

ヒルガオ科の一年生蔓草で、長い花柄の先に小型漏斗状の深紅・白の花を開く。熱帯アメリカ原産。

縷紅草垣にはづれて吹かれ居り　津田清子
少女来て小犬を放つ縷紅草　古賀まり子

【松葉牡丹《まつばぼたん》】　日照草《ひでりぐさ》　爪切草

スベリヒユ科の一年草で、夏から秋にかけて紫・紅・白・黄などの五弁花を日中に開く。葉も茎も肉質。旱魃にも衰えを見せないので日照草ともいい、繁殖力が強い。

つゝましく松葉牡丹に住むらしく　高野素十
松葉牡丹日ざしそこより縁に来ず　大野林火
吾子目覚め松葉牡丹もめざめけり　轡田進
日照草麻疹のはやる村はずれ　三谷昭

【仙人掌の花《さぼてんのはな》】　覇王樹《さぼてん》　月下美人　女王花

サボテンは南北アメリカ原産の多年生植物で、盛夏のころ花を付ける。葉は刺状に変わり水分の蒸発を防いでいる。多くのサボテンの茎は深緑色で、扁平・円柱状・楕円形などさまざまな形のものがある。月下美人はメキシコ原産で、夜が更けるとともに白い花をひらき数時間で閉じるが、濃厚な香りがある。

仙人掌の花や倒るる浪の前　桂樟蹊子
仙人掌の針の中なる蕾かな　吉田巨蕪
ふくらめる月下美人を預れり　右城暮石
今一度月下美人に寄りて辞す　森田純一郎

【アマリリス】

ヒガンバナ科の球根植物で、太く長い花茎の先端に、百合《ゆり》に似た大きな花を開く。色は赤・橙《だいだい》・白など。熱帯アメリカ原産。園芸品種は複数の野生種の交配で生まれた。

首曲げて人を待つなりアマリリス　石井保
あまりりす妬みごころは男にも　樋笠文
目かくしの闇はなつかしアマリリス　杉山久子

【日日草《にちにちそう》】

キョウチクトウ科の一年草の花。一日花で、初夏から秋まで日々咲き替る。色は赤・白・桃。西インド、マダガスカル島原産。

日々草朝な夕なに門掃いて　西嶋あさ子
昨日けふ花おこたりて日日草　片山由美子
今日をもて日々草の花終る　富岡桐人

【百日草《ひやくにちさう》】

キク科の一年草で、七～九月、枝ごとに色鮮やかな頭状花をつける。一重・八重・ポンポン咲きの大輪・小輪があり、色も紅・紫・白など豊富。花期の長いのが特徴である。メキシコ原産。

これよりの百日草の花一つ　松本たかし
このごろの仏事つづきや百日草　川畑火川
百日草あらひざらしの色となり　本井英
ああ今日が百日草の一日目　櫂未知子

【鬼灯の花《ほほづきのはな》】 酸漿《ほほづき》の花《はな》

ナス科多年草の鬼灯は、六～七月に薄黄色の花が咲く。浅く五裂した萼《がく》がのちに大きくなり、中に漿果《しやうか》を蔵する。↓鬼灯（秋）

鬼灯の垣根くぐりて咲きにけり　村上鬼城
鬼灯や花のさかりの花三つ　水原秋櫻子
かがみ見る花ほほづきとその土と　皆吉爽雨
かはたれの庭に鬼灯花こぼす　岡田幸子

【青鬼灯《あをほほづき》】 青酸漿

未熟で、まだ外苞《がいはう》が青い鬼灯の実。↓鬼灯（秋）

青鬼灯武蔵野少し残りけり　加藤楸邨
青鬼灯少女も雨をはじきけり　石田波郷

【小判草《こばんさう》】 俵麦

ヨーロッパ原産のイネ科の一年草。夏、細い茎の上部に小判形の小穂をたくさん下げる。花穂《かすい》は初め緑色で、熟すと黄金色になる。鉢植にして、穂が風にゆれる風情を楽しむ。

小判草ゆつくりと揺れ迅く揺れ　清崎敏郎
小判草引けばたやすく抜けるもの　星野椿

【鉄線花《てつせんくわ》】　てつせんかづら　クレマチス

キンポウゲ科の落葉性蔓植物、テッセンの花。五〜六月、中心に暗紫色の蕊《しべ》が密集する直径五〜八センチの六弁花を開く。その花弁に見えるのは萼片《がくへん》が平開したもの。原種は黄白色だが、園芸品種の花色には白・淡紫・桃などがある。茎が鉄線のように細く硬い。中国原産で江戸時代初期に渡来した。テッセンとカザグルマなどを交配したものがクレマチス。

鉄線の花の紫より暮るゝ　五十嵐播水
てつせんの花てつせんに巻きつける　林　徹
鉄線花うしろを雨のはしりけり　大嶽青児
一葉の路地一輪の鉄線花　栗田やすし

【岩菲《がんぴ》】

ナデシコ科の多年草で、五〜六月、茎頂や葉腋《ようえき》に赤色・白色・黄色などの五弁花を開く。葉も花も撫子《なでしこ》に似た形である。中国原産で、古くから庭園などで栽培された。

一輪の記憶のまゝに岩菲咲く　今井つる女
花岩菲ゴンドラおそるおそる着く　榑沼けい一

【紅花《べにばな》】　紅藍花《べにばな》　紅粉花《べにばな》　紅の花　末《すゑ》摘花《つむはな》

キク科の二年草で、六月ごろ紅黄色の薊《あざみ》に似た頭状花を開く。朝露の乾く前に花を摘んで紅の原料とする。ヨーロッパおよびアジアの原産。日本には古代に渡来し、山形などで紅を採取するため栽培されてきた。高さ八〇〜一二〇センチ。

眉掃きを俤にして紅粉の花　芭蕉
鏡なき里はむかしよ紅の花　二柳
とりどりに人の夕べや紅粉の花　岡井省二
鳴いてくる小鳥はすずめ紅の花　三橋敏雄
雨の日のくらさあかるさ紅の花　吉田未灰
みちのくに来てゐる証紅の花　森田　峠

紅の花葉先するどく干されけり　百村美代女

【茴香の花《ういきやうのはな》】

茴香はセリ科の多年草で、六月ごろ、枝先に細かい五弁花が傘状に群がり咲く。薬用として古く渡来し、果実は香気が強く、香味料としても用いる。❖ヨーロッパ南部原産で、フェンネルの名でも知られる。

茴香のありとしもなく咲きにけり　増田手古奈
茴香の花の香こもる夜の雨　澤村昭代

【玉巻く芭蕉《たままくばせう》】　芭蕉の巻葉　玉解く　芭蕉　青芭蕉

芭蕉の巻葉の美称。固く巻いたままの新葉は、初夏のころ伸びほぐれて長さ二メートルほどの広い葉になる。それを「玉解く芭蕉」という。若葉が解けるころ芭蕉は最も美しいので青芭蕉という。

芭蕉玉巻く石垣をもて軒隔ち　齊藤美規
玉解いて即ち高き芭蕉かな　高野素十
ことごとく風に玉とく芭蕉林　高野素十
筬の音しづかに芭蕉玉ときぬ　篠原鳳作

【芭蕉の花《ばせうのはな》】　花芭蕉

大型多年草の芭蕉は、夏から秋に、広大な葉の間から花茎を抜き、黄色味を帯びた卵円形の大きな苞《ほう》に包まれた花茎をつける。基部に雌花の房、先端に下垂した雄花の房がつく。→芭蕉（秋）

ひんがしに芭蕉の花の向きにけり　室生犀星
芭蕉咲き蕋かさねて堂立てり　水原秋櫻子

【苺《いちご》】　覆盆子《いちご》　苺狩　苺畑　野苺　草苺

甘い果実が喜ばれるバラ科の多年草。現在ほとんどが温室栽培となり、季節を問わず店先に並ぶが、露地栽培では夏に熟す。栽培ものの中心はオランダ苺。食べる部分は花托《かたく》が肥大したもので、表面に散在するのが種子。→冬苺（冬）

青春のすぎにしこゝろ苺喰ふ　水原秋櫻子
苺買ふ子の誕生日忘れねば　安住　敦
苺の空函ためてどうする妻の智恵　有働　亨
ひかりこぼす苺にかける白砂糖　きくちつねこ
水の中指やはらかく苺洗ふ　大橋敦子
花びらの貼りついてゐる苺かな　足立幸信
胎の子の名前あれこれ苺食ぶ　西宮　舞
ねむる手に苺の匂ふ子供かな　森賀まり
死火山の膚つめたくて草いちご　飯田蛇笏

【茄子苗《なすなへ》】

初夏に植えつける茄子の苗。紫色の茎と濃緑の葉が美しい。

茄子苗を揺らして運ぶ鞍馬みち　石田勝彦
茄子苗にむらさきのゆきわたりけり　行方克己
青空の静まりかへり茄子の苗　千葉皓史

【瓜の花《うりのはな》】　**胡瓜の花《きうりのはな》**

瓜類の花の総称。甜瓜《まくわうり》の花をはじめ、胡《きゅ》瓜《うり》・南瓜《かぼちゃ》・西瓜《すいか》・越瓜《しろうり》などで、黄色い花が多く雌雄別。↓瓜

美濃を出て知る人まれや瓜の花　支　考
湖《うみ》照りの眦《まなじり》にあり瓜の花　六本和子
過ぐるたび胡瓜の花の増えてをり　永島靖子

【南瓜の花《かぼちゃのはな》】　**花南瓜**

雌雄別のある合弁花。地を這《は》うように太い枝を伸ばし、葉腋《ようえき》に花をつける。

砂を這ふ南瓜の花に島の雨　今井千鶴子
恵那山に雲湧きやまぬ花南瓜　遠藤梧逸

【糸瓜の花《へちまのはな》】

ヘチマはインド原産のウリ科の一年草で、雌雄異花。どちらも黄色で雄花は房のように、雌花は独立して咲く。色は鮮烈だが花は小さい。

糸瓜咲いて痰のつまりし仏かな　正岡子規
古希以後のひと日大事に糸瓜咲く　岸　風三樓
鶏小屋の屋根に人をり花糸瓜　徳丸峻二

【茄子の花《なすのはな》】

茄子は、仲夏のころ、葉腋に先端が五裂した淡紫色の合弁花を下向きに開く。❖地味な花ではあるが、趣がある。↓茄子

うたたねの泪大事に茄子の花　飯島晴子
草木より目覚の早き茄子の花　福田甲子雄
妻呼ぶに今も愛称茄子の花　辻田克巳
あけがたの雨がからまる茄子の花　鈴木八洲彦

【馬鈴薯の花《じゃがいものはな》】　じゃがたらの花　馬《ば》鈴薯の花《れいしょのはな》

ジャガイモは六月ごろ、浅く五裂した星形の白または薄紫色の花を開く。❖畑一面に咲く光景は美しい。↓馬鈴薯《じゃがいも》（秋）

じゃがいもの花のさかりのゆふまぐれ　日野草城
じゃがいもの花の三角四角かな　波多野爽波
じゃがいもの花の起伏の地平線　稲畑汀子
じゃがたらの花裾野まで嬬恋村　金子伊昔紅
馬鈴薯の花の日数の旅了る　石田波郷
馬鈴薯の花に日暮の駅があり　有働亨

【胡麻の花《ごまのはな》】

胡麻は盛夏のころ、葉は長楕円形で、葉腋に、花弁の先が五裂した淡紅紫色の筒状花《とうじょうか》を開く。上唇は短く下唇が少し長い。↓胡麻（秋）

足音のすずしき朝や胡麻の花　松村蒼石
遍路みち白く乾きて胡麻の花　大中誉子
ちちははの声の中なる胡麻の花　神蔵器
山畑は垣など結はず胡麻の花　辻田克巳
人死んでそよりともせず胡麻の花　藤井貞子

【独活の花《うどのはな》】

独活は晩夏、茎先や葉腋に大きな散形花序の淡緑色の小花を多数開く。↓独活（春）

独活の花雨とりとめもなかりけり　古舘曹人
独活の枝ぎくしやく伸びて花持てり　夏目隆夫

【山葵の花《わさびのはな》】

山葵は初夏のころ、茎先や上部の葉腋から短い総状花序を出し、白い十字花を開く。

❖清冽《せいれつ》な水音のなかで咲く様は涼しげである。↓山葵（春）

夜の膳の山葵の花をすこし噛み　能村登四郎
風立ちて山葵の花の紛れぬる　清崎敏郎
常念岳のかがやき見よや花山葵　加藤三七子
行く水に影もとどめぬ花わさび　渡辺恭子
花山葵摘むとき水のつむじなす　高尾峯人

【韮の花《にらのはな》】

韮は晩夏のころ長い花茎を伸ばし、先端に散形花序の白い小花を多数開く。❖園芸用の花韮（春）はこれとは別種。↓韮（春）

足許にゆふぐれながき韮の花　大野林火
人去って風残りけり韮の花　岸田稚魚
雄鶏の勇みたつ首韮の花　河野南海

【豌豆《ゑんどう》】　莢豌豆《さやゑんどう》

豌豆はマメ科の一・二年生蔓性草本で、絹莢など若いうちに莢のまま食べる莢豌豆と、グリーンピースのように豆を食べる実豌豆がある。秋に蒔くと四～六月に収穫できる。

ひとづまにゑんどうやはらかく煮えぬ　桂信子
豌豆や子がそつと出す通知表　野中亮介

【蚕豆《そらまめ》】　空豆　はじき豆

秋に蒔き、五～六月、莢が硬くならないうちに収穫する豆。莢が茎に直立するのでソラマメという。莢の内側はクッションのようになっていて、実を守っている。青い実を取り出し茹でて食べる。加工用のものはよく熟してから収穫し乾燥させる。

そら豆はまことに青き味したり　細見綾子
父と子のはしり蚕豆とばしたり　石川桂郎
皿二つそらまめとそらまめの皮　行方克巳
そら豆のやうな顔してゐる子かな　星野高士
そらまめの青きにほひの湯気のなか　井出野浩貴
はじき豆出初めの渋さなつかしき　青木月斗

【筍《たけのこ》】　笋《たけのこ》　竹の子　たかんな　たかうな

竹の種類は多いが、食用にするのは孟宗《もうそう》竹《ちく》・淡竹《はちく》・真竹などである。早いものは三月上旬から収穫するが、初夏の味わいとして欠かせない。→春の筍（春）

笋はすゞめの色に生ひ立ちぬ　素丸
筍の光放つてむかれたり　渡辺水巴
筍を茹でてやさしき時間かな　後藤立夫
困るほど筍もらふ困りをり　加藤かな文
いづこへも行かぬ竹の子藪の中　三橋敏雄
竹の子の小さければ吾子かがみこむ　大串章
たかんなや吉良累代の墓所　加古宗也

【蕗《きふ》】　蕗の葉　蕗畑　伽羅蕗《きやらぶき》

キク科の多年草。山野に自生するが、畑でも栽培される。葉は根生し、初夏、長い葉柄が食用となる。秋田蕗のように巨大なものもある。伽羅蕗は醬油で伽羅色に煮詰めたもの。

思ひ出し思ひ出し蕗のにがみかな　路通
母の年越えて蕗煮るうすみどり　細見綾子
雨の日や指先ねむく蕗を剝く　井上雪
蕗むいて一日むいてゐるやうな　山尾玉藻
刈る蕗の中より水の走りけり　小林輝子
蕗剝くや臨時ニュースを聞きながら　櫂未知子
蕗の葉に雨の猛々しく匂ふ　辻美奈子
伽羅蕗の滅法辛き御寺かな　川端茅舎
伽羅蕗や上がり框の坐り艶　水沼三郎

【瓜《りう》】　初瓜　甜瓜《まくはうり》　真桑瓜《まくはうり》　越瓜《しろうり》　瓜畑

ウリ科の野菜の総称。甜瓜《まくわうり》・越瓜《しろうり》・胡瓜などがあるが、昔は瓜といえば甜瓜をさした。果実は丸・楕円・円筒形などがあり、果皮も熟すると白・黄・黄緑色・緑など種類によってさまざま。香気があって味が良く、甘瓜・味瓜などともいう。

初真桑たてにや割らん輪に切らん　芭蕉
ならはしの塩茶飲みけり瓜の後　其角
水桶にうなづきあふや瓜茄子　蕪村

瓜貰ふ太陽の熱さめざるを　山口誓子
まんなかに種ぎつしりと真桑瓜　吉田汀史
たちまちに海の消えたる瓜畑　綾部仁喜

【胡瓜《きうり》】

他の瓜と同様に畑で栽培し、柵などにからませたり、地面に這《は》わせたりする。季節感が薄れかけているが、茄子とともに夏を代表する野菜。

どうしても曲る胡瓜の寂しさは　原田暹
夕影は一山売りの胡瓜にも　福神規子
青き胡瓜ひとり嚙みたり酔さめて　加藤楸邨

【夕顔《ゆふがほ》】　夕顔の花

ウリ科の一年生蔓草。夕刻に花冠五裂した大きな白花を開き、翌朝までにしぼむ。果実は長い円筒形のものと、大きく扁平のものがある。苦みがあるためそのままでは食用に適さず、薄く長くむいて干瓢《かんぴょう》にする。熟したものは、器や置物などの加工用にもなる。

夕顔の中より出づる主かな　樗良
淋しくもまた夕顔のさかりかな　夏目漱石
夕顔の一つの花に夫婦かな　富安風生
夕顔の花を数へにいくところ　九鬼あきゑ
あきらめて夕顔の花咲きにけり　五島高資

【メロン】　マスクメロン　プリンスメロン　アンデスメロン　アムスメロン　夕張メロン

ウリ科の一年草の果実。アフリカ原産のものがヨーロッパ南部で品種改良され、イギリスで温室栽培に成功、明治初年日本に導入された。露地ものは戦後の甜瓜などとの交配で一般に普及した。❖マスクメロンは網目メロンの代表的品種。メロンが紀元前中国に伝わって分化したのが甜瓜である。

メロンに刃入るるや沖に白帆置き　畠山譲二
メロン掬ふに吃水線をやや冒し　鈴木榮子

【茄子《なす》】　なすび　初茄子《はつなすび》　加茂茄子　丸茄子　長茄子《ながなす》

ナス科の一年草の野菜。紫紺色・紫黒色の茄子の実は、煮物・汁の実・揚物・油いため・漬物など用途が広い。

採る茄子の手籠にきゆァとなきにけり　飯田蛇笏
桶の茄子ことごく水をはじきけり　原　石鼎
茄子もぐや日を照りかへす櫛のみね　杉田久女
右の手に鋏左に茄子三つ　今井つる女
夕焼の海せりあがる茄子の紺　阪本謙二
夕空へ流れ出したる茄子の紺　佐藤郁良
茄子を捥ぎ清潔な朝始まりぬ　山崎祐子
初なすび水の中より跳ね上がる　長谷川　櫂
日の余熱まだある茄子をもぎにけり　栗原憲司

【トマト】　蕃茄《とまと》　赤茄子《あかなす》

原産地は南アメリカ大陸のアンデス高地だが、世界各地で栽培される重要な野菜。扁球形の果実が赤熟または黄熟する。栄養に富み、生食だけでなくジュースやケチャップなどにも加工される。イタリア料理などには欠かせない食材。❖日本では明治初期に栽培がはじまったが、今ではハウス栽培が普及し、夏の野菜という実感が乏しくなっている。

トマト洗ふ蛇口全開したりけり　本井　英
白昼のむら雲四方に蕃茄熟る　飯田蛇笏
子が捥いで太陽いつぱいになる蕃茄　細井啓司

【キャベツ】　甘藍《かんらん》　玉菜

ヨーロッパ原産で、アブラナ科の一・二年草の野菜。日本では明治末より一般に普及した。葉は広く滑らかで玉を巻き、大きな球状を呈する。

掌《て》に載せて夕日のキャベツ見よといふ　加藤楸邨
雷の下キャベツ抱きて走り出す　石田波郷
甘藍をだく夕焼の背を愛す　飯田龍太
甘藍の玉巻くまへの青さかな　佐川広治

【夏大根《なつだいこん》】
大根はアブラナ科の二年草。夏大根は二年子大根を改良したもので小型、多汁にして辛味が強く、その辛さが暑い時期に食欲を増進させる。

轍また深みにはいり夏大根　桂　信子
ふるさとに父訪ふは稀れ夏大根　池上浩山人
ざつくりと夏大根を煮て日ぐれ　小檜山繁子

【新馬鈴薯《しんじやが》】
じゃがいもは夏から秋にかけて本格的に収穫されるが、五、六月ごろからすでに新じゃがとして出荷される。

新じやがのゐくぼ噴井に来て磨く　西東三鬼
選り分けて新じやがの粒揃ひたる　廣瀬直人
新じやがに似て子の膝や土まみれ　村上喜代子

【新藷《しんいも》】　走り藷
晩夏に出るはしりのさつまいも。甘みは薄いが季節の先取りを楽しむ。

新藷の羞ひの紅洗ひ出す　能村登四郎
新藷の赤の火照つてをりにけり　後藤比奈夫
うつくしきもの献饌の走り藷　黒田杏子

【夏葱《なつねぎ》】　刈葱《かりぎ》
葱といえば冬のものだが、夏用に栽培されているものをいう。刈葱は夏葱の一種で、生長が早く、何度も刈ることができるのでこの名がある。

野の末やかりぎ畑をいづる月　鬼　貫
夏葱に鶏裂くや山の宿　正岡子規
夏葱の土寄せ済んでゐたりけり　星野麥丘人
土乾く胸に刈葱の青みけり　倉林篤子

【玉葱《たまねぎ》】
地下の鱗茎が球形になった部分を食用とし、夏に収穫する野菜。日本には明治初年に渡来した。

玉葱を吊す必ず二三落ち　波多野爽波
戦争をよけてとほりし玉葱よ　八田木枯

玉葱のくび玉葱で括りたる　早川志津子
新玉葱研ぎしばかりに刃に応ふ　岡本まち子
どの家も不在玉葱吊しゐて　谷口智行

【辣韮《らっきよう》】　薤《らっきよう》　らっきよ

ユリ科の多年草で、秋に植えた小鱗茎《りんけい》から細長い葉が多数出る。特有の香りを持ち、特に鱗茎は強い。六〜七月に掘り上げて塩漬けや甘酢漬けにして食べる。

辣韮の無垢の白より立つにほひ　文挾夫佐恵
らっきようの白きひかりを漬けにけり　大石悦子
辣韮漬け愚かな母で通しけり　中野あぐり
砂熱く太陽熱く辣韮掘る　清水諒子
暖流の沖を遥かに辣韮掘り　東　ときこ

【茗荷の子《めうがのこ》】

茗荷はショウガ科の多年草。陰湿地に自生するが、多くは栽培され、独特の風味を持つ。七月ごろ地下の根茎から新しい茎を伸ばし、茎頂に花序をつける。これを茗荷の子という。一般に茗荷と呼んで食しているのはこの部分である。↓茗荷竹（春）・茗荷の花（秋）

朝市や地べたに盛りて茗荷の子　西山　誠
茗荷の子くきと音して摘まれけり　藤木倶子
朝刊をとりに茗荷の子をとりに　杉浦典子

【蓼《たで》】

タデ科の一年草で、種類が多い。柳蓼は本蓼・真蓼ともいわれ、高さ六〇センチほど。小川や沼などの水辺や田の畦《あぜ》などに生える。辛味のある柳蓼の葉は蓼酢にし、紅蓼・赤蓼は芽を刺身のつまや吸物などに使う。↓蓼の花（秋）

捨水の波を打ちゆく蓼の溝　山口青邨
あとになり気付く蓼酢のありしこと　中原道夫

【紫蘇《しそ》】　紫蘇の葉　赤紫蘇　青紫蘇　大葉　花紫蘇

シソ科の一年草で、葉は楕円形で先がとが

り、緑に鋸歯がある。赤紫蘇は茎や葉が紫色で香りや辛みが強い。葉を塩もみし梅と一緒に漬けこみ、色と香りをつける。青紫蘇は刻んで薬味にしたり天麩羅《てんぷら》にしたりする。花紫蘇や穂紫蘇は、摘んで刺身のつま、天麩羅にする。

雑草に交らじと紫蘇匂ひたつ　篠田悌二郎
島へゆく船の畳に紫蘇の束　吉田汀史
青紫蘇の闇のつづきを家に在り　久保純夫
ひとうねの青紫蘇雨をたのしめり　木下夕爾
犬のあと猫のとほりし紫蘇畑　関戸靖子
紫蘇の花実に追はれつつ咲きのぼる　奥野美枝子

【青山椒《あをざんせう》】

山椒はミカン科の落葉低木。山地に自生するが、若葉や実を香味料に利用するため庭などにも植えられる。秋に熟するが、夏のまだ青く小粒のものを青山椒といい、辛味を楽しみ、佃煮《つくだに》にもする。

青山椒擂りをり雨の上るらし　村沢夏風
記紀の山いづれもかすみ青山椒　鷲谷七菜子
藪ふかく雨がふるなり青山椒　勝又一透
櫛に水つけて髪梳く青山椒　鈴木節子

【青唐辛子《あをたうがらし》】　**青唐辛《あをたうがらし》**　**青蕃椒《あをたうがらし》**　**葉唐辛子**

唐辛子はナス科の一年草で、熱帯アメリカ原産。辛味のある未熟な青い実を青唐辛子といい、かすかに辛い実を茎や葉と共に煮物や油いためにする。葉にも辛味があり葉唐辛子として利用される。↓唐辛子（秋）

つれなさの切なさの青唐辛子　三橋鷹女
丹念に青唐辛子青育て　北光星
きじやうゆの葉唐辛子を煮る香かな　草間時彦

【麦《むぎ》】　**大麦**　**小麦**　**麦の穂**　**穂麦**　**麦畑**
麦生《むぎふ》　**麦熟る**　**麦の黒穂**　**黒穂**

イネ科に属す大麦・小麦・裸麦・ライ麦・燕麦《えんばく》などの総称で、古くから食用や飼料とされてきた。夏の季語になっているのは穂の出た麦。四月半ばに六〜九センチの花穂《かすい》が直立し、五月ごろに黄熟するので、それを刈り取る。麦は黒穂病菌の寄生によって黒穂病にかかることがあり、穂が黒くなった黒穂は収穫できない。↓麦蒔き（冬）・麦の芽（冬）・麦踏（春）・青麦（春）・麦の秋

行く駒の麦に慰むやどりかな　芭蕉
きらきらと雨もつ麦の穂なみかな　蝶夢
麦の穂のしんしんと家つつむなり　川本臥風
旅の顔上げて穂麦の風埃　村沢夏風
いくさよあるな麦生に金貨天降るとも　中村草田男
麦熟れてあたたかき闇充満す　西東三鬼
熟れ麦の香や海へ行く道下る　井本農一
遡る舟あり麦の熟れてをり　小林篤子
黒穂抜くさびしきことに力込め　西山禎一

【早苗《さなへ》】　早苗取　早苗束　早苗籠　苗運び　早苗舟　若苗　玉苗　余苗《あまりなへ》　捨苗

苗代から田へ移し植えるころの稲の苗。「若苗」は別称で、「玉苗」は美称。↓田植

二日月三日月早苗夜も育つ　百合山羽公
戦ぎたる早苗に水輪ひとつづつ　榮猿丸
早苗たばねる一本の藁つよし　福田甲子雄
早苗束投げしところに起直り　杉田久女
落ちてゐる早苗束にも風が吹く　高野素十
早苗束はふりたる手の残りけり　田村暁雨
苗束の双つ飛んだる水の空　石田勝彦
月山のうすうす見ゆる早苗籠　皆川盤水
屋敷門より玉苗を運びだす　山本洋子
法華寺の里に玉苗余りけり　大屋達治
余り苗伊吹の風を溜めてをり　関戸靖子
寄せられて風を呼びけり余り苗　島谷征良
あをあをとして生きてゐる余り苗　岩田由美

【青稲《あおいね》】

根を張り、青田をなすまでに生長した穂が

出る前の稲。風に吹かれて一斉になびくさまは美しい。❖従来の歳時記には項目がないが、青麦に対し、稲は青稲と呼んで差支えないだろう。↓青田

しみ〴〵と青稲暮るゝ身のまはり　日野草城
青稲のうち揃ひたる剣の葉　若井新一

【帚木《ははきぎ》】　箒木《ははきぎ》　はうきぎ　箒草《ははきぐさ》　はうきぐさ

アカザ科の一年草で、多く分枝し、高さは一メートルほどになる。こんもりと丸みを帯び、茎・枝は硬く直立し、緑色から後に赤色に変わる。茎・枝は干して箒を作る。実は「とんぶり」と称し、若葉とともに食用になる。

帚木に影といふものありにけり　高浜虚子
帚木のつぶさに枝の岐れをり　波多野爽波
帚草ながき日暮を見てゐたり　森　澄雄
あを〳〵とこの世の雨の箒木草　飴山　實

【棉の花《わたのはな》】　綿の花

棉はアオイ科の一年草または木本。七月ごろ、黄、白などの美しい五弁花を葉腋《ようえき》に開く。芙蓉に似た大きな花は二～三日でしぼみ、卵形の先が尖った果実をつける。花を抱いていた三枚の包葉がそのまま果実を包み、完全に熟すと開裂する。↓棉（秋）

丹波路や綿の花のみけふもみつ　闌　更
絆とは入日にしぼむ棉の花　福田甲子雄
雲よりも棉はしづかに咲きにけり　福島小蕾

【玉蜀黍の花《たうもろこしのはな》】　なんばんの花

玉蜀黍はイネ科の大型一年草で、茎頂に芒《すすき》の穂に似た大きな雄花をつける。雌花は葉腋上の大型の苞《ほう》の中から赤毛のような花柱を長く垂らし、自家受粉をせず、風で飛んでくる花粉を受ける。↓玉蜀黍（秋）

地平まで玉蜀黍の花畑　阿部月山子
南蛮の花綴りあふ夜空かな　八木林之助

なんばんの花に雨ふる山近み　轡田　進

【麻《あさ》】大麻《おほあさ》　麻の葉　麻の花　麻刈　麻引　麻畠

麻は一年草で古くは苧《お》といい、広く栽培された。葉は長い柄のついた掌状複葉で、麻の葉模様として図案化されている。高さ二〜三メートルで、雌雄異株。夏に茎を収穫して皮から繊維を採る。葉や穂には幻覚物質が含まれるため、栽培は免許制である。

さそり座のそばまで麻の花ざかり　藤田湘子
麻咲いて坊主頭の子に朝日　小澤　實
あけがたの雨に濡れたる麻を刈る　町田勝彦
明るくて向う透けたる麻畠　田川飛旅子
まつすぐに雨とほしをり麻畑　きくちつねこ

【太藺《ふとゐ》】

カヤツリグサ科の大型多年草で、池や沼に群生する。茎は丸く、高さ一・五メートルほどで、筵《むしろ》を織るために栽培もされる。下部に褐色の鱗片葉があるだけで、葉を欠く。茎頂に黄褐色の花を数個開く。

太藺咲く隙間だらけの通り雨　苅谷敬一
太藺折れ水の景色の倒れけり　粟津松彩子

【夏草《なつくさ》】

繁茂する夏の草。野や山に広がる夏草は、生命力に満ちている。❖古くから歌に詠まれ、『万葉集』に〈玉藻刈る敏馬《みぬめ》を過ぎて夏草の野《の》島《しま》が崎に舟近づきぬ　柿本人麿〉とある。

夏草や兵《つはもの》共がゆめの跡　芭　蕉
夏草やベースボールの人遠し　正岡子規
わが丈を越す夏草を怖れけり　三橋鷹女
夏草に汽罐車の車輪来て止る　山口誓子
夏草の中に石段らしきもの　今井肖子
夏草の真つ只中の門扉かな　照井　翠
夏草やしとどに濡るる馬の脚　甲斐由起子

【草茂る《くさしげる》】

夏草の繁茂したさま。❖木々の茂ったさまは「茂《しげり》」という。↓茂

山羊の仔のおどろきやすく草茂る　西本一都
すぐそこに河口が迫り草茂る　山本たか緒

【草いきれ《くさいきれ》】

繁茂した夏草の醸しだす熱気。夏の日中の草原は草いきれで耐えられないほど。

残りゐる海の暮色と草いきれ　木下夕爾
草いきれ潮引く力遠きより　宇佐美魚目
戦争の記憶の端に草いきれ　奥名春江
その先に沼あるらしき草いきれ　寺島ただし
刈られたるものもはげしき草いきれ　遠藤若狭男

【青芝《あをしば》】　夏芝

青々と生長した夏の芝。始終新しい芽が出て、秋の半ばごろまで緑が絶えない。↓芝刈

臥して見る青芝海がもりあがる　加藤楸邨
見えぬ雨青芝ぬれてゆきにけり　中島斌雄
青芝を踏み高原の朝の弥撒《ミサ》　高橋照子
大学の夏芝に寝て雲摑む　八木三日女

【青蔦《あをつた》】　蔦茂る

夏の蔦をいう。蔦はブドウ科の落葉蔓性木本。日本・中国・朝鮮半島に自生する。木の幹、家の塀や壁面などに、巻きひげの先端の吸盤で張りつく。❖青々とした蔦の葉に覆われた洋館などは絵のようである。↓蔦（秋）

青蔦やもの問はむには窓高く　松尾静子
青蔦のがんじがらめに磨崖仏　菖蒲あや
蔦青し父となりゆくわが日々に　大嶽青児
蔦茂り壁の時計の恐しや　池内友次郎

【青芒《あをすすき》】　青薄

芒はイネ科の大型多年草。一〜二メートルの丈をなし青々と茂る。↓芒（秋）

しろがねの雨が走れる青芒　池田苦茗
青芒月いでて人帰すなり　橋本多佳子
息切らすまで分け入りし青芒　橋　閒石

山彦は男なりけり青芒　山田みづえ

切先の我へ我へと青芒　行方克巳

【青蘆《あをあし》】　青葦　蘆茂る

蘆は水辺に生えるイネ科の大型多年草で、夏には人の丈を越えるほどに生長する。❖青々と茂って風にそよぐ姿は力強い。→蘆の角（春）・蘆刈（秋）

青蘆に夕波かくれゆきにけり　松藤夏山

青蘆の触れ合ふ音の蘆出でず　宮坂静生

青葦のたけだけしきも常陸かな　上野燎

しづけさの青芦原は日を返す　村田脩

青芦や淡海《あふみ》を過ぐる通り雨　大久保白村

【夏蓬《なつよもぎ》】

蓬はキク科の多年草。春の柔らかい蓬と違い、丈をなして力強く茂る。→蓬（春）

夏蓬あまりに軽く骨置かる　加藤楸邨

山風や人の背丈の夏蓬　勝又水仙

対岸の石切るこだま夏蓬　大中祥生

夏蓬ばりばり刈つて父葬る　渡辺昭

父母の終焉の地や夏蓬　稲田眸子

【夏萩《なつはぎ》】　青萩

萩は夏のうちから咲きはじめるものがある。花をまだつけず青々と茂っているものを青萩という。→萩若葉（春）・萩（秋）

夏萩やすいすい夕日通り抜け　大野林火

夏萩やそこから先は潮浸し　友岡子郷

夏萩のほつりと紅をきざしけり　西嶋あさ子

青萩や志士と呼ばれてみな若き　林翔

青萩の袖染むばかり勿来《なこそ》越ゆ　野澤節子

【葎《むぐら》】　葎茂る　八重葎　金葎《かなむぐら》

普通、葎と呼ばれるのは金葎のことだが、詩歌で詠まれるのは、路傍や空き地などに絡み合って鬱蒼《うつそう》と繁茂する草のこと。→枯葎（冬）

夜々あやし葎の月にあそぶ我は　原石鼎

いづこより月のさし居る葎哉　前田普羅

絶海の蒼さ葎ののぼりつめ　野澤節子
眠るほかなき一日の青葎　綾部仁喜
山川をおほひ尽くして八重葎　山本一歩

【朝鮮《ちやうせん》朝顔《あさがを》】　曼荼羅華　ダチュラ

ナス科の一年草で、アジア熱帯地方が原産地。葉と種子に麻酔成分があり、江戸時代に薬用植物として輸入された。白い漏斗状の花を上向きにつける。園芸種のダチュラと呼ばれているものはキダチチョウセンアサガオのことが多く、花が下向きに垂れて咲き、別名エンジェルストランペットという。

うつむいて死者の声聴く曼荼羅華　浦　廸子
花ダチュラ妻の言葉に毒すこし　橋本榮治
花ダチュラ運河けだるく流れをり　山口みどり

【石菖《せきしやう》】　石菖蒲《いしあやめ》

石菖はサトイモ科の常緑多年草で、流れのふちに群生する。初夏、葉中から伸ばした茎先の肉穂花序に、淡黄色の小花を多数つける。変種が多く、小さいものは盆栽にされる。

結ぶ手に石菖匂ふながれかな　蝶　夢
石菖や水つきあたりつきあたり　泉　春花

【竹煮草《たけにぐさ》】　竹似草

山野の荒れ地に自生するケシ科の大型多年草で、高さ一〜二メートル。大きな葉が互生し、葉の裏と茎が粉を吹いたような白色である。盛夏のころ、茎の上部に大きな円錐花序を出し、白色や帯紅色の小花をつける。路傍や空地などに丈をなす姿は猛々しいまでの生命力を感じさせる。❖名の由来は、竹と一緒に煮ると柔らかくなる、茎が中空であるところが竹に似ているからなど諸説ある。

おろおろと晩年が見ゆ竹煮草　有働　亨
竹煮草たたきて山雨はじまりぬ　鷲谷七菜子
火の神は火をもて浄む竹煮草　神尾久美子

大き葉に大き雨粒竹煮草　月岡和子
竹煮草少し離れて腰下ろす　山本一進
いつよりを夕方といふ竹煮草　片山由美子

【紫蘭《しらん》】

ラン科の多年草で、五〜六月ごろ葉心から長い茎に、赤紫の美しい花が連なるように咲く。関東以西の山地などの湿った所に自生し、庭園にも植えられる。高さ三〇〜七〇センチ。

紫蘭咲いていささかは岩もあはれなり　北原白秋
雨を見て眉重くゐる紫蘭かな　岡本　眸

【風蘭《ふうらん》】

ラン科の多年草で、関東以西の山地の樹幹や岩に着生する。多肉質の葉の間から一〇センチほどの花茎を伸ばし、微香のある白色の花を開く。鉢植にして軒先に下げて楽しんだりする。→蘭（秋）

風蘭に隠れし風の見えにけり　後藤比奈夫
風蘭の根の伸びてくる夜の雨　我孫子日南子

【鈴蘭《すずらん》】 君影草《きみかげさう》

ユリ科の多年草で、六月ごろ葉の間から花軸を伸ばし、白い鐘のような可憐《かれん》な花をつける。山地や高原の草地に多く、葉は蘭に似て大きく匂いがよいが、全草に毒があり、薬にもなる。❖栽培されているものの多くは、ドイツスズランなどヨーロッパ原産。

すずらんのりりりりりりと風に在り　日野草城
晩鐘は鈴蘭の野を出でず消ゆ　斎藤　玄
束でもち鈴蘭の花こぼしゆく　松崎鉄之介
鈴蘭とわかる蕾に育ちたる　稲畑汀子
鈴蘭はコップが似合ふ束ね挿す　鈴木榮子

【昼顔《ひるがほ》】 浜昼顔

ヒルガオ科の多年生蔓性草本の花で、野原や道ばたの他の草や木にからみ、初夏から初秋にかけて、朝顔に似た淡紅色の花を開く。主として日中に開花するので昼顔という。「浜昼顔」は海岸の砂地に見られるヒルガオ科の多年生蔓草。昼顔によく似た淡紅色の花が上向きに咲く。❖躑躅の植込などによく見られる。

昼顔に電流かよひゐはせぬか　三橋鷹女
昼顔のほとりによべの渚あり　石田波郷
昼顔や捨てらるるまで櫂痩せて　福永耕二
昼顔や真昼の海の鳴るばかり　伊藤晴子
昼顔や何かが錆びてゆくけはひ　佐藤博美
昼顔や砲台跡に石ひとつ　稲田眸子
浜昼顔タンカー白く過ぎゆける　瀧　春一
浜昼顔病みては父をかなします　神尾久美子
浜昼顔風紋すこしづつ動き　小倉英男
きらめきて浜昼顔に次の浪　田島和生

【月見草《つきみさう》】　月見草《つきみぐさ》　待宵草《まつよひぐさ》

アカバナ科の二年草で、北米原産。夏の夕方、葉腋《ようえき》に直径三〜四センチの白い四弁花を開き、翌朝しぼむと紅変する。江戸時代の嘉永《かえい》年間に渡来し観賞用に栽培されたが、減少している。直立した茎は高さ六〇センチほど。❖一般に月見草と呼んでいるのは、黄色い花を開く待宵草や大待宵草。

開くとき蕋の淋しき月見草　高浜虚子
夕潮に纜張りぬ月見草　五十嵐播水
月見草夢二生家と知られけり　文挾夫佐恵
月見草鉄橋ながく鳴りわたる　林　徹
帆はいつも遠きところや月見草　下鉢清子
月見草ひらかんと身をよぢらせて　青柳志解樹
魚籠の中しづかになりぬ月見草　今井　聖

【水芭蕉《みづばせう》】

サトイモ科の多年草で、近畿以北の山間部の沼沢地に自生する。雪解けの頃、いっせいに咲く白い花のように見えるのは実際には仏焰苞《ぶつえんほう》で、その中に包まれるように黄色い肉穂花序をもつ。花のあと芭蕉に似た大きな葉を出す。❖歌にも歌われて親しまれるようになった花で、尾瀬が特に有名。

水芭蕉水さかのぼるごとくなり　小林康治
光みな遠へしりぞき水芭蕉　鷲谷七菜子
ひた濡れて朝のねむりの水芭蕉　堀口星眠
水はまだ声を持たざる水芭蕉　黛　執
水芭蕉遠きものより霧に消ゆ　藤崎久を
影つねに水に流され水芭蕉　木内怜子

【擬宝珠の花《ぎぼうしのはな》】　花擬宝珠《はなぎぼし》　ぎぼし

擬宝珠はユリ科の多年草。葉は先端がとがった楕円形《だえん》で、長さ一〇～二〇センチ。六～七月ごろ葉間から茎を伸ばし、淡紫色の筒状鐘形の花を総状につける。巻き葉の若いものは食用になるものもある。

睡き子のかたむきかゝる花擬宝珠　石田いづみ
擬宝珠咲く葬儀三日の夕間暮　廣瀬直人
形見とておほかたは古り花擬宝珠　大石悦子

【真菰《まこも》】　花かつみ　かつみ草　真菰刈

沼沢や川べりに生えるイネ科の多年草で、根茎は太く、横に這《は》って群生する。葉は蘆《あし》よりも柔らかく、端午の節句の粽《ちまき》を結ぶのに使うこともある。刈り取って菰筵《こもむしろ》や真菰馬などを作る。

干真菰乾ききりたる音をたて　清崎敏郎
真菰などばさと活けたる書見の間　森　澄雄
潮さして落日濁る真菰原　石田阿畏子
水べりは独りの居場所花かつみ　手塚美佐

【著莪の花《しやがのはな》】

著莪はアヤメ科の常緑多年草で、四～六月ごろ、葉間から抜き出た茎の先端が分かれ、白紫色で中心が黄色の美しい小さなアヤメのような花をつける。山地の湿った樹下などに群生。高さ約六〇センチ。葉は剣状、深緑色で光沢がある。

昼まではつづかぬ自負や著莪の花　能村登四郎
かたまつて雨が降るなり著莪の花　清崎敏郎
著莪のはな犬を叱りに尼の出て　川崎展宏

弓を射る立居清しや著莪の花　斎藤好子

【沢瀉《おもだか》】　花慈姑《はなくわゐ》

オモダカ科の多年草で、夏になると、へら状の葉の間から伸びた花茎に白色三弁の小花を穂状に咲かせる。水田や池など浅い水中に自生。食用の慈姑は沢瀉の変種。

沢瀉や芥流る丶朝の雨　佐藤紅緑
沢瀉の一すぢ雨となりにけり　菊地一雄
おもだかに寄る漣《さざなみ》や余呉の湖《うみ》　内藤恵子

【河骨《かうほね》】　河骨《かはほね》

スイレン科の多年生水草で、七月ごろ太い花柄の先端に一個の鮮やかな黄色の玉のような花を開く。沼沢・河川の浅い場所に生える。葉は形が里芋の葉に似て、水が深ければ水中に沈み、浅ければ水面に抜け出る。

河骨に月しろがねをひらきつつ　柴田白葉女
河骨の高き莟を上げにけり　富安風生
河骨の金鈴ふるふ流れかな　川端茅舎
河骨や雨の切尖見えそめて　小林康治
河骨のところどころに射す日あり　桂信子
河骨の玉蕾まだ水の中　綾部仁喜
河骨の流れんとして流れざる　星野恒彦

【水葵《みづあふひ》】　水葱《なぎ》　菜葱《なぎ》

水田・沼沢に自生するミズアオイ科の一年草で、高さ三〇センチほど。夏に布袋草《ほていそう》に似た可憐な青紫色の花を開く。昔は葉を食用にしたので「菜葱」と呼び、栽培もした。

加茂川のするやながれて水葵　也有
藻畳にもり上りをり水葵　浅野白山
流れゆく水葱あり今日の花を咲き　有働木母寺

【菱の花《ひしのはな》】

菱は池沼に自生するヒシ科一年生の水草で、六～七月、約一センチの白い四弁の花を開く。艶がある菱形の葉は、葉柄がふくらんで浮袋状となり、水面に浮かぶ。↓菱の実（秋）

みづぎはの疲れてゐたり菱の花　大石悦子
陵《みささぎ》へ通ふ風見え菱の花　山尾玉藻
まつくろな藤原仏や菱咲ける　辻　桃子

【藺の花《ゐのはな》】　灯心草の花

藺は湿地に自生し、またはは栽培もされるイグサ科の多年草で、畳表や花筵などの材料になる。六月ごろ、真っ直ぐな緑色の茎の上部に淡褐色の細かい花が固まって咲く。❖昔は白い髄を灯心に用いたので「灯心草」の別名がある。

ふるさとはなびきつつ藺の花ざかり　永島靖子
水も糸ひくほど眠く藺の咲けり　筑紫磐井
暮色来て咲くとは見えず藺田青し　大島民郎
細藺田の裾濃の青さ目に残り　清崎敏郎
濁流の藺田の青さに迫りゐる　北川英子

【蒲の穂《がまのほ》】　蒲の花　蒲

蒲は大型多年草で葉・茎共に細長い。夏、茎上部に蒲の穂といわれる蠟燭形の花穂《かすい》をつけ、緑褐色の雌花穂の上に黄色の雄花穂が続く。花粉は蒲黄《ほおう》といい、利尿・止血の漢方薬。

蒲の穂は剪るべくなりぬ盆の前　水原秋櫻子
蒲の穂の打ち合ふ薄き光かな　髙田正子
古利根の今の昔の蒲の花　草間時彦

【藜《あかざ》】

路傍や空き地に自生する一年草。高さは一・五メートル以上。若葉は食用になり、紅紫色の粉が密につくことからアカザという。白い粉がつく種は白藜《しろざ》という。花は晩夏に開く。❖太い茎を乾燥させて杖にする。

やどりせむ藜の杖になる日まで　芭蕉
生前の日の射してゐる藜かな　柿本多映
ふるさとの藜も杖となるころか　三田きえ子
藜長く空家のままの我が生家　棚山波朗

【虎杖の花《いたどりのはな》】

虎杖はタデ科の多年草で、七月ごろ、葉腋《ようえき》

および茎頂に多数の白い小花を密につける。雌雄異株。山野や路傍、荒地などいたるところに自生する。→虎杖（春）

虎杖の花昼の月ありやなしや　高浜虚子
いたどりの花月光につめたしや　山口青邨
虎杖の花に熔岩《らば》の日濃かりけり　勝又一透
虎杖の花しんかんと終るなり　新谷ひろし

【浜木綿の花《はまゆふのはな》】　浜木綿　浜万年青《はまおもと》

浜木綿は浜万年青ともいい、暖地の海岸に自生するヒガンバナ科の常緑多年草。夏に葉間から六〇～九〇センチの花茎を伸ばし、先端に芳香のある十数個の白い花を傘形に開く。高さ五〇センチ余りの鱗茎《りんけい》の先から、万年青に似た広い大型の葉を四方に開く。

浜木綿に流人の墓の小ささよ　篠原鳳作
浜木綿に潮風つよき枯木灘　中村苑子
大雨のあと浜木綿に次の花　飴山實
はまゆふや船に遅れて波が来る　友岡子郷
人麿の歌はともあれ浜おもと　右城暮石
雲はみな風の形や浜おもと　不破博

【夏薊《なつあざみ》】

薊はキク科アザミ属の総称。種類が多く春から秋にかけて花を見るが、夏に咲く薊を夏薊と呼んでいる。→薊（春）

夏あざみ音たててくる阿蘇の雨　中島禀火
夏薊揺れをり雲の湧きつぎぬ　山上樹実雄
夏薊渡らむ島を消して雨　和田暖泡
野の雨は音なく至る夏薊　稲畑汀子
夏薊雨の中にも日の差して　後閑達雄

【灸花《やいとばな》】　へくそかづら

ヘクソカズラの別名で、アカネ科多年生の蔓草。七月ごろに内側が紅紫色、外側が灰白色の小花をつける。花が灸の色や形に似ることから灸花という。山野の藪《やぶ》や樹林に多い。全体に悪臭があることから、屁糞葛《へくそかずら》の名がある。

引つぱつてまだまだ灸花の蔓　清崎敏郎
灸花にも散りどきのきてゐたる　大澤ひろし
灸花からめるままの道しるべ　野木一柚
表札にへくそかづらの来て咲ける　飴山實

【酢漿の花《かたばみのはな》】　酢漿草《かたばみ》

酢漿はカタバミ科の多年草で、晩春から初夏に可憐な黄色の花を開く。道ばたなどどこにでも自生する。茎の下部は地面を這《は》い、上部は立ち上がる。葉は苜蓿《うまごやし》に似た三枚の小型の小葉からなる。

かたばみや何処にでも咲きすぐ似合ひ　星野立子
かたばみを見てゐる耳のうつくしさ　横山白虹

【羊蹄の花《ぎしぎしのはな》】　ぎしぎし

羊蹄は湿地に生えるタデ科の多年草で、直立した茎は上部で枝に分かれる。五～六月、枝先の節々に淡緑色の小花が多数輪生し、全体で細い円錐状をなす。葉は二五センチほどの長さで縁が波打つ。

雨呼んで羊蹄の花了りけり　星野麥丘人
羊蹄《ぎしぎし》花や仮橋長き干拓地　山田みづえ
ぎしぎしと見ればぎしぎしだらけかな　里見宜愁

【現の証拠《げんのしようこ》】

山野に自生するフウロソウ科の多年草で、六月ごろ、花柄に五弁の梅に似た花を二、三個ずつ開く。色は白・紅紫・淡紅など。全草を陰干しし、煎《せん》じて下痢止めに用いる。

通り雨ありたる現の証拠かな　右城暮石
しじみ蝶とまりてげんのしようこかな　森澄雄
雲とんで雨呼ぶげんのしようこかな　落合水尾

【萱草の花《くわんざうのはな》】　忘草《わすれぐさ》

萱草は原野に自生するユリ科の多年草。葉は剣状で、六月ごろ叢生《そうせい》した葉間から花茎を伸ばし、鬼百合《おにゆり》に似た黄赤色の重弁花を開く。一日花で昼間だけ開き、夜はしぼむ。八重のものが藪萱草《やぶかんぞう》、一重のものが野萱草。

萱草や浅間をかくすちぎれ雲　寺田寅彦

萱草の花にすっくと波がしら　村上しゅら
萱草が咲いてきれいな風が吹く　大峯あきら
萱草や林はづれに牧師館　友岡子郷
野に咲いて忘れ草とはかなしき名　下村梅子

【夕萱《ゆふすげ》】　黄萱《きすげ》

ユリ科の多年草。七月から九月にかけて淡黄色の花が咲く。夕方に開いて芳香を放ち、翌日の午前中にはしぼむ。高原に自生。

夕萱の一本足の物思ひ　石田勝彦
夕萱のぽつん〳〵と遠くにも　倉田紘文
夕萱の風通ひ来る司祭館　足立靖子
黄萱咲く父に小さき画帳あり　山西雅子

【車前草の花《おほばこのはな》】　大葉子《おほばこ》の花

オオバコは山野から都市まで広く自生する多年草。初夏から葉間に花茎を立て、白い小花を穂状に多数つける。❖名の由来は広い葉にちなんで大葉子、良薬として車の前板に植えて食べたなどという言い伝えから車前草と呼ばれた。

踏まれつつ車前草花を了りけり　勝又一透
おほばこの花に日暮の母の声　大嶽青児
車前草の花やでこぼこ道愛す　橋本豊月

【十薬《じふやく》】　蕺菜《どくだみ》　どくだみの花《はな》

ドクダミ科の多年草で、梅雨時に白い十字花が密集しているように見える。これはじつは総苞《そうほう》で、苞の中心に黄色い穂状についているのが花。暗緑色の葉は心臓形で先がとがり、特異な臭気を持ち、葉・茎・根は薬用になる。❖薬効が多いことから十薬の名がついた。

十薬の匂ひに慣れて島の道　稲畑汀子
十薬のさげすむたびに増えてをり　大牧　広
十薬の花のかたちのやまひかな　永島靖子
どくだみの花の白さに夜風あり　高橋淡路女
毒だみや十文字白き夕まぐれ　石橋秀野

【蚊帳吊草《かやつりぐさ》】

高さ三〇～四〇センチの一年草で、一株から三稜形の茎が数条生じる。茎の両端から割いて四角い蚊帳の形を作って遊ぶことから、この名がある。晩夏に、茎の先に線香花火を思わせる黄褐色の花穂をつける。

行き暮れて蚊帳釣草にほたるかな　支考
淋しさの蚊帳釣草を割きにけり　富安風生
吾が弱気妻の強気や蚊帳吊草　鈴木鷹夫

【踊子草《をどりこさう》】　踊草　踊花

シソ科の多年草で、上部の葉腋《ようえき》に淡紅紫色または白色の唇形の花が輪状に開く。山野・路傍の半日陰に多く、高さ三〇～五〇センチ。茎は柔らかく根元から群がって直立し、葉は先がとがり鋸歯《きよし》がある。人が笠《かさ》をかぶって踊る姿に似た優美な花であることから、この名がある。

踊子草みな爪立てる風の中　岡部六弥太
きりもなくふえて踊子草となる　後藤比奈夫
散るときも踊るさまなる踊り花　石井青歩

【射干《ひあふぎ》】　檜扇《ひあふぎ》

山野に自生するアヤメ科の多年草で、盛夏のころ一茎を伸ばし、分枝した先に黄赤色で内側に紅点の多い六弁の花を開く。花は直径四～六センチほど。葉が剣状で扇のように広がることからこの名がついた。❖種子はぬばたまと呼ばれ、枕詞「ぬばたまの」の語源とも言われる。

射干も一期一会の花たらむ　石田波郷
子を産んで射干の朱を見て居りぬ　飯島晴子

【虎尾草《とらのを》】　岡虎尾《をかとらのを》

一般に虎尾草というのは岡虎尾のこと。日当たりの良い山野に生えるサクラソウ科の多年草で、六月ごろ、白い小花を穂状につける。下部から次第に咲き登っていき、その形が獣の尾に似る。❖トラノオソウとは言わないので注意。

掌に承けて虎尾の柔かき　富安風生
とらのをの尾の短きへ日が跳ねて　大石悦子
虎の尾を一本持つて恋人来　小林貴子

【姫女苑《ひめぢよをん》】
姫女苑は北アメリカ原産のキク科の越年草で、初夏から秋にかけて白い花を開く。高さ三〇〜一〇〇センチ。明治初年ごろに渡来し、今では日本各地で自生している。

姫女苑しろじろ暮れて道とほき　伊東月草
ひめぢよをん美しければ雨降りぬ　星野麦丘人
ひめぢよをん路地は働く人ばかり　神尾季羊
石塀に午後の窶れや姫女苑　岡本眸

【都草《みやこぐさ》】　黄金花《こがねばな》
マメ科の多年草で、初夏に黄色の可憐《かれん》な蝶形花を開く。日当たりのよい草地などに多い。茎は地面を這い、葉は羽状複葉。

宇陀の野に都草とはなつかしや　高浜虚子
黄なる花都草とは思へども　松尾いはほ
その上《かみ》の遠流の島の都草　山崎ひさを

【宝鐸草の花《はうちやくさうのはな》】　宝鐸草《はうちやくさう》　狐の提灯《きつねちやうちん》
宝鐸草は山野に自生するユリ科の多年草。五月ごろ枝分かれした茎の先に一〜三個の緑白色の筒状花《とうじようか》を下げる。花の形が寺院の軒に下げる宝鐸に似るため、宝鐸草と呼ばれる。

ひかへ目に宝鐸草が花揺らす　青柳志解樹
狐の提灯古みち失せて咲きにけり　水原秋櫻子

【捩花《ねぢばな》】　文字摺《もぢずり》　文字摺草
ラン科の多年草。六〜七月ごろ、根生の細長い葉の間から長い茎を伸ばし、上部に多数の可憐な桃紅色の小花をつける。花序も茎もねじれ巻いているので、この名がある。右巻と左巻がある。❖捩花《ねじりばな》とは使わない。

捩花のまことねぢれてゐたるかな　草間時彦
捩花のもののはづみのねぢれかな　宮津昭彦
捩花をきりりと絞り雨上がる　浅田光喜

茎のびて文字摺草となりにけり　五十嵐播水
文字摺草の螺旋づたひに雨の玉　藤枝小丘

【破れ《やぶれ》傘《がさ》】

山地の薄暗いところに生えるキク科の多年草で、高さ六〇～九〇センチ。若葉は傘を半開きにした姿だが、生長するに従い破れた傘を広げたように見える。花よりも草の形がおもしろい。

破れ傘一境涯と眺めやる　後藤夜半
破れ傘花といふものありにけり　大久保橙青
群れ立ちて破れかぶれの破れ傘　山田みづえ

【靫《うつぼ》草《ぐさ》】　空穂《うつぼ》草《ぐさ》

日当たりの良い草地に生えるシソ科の多年草。六月ごろ、茎頂の短い穂に紫色の唇形花を開く。

尋ね行く武庫の山路や靫艸　素丸
雨に揺れ虻にゆれけりうつぼ草　堀口星眠
靫草少年暗く蜜を吸ふ　佐藤鬼房
水音のそこに夕づくうつぼ草　村田脩

【一つ《ひと》葉《つば》】

ウラボシ科の多年生常緑シダ類で、長楕円形の葉が一枚ずつ根茎から出る。新葉のできる夏は特に涼しげで、盆景などに作られる。

旅ひとり一つ葉ひけば根のつづき　山口草堂
ひとつ葉の群れて一葉をゆづらざる　長谷川久々子
月光に一つ葉ひとつづつ力　山尾玉藻

【蛍《ほたる》袋《ぶくろ》】　釣鐘草　提灯花　風鈴草

山野に自生するキキョウ科の多年草。六～七月ごろに、大型鐘状で白または淡紫色の、内側に紫斑《しはん》のある花を開く。この花に蛍を入れて遊んだことから名付けられたという。

蛍袋に指入れて人悼みけり　能村登四郎
山の雨蛍袋も少し濡れ　高田風人子
をさなくて蛍袋のなかに栖む　野澤節子
満月のほたるぶくろよ顔上げよ　花谷和子

夕風に提灯花やゝ睡し　星野麥丘人
提燈花要所に点《とも》る城の径　甲斐遊糸

【半夏生《はんげしやう》】　片白草《かたしろぐさ》

半夏生はドクダミ科の多年草。水辺に白い根茎を伸ばして群生し、七月初旬に葉の付け根に花が咲く。名の由来は、半夏生のころ上部の葉が白くなるからとも、その白い部分を半分化粧した姿に譬えたともいう。

川すこし濁りて曲る半夏生　邊見京子
あやまちて片白草として白し　後藤比奈夫
夕ごころ片白草の化粧ふより　石田勝彦
片白草花より白き葉を重ね　吉川照子

【花茗荷《はなみやうが》】

ショウガ科の多年草で、茗荷に似た葉の上に抜きんでるように、五〜六月、紅色の筋が入った白色の花を穂状につける。食用の茗荷とは別属。関東以西、四国、九州地方に分布し、林中などに生えるが、観賞用にも栽培される。❖半日陰のところにひっそり咲き、風情がある。

羽搏つもの低く往き来す花茗荷　伊藤のり子

【浜豌豆《はまゑんどう》】

浜豌豆は海岸の砂地に生えるマメ科の多年草。豌豆に似た赤紫色の花は、やがて青紫色に変わる。

浜豌豆雨はらはらと灘光る　角川源義
くるぶしの砂におぼるる浜豌豆　片山由美子

【烏瓜の花《からすうりのはな》】

カラスウリはウリ科の多年生の蔓植物で雌雄異株。夏の夕暮れから夜にかけて白いレースのような幻想的な花を咲かせるが、翌朝には完全に萎んでしまう。

花見せてゆめのけしきや烏瓜　阿波野青畝
からすうりの花ゆらゆらと闇がくる　福谷俊子
ちら〳〵と風に花あり烏瓜　井沢正江
烏瓜咲ききはまつてもつれなし　深見けん二

からす瓜造花とまがふ花ひらく　亀田虎童子
月かげを紡ぎて烏瓜の花　山田弘子
母の亡き夜がきて烏瓜の花　大木あまり

【蛇苺《へびいちご》】

路傍や草原に多いバラ科の多年草。四月ごろ黄色い五弁花を開き、初夏、苺に似た小さい赤い実をつける。茎は地上を這《は》う。その名から有毒だと誤解されている。

濡れ巌のしののめあかり蛇苺　松村蒼石
蛇苺遠く旅ゆくもののあり　富沢赤黄男
蛇苺踏んで溝跳ぶ小鮒釣　石塚友二
蛇の目の高さに熟るる蛇苺　名村早智子

【夏蕨《なつわらび》】

夏になって生える蕨のこと。標高の高い山地や高原では、五月末ごろが蕨の出盛りで、そのころ蕨狩が行われる。↓蕨（春）

くるしくも雨こゆる野や夏蕨　白雄
鳥啼いて谷静なり夏蕨　正岡子規
旅びとに古塔かたぶく夏わらび　稲垣きくの
夏わらび手に殖やしゆく塩の道　和知喜八

【鷺草《さぎさう》】

日当たりの良い山野の湿原などに生えるラン科の多年草で、花期は七月ごろ。白鷺が舞うさまに似た花が咲くためこの名がある。高さ三〇センチほど。

鷺草の花の窺ふ方位かな　後藤夜半
鷺草のそよげば翔つとおもひけり　河野南畦
鷺草の鉢を廻して見せにけり　森田公司
めざめれば鷺草ひとつ咲いて待つ　澁谷道
鷺草や足音もなく誰か来る　たまきみのる
鷺草にかげなきことのあはれなり　青柳志解樹

【鴨足草《ゆきのした》】　虎耳草《ゆきのした》　雪の下
山野の岩や石垣などの湿地に生えるユキノシタ科の常緑多年草で、六～七月に花茎から多数の五弁花を開く。花弁の上三枚は小さく淡紅色で濃い斑点があり、下二枚は白く大きく垂れる。茎の基部から紅紫色の長い枝が伸び、先端に新芽を出して増える。葉は丸く厚みがあり、葉も茎も毛を帯びる。

鴨足草薄暮の雨に殖えにけり　長谷川零余子
歳月やはびこるものに鴨足草　安住　敦
漸くに落つくくらし雪の下　深川正一郎
低く咲く雪の下にも風ある日　星野　椿
夢殿のほとりの別れゆきのした　八木三日女

【えぞにう】　蝦夷丹生

北日本・北海道に多いセリ科の多年草で、高さ一～三メートル。直径五～六センチの茎が直立して上部で枝を分け、七月ごろ白色小型の花が傘を開いたようにつく。

えぞにうの花咲き沼は名をもたず　山口青邨
えぞにうの太首ぬつと日本海　木村敏男
えぞにうやほつそりと立つ父の墓　櫂　未知子

【苔の花《こけのはな》】

苔の花といわれるのは、実際には雌雄の生殖細胞の入った胞子嚢であり、それが花のように見える。種類によって白色・紫色・赤色などがあり、形もさまざまである。

洛北の暮色をたたへ苔の花　長谷川双魚
膝ついてより苔の花つまびらか　田畑美穂女
城塁に下積みの石苔の花　山口　速
金閣にほろびのひかり苔の花　遠藤若狭男
仏ともただの石とも苔の花　森本林生

【松蘿《さるをがせ》】

地衣類のサルオガセ科の植物の総称。淡緑色の糸状で樹皮に付着し、樹間にとろろ昆布を広げたようにふわりと垂れさがる。空気中の水分を直接吸収して光合成を行っている。山中に不気味ともいえる幻想的な光景を呈する。

さるをがせ見えざる風も見ゆるなり　眞鍋呉夫
さるをがせ深山の霧の捲き来たり　矢島無月

【布袋草《ほていさう》】　布袋葵

ミズアオイ科の多年生水草で、夏に葉間から花茎を出し、淡紫色の六弁花が群がり開く。葉柄の下方が布袋腹のようにふくれる。熱帯アメリカ原産。暖地では帰化植物として池沼に繁茂する。

布袋草あげれば川のよりて来る　古賀ひさ
大甕に片寄り浮けり布袋草　重田青都

【水草の花《みづくさのはな》】

睡蓮・河骨《こうほね》・蓴菜《じゅんさい》・蛭蓆《ひるむしろ》・沢瀉《おもだか》・水葵その他、多くの水草は夏に花を開く。

古池に水草の花さかりなり　正岡子規
水草咲きうつうつ匂ふ神の池　有馬籌子
石組に滝跡ありて水草咲く　松本澄江

【藻の花《ものはな》】　花藻《はなも》

金魚藻・立藻・総藻《ふさも》・杉菜藻などの藻は春に繁茂し、夏になって水面に花を咲かせる。黄・白・緑など色はさまざま。水の増減や水流に左右されて、浮かび、あるいは沈む。

藻の花や小舟よせたる門の前　蕪村
藻の花や名もなき水の夕まぐれ　尾崎紅葉
これといふ話もなくて藻の花に　大場白水郎
藻の花や雨降りつのる西大寺　木下杢太郎
藻の花に人の暮しの水流れ　野見山ひふみ
藻の花の流れになびき流れざる　岸原清行

【萍《うきくさ》】　浮草　根無草　萍の花

ウキクサ属の一年生水草の総称。根は水面を漂い、水面を覆いかくすまでに繁茂する。六月ごろまれに白い小花をつける。普通は根の付け根に幼体をつけて増える。

萍やたちまち綴る竿の跡　素丸
静かなる町うきくさの水に沿ふ　瀧春一
萍のはじめや粉のごときもの　古屋秀雄
萍のひしめいてゐて押し合はず　池内けい吾
うきくさの余白の水の暮色かな　桑原立生
大魚浮く萍まみれなるままに　加藤かな文

【蛭蓆《ひるむしろ》】

池沼や水田などに生えるヒルムシロ科の多年生水草。沈水葉は小さく細いが、浮水葉は長楕円形で艶がある。七月ごろ穂状花序を立て、帯黄緑色の小花を密につける。

雨雲の風おろしくる蛭蓆　石田波郷
ひるむしろ沼のなかばを占めにけり　加藤三七子
蛭蓆ときどき鯉が口を出す　荒井竜才

【蓴菜《じゅんさい》】　蓴《ぬなは》　蓴の花　蓴採る　蓴舟

古い池沼に生じるスイレン科の多年生水草。楕円形で光沢のある葉が水面に浮かぶ。初夏に伸びる若い茎や葉は寒天のような透明なゼラチン質のものに包まれ、吸物や酢の物にする。❖蓴菜採りは小舟や盥《たらい》に乗って行われ、季節の風物詩になっている。

引ほどに江の底しれぬ蓴かな　尚白
仰向いて沼はさびしき蓴かな　秋元不死男
吹かれ寄るごとく相寄り蓴舟　林翔
蓴舟櫂といふものなかりけり　星野八郎

【木耳《きくらげ》】

広葉樹の生木や朽木に、梅雨のころに生えるキクラゲ科の茸。食感が水母《くらげ》に似ているのでキクラゲといい、形が耳に似るのでこの字をあてる。外側は淡褐色で内側は暗褐色。❖乾燥保存して炒めものや煮物にする。

木耳や母の遺せし裁鋏　秋元不死男
木耳に色くる蔵王堂の晴　岡井省二

【梅雨茸《つゆだけ》】　梅雨茸《つゆきのこ》　梅雨菌《つゆきのこ》

茸の多くは秋に生えるが、梅雨時に発生するものを総称していう。朽木や陰湿なところに生え、ほとんどは食用にならない。

梅雨茸の紅のけぶれる鞍馬かな　石嶌岳
大形に崩れてしまふ梅雨茸　殿村菟絲子
白塗りののつぺらばうの梅雨茸　藤田湘子
梅雨茸日当たりながら雨たたへ　岩田由美

【黴《びか》】　青黴　毛黴　麴黴《かうぢかび》　黴の宿　黴の香

食物・衣類・住居などに生える青黴・黒黴などをいう。梅雨の湿度と温度により、発生しやすい。種類が多く、なかには麹黴など有用なものもある。❖梅雨時の鬱陶《うっとう》しさを象徴するものといえる。

かほに塗るものにも黴の来りけり　森川暁水
徐《おも》ろに黴がはびこるけはひあり　松本たかし
黴の花咲かせ国宝如来像　滝　佳杖
黴のアルバム母の若さの恐ろしや　中尾寿美子
見ゆる黴見えぬかび拭きひと日果つ　花谷和子
うかうかと黴にとられし夫の靴　和田祥子
黴の世や言葉もつとも黴びやすく　片山由美子
黴の宿寝すごすくせのつきにけり　久保田万太郎

【海蘿《ふのり》】　布海苔《ふのり》　海蘿干す

浅い海岸の岩などに生じる紅藻類フノリ科の海藻の総称。織物などの糊《のり》の原料となる。夏汁の実や刺身のつまなど食用にもなる。夏に採取・乾燥し、煮沸後に再び簀《す》の上に広げて干す。

サロマ湖の江の千畳に海蘿の座　原　柯城
修道女午後はふのりを干すいとま　高浜年尾
貝殻の先端立てて海蘿掻く　加藤幸恵

【荒布《あらめ》】　黒菜《くろめ》　荒布刈る　荒布干す

暖かな地域の海底の岩に群生するコンブ科の海藻。長さ二メートルに達し、夏に刈り取る。海浜で干し、粘結剤や乳化剤などに使われるアルギン酸を抽出する。乾燥したものは黒く、別名「黒菜」ともいう。

引き擦つて引き擦つて干す荒布かな　伊藤敬子
水ぎはに日没の宮荒布干す　佐野美智
膝締めて波やりすごす荒布刈　片田千鶴

夏の行事

五月の初めから八月の初めまで（前後を多くとっています）。
吟行にお出かけの場合には、かならず日時をお確かめください。

《5月》

くらやみ祭（大国魂神社4／30〜5／6）
東京都府中市
1日　春の藤原まつり（〜5）岩手県平泉町
高岡御車山祭（関野神社）富山県高岡市
ゑんま堂狂言（引接寺《いんじょうじ》・〜4）京都市
福野夜高祭（〜2）富山県南砺《なんと》市
鴨川をどり（先斗町歌舞練場にて・〜24）
京都市
2日　先帝祭（赤間神宮・〜4）山口県下関市
神泉苑祭（神泉苑・〜4）京都市
3日　那覇ハーリー（〜5）沖縄県那覇市
筑摩祭（筑摩神社）滋賀県米原市
大原志（大原神社）京都府福知山市
博多どんたく港まつり（〜4）福岡市
沖端水天宮祭り（沖端水天宮・〜5）福
岡県柳川市
5日　品川寺《ほんせんじ》鐘供養及び俳句の会　東京都品川区
賀茂競馬（上賀茂神社）京都市
今宮祭（今宮神社・〜15日に近い日曜）
京都市
藤森祭（藤森神社）京都市
地主祭り〈神幸祭〉（地主神社）京都市
8日　豊年祭（熱田神宮）名古屋市
11日　長良川鵜飼開き　岐阜市
12日　御蔭《みかげ》祭（下鴨神社）京都市
14日　神御衣《かんみそ》祭（伊勢神宮）三重県伊勢市
練供養会式（當麻寺）奈良県葛城市
出雲大社例祭　島根県出雲市
15日頃　大垣まつり（大垣八幡神社・15日に近い
土日）岐阜県大垣市
葵祭〈賀茂祭〉（上賀茂・下鴨両社）京都市
第2巳　寶生辨財天例祭（水天宮）東京都中央区

五月中旬の木曜　神田祭（神田明神・～翌火曜）東京都千代田区
五月中頃の土・日曜　三井寺千団子祭（園城寺）滋賀県大津市
17日　日光東照宮例大祭〈百物揃千人武者行列〉（～18）栃木県日光市
第2日曜　和歌祭（紀州東照宮）和歌山市
19日　うちわまき（唐招提寺）奈良市
第3金・土曜　春日大社・興福寺薪御能　奈良市
第3土曜　浅草三社祭（浅草神社・前後3日間）東京都台東区
黒船祭（前後3日間）静岡県下田市
三船祭（車折《くるまざき》神社）京都市
第3日曜　嵯峨祭（野々宮神社・愛宕神社・第4日曜）京都市
25日　化物祭（鶴岡天満宮）山形県鶴岡市
楠公祭（湊川神社）兵庫県神戸市
最終土・日曜　植木市（浅間神社・6月最終土日も）東京都台東区

《6月》

1日　貴船祭（貴船神社）京都市
第2土曜　相内の虫送り　青森県五所川原市
上高地ウェストン祭（～日曜）長野県松本市
呼子大綱引（～日曜）佐賀県唐津市
4日　伝教会（比叡山延暦寺）滋賀県大津市
5日　熱田祭（熱田神宮）名古屋市
県祭《あがたまつり》（県神社・～6）京都府宇治市
7日頃　品川神社例大祭〈北の天王祭〉（品川神社・日曜含む3日間）東京都品川区
荏原神社天王祭〈南の天王祭〉（荏原神社・日曜含む3日間）東京都品川区
旧暦5月4日　糸満ハーレー　沖縄県糸満市
上旬　山王祭（日枝神社・～中旬）東京都千代田区
漏刻祭（近江神宮）滋賀県大津市
第2土曜　チャグチャグ馬コ　岩手県盛岡市
金沢百万石まつり（尾山まつり）（前後3

日間）石川県金沢市
14日　住吉の御田《おんだ》植《うえ》（住吉大社）大阪市
札幌まつり（北海道神宮・～16）札幌市
17日　三枝祭《さいくさのまつり》（率川《いさがわ》神社）奈良市
20日　竹伐り会式（鞍馬寺）京都市
24日　伊勢の御田《みた》植《うえ》（皇大神宮）三重県志摩市
30日　愛染まつり（愛染堂勝鬘院・～7／2）大阪市

《7月》

1日　祇園祭（八坂神社・～31）京都市
2日　肥土山《ひとやま》虫送り（多聞寺・肥土山離宮八幡神社）香川県土庄町
6日　入谷朝顔まつり（入谷鬼子母神・～8）東京都台東区
7日　蓮華会〈蛙飛び行事〉（金峯山寺蔵王堂）奈良県吉野町
9日　四万六千日〈ほおずき市〉（浅草寺・～10）東京都台東区
第2土曜　三井寺札焼（園城寺）滋賀県大津市
お手火神事（沼名前神社・第2日曜の前夜）広島県福山市
10日　鹽竈神社例祭〈藻塩焼神事〉（鹽竈神社）宮城県塩竈市
旧暦6月17日　管絃祭（厳島神社）広島県廿日市市
14日　那智の扇祭り（熊野那智大社）和歌山県那智勝浦町
15日　出羽三山花祭（出羽三山神社）山形県鶴岡市
天王祭（宇都宮二荒山神社・～20）栃木県宇都宮市
別所温泉岳の幟（15日に近い日曜）長野県上田市
博多祇園山笠〈追い山笠〉（櫛田神社）福岡市
16日　志度寺の十六度市（志度寺）香川県さぬき市
第3土・日曜　関山神社火祭り　新潟県妙高市
17日　祇園祭山鉾巡行〈前祭《さきまつり》巡行〉（八坂神社）

京都市

土用丑日　御手洗祭（下鴨神社・前後5日間）京都市

20日　恐山大祭（～24）青森県むつ市

弥栄《やさか》神社祇園祭〈鷺舞神事〉（・27）島根県津和野町

22日　うわじま牛鬼まつり（～24）愛媛県宇和島市

海の日　住吉祭神輿洗神事（住吉大社）大阪市

23日　相馬野馬追（太田神社 中村神社 小高神社・～25）福島県相馬市・南相馬市

24日　文殊堂出船祭（智恩寺）京都府宮津市

25日　弥彦神社灯籠神事　新潟県弥彦村

天神祭（大阪天満宮）大阪市

28日　唐崎参〈みたらし祭〉（唐崎神社・～29）大津市

牛越まつり（菅原神社）宮崎県えびの市

阿蘇の御田《おんだ》祭（阿蘇神社）熊本県阿蘇市

第4土曜　津島祭（津島神社・～翌日曜）愛知県津島市

最終土曜　粉河祭（～翌日曜）和歌山県紀の川市

最終日曜　長崎ペーロン　長崎市

31日　御陣乗《ごじんじょ》太鼓（名舟白山神社・～8／1）石川県輪島市

愛宕の千日詣《まいり》（愛宕神社・～8／1）京都市

住吉祭（住吉大社・～8／1）大阪市

《8月》

1日　弘前ねぷたまつり（～7）青森県弘前市

2日　青森ねぶた祭（～7）青森市

3日　秋田竿燈まつり（～6）秋田市

4日　五所川原立佞武多祭り（～8）青森県五所川原市

北野祭（北野天満宮）京都市

5日　山形花笠まつり（～7）山形市

6日　仙台七夕まつり（～8）仙台市

7日　御嶽山大御神火祭（～8）長野県御嶽山

六道まいり（六道珍皇寺・～10）京都市

立秋前日　下賀茂の御祓《みそぎ》（下鴨神社）京都市

9日　清水寺千日詣（～16）京都市

夏の忌日

五月の初めから八月の初めまで（前後を多くとっています）。

忌日・姓名（雅号）・職業・没年の順に掲載。俳人・俳諧作者であるという記述は省略した。

俳句の事績がある場合には代表句を掲げた。

忌日の名称は名に忌が付いたもの（芭蕉忌・虚子忌など）は省略した。

《5月》

6日　久保田万太郎　傘雨忌　小説家・戯曲家　昭和38年
神田川祭の中をながれけり
佐藤春夫　慵斎忌　小説家・詩人　昭和39年
たちまちに六月の海傾きぬ
7日　山本健吉　評論家　昭和63年
赤松蕙子　平成24年
眠りみなこの世にさめて桜どき
8日　中　拓夫　平成20年
迎火や海よりのぼる村の道
9日　岩野泡鳴　小説家・評論家　大正9年
10日　二葉亭四迷　小説家　明治42年
下村梅子　平成24年
屏風の図ひろげてみれば長恨歌
11日　萩原朔太郎　詩人　昭和17年
松本たかし　牡丹忌　昭和31年
夢に舞ふ能美しや冬籠
12日　清崎敏郎　平成11年
コスモスの押しよせてゐる厨口
13日　田山花袋　小説家　昭和5年
北村透谷　文学者　明治27年
16日　中川四明　大正6年
茶の花や細道ゆけば銀閣寺
坂本四方太　大正6年
畑打の語りあふなり国境
加藤郁乎　平成24年
句には句の位ありけり江戸桜

18日　山田みづえ　平成25年
いつか死ぬ話を母と雛の前
19日　文挾夫佐恵　平成26年
九十の恋かや白き曼珠沙華
20日　荻原井泉水　昭和51年
かごからほたる一つ一つを星にする
星野麥丘人　平成25年
手つかずの一壺酒春も闌けにけり
24日　平塚らいてう　社会運動家　昭和46年
能村登四郎　平成13年
火を焚くや枯野の沖を誰か過ぐ
25日　栗林一石路　昭和36年
メーデーの腕組めば雨にあたたかし
26日　草間時彦　平成15年
足もとはもうまつくらや秋の暮
28日　堀辰雄　小説家　昭和28年
田畑美穂女　平成13年
秋扇あだに使ひて美しき
29日　与謝野晶子　歌人　昭和17年
橋本多佳子　昭和38年
いなびかり北よりすれば北を見る
31日　嶋田青峰　昭和19年
日輪は筏にそゝぎ牡蠣育つ
旧6日　鑑真　帰化僧　天平宝字7年〔763〕
旧12日　立花北枝　趙子忌　享保3年〔1718〕
初夢や半ばきれたる唐にしき
旧16日　井上士朗　枇杷園忌　文化9年〔1812〕
大蟻の畳をありく暑さかな
旧23日　石川丈山　漢詩人　寛文12年〔1672〕
旧24日　蟬丸　琵琶法師の祖　没年未詳
旧28日　在原業平　在五忌　歌人　在五中将　元慶4年〔880〕

《6月》

2日　加倉井秋を　昭和63年
折鶴のごとくに葱の凍てたるよ
3日　佐藤紅緑　小説家　昭和24年

5日　朝寒や柱に映る竈の火

　　眞鍋呉夫　平成24年

6日　花冷えのちがふ乳房に逢ひにゆく

　　飯島晴子　平成12年

　　寒晴やあはれ舞妓の背の高き

　　森田　峠　平成25年

　　子に跳べて母には跳べぬ芹の水

9日　**有島武郎**　小説家　大正12年

11日　**倉田紘文**　平成26年

　　蕾はや人恋ふ都忘れかな

12日　**朝倉和江**　平成13年

　　水仙の葉先までわが意志通す

13日　**太宰治**　桜桃忌　小説家　昭和23年

　　目崎徳衛　国文学者　俳号志城柏　平成12年

　　もとほるや遅き日暮るる黒木御所

14日　**林田紀音夫**　平成10年

　　鉛筆の遺書ならば忘れ易からむ

16日　**神尾季羊**　平成9年

　　浜木綿の花の上なる浪がしら

17日　**山口波津女**　昭和60年

　　毛糸編み来世も夫にかく編まん

23日　**国木田独歩**　小説家　明治41年

25日　**香西照雄**　昭和62年

　　あせるまじ冬木を切れば芯の紅

　　福永鳴風　平成19年

　　白桃の荷を解くまでもなく匂ふ

27日　**今井杏太郎**　平成24年

　　つぶやけば雪めつむれば白い船

28日　**林芙美子**　小説家　昭和26年

29日　**皆吉爽雨**　昭和58年

　　日脚伸ぶ夕空紺をとりもどし

30日　**有働　亨**　平成22年

　　風にまだ芯が残って浮氷

旧2日　**織田信長**　武将　天正10年〔1582〕

　　尾形光琳　画家　正徳6年〔1716〕

旧4日　**最澄**　伝教会　天台宗開祖　弘仁13年〔822〕

旧10日　**源信**　恵心忌　僧　寛仁元年〔1017〕

旧13日　明智光秀　武将　天正10年〔1582〕
　杉山杉風　鯉屋忌　享保17年〔1732〕
　　がつくりと抜け初むる歯や秋の風
旧15日　北村季吟　古典学者・連歌師　宝永2年
〔1705〕
　　まざまざといますが如し魂祭
旧16日　横井也有　天明3年〔1783〕
　　秋なれや木の間木の間の空の色
旧27日　上田秋成　小説家・国学者　文化6年
〔1809〕

《7月》

2日　岸風三樓　昭和57年
　　手をあげて足を運べば阿波踊
3日　加藤楸邨　達谷忌　平成5年
　　落葉松《からまつ》はいつめざめても雪降りをり
8日　高柳重信　昭和58年
　　身をそらす虹の／絶巓／処刑台
　安住敦　昭和63年
　　しぐるるや駅に西口東口
9日　上田敏　詩人・翻訳家　大正5年
　森鷗外　小説家　大正11年
　石田勝彦　平成16年
　　大海の端踏んで年惜しみけり
10日　井伏鱒二　小説家　平成5年
11日　長谷川春草　昭和9年
　　楪の紅に心のある如く
　吉屋信子　小説家　昭和48年
　　秋灯下机の上の幾山河
13日　吉野秀雄　艸心忌　歌人　昭和42年
16日　石原八束　平成10年
　　くらがりに歳月を負ふ冬帽子
17日　川端茅舎　昭和16年
　　ひら〳〵と月光降りぬ貝割菜
　水原秋櫻子　喜雨亭忌・紫陽花忌・群青忌
昭和56年
　　瀧落ちて群青世界とどろけり
24日　芥川龍之介　俳号澄江堂　河童忌・我鬼忌
　小説家　昭和2年
　　元日や手を洗ひをる夕ごころ

25日 秋元不死男 甘露忌 昭和52年
鳥わたるこきこきこきと罐切れば
26日 吉行淳之介 小説家 平成6年
神蔵 器 平成29年
棒落つ樹下に余白のまだありて
27日 長谷川零余子 昭和3年
一つ杭に繋ぎ合ひけり花見船
角 光雄 平成26年
母の日の母の身支度みな待てり
28日 中山純子 平成26年
過ぎし日のしんかんとあり麦藁帽
30日 伊藤左千夫 歌人・小説家 大正2年
幸田露伴 小説家 昭和22年
谷崎潤一郎 小説家 昭和40年
旧1日 支倉常長 仙台藩士 元和8年〔1622〕
旧5日 栄西 臨済宗開祖 建保3年〔1215〕
旧12日 角倉了以 高瀬川開発者・豪商 慶長19年〔1614〕
旧17日 円山応挙 絵師 寛政7年〔1795〕
旧26日 太田道灌 武人・歌人 文明18年〔1486〕

《8月》

1日 村山古郷 昭和61年
端居してかなしきことを妻は言ふ
3日 竹下しづの女 昭和26年
短夜や乳ぜり泣く児を須可捨焉乎《すてつちまをか》
4日 木下夕爾 詩人 昭和40年
家々や菜の花いろの灯をともし
松本清張 小説家 平成4年
5日 中村草田男 昭和58年
万緑の中や吾子の歯生え初むる
6日 山上樹実雄 平成26年
傘《からかさ》のねばり開きや谷崎忌

◆さらに深めたい俳句表現〈身体篇〉

俳句には、身体の呼称がいろいろあります。実作において、使える音数が限られている時など、言い換えの参考にしてください。実作例も添えました。

【額】ぬか　少年のぬかの明るさ聖五月
ひたひ　聖五月ひたひ明るき少女ゐて

【目】まなこ　競べ馬まなこふたつを凝らしつつ
ひとみ　ひとみただ黒々とあり競べ馬
まなじり　まなじりのひたむきさこそ競べ馬

【顎】あご　少年のあご尖りたる立夏かな
あぎと　少年のあぎと尖れる立夏かな

おとがひ　少年のおとがひ尖る立夏かな

【腕】
うで　腕《うで》少し窶《やつ》れたるかと更衣
かひな　腕《かひな》やや窶れたるかと更衣

【背】
せ　背《せ》を伸ばすことも避暑地のならひかな
せな　背《せな》伸ばすことも避暑地のならひかな
そびら　避暑地美し背《そびら》を伸ばすこともして

【指】
ゆび　日傘さす指《ゆび》うつくしきこと確か
および、おゆび　日傘さすおよびのかくも美しき

【手】
てのひら　鮎釣のてのひら空へ向けにけり
たなごころ　鮎釣の空へと向けるたなごころ

【膝の裏】膝の裏　　水着着てまだ真白なる膝の裏
　ひかがみ（膕）　　水着着てひかがみいまだ真白なり

【尻】しり　　花茣蓙やひやりと尻《しり》のうすきこと
ゐしき（居敷）　　花茣蓙やゐしきのうすきことを言ひ
おゐど（御居処）　　花茣蓙やおゐどの厚きをみなゐて

【踵】かかと　　踵《かかと》より着地したるよ夏休
きびす、くびす　　姉のつと踵《きびす》を返す夏休

◆読めますか　夏の季語1

川床	蠅帳	洗膾	海霧	極暑
水中	削氷	簟	雹	旱星
早苗饗	天瓜粉	麨	噴井	黒南風
納涼	蒼朮を焚く	陶枕	更衣	白南風
簗	晒井	竹婦人	羅	卯の花腐し

◆読めましたか　夏の季語1

極暑 ごくしょ	旱星 ひでりぼし	黒南風 くろはえ	白南風 しろはえ	卯の花腐し うのはなくたし・うのはなくだし
海霧 じり	雹 ひょう	噴井 ふけい	更衣 ころもがえ	羅 うすもの
洗膾 あらい	簟 たかむしろ	麨 はったい	陶枕 とうちん	竹婦人 ちくふじん
蠅帳 はいちょう	削氷 けずりひ	天瓜粉 てんかふん	蒼朮を焚く そうじゅつをたく	晒井 さらしい
川床 ゆか・かわどこ	水中 みずあたり	早苗饗 さなぶり	納涼 すずみ・のうりょう	簗 やな

◆読めますか 夏の季語2

蝲蛄	鱚	青葉木菟	安居	水機関
蝦蛄	虎魚	時鳥	夏書	跣足
海鞘	鱧	翡翠	夏花	脚気
天蚕	章魚	水鶏	守宮	祇園会
尺蠖	海酸漿	山雀	蜥蜴	名越

◆読めましたか　夏の季語2

水機関 みずからくり	跣足 はだし	脚気 かっけ	祇園会 ぎおんえ	名越 なごし
安居 あんご	夏書 げがき	夏花 げばな	守宮 やもり	蜥蜴 とかげ
青葉木菟 あおばずく	時鳥 ほととぎす	翡翠 かわせみ	水鶏 くいな	山雀 やまがら
鱚 きす	虎魚 おこぜ	鱧 はも	章魚 たこ	海酸漿 うみほおずき
蝲蛄 ざりがに	蝦蛄 しゃこ	海鞘 ほや	天蚕 やままゆ	尺蠖 しゃくとり

索引

一、本書に収録の季語・傍題のすべてを現代仮名遣いの五十音順に配列したものである。
一、漢数字はページ数を示す。
一、＊のついた語は本見出しである。

あ

あいすきゃんでーアイスキャンデー 七六
あいすくりーむアイスクリーム 七六
あいちぢみ藍縮 六三
＊あいちょうしゅうかん愛鳥週間 一二二
あいちょうび愛鳥日 一二二
＊あいのかぜあいの風 三九
あいゆかた藍浴衣 六四
＊あおあし青蘆 二四八
あおあし青葦 二四八
＊あおあらし青嵐 四〇
＊あおい葵 二三五
＊あおいね青稲 二四四
＊あおいまつり葵祭 一二九
＊あおうめ青梅 二〇〇
あおかえで青楓 二〇八
あおがえる青蛙 一四四
＊あおがき青柿 二〇〇
あおかび青黴 二六五
あおがや青蚊帳 八六
＊あおぎり梧桐 二〇九
あおぎり青桐 二〇九
＊あおくるみ青胡桃 二〇一
あおごち青東風 三九
＊あおさぎ青鷺 一五七
＊あおざんしょう青山椒 二四三
あおしぐれ青時雨 二〇五
あおじそ青紫蘇 二四二
＊あおしば青芝 二四七
あおすじあげは青筋揚羽 一七一
あおすじあげは青条揚羽 一七一
＊あおすすき青芒 二四七
あおすすき青薄 二四七
＊あおすだれ青簾 八四
＊あおた青田 一五七
あおだいしょう青大将 一四七
あおたかぜ青田風 一五七
あおたなみ青田波 一五七
あおたみち青田道 一五七
＊あおつた青蔦 二四七
あおつゆ青梅雨 四三
＊あおとうがらし青唐辛子 二四三
あおとうがらし青唐辛 二四三
あおとうがらし青蕃椒 二四三
あおとかげ青蜥蜴 一四六
あおね青嶺 五三
あおの青野 五四
＊あおば青葉 二〇五
あおばえ青蠅 一八一
あおはぎ青萩 二四八
あおばじお青葉潮 五六
あおばしぐれ青葉時雨 二〇五
あおばしょう青芭蕉 二三四

*あおばずく青葉木菟　一五三
あおばやま青葉山　二〇五
あおばやみ青葉闇　二〇七
*あおぶどう青葡萄　二〇一
*あおほおずき青鬼灯　二三三
あおほおずき青酸漿　二三三
あおみさき青岬　五五
あおみなづき青水無月　二八
*あおりんご青林檎　二〇一
あかあり赤蟻　一八五
*あかえい赤鱏　一六六
*あかざ藜　二五四
*あかしあのはなアカシアの花　二二五
あかしお赤潮　五六
あかじそ赤紫蘇　二四三
あかなす赤茄子　二四〇
あかはら赤腹　一四六
あかふじ赤富士　五三
あかまむし赤蝮　一四八
*あきこき晶子忌　一三九
*あきちかし秋近し　三六
あきどなり秋隣　三六
あきまつ秋待つ　三六
あげはちょう揚羽蝶　一七一
あげはちょう鳳蝶　一七一
あげはなび揚花火　一一一
あけやす明易　三一
あけやすし明易し　三一
あごあご　一六六
*あさ麻　二四六
*あさがおいち朝顔市　一三六
あさかり麻刈　二四六
あさぎぬ麻衣　六三
あさくさまつり浅草祭　一三〇
*あさぐもり朝曇　四九
あさごろも麻衣　六三
あさすず朝涼　三五
あさぜみ朝蟬　一七八
*あさなぎ朝凪　四一
あさにじ朝虹　四七
あさのは麻の葉　二四六
あさのはな麻の花　二四六
あさのれん麻暖簾　八四
あさばたけ麻畠　二四六
あさひき麻引　二四六
あさふく麻服　六三
あさぶとん麻蒲団　八二
*あさやけ朝焼　五〇
*あじ鰺　一六五
*あじさい紫陽花　一九二
あじさいき紫陽花忌　一四一
*あじさし鰺刺　一五六
あずきまく小豆蒔く　二四八
あししげる蘆茂る　九八
*あせ汗　一一八
あせしらず汗しらず　八七
あせぬぐい汗拭ひ　六八
あせのめし汗の飯　七〇
あせばむ汗ばむ　一一八
あせふき汗ふき　六八
あせぼあせぼ　一三〇
*あせも汗疹　一三〇
あそびぶね遊び船　一〇七
あつさ暑さ　三三
あつさまけ暑さ負け　一一九
*あつし暑し　三三
あっぱっぱあつぱつぱ　六三
あとずさりあとずさり　一八三
*あなご穴子　一六七

あなご海鰻　一〇七
あなすアナナス　二〇四
あぶらぜみ油蟬　一七八
*あぶらでり油照　五一
あぶらでり脂照　五一
あぶらむし油虫　一八四
*あまがえる雨蛙　一四四
*あまごい雨乞　九六
*あまざけ甘酒　七四
あまよろこび雨喜び　四五
あまりなえ余苗　二四四
*あまりりすアマリリス　三一
*あみど網戸　八三
あむすめろんアムスメロン　二三九
あめのいのり雨の祈　九六
*あめんぼ水馬　一七八
あめんぼう水馬　一七八
*あやめ渓蓀　三一
あやめぐさあやめぐさ　三三
あやめさす菖蒲挿す　一三三
あやめのひ菖蒲の日　一三三
あやめふく菖蒲葺く　一三三
*あゆ鮎　一六一
あゆかけ鮎掛　一〇三
あゆがり鮎狩　一〇三
あゆずし鮎鮓　七〇
*あゆつり鮎釣　一〇三
あゆのやど鮎の宿　一六一
あゆりょう鮎漁　一〇三
*あらい洗膾　七八
あらいがみ洗ひ髪　一一七
あらいごい洗鯉　七八
あらいだい洗鯛　七八
あらいめし洗ひ飯　七〇
あらう荒鵜　一〇三
あらづゆ荒梅雨　四三
*あらめ荒布　二六六
あらめかる荒布刈る　二六六
あらめほす荒布干す　二六六
*あり蟻　一八五
*ありじごく蟻地獄　一八三
ありづか蟻塚　一八五
ありのす蟻の巣　一八五
ありのとう蟻の塔　一八五
ありのみち蟻の道　一八五
ありのれつ蟻の列　一八五
あろはしゃつアロハシャツ　六五
*あわせ袷　六三
*あわび鮑　一六八
あわびあま鮑海女　一六八
あわびとり鮑取　一六八
あわもり泡盛　七三
*あんご安居　一三五
*あんず杏　二〇三
あんず杏子　二〇三
あんずのみ杏の実　二〇三
あんですめろんアンデスメロン　二三九
あんみつ餡蜜　七八

い

いえばえ家蠅　一八一
*いか烏賊　一六八
いかずちいかづち　四八
*いかつり烏賊釣　一〇五
いかつりび烏賊釣火　一〇五
いかつりぶね烏賊釣舟　一〇五
いかのこう烏賊の甲　一六八
いかのすみ烏賊の墨　一六八

いかび烏賊火　一〇五
*いかり藺刈　九九
いぐさかり藺草刈　九九
いぐるま藺車　九九
いけすぶね生簀船　一〇七
いけすりょうり生洲料理　一〇七
いざぶとん藺座蒲団　八二
いしあやめ石菖蒲　二四九
*いずみ泉　五六
いずみどの泉殿　八一
いそがに磯蟹　一六八
*いたどりのはな虎杖の花　二二四
いちげ一夏　一二五
*いちご苺　二三四
いちご覆盆子　二三四
いちごがり苺狩　二三四
いちごばたけ苺畑　二三四
*いちはつ鳶尾草　二三二
いちはつ一八　二三二
いちばんぐさ一番草　九七
いちやずし一夜鮓　七〇
*いつくしまかんげんさい厳島管絃祭　一一二
いつくしままつり厳島祭　一一二
いどかえ井戸替　九二
いどさらえ井戸浚　九二
*いととり糸取　一〇三
いととりうた糸取歌　一〇三
*いとトんぼ糸蜻蛉　一八〇
いとひき糸引　一〇三
*いのはな藺の花　二二四
*いばらのはな茨の花　二一一
いほす藺干す　九九
いもじょうちゅう甘藷焼酎　七三
*いもり蠑螈　一四六
いもり井守　一四六
いよすだれ伊予簾　八四
いりやあさがおいち入谷朝顔市　一二六
いれいのひ慰霊の日　一二七
いろごい色鯉　一六〇
いわしみず岩清水　五六
*いわな岩魚　一六二
いわな巌魚　一六二
いわなつり岩魚釣　一六二

う

*う鵜　一五六
うあんご雨安居　一二五
*ういきょうのはな茴香の花　二三四
ういてこい浮いて来い　一一三
うえすとんさいウエストン祭　一一七
*うえた植田　五七
*うかい鵜飼　一〇三
うかがり鵜篝　一〇三
うかご鵜籠　一〇三
*うきくさ萍　二六四
うきくさ浮草　二六四
うきくさのはな萍の花　二六四
*うきす浮巣　一五五
*うきにんぎょう浮人形　一一三
うきは浮葉　二一八
うきわ浮輪　一〇九
うぐいすのおとしぶみ鶯の落し文　一一七
うけらやくうけら焼く　九一
うじ蛆　一八一
うしあらう牛洗ふ　九四

うしひやす牛冷す　九四
うしょう鵜匠　一〇三
うすぎぬ薄衣　六三
うすごろも薄衣　六三
*うすばかげろう薄翅蜉蝣　一八三
うずむし渦虫　一七八
*うすもの羅　六三
うちあげはなび打揚花火　一一一
*うちみず打水　九三
*うちわ団扇　八九
うちわかけ団扇掛　八九
うつかい鵜遣　一〇三
*うづき卯月　三三
うづきなみ卯月波　五五
うつぎのはな空木の花　二一一
*うつせみ空蟬　一七九
*うつぼぐさ靫草　二六〇
うつぼぐさ空穂草　二六〇
*うどのはな独活の花　二三六
*うどんげ優曇華　一八三
*うなぎ鰻　一六七
うなぎかき鰻搔　一六七
うなぎづつ鰻筒　一六七
*うなみ卯波　五五
うなわ鵜縄　一〇三
*うのはな卯の花　二一一
うのはながき卯の花垣　二一一
*うのはなくたし卯の花腐し　四二
うのはなくだし卯の花くだし　四二
うのはなづき卯の花月　三三
うぶね鵜舟　一〇三
うまあらう馬洗ふ　九四
うまひやす馬冷す　九四
うみう海鵜　一五六
うみうなぎうみうなぎ　一六七
うみぎり海霧　四六
うみのいえ海の家　一一〇
*うみのひ海の日　一一三
うみびらき海開き　一一〇
*うみほおずき海酸漿　一六九
*うめしゅ梅酒　七三
うめづけ梅漬　七二
うめのみ梅の実　二〇〇
うめぼし梅干　七二
*うめほす梅干す　七二
うめむしろ梅筵　七二
*うり瓜　二二八
うりごや瓜小屋　一〇二
うりぬすっと瓜盗人　一〇二
*うりのはな瓜の花　二二五
うりばたけ瓜畑　二二八
*うりばん瓜番　一〇二
うりばんごや瓜番小屋　一〇二
うりひやす瓜冷す　七二
うりもみ瓜揉　七二
うりもむ瓜揉む　七二
うりもり瓜守　一〇二
*うるしかき漆掻　一〇二
うるしかく漆搔く　一〇二
*うんかい雲海　四七

え

えい鱏　一六六
えい鱝　一六六
えうちわ絵団扇　八九
えおうぎ絵扇　八八
えござ絵茣蓙　八三
えごちるえご散る　二一七
*えごのはなえごの花　二一七

えすだれ絵簾　八四
＊えぞにうえぞにう　二六三
えぞにう蝦夷丹生　二六三
えだかわず枝蛙　一四四
えちごじょうふ越後上布　六四
えちごちぢみ越後縮　六三
えどふうりん江戸風鈴　九〇
＊えにしだ金雀枝　一九五
えにしだ金枝花　一九五
えにしだ金雀児　一九五
えひがさ絵日傘　九一
えんえい遠泳　一〇九
えんざ円座　八二
＊えんじゅのはな槐の花　二一三
＊えんしょ炎暑　二三四
＊えんちゅう炎昼　一三〇
えんてい炎帝　二二
＊えんてん炎天　五二
＊えんどう豌豆　二二七
えんねつ炎熱　二三四
えんねつき炎熱忌　一四二
えんらい遠雷　四八
えんりゃくじみなづきえ延暦寺六月会　一二六

お

おいうぐいす老鶯　一五二
＊おいらんそう花魁草　一三〇
＊おうがいき鷗外忌　一四〇
＊おうぎ扇　八八
おうぎながし扇流し　一三〇
＊おうしょくき黄蜀葵　一三五
＊おうちのはな棟の花　二一六
おうちのはな樗の花　二一六
＊おうとうき桜桃忌　二〇二
おうとう桜桃　一四〇
おうとうのみ桜桃の実　二〇二
おおあさ大麻　二四六
おーでころんオーデコロン　八七
おおでまりおほでまり　一九五
おーどとわれオードトワレ　八七
おおば大葉　二四二
＊おおばこのはな車前草の花　二二七
おおばこのはな大葉子の花　二二七
おおばん大鷭　一五五
おおひでり大旱　五二
おおみなみ大南風　二一九
おおむぎ大麦　二四二
＊おおやまれんげ大山蓮華　二二六
おおやまれんげ天女花　二二六
＊おおるり大瑠璃　一五八
おかとらのお岡虎尾　一五八
＊おきなます沖膾　七九
＊おきなわき沖縄忌　一二七
＊おくりづゆ送り梅雨　四四
おけらたくをけらたく　九一
＊おこしえ起し絵　二一五
＊おじぎそう含羞草　二三〇
おしずし押鮓　七〇
おしぜみ唖蟬　一六八
＊おたうえ御田植　三一
おだき男滝　五九
おたびしょ御旅所　二六
おとこづゆ男梅雨　四三
＊おとしぶみ落し文　一一七
おとりあゆ囮鮎　一〇二
おどりぐさ踊草　二五八
＊おどりこそう踊子草　二五八
おどりばな踊花　二五八

おにゆり鬼百合　二二九
おはぐろおはぐろ　一八〇
おはぐろとんぼおはぐろとんぼ　一八〇
＊おはなばたけお花畑　五四
おはなばたけお花畠　五四
おむかえにんぎょう御迎人形　二二四
＊おもだか沢瀉　二五三
おやがらす親烏　一五三
おやじか親鹿　一四三
おやつばめ親燕　一五三
＊およぎ泳ぎ　一〇九
およぐ泳ぐ　一〇九
おらんだししがしらオランダ獅子頭　一六三
おんだ御田　一二一
おんだまつり御田祭　一二一
おんばしら御柱　一二八
＊おんばしらまつり御柱祭　一二八

か

＊か蚊　一八二
＊が蛾　一七二
＊かーねーしょんカーネーション　二一八
かいきんしゃつ開襟シャツ　六五
かいこうず海紅豆　一九七
かいざんさい開山祭　一二七
かいすいぎ海水着　六六
＊かいすいよく海水浴　一一〇
かいなんぷう海南風　二九
かいふうりん貝風鈴　九〇
かいぼり掻掘　一〇三
かえでわかば楓若葉　二〇八
かえぼり換掘　一〇三
かえりづゆ返り梅雨　四四
＊ががんぼががんぼ　一八二
がきき我鬼忌　一四一
かききゅうか夏期休暇　六〇
＊かきこうざ夏期講座　六一
かきこうしゅうかい夏期講習会　六一
かきごおりかき氷　七五
かきだいがく夏期大学　六一
＊かきつばた燕子花　二二一
かきつばた杜若　二二一
かきのはずし柿の葉鮓　七〇
＊かきのはな柿の花　一九九
かぎゅう蝸牛　一八八
かぎょ嘉魚　一六三
＊かきわかば柿若葉　二〇八
がくあじさい額紫陽花　一九三
かくいどり蚊喰鳥　一四三
＊がくのはな額の花　一九三
かくらん霍乱　一二〇
かけあおい懸葵　一二九
かげまつり陰祭　一二八
＊かごまくら籠枕　八三
かざしぐさかざしぐさ　一二九
かさぶらんかカサブランカ　二二九
かしおちば樫落葉　二一〇
＊かじか河鹿　一四五
かじかがえる河鹿蛙　一四五
かじかぶえ河鹿笛　一四五
かしぼーと貸ボート　一〇七
かしわかば樫若葉　二〇八
＊かしわもち柏餅　六九
かすいどり蚊吸鳥　一五一
かぜいれ風入　九二

*かぜかおる風薫る　四一
*かぜしす風死す　四三
かぜまちづき風待月　六
*かたかげ片蔭　五三
かたかげ片陰　五三
かたかげり片かげり　五三
かたしろ形代　一三三
かたしろぐさ片白草　二六一
かたしろながす形代流す　一三三
かたつぶりかたつぶり　一八八
*かたつむり蝸牛　一八八
かたはだぬぎ片肌脱　一一七
かたばみ酢漿草　二五六
*かたばみのはな酢漿の花　二五六
かたびら帷子　六二
かたふり片降　四五
*かつお鰹　一六四
かつお松魚　一六四
かつおつり鰹釣　一六四
かつおぶね鰹船　一六四
*かっこう郭公　一五〇
*かっぱき河童忌　一四一
かつみぐさかつみ草　二五三
かどすずみ門涼み　一〇六
かとりせんこう蚊取線香　八六
かとんぼ蚊蜻蛉　一八二
かなぶんかなぶん　一七五
かなむぐら金葎　二四八
*かに蟹　一六九
かねつけとんぼかねつけ蜻蛉　一八〇
かのうば蚊姥　一八二
かのこ鹿の子　一四三
かのこゆり鹿の子百合　二三九
かばしら蚊柱　一八一
かび蚊火　八六
*かび黴　二六五
かびのか黴の香　二六五
かびのやど黴の宿　二六五
*かぶとむし兜虫　一七四
かぶとむし甲虫　一七四
*かぼちゃのはな南瓜の花　二三五
がまがま蝦蟇　一四五
がま蒲　二五四
がまがえるがまがへる　一四五
かまきりうまる蟷螂生る　一八〇
がまのはな蒲の花　二五四
*がまのほ蒲の穂　二五四
*かみあらう髪洗ふ　一一七
かみうえ神植　一三三
*かみきり天牛　一七五
かみきりかみきり　一七五
かみきりむし髪切虫　一七五
*かみなり雷　四八
かみなり神鳴　四八
*かめのこ亀の子　一四四
かもあおい賀茂葵　二三九
かもすずし鴨涼し　一五六
かもなす加茂茄子　二四〇
かものくらべうま賀茂の競馬　二三九
かもまつり賀茂祭　二三九
かもまつり加茂祭　二三九
*かや蚊帳　八六
かや蚊幮　八六
かや蚊屋　八六
*かやつりぐさ蚊帳吊草　二七七
かやり蚊遣　八六
かやりこう蚊遣香　八六
*かやりび蚊遣火　八六
からあおい蜀葵　二三五

*からすうりのはな烏瓜の花　二六一
*からすのこ鴉の子　一五三
からすのこ烏の子　一五三
からすへび烏蛇　一四七
*からつゆ空梅雨　四三
からなでしこ唐撫子　二一七
からもも唐桃　二〇三
かりぎ刈葱　二四一
かりぼし刈干　一〇一
かりも刈藻　九九
かるがも軽鴨　一五六
かるがものこ軽鴨の子　一五六
*かるのこ軽鳧の子　一五六
かるも刈藻　九九
かわう河鵜　一五六
かわがに川蟹　一六九
*かわがり川狩　一〇三
*かわせみ翡翠　一五四
かわせみ川蟬　一五四
かわとぎょ川渡御　一三四
かわどこ川床　一〇六
かわともし川灯　一〇四
*かわとんぼ川蜻蛉　一八〇
かわはらえ川祓　一三三
*かわびらき川開　一二七
かわぶとん革蒲団　八二
かわぼし川干　一〇三
かわほね河骨　二五三
かわほりかはほり　一四三
かわやしろ川社　一三三
かんがい旱害　五三
かんかんぼうカンカン帽　七〇
かんげんさい管弦祭　一三三
かんこどり閑古鳥　一五〇
*がんじんき鑑真忌　一二七
*かんぞうのはな萱草の花　二五六
かんたんふく簡単服　六二
かんてん旱天　五三
かんばつ旱魃　五三
*がんぴ岩菲　二三三
かんびーる缶ビール　七三
かんぴょうほす干瓢干す　一〇〇
*かんぴょうむく干瓢剝く　一〇〇
かんらん甘藍　二四〇
かんろき甘露忌　一四三

き

*きいちご木苺　二〇一
*きう喜雨　四三
きう祈雨　九六
きうていき喜雨亭忌　一四一
きおとし木落し　一六八
ぎおんえ祇園会　一三三
ぎおんごりょうえ祇園御霊会　一三三
ぎおんだいこ祇園太鼓　一三三
ぎおんばやし祇園囃子　一三三
*ぎおんまつり祇園祭　一三三
*きくさす菊挿す　九八
きくのさしめ菊の挿芽　九八
*きくらげ木耳　二六五
ぎしぎしぎしぎし　二五六
*ぎしぎしのはな羊蹄の花　二五六
*きす鱚　一六五
きすげ黄萱　二一七
きすごきすご　一六五
きすつり鱚釣　一六五
*きせい帰省　六〇
きせいし帰省子　六〇

きそいうま　きそひ馬　一一九
きつねのちょうちん　狐の提灯　二一九
*ぎぼうしのはな　擬宝珠の花　二五三
ぎぼしぎぼし　二五三
きまゆ　黄繭　一〇三
きみかげそう　君影草　二五〇
*きゃべつ　キャベツ　二四〇
きゃらぶき　伽羅蕗　二三八
*きゃんぷ　キャンプ　一〇八
きゃんぷじょう　キャンプ場　一〇八
きゃんぷふぁいやー　キャンプファイヤー　一〇八
きゃんぷむら　キャンプ村　一〇八
きゅうか　九夏　二
きゅうたんご　旧端午　二三三
*ぎゅうばひやす　牛馬冷す　九四
*きゅうり　胡瓜　二三九
きゅうりのはな　胡瓜の花　二三五
*きゅうりもみ　胡瓜揉　七三
きょうえい　競泳　一〇九
ぎょうぎょうし　行々子　二五四
*ぎょうずい　行水　九三
*きょうちくとう　夾竹桃　一九六
きららきらら　一八四
きららむし　雲母虫　一八四
*きりのはな　桐の花　二一三
*きんぎょ　金魚　一六三
*きんぎょうり　金魚売　二一一
*きんぎょそう　金魚草　二三〇
きんぎょだ　金魚田　一六三
*きんぎょだま　金魚玉　二一四
きんぎょばち　金魚鉢　二一四
きんぎょや　金魚屋　二一一
きんぎんか　金銀花　二二五
きんばえ　金蠅　一八一
ぎんばえ　銀蠅　一八一

く

*くいな　水鶏　一五七
くいなぶえ　水鶏笛　一五七
くーらー　クーラー　八八
*くさいきれ　草いきれ　二四七
くさいちご　草苺　二三四
*くさかげろう　草蜉蝣　一八三
くさかげろう　臭蜉蝣　一八三
*くさかり　草刈　九七
くさかりかご　草刈籠　九七
くさかる　草刈る　九七
くさきょうちくとう　草夾竹桃　二三〇
*くさしげる　草茂る　二四六
くさしみず　草清水　五八
*くさたおき　草田男忌　一四三
*くさとり　草取　九八
くさひく　草引く　九八
*くさぶえ　草笛　一一六
くさほす　草干す　一〇二
くさむしり　草むしり　九八
*くさや　草矢　一一六
*くじゃくそう　孔雀草　二三七
くすおちば　樟落葉　二一〇
*くずきり　葛切　七六
くずざくら　葛桜　七七
くすさん　樟蚕　一七三
*くすだま　薬玉　二二四
*くずまんじゅう　葛饅頭　七七
*くずもち　葛餅　七六
くすわかば　樟若葉　二〇八
*くちなしのはな　梔子の花　一九四
くちなわ　くちなは　一四七

ぐびじんそう虞美人草　二三六
くまぜみ熊蟬　一七八
くみえ組絵　一二五
＊くも蜘蛛　一八六
くものい蜘蛛の囲　一八六
くものいと蜘蛛の糸　一八六
くものこ蜘蛛の子　一八六
くものす蜘蛛の巣　一八六
くものたいこ蜘蛛の太鼓　一八六
＊くものみね雲の峰　三七
＊くらげ海月　一七〇
くらげ水母　一七〇
＊ぐらじおらすグラジオラス　二三三
＊くらべうま競馬　一二九
＊くらまのたけきり鞍馬の竹伐　一三六
くりーむそーだクリームソーダ　七五
＊くりのはな栗の花　一九九
＊くるみのはな胡桃の花　二二三
くれまちすクレマチス　二三三
くろあり黒蟻　一八五
くろーるクロール　一〇九
くろがも黒鴨　一五六
＊くろだい黒鯛　一六四
＊くろはえ黒南風　四〇
くろびーる黒ビール　七三
くろほ黒穂　二四三
くろめ黒菜　二六六
くわいちご桑いちご　二一九
＊くわのみ桑の実　二一九
ぐんじょうき群青忌　一四一
くんぷう薫風　四一

け

げ夏　一三五
げあんご夏安居　一三五
げいせつえ迎接会　一三五
けいと競渡　一三五
けいら軽羅　六三
けいらい軽雷　四八
げいり夏入　一三五
げがき夏書　一三五
けかび毛黴　二六五
げぎょう夏行　一三五
げげ解夏　一三五
げごもり夏籠　一三五
＊げし夏至　三七
＊げじげじ蚰蜒　一八七
＊けしのはな罌粟の花　二三六
けしのみ罌粟の実　二三六
けしばたけ芥子畑　二三六
＊けしぼうず罌粟坊主　二三六
けしぼうず芥子坊主　二三六
けずりひ削氷　七五
げだち夏断　一三五
げっかびじん月下美人　二三一
けつげ結夏　一三五
げばな夏花　一三五
げひゃくにち夏百日　一三五
＊けむし毛虫　一七三
けむしやく毛虫焼く　一七三
＊けら螻蛄　一八六
けるんケルン　一〇八
＊げんごろう源五郎　一七七
げんごろうむし源五郎虫　一七七
げんじぼたる源氏蛍　一七三
げんじむし源氏虫　一七四
＊げんのしょうこ現の証拠　二五六

*げんばくき原爆忌　一三六
げんばくのひ原爆の日　一三六

こ

こあじさし小鰺刺　一五八
こいのぼり鯉幟　一三三
こうぎょ香魚　一六一
こうじかび麴黴　二六五
ごうしょ劫暑　三三
*こうしょっき紅蜀葵　二三五
*こうすい香水　八七
こうすいびん香水瓶　八七
こうふくじのたきぎのう興福寺の薪能　一二五
*こうほね河骨　二五三
*こうもり蝙蝠　一四三
こおりあずき氷小豆　七五
こおりいちご氷苺　七五
こおりがし氷菓子　七六
*こおりみず氷水　七五
こおりみせ氷店　七五
*ごがつ五月　三
ごがつにんぎょう五月人形　一三三
ごがつのせっく五月の節句　一三三
ごがつばしょ五月場所　一二五
こがねばな黄金花　二五九
*こがねむし金亀子　一七五
こがねむし黄金虫　一七五
こがねむし金亀虫　一七五
こかまきり子かまきり　一八〇
こがらす子烏　一五三
ごきかぶり御器齧　一八四
*ごきぶりごきぶり　一八四
こくしょ酷暑　三三
*ごくしょ極暑　三三
*こくぞう穀象　一七六
こくぞうむし穀象虫　一七六
こけしみず苔清水　五八
*こけのはな苔の花　二六三
こころぶところぶと　七七
こさぎ小鷺　一五八
こじか子鹿　一四三
*こしたやみ木下闇　二〇七
ごすい午睡　一八
こちゃ古茶　七四
こつばめ子燕　一五三
ことしだけ今年竹　二三〇
*こどものひこどもの日　一三三
このあがり蚕の上蔟　一〇三
このしたやみ木の下闇　二〇七
このはずく木葉木菟　一五一
*こばんそう小判草　二三三
*ごまのはな胡麻の花　二三六
ごみなまずごみ鯰　一六一
こむぎ小麦　二四三
*こめつきむし米搗虫　一七七
こめつきむし叩頭虫　一七七
こめのむし米の虫　一七六
ごらいこう御来光　四七
*ごらいごう御来迎　四七
こるり小瑠璃　一五八
ころもかう衣更ふ　六一
*ころもがえ更衣　六一
*こんぶかり昆布刈　一〇〇
こんぶかる昆布刈る　一〇〇
こんぶぶね昆布船　一〇〇
こんぶほす昆布干す　一〇〇

さ

さーふぁーサーファー　一一〇
さーふぃんサーフィン　一一〇
さいかちむしさいかち虫　一七四
ざいごき在五忌　一二八
＊さいだーサイダー　七五
さいちょうき最澄忌　一三六
さおとめ早乙女　九五
＊さぎそう鷺草　二六二
＊さくらのみ桜の実　一九〇
＊さくらんぼさくらんぼ　二〇二
＊ざくろのはな石榴の花　二〇〇
ささずし笹鮓　七〇
ささちまき笹粽　六八
ささのこ笹の子　二一〇
ささゆり笹百合　二一九
さしぎく挿菊　九八
ざしきのぼり座敷幟　一一三
＊さつき皐月　二五
さつき五月　二五
＊さつき杜鵑花　一九五
さつきあめ五月雨　四四
さつきごい五月鯉　一一三
さつきだま五月玉　一一四
さつきつつじ五月躑躅　一九五
さつきなみ皐月波　五五
さつきのぼり五月幟　一一三
さつきばれ五月晴　四九
＊さつきふじ五月富士　五三
さつきふじ皐月富士　五三
＊さつきやみ五月闇　四九
さつまじょうふ薩摩上布　六四
さとわかば里若葉　二〇五
＊さなえ早苗　二四四
さなえかご早苗籠　二四四
さなえだ早苗田　五七
さなえたば早苗束　二四四
さなえづき早苗月　二五
さなえとり早苗取　二四四
さなえぶね早苗舟　二四四
＊さなぶり早苗饗　九七
＊さば鯖　一六五
さばずし鯖鮓　七〇
さばつり鯖釣　一六五
さばび鯖火　一六五
さばぶね鯖船　一六五
さぼてん覇王樹　二三一
＊さぼてんのはな仙人掌の花　二三一
さまーどれすサマードレス　六二
さみだるさみだる　四四
＊さみだれ五月雨　四四
さやえんどう莢豌豆　二二七
＊さらしい晒井　九二
さらのはな沙羅の花　二一八
ざりがにざりがに　一六九
＊さるおがせ松蘿　二二三
＊さるすべり百日紅　一九四
＊さるびあサルビア　二二四
さわがに沢蟹　一六九
さんうき傘雨忌　一二八
ざんおう残鶯　一五三
さんか三夏　一一
＊さんぐらすサングラス　六六
＊さんこうちょう三光鳥　一五九
さんじゃくね三尺寝　一一八
＊さんじゃまつり三社祭　一二〇
＊さんしょううお山椒魚　一四六
さんじょうもうで山上詣　一一三
さんすいしゃ撒水車　九三
＊さんだるサンダル　六八

さんどれすサンドレス　六三
さんばんぐさ三番草　九七
*さんぷく三伏　三
さんぽうちょう三宝鳥　一五一

し

しいおちば椎落葉　二一〇
*しいのはな椎の花　二一七
しいわかば椎若葉　二〇八
しおあび潮浴　一一〇
しおやけ潮焼　一一八
しかけはなび仕掛花火　一一一
*しかのこ鹿の子　一四三
しかのふくろづの鹿の袋角　一四三
しかのわかづの鹿の若角　一四三
*しぎやき鴫焼　七二
しげみ茂み　二〇六
*しげり茂　二〇六
しげる茂る　二〇六
*しじゅうから四十雀　一六〇
*しそ紫蘇　二四二
しそのは紫蘇の葉　二四二
*したたり滴り　五八
したたる滴る　五八
したやみ下闇　二〇七
*しちがつ七月　二九
しちへんげ七変化　一九二
*しばかり芝刈　九二
しばかりき芝刈機　九二
しばのう芝能　一二五
じびーる地ビール　七二
*じひしんちょう慈悲心鳥　一五一
しぶうちわ渋団扇　八九
しまか縞蚊　一八一
しまとかげ縞蜥蜴　一四六
しまへび縞蛇　一四七
しまんろくせんにち四万六千日　一二六
*しみ紙魚　一八四
しみ衣魚　一八四
*しみず清水　五八
*しもつけ繍線菊　一九五
しゃ紗　六三
しゃーべっとシャーベット　七六
*じゃがいものはな馬鈴薯の花　二三六
じゃがたらのはなじゃがたらの花　二三六
*しゃがのはな著莪の花　二五一
*しゃくとり尺蠖　一七二
しゃくとりむし尺取虫　一七二
*しゃくなげ石楠花　一九二
*しゃくやく芍薬　二二二
*しゃこ蝦蛄　一六九
じゃすみんジャスミン　一九八
じゃのめそう蛇の目草　二二七
*しゃらのはな沙羅の花　二一八
*しゃわーシャワー　九二
じゅういち十一　一五一
しゅうう驟雨　四五
*しゅうおうしき秋櫻子忌　一四一
*しゅうそんき楸邨忌　一四〇
*じゅうやく十薬　二五七
しゅうゆうさい舟遊祭　一三〇
しゅか朱夏　一二
しゅか首夏　一二
しゅちゅうか酒中花　一一三
*しゅろのはな棕櫚の花　二一四
しゅろのはな棕梠の花　二一四
*じゅんさい蓴菜　二六五

しょ暑 二三
*しょうしょ小暑 二九
じょうぞく上蔟 一〇二
*しょうちゅう焼酎 七二
しょうのうぶね樟脳舟 一二二
しょうびんせうびん 一五四
*しょうぶ菖蒲 一二三
しょうぶ白菖 一二三
*じょうふ上布 六四
しょうぶえん菖蒲園 一二三
しょうぶさす菖蒲挿す 一二三
しょうぶだ菖蒲田 一二三
しょうぶふく菖蒲葺く 一二三
しょうぶぶろ菖蒲風呂 一二四
しょうぶゆ菖蒲湯 一二四
*しょうまん小満 二五
じょおうか女王花 一三一
しょーとぱんつショートパンツ 六三
*しょか初夏 二一
*しょきあたり暑気中 一一九
*しょきばらい暑気払ひ 八七
しょくが燭蛾 一七二
*じょくしょ溽暑 二四
しょちゅうきゅうか暑中休暇 六〇
*しょちゅうみまい暑中見舞 六〇
しょふく初伏 二三
しょぶろ初風炉 九一
じょろうぐも女郎蜘蛛 一八六
しらがたろう白髪太郎 一七二
*しらさぎ白鷺 一五八
*しらたま白玉 七八
しらはえ白南風 四〇
しらゆり白百合 一三九
*しらん紫蘭 一五〇
じり海霧 四六
しろうし代牛 九五
しろうちわ白団扇 八九
しろうま代馬 九五
しろうり越瓜 一三八
しろかき代掻 九五
*しろかく代掻く 九五
*しろがすり白絣 六五
しろかや白蚊帳 八六
*しろぐつ白靴 六七
しろけし白芥子 一二六
しろごい白鯉 一六〇
しろさるすべり白さるすべり 一九四
しろじ白地 六五
しろしゃつ白シャツ 六五
しろしょうぶ白菖蒲 一二三
*しろた代田 五六
しろちぢみ白縮 六三
*しろはえ白南風 四〇
しろはす白蓮 一三九
しろばら白薔薇 一九一
しろひがさ白日傘 九一
しろふく白服 六二
しろまゆ白繭 一〇二
しろめだか白目高 一六三
しろゆかた白浴衣 六四
*しんいも新藷 一四一
しんかんぴょう新干瓢 一〇〇
*しんじゃが新馬鈴薯 一四一
*しんじゅ新樹 一〇四
*しんちゃ新茶 七四
*じんべい甚平 六四
じんべじんべ 六四
じんべえ甚兵衛 六四

しんまゆ新繭　一〇三
じんらい迅雷　四八
*しんりょく新緑　二〇六

す

すあし素足　一一七
すあわせ素袷　六二
すいえい水泳　一〇九
すいえいぼう水泳帽　六六
すいかずら忍冬　二一五
*すいかずらのはな忍冬の花　二一五
*すいちゅうか水中花　一一三
*すいちゅうめがね水中眼鏡　一〇五
すいてい水亭　八一
*すいはん水飯　七〇
*すいれん睡蓮　二一八
すいれん水練　一〇九
すいろん水論　九六
すえつむはな末摘花　二二三
すがぬき菅貫　一二三
すぎおちば杉落葉　二一〇
すこおるスコール　四五
*すし鮓　七〇
すし鮨　七〇
すずかぜ涼風　三五
*すずし涼し　三五
*すずのこ篠の子　二一〇
*すずみ納涼　一〇六
すずみだい涼み台　一〇六
すずみぶね涼み舟　一〇六
すずみゆか納涼川床　一〇六
すずめが天蛾　一七三
*すずらん鈴蘭　二五〇
すだれ簾　八四
すてなえ捨苗　二一四
すど簀戸　八五
*すなひがさ砂日傘　一一〇
すはだか素裸　一一六
*すもも李　二〇三
すりばちむし擂鉢虫　一八三
するめいかするめ烏賊　一六八
すわのおんばしらまつり諏訪の御柱祭　一一八
すわまつり諏訪祭　一一八
すんとりむし寸取虫　一七三

せ

*せいか盛夏　三三
せいごがつ聖五月　三三
せいぼづき聖母月　三三
*せいわ清和　三三
せおよぎ背泳ぎ　一〇九
せきさらえ堰浚へ　九五
*せきしょう石菖　二四九
*せきちく石竹　二一七
せきらんうん積乱雲　三七
*せっけい雪渓　五四
ぜにあおい銭葵　二一五
ぜにがめ銭亀　一四
せぼし瀬干　一〇三
*せみ蟬　一七八
せみしぐれ蟬時雨　一七八
せみのから蟬の殻　一七九
せみのぬけがら蟬の脱殻　一七九
*せみまるき蟬丸忌　一一八
せみまるまつり蟬丸祭　一一八
*ぜりーゼリー　七七
*せるセル　六三

せんげんこう浅間講 一三
せんこうはなび線香花火 一二
せんす扇子 八八
せんだんのはな栴檀の花 二一六
*せんぷうき扇風機 八九

そ

*そうじゅつをたく蒼朮を焚く 九一
そうび薔薇 一九一
*そうまとう走馬灯 九〇
そうめんひやす索麵冷やす 七一
*そーだすいソーダ水 七五
そばじょうちゅう蕎麦焼酎 七三
そふとくりーむソフトクリーム 七六
そめゆかた染浴衣 六四
*そらまめ蚕豆 二三七
そらまめ空豆 二三七

た

たいかん大旱 五三
だいさぎ大鷺 一五八
*たいさんぼくのはな泰山木の花 一九六
*たいしょ大暑 三三
たいずし鯛鮓 七〇
だいずまく大豆蒔く 九八
たいまのねりくよう當麻練供養 一三五
たいまのほうじ當麻法事 一三五
*たうえ田植 九五
たうえうた田植歌 九五
たうえがさ田植笠 九五
たうえどき田植時 九五
たかうなたかうな 二三七
たかきうし田搔牛 九五
たかきうま田搔馬 九五
たかく田搔く 九五
*たかこき多佳子忌 一三九
*たかしきたかし忌 一三九
*たかむしろ簟 八三
たかんなたかんな 二三七
*たき滝 五九
だきかご抱籠 八三
たきかぜ滝風 五九
たきぎさるがく薪猿楽 一二五
*たきぎのう薪能 一二五
たきしぶき滝しぶき 五九
たきつぼ滝壺 五九
*たきどの滝殿 八一
たきみ滝見 五九
たきみち滝道 五九
たきみぢゃや滝見茶屋 五九
*たぐさとり田草取 七七
たぐさひく田草引く 七七
*たけうう竹植う 九八
たけううるひ竹植うる日 九八
*たけおちば竹落葉 二一九
たけかわをぬぐ竹皮を脱ぐ 二一〇
たけきり竹伐 一三六
たけきりえ竹伐会 一三六
たけすだれ竹簾 八四
*たけにぐさ竹煮草 二四九
たけにぐさ竹似草 二四九
*たけのかわぬぐ竹の皮脱ぐ 二一〇
*たけのこ筍 二三七
たけのこ笋 二三七
たけのこ竹の子 二三七
たけのこながし筍流し 四〇

＊たけのこめし筍飯　六九
たけむしろ竹筵　八三
＊たこ章魚　一六八
たこ蛸　一六八
たこつぼ蛸壺　一六八
だざいき太宰忌　一四〇
だし山車　一一八
たちあおい立葵　二三五
たちおよぎ立泳ぎ　一〇九
たちばなのはな橘の花　一九八
だちゅらダチュラ　二四九
たっこくき達谷忌　一四〇
＊たで蓼　二四三
たてばんこ立版古　一一五
たにわかば谷若葉　二〇五
たまとくばしょう玉解く芭蕉　二三四
たまな玉菜　二四〇
たまなえ玉苗　二四四
＊たまねぎ玉葱　二四一
たまのあせ玉の汗　一一八
＊たままくばしょう玉巻く芭蕉　二三四
たままゆ玉繭　一〇三
＊たまむし玉虫　一七五
＊たみずはる田水張る　九五
たみずひく田水引く　九五
＊たみずわく田水沸く　七五
＊だりあダリア　一二三
たわらむぎ俵麦　一二三
＊たんご端午　一一三
たんごのせっく端午の節句　一一三

ち

ちくすいじつ竹酔日　九八
＊ちくふじん竹婦人　八三
ちくふじん竹夫人　八三
＊ちちのひ父の日　三
＊ちぢみ縮　六三
ちぢみふ縮布　六三
ちぬちぬ　一六四
ちぬつりちぬ釣　一六四
ちのわ茅の輪　一一三
＊ちまき粽　六八
ちまき茅巻　六八
ちまきゆう粽結ふ　六八
ちゅうふく中伏　三
ちょうごうえ長講会　一三六
＊ちょうせんあさがお朝鮮朝顔　二四九
ちょうちんばな提灯花　二六〇
ちょうめいる長命縷　一一四
ちりまつば散松葉　二一〇

つ

ついり梅雨入　二六
つかれう疲れ鵜　一〇三
つきすずし月涼し　三八
つきみぐさ月見草　二五一
＊つきみそう月見草　二五一
つくまなべ筑摩鍋　二九
＊つくままつり筑摩祭　二九
つたしげる蔦茂る　二四七
＊つつどり筒鳥　一五〇
つばながし茅花流し　四〇
つばめうおつばめ魚　一六六
＊つばめのこ燕の子　一五三
つめきりそう爪切草　二三一
＊つゆ梅雨　四三
つゆあく梅雨明く　二九
＊つゆあけ梅雨明　二九
つゆきざす梅雨きざす　二六

つゆきのこ梅雨菌　二六五
つゆきのこ梅雨茸　二六五
つゆぐも梅雨雲　四三
つゆぐもり梅雨曇り　四三
*つゆざむ梅雨寒　二七
つゆじめり梅雨湿り　四三
つゆすずし露涼し　四六
つゆぞら梅雨空　四三
*つゆだけ梅雨茸　二六五
つゆでみず梅雨出水　五五
つゆなまず梅雨鯰　一六一
つゆにいる梅雨に入る　二六
つゆのちょう梅雨の蝶　一七一
つゆのつき梅雨の月　四三
つゆのほし梅雨の星　四三
つゆのやみ梅雨の闇　四九
つゆのらい梅雨の雷　四三
*つゆばれ梅雨晴　四九
つゆはれま梅雨晴間　四九
つゆびえ梅雨冷　二七
つゆやみ梅雨闇　四九
つゆゆうやけ梅雨夕焼　四三
つりがねそう釣鐘草　二六〇
*つりしのぶ釣忍　九〇
つりしのぶ吊忍　九〇
つりしのぶ釣葱　九〇
つりどこ吊床　八五
つりどの釣殿　八一
*つりぼり釣堀　一一〇
つるめそ弦召　一三三

て

*でいごのはな梯梧の花　一七七
*てっせんか鉄線花　一三三
てっせんかずらてつせんかづら　一三三
てっぽうゆり鉄砲百合　一三九
でてむしででむし　一八
てはなび手花火　一一
てまりのはな手毬の花　一九五
*てまりばな繡毬花　一九五
てまりばな手毬花　一九五
てまりばな粉団花　一九五
*でみず出水　五五
でみずがわ出水川　五五
でめきん出目金　一六三
てんがいばな天蓋花　二二四
*てんかふん天瓜粉　八七
てんかふん天花粉　八七
*でんぎょうえ伝教会　一二六
でんぎょうだいしき伝教大師忌　一二六
てんぐさあま天草海女　一〇〇
*てんぐさとり天草採　一〇〇
てんぐさとる天草採る　一〇〇
てんぐさとる石花菜とる　一〇〇
てんぐさほす天草干す　一〇〇
てんしうお天使魚　一六三
てんじくぼたん天竺牡丹　二三三
*てんじんまつり天神祭　一三四
でんでんむしでんでんむし　一八
てんとテント　一〇八
*てんとうむし天道虫　一七六
てんとうむし瓢虫　一七六
てんとむしてんとむし　一七六
てんまのおはらい天満の御祓　一三四
てんままつり天満祭　一三四

と

とあみ　投網　一〇三
＊とういす　籐椅子　八五
とうぎょ　闘魚　一六三
とうしみ　とうしみ　一八〇
とうしみとんぼ　とうしみ蜻蛉　一八〇
とうしんそうのはな　灯心草の花　二四四
とうしんとんぼ　灯心蜻蛉　一八〇
とうすみ　とうすみ　一八〇
とうすみとんぼ　とうすみ蜻蛉　一八〇
とうちん　陶枕　八三
とうねいす　籐寝椅子　八五
とうまくら　籐枕　八三
とうむしろ　籐筵　八三
＊とうもろこしのはな　玉蜀黍の花　二四五
＊とうろううまる　蟷螂生る　一八〇
＊とおしがも　通し鴨　一五六
とおはなび　遠花火　一一一
＊とかげ　蜥蜴　一四六
＊ときのきねんび　時の記念日　一一三
ときのひ　時の日　一一三
とぎょ　渡御　一一八
＊ときわぎおちば　常磐木落葉　二一〇
＊ときわぎのわかば　常磐木の若葉　二〇八
どくだみ　蕺菜　二五七
どくだみのはな　どくだみの花　二五七
どくながし　毒流し　一〇三
とこなつ　常夏　二一七
とこなつづき　常夏月　六
＊ところてん　心太　七七
＊とざん　登山　一〇八
とざんうま　登山馬　一〇八
とざんぐち　登山口　一〇八
とざんぐつ　登山靴　一〇八
とざんごや　登山小屋　一〇八
とざんづえ　登山杖　一〇八
とざんでんしゃ　登山電車　一〇八
とざんどう　登山道　一〇八
とざんぼう　登山帽　一〇八
とざんやど　登山宿　一〇八
どじょうじる　泥鰌汁　九九
＊どじょうなべ　泥鰌鍋　九九
＊とちのはな　橡の花　一一三
とちのはな　栃の花　一一三
＊とびうお　飛魚　一六六
とびお　とびを　一六六
とびこみ　飛び込み　一〇九
どびんわり　土壜割　一七三
どぶさらい　どぶさらひ　九五
＊とべらのはな　海桐の花　二〇九
＊とまと　トマト　二四〇
とまと　蕃茄　二四〇
＊どよう　土用　一一三
どようあい　土用あい　一一九
どようあけ　土用明　一一三
どよういり　土用入　一一三
＊どよううなぎ　土用鰻　九九
どようごち　土用東風　一一九
どようさぶろう　土用三郎　一一三
＊どようしじみ　土用蜆　一七〇
どようしばい　土用芝居　一一三
どようじろう　土用次郎　一一三
どようたろう　土用太郎　一一三
どようなぎ　土用凪　四二
＊どようなみ　土用波　五六
どようぼし　土用干　九二
どようみまい　土用見舞　六〇

＊どようめ土用芽　二一〇
＊とらがあめ虎が雨　四四
とらがなみだあめ虎が涙雨　四四
＊とらのお虎尾草　二五八
とろろあおいとろろあふひ　二三五
どんどこぶねどんどこ舟　一三四
＊とんぼうまる蜻蛉生る　一七九

な

＊ないたーナイター　一一一
なえはこび苗運び　二四四
ながさきき長崎忌　一三六
＊ながしながし　四〇
ながしそうめん流し索麵　七一
ながつゆ長梅雨　四三
ながなす長茄子　二四〇
ながむしながむし　一四七
ながらたき菜殻焚　九九
ながらび菜殻火　九九
なぎ水葱　二五三
なぎ菜葱　二五三
なごし夏越　一三三
＊なごしのはらえ名越の祓　一三三
＊なす茄子　二四〇
＊なすづけ茄子漬　七三
なすつける茄子漬ける　七三
＊なすなえ茄子苗　二三五
＊なすのはな茄子の花　二三五
なすびなすび　二四〇
なすびづけなすび漬　七三
なたねうつ菜種打つ　九八
なたねがら菜種殻　九八
＊なたねかり菜種刈　九八
なたねほす菜種干す　九八
＊なつ夏　二
なつあけ夏暁　三〇
＊なつあざみ夏薊　二五五
なつうぐいす夏鶯　一五三
なつおしむ夏惜しむ　三五
なつおちば夏落葉　二一〇
＊なつおび夏帯　六六
なつおわる夏終る　三五
なつがえる夏蛙　一四四
なつかげ夏陰　五三
なつがけ夏掛　八二
＊なつがすみ夏霞　四六
なつかぜ夏風邪　一一九
なつがも夏鴨　一五六
なつがわ夏川　五五
なつがわら夏河原　五五
なつき夏木　二〇四
なつぎ夏着　六三
＊なつぎく夏菊　三一七
なつきざす夏きざす　一二
なつきたる夏来る　一三
なつぎぬ夏衣　六三
なつきょうげん夏狂言　一一三
なつぎり夏霧　四六
なつく夏来　一三
＊なつくさ夏草　二四六
なつぐも夏雲　三七
＊なつぐわ夏桑　二一九
＊なつご夏蚕　一七一
なつごおり夏氷　七五
＊なつこだち夏木立　二〇四
＊なつごろも夏衣　六三
なつさかん夏旺ん　一三
＊なつざしき夏座敷　八一
＊なつざぶとん夏座蒲団　八三

なつしお　夏潮　五六
なつじお　夏潮　五六
なつしば　夏芝　二四七
*なつしばい　夏芝居　一二一
*なつしゃつ　夏シャツ　六五
なつしゅとう　夏手套　六七
なつぞら　夏空　三七
*なつだいこん　夏大根　二四一
なつたつ　夏立つ　二三
*なつたび　夏足袋　六七
なつちょう　夏蝶　一七一
なつつばき　夏椿　二一八
*なつつばめ　夏燕　一五九
*なってぶくろ　夏手袋　六七
なつでみず　夏出水　五五
なつどとう　夏怒濤　五五
なつともし　夏灯　八〇
なつにいる　夏に入る　二三
なつね　夏嶺　五三
*なつねぎ　夏葱　二四一
*なつの　夏野　五四
*なつのあかつき　夏の暁　三〇
なつのあさ　夏の朝　三〇
*なつのあめ　夏の雨　四三
*なつのうみ　夏の海　五五
*なつのかぜ　夏の風邪　一一九
なつのかも　夏の鴨　一五六
*なつのかわ　夏の川　五五
*なつのきり　夏の霧　四六
*なつのくも　夏の雲　三七
なつのくれ　夏の暮　三〇
*なつのしお　夏の潮　五六
*なつのそら　夏の空　三七
*なつのちょう　夏の蝶　一七一
*なつのつき　夏の月　三八
*なつのつゆ　夏の露　四六
なつのてん　夏の天　三七
なつのなみ　夏の波　五五
*なつのはて　夏の果　三五
なつのはま　夏の浜　五五
*なつのひ　夏の日（時候）　三〇
*なつのひ　夏の日（天文）　三七
*なつのひ　夏の灯　八〇
*なつのほし　夏の星　三八
なつのみさき　夏の岬　五五
なつのみね　夏の嶺　五三
*なつのやま　夏の山　五三
なつのゆうべ　夏の夕べ　三〇
*なつのよ　夏の夜　三〇
なつのよい　夏の宵　三〇
*なつのれん　夏暖簾　八四
なつのろ　夏の炉　八〇
*なつはぎ　夏萩　二四八
なつはじめ　夏初め　二一
*なつばしょ　夏場所　一二五
なつはつ　夏果つ　三五
なつはらえ　夏祓　一二一
なつび　夏日　三七
なつひかげ　夏日影　三七
なつふかし　夏深し　二八
*なつふく　夏服　六三
なつふじ　夏富士　五三
*なつぶとん　夏蒲団　八三
なつぼう　夏帽　六七
*なつぼうし　夏帽子　六七
なつまけ　夏負け　一一九
なつまつり　夏祭　一一七
なつみまい　夏見舞　六〇
*なつめく　夏めく　二四

なつもの夏物 六三
*なつやかた夏館 八〇
*なつやすみ夏休 六〇
*なつやせ夏痩 一一九
なつやなぎ夏柳 二〇九
なつやま夏山 五三
*なつゆうべ夏夕べ 三〇
なつゆく夏行く 三五
なつゆく夏逝く 三五
*なつよもぎ夏蓬 二四八
*なつりょうり夏料理 六九
*なつろ夏炉 八〇
*なつわらび夏蕨 二六三
なべおとめ鍋乙女 一二九
なべかぶり鍋被 一二九
なべかんむりまつり鍋冠祭 一二九
なべまつり鍋祭 一二九
なまくるみ生胡桃 二〇一
*なまず鯰 一六一
なまびーる生ビール 七三
なみのり波乗 一一〇
*なめくじ蛞蝓 一八七
なめくじらなめくぢら 一八七
なめくじりなめくぢり 一八七
*なりひらき業平忌 一三八
なるかみ鳴神 四八
なれずし馴鮓 七〇
なんじゃもんじゃのきのはななんじゃもんじゃの木の花 二二五
*なんてんのはな南天の花 一九七
なんばんのはななんばんの花 二四五
なんぷう南風 三九
なんぶふうりん南部風鈴 九〇

に

にいにいぜみにいにい蟬 一七八
におのうきすにおの浮巣 一五五
*におのこ鳰の子 一五五
におのす鳰の巣 一五五
にかいばやし二階囃子 一三三
にがしお苦潮 五六
*にごりぶな濁り鮒 一六一
*にじ虹 四七
にしきごい錦鯉 一六〇
*にしび西日 五〇
にしまつり西祭 一三〇
にせあかしあのはなニセアカシアの花 二二五
*にちにちそう日日草 二三一
にちりんそう日輪草 二三四
*にっしゃびょう日射病 二三〇
にばんぐさ二番草 九七
にばんご二番蚕 一七二
にゅうどうぐも入道雲 三七
*にゅうばい入梅 六六
*にらのはな韮の花 二三七
にわはなび庭花火 二一一
にんどう忍冬 二二五

ぬ

ぬかか糠蚊 一八二
ぬかずきむしぬかづきむし 一七七
ぬなわ蓴 二六五
ぬなわとる蓴採る 二六五
ぬなわのはな蓴の花 二六五
ぬなわぶね蓴舟 二六五

ね

ねござ寝茣蓙 八二

＊ねじばな捩花　二五九
ねずみはなびねずみ花火　一一一
ねっさ熱砂　三四
ねっしゃびょう熱射病　一二〇
＊ねったいぎょ熱帯魚　一六三
＊ねったいや熱帯夜　一一一
ねっちゅうしょう熱中症　一二〇
ねっぷう熱風　三四
ねなしぐさ根無草　二五四
＊ねびえ寝冷　一一九
ねびえご寝冷子　一一九
ねぶのはなねぶの花　二一八
＊ねむのはな合歓の花　二一八
ねむりぐさ眠草　二三〇
＊ねりくよう練供養　一三五
ねんぎょ年魚　一六一

の

のあやめ野あやめ　二三一
のいちご野苺　二三四
のいばらのはな野茨の花　二二一
のうぜん凌霄　一九七
のうぜん凌霄花　一九七
のうぜんかずらのうぜんかづら　一九七
＊のうぜんのはな凌霄の花　一九七
のうりょう納涼　一〇六
のうりょうせん納涼船　一〇六
のきあやめ軒菖蒲　一一三
のきしのぶ軒忍　九〇
のきしょうぶ軒菖蒲　一一三
のはなしょうぶ野花菖蒲　二三三
＊のぼり幟　一一三
＊のまおい野馬追　一三四
＊のみ蚤　一四四
のみのあと蚤の跡　一四四

は

ばーどうぃーくバード・ウィーク　一一一
ばーどでーバード・デー　一一一
ばーべきゅーバーベキュー　一〇八
＊はあり羽蟻　一八五
はあり飛蟻　一八五
はーりーハーリー　一三五
ばいう梅雨　四三
ばいう黴雨　四三
はいちょう蠅帳　八六
ばいてん梅天　四三
＊ぱいなっぷるパイナップル　二〇四
はいびすかすハイビスカス　一九八
はえ南風　三九
はえはえ　三九
＊はえ蠅　一八一
はえいらず蠅入らず　八六
はえおおい蠅覆　八六
はえたたき蠅叩　八六
＊はえとり蠅取　八六
はえとりがみ蠅捕紙　八六
はえとりき蠅捕器　八六
＊はえとりぐも蠅虎　一〇七
はえとりぐも蠅捕蜘蛛　一〇七
はえとりびん蠅捕瓶　八六
はえとりりぼん蠅捕リボン　八六
＊はえよけ蠅除　八六
＊はかたぎおんやまかさ博多祇園山笠　一二四
はかたまつり博多祭　一二四
はくう白雨　四五

はなじそ花紫蘇　二四三
＊はなしょうぶ花菖蒲　二三三
＊はなたちばな花橘　一九八
はなとべら花海桐　二〇九
＊ばななバナナ　二〇四
はななんてん花南天　一九七
はなねむ花合歓　二一八
はなばしょう花芭蕉　二三四
はなははに花は葉に　一九〇
＊はなび花火　二一一
はなびし花火師　二一一
はなびぶね花火舟　二一一
ぱなまぼうパナマ帽　一〇七
はなみかん花蜜柑　一九九
＊はなみょうが花茗荷　二六一
はなも花藻　二六四
はなゆ花柚　一九九
はなゆず花柚子　一九九
＊はぬけどり羽抜鳥　一四八
はぬけどり羽抜鶏　一四八
＊ははきぎ帚木　二四五
ははきぎ箒木　二四五
ははきぐさ箒草　二四五
＊はははのひ母の日　二一一
＊はまえんどう浜豌豆　二六一
はまおもと浜万年青　二五五
はまなし浜梨　二一九
＊はまなす玫瑰　二一九
はまなす浜茄子　二一九
はまひがさ浜日傘　二一〇
はまひるがお浜昼顔　二五〇
はまゆう浜木綿　二五五
＊はまゆうのはな浜木綿の花　二五五
＊はも鱧　一〇七
はものかわ鱧の皮　一〇七
はやずし早鮓　七〇
＊はやなぎ葉柳　二〇九
＊ばら薔薇　一九一
ばらえん薔薇園　一九一
ばらがき薔薇垣　一九一
ぱらそるパラソル　九一
ぱりーさいパリー祭　一二六
はりえんじゅのはな針槐の花　二二五
＊ぱりさい巴里祭　一二六
ぱりさいパリ祭　一二六
はりゅうせん爬竜船　一二五
ばるこにーバルコニー　八一
ばるこんバルコン　八一
はるしゃぎく波斯菊　二二七
ばれいしょのはな馬鈴薯の花　二三六
＊ばん鷭　一五五
＊ばんか晩夏　六八
ばんかこう晩夏光　六八
＊はんかちハンカチ　六六
はんかちーふハンカチーフ　六六
＊はんかちのきのはなハンカチの木の花　二二四
ばんがろーバンガロー　一〇八
はんげ半夏　二七
はんげあめ半夏雨　二七
＊はんげしょう半夏生（時候）　二七
＊はんげしょう半夏生（植物）　二六一
はんけちハンケチ　六八
はんざきはんざき　一四六
はんずぼん半ズボン　六二
＊はんみょう斑猫　一七六
＊はんもっくハンモック　八五
ばんりょう晩涼　三五
＊ばんりょく万緑　二〇六

ひ

びーちぱらそるビーチパラソル　一一〇
びーちぼーるビーチボール　一〇九
*びーる麦酒　七三
びーるビール　七三
*ひおうぎ射干　二五八
ひおうぎ檜扇　二五八
ひおおい日覆　八四
ひが火蛾　一七三
*ひがさ日傘　九一
ひがみなり日雷　四八
*ひがら日雀　一六〇
ひからかさひからかさ　九一
ひき蟾　一四五
*ひきがえる蟇　一四五
ひきがえる蟾蜍　一四五
ひぐるま日車　二三四
*ひごい緋鯉　一六〇
*ひざかり日盛　五〇
ひさめ氷雨　四八
*ひしのはな菱の花　二三三
*ひしょ避暑　一〇六
ひしょち避暑地　一〇六
ひしょのやど避暑の宿　一〇六
ひすい翡翠　一五四
ひすずし灯涼し　八〇
ひつじぐさ未草　二一八
*ひでり旱　五三
ひでりがわ旱川　五三
ひでりぐさ旱草　五三
ひでりぐさ日照草　二三一
ひでりぐも旱雲　五三
ひでりぞら旱空　五三
ひでりだ旱田　五三
ひでりづゆ旱梅雨　四三
ひでりばた旱畑　五三
ひでりぼし旱星　三八
*ひとえ単衣　六三
ひとえおび単帯　六六
ひとえたび単足袋　六七
ひとえもの単物　六三
*ひとつば一つ葉　二六〇
*ひとつばたごのはなひとつばたごの花　二一五
ひとよざけ一夜酒　七四
*ひとりむし火取虫　一七三
ひとりむし灯取虫　一七三
*ひなげし雛罌粟　二二六
*ひなたみず日向水　九二
ひのさかり日の盛　五〇
ひばく飛瀑　五九
ひぶり火振　一〇四
ひぼたん緋牡丹　一九一
*ひまわり向日葵　二三四
ひむし灯虫　一七三
ひめうつぎ姫うつぎ　二二一
ひめしゃら姫沙羅　二一八
*ひめじょおん姫女苑　二五九
ひめだか緋目高　一六三
ひめゆり姫百合　二五九
びやがーでんビヤガーデン　七三
ひゃくじつこう百日紅　一九四
ひゃくじつはく百日白　一九四
*ひゃくにちそう百日草　二三三
*びゃくや白夜　二七
びゃくれん白蓮　二三九
*ひやけ日焼　一一八

ひやけどめ日焼止め　一一八
＊ひやざけ冷酒　七四
＊ひやしうり冷し瓜　七三
ひやしざけ冷し酒　七四
＊ひやしちゅうか冷し中華　七一
＊ひやそうめん冷索麵　七一
ひやそうめん冷素麵　七一
びやほーるビヤホール　七三
＊ひやむぎ冷麦　七一
＊ひややっこ冷奴　七一
＊ひょう雹　四八
＊ひょうか氷菓　七六
ひょうちゅう氷柱　八八
ひょうちゅうか氷中花　八八
びょうぶまつり屏風祭　一三三
＊ひよけ日除　八四
ひらおよぎ平泳ぎ　一〇九
＊ひる蛭　一八八
＊ひるがお昼顔　二五〇
＊ひるね昼寝　一一八
ひるねざめ昼寝覚　一一八
＊ひるむしろ蛭蓆　二六四
ひろしまき広島忌　一三六
＊びわ枇杷　二〇三
びわのみ枇杷の実　二〇三
びんざさらおどりびんざさら踊　一三〇

ふ

ふうきそう富貴草　一九一
＊ふうらん風蘭　二五〇
＊ふうりん風鈴　九〇
ふうりんうり風鈴売　九〇
ふうりんそう風鈴草　二六〇
＊ぷーるプール　一〇九
ぷーるさいどプールサイド　一〇九
＊ふき蕗　一三八
ふきい噴井　二七
ふきながし吹流し　一三三
ふきのは蕗の葉　一三八
ふきばたけ蕗畑　一三八
ぶぐかざる武具飾る　一三三
＊ふくろかけ袋掛　一〇〇
＊ふくろづの袋角　一四二
＊ふけい噴井　二七
＊ふじおき不死男忌　一四二
ふじぎょうじゃ富士行者　一三
ふじこう富士講　一三
ふじぜんじょう富士禅定　一三
ふじどうじゃ富士道者　一三
＊ふじもうで富士詣　一三
ふたえにじ二重虹　四七
＊ぶっそうげ仏桑花　一九八
＊ぶっぽうそう仏法僧　一五一
ぶと蟆子　一八二
＊ふとい太藺　二四六
＊ふなあそび船遊　一〇七
ふないけす船生洲　一〇七
ふなずし鮒鮓　七〇
ふなとぎょ船渡御　一三四
＊ふなむし舟虫　一七〇
ふなむし船虫　一七〇
ふなゆさん船遊山　一〇七
＊ふなりょうり船料理　一〇七
＊ふのり海蘿　二六六
ふのり布海苔　二六六
ふのりほす海蘿干す　二六六
ぶゆぶゆ　一八二
＊ぶよ蚋　一八二

ぷよぷよ　一八二
ぷりんすめろんプリンスメロン　一三九
ふるあわせ古袷　八三
ふるうちわ古団扇　八九
ふるおうぎ古扇　八八
ふるすだれ古簾　八四
ふるゆかた古浴衣　六四
ふろ風炉　九一
*ふろちゃ風炉茶　九一
ふろてまえ風炉点前　九一
*ふんすい噴水　八一
ぶんぶんぶんぶん　一七五
ぶんぶんむしぶんぶん虫　一七五

へ

へいけぼたる平家蛍　一七三
*ぺーろんペーロン　一二五
ぺーろんせんペーロン船　一二五
へくそかずらへくそかづら　一五五
*へちまのはな糸瓜の花　一三五
べにのはな紅の花　一三三
べにはす紅蓮　一二九
*べにばな紅花　一三三
べにばな紅藍花　一三三
べにばな紅粉花　一三三
べにばら紅薔薇　一九一
*へび蛇　一四七
*へびいちご蛇苺　一六二
へびかわをぬぐ蛇皮を脱ぐ　一四八
*へびきぬをぬぐ蛇衣を脱ぐ　一四八
へびのから蛇の殻　一四八
へびのきぬ蛇の衣　一四八
へびのもぬけ蛇の蛻　一四八
*べらべら　一六六
べらつりべら釣　一六六
べらんだベランダ　八一

ほ

ほうきぎはうきぎ　二四五
ほうきぐさはうきぐさ　二四五
*ぼうしゃき茅舎忌　一四一
*ぼうしゅ芒種　二六
ぼうたんぼうたん　一九一
ほうちゃくそう宝鐸草　二五九
*ほうちゃくそうのはな宝鐸草の花　二五九
*ぼうふら孑孑　一八二
ぼうふりぼうふり　一八二
ぼうふりむし棒振虫　一八二
ほうり鳳梨　二〇四
*ほおずきいち鬼灯市　一三六
ほおずきいち酸漿市　一三六
*ほおずきのはな鬼灯の花　一三三
ほおずきのはな酸漿の花　一三三
*ぼーとボート　一〇七
*ほおのはな朴の花　一二三
ほおのはな厚朴の花　一二三
ほおばずし朴葉鮓　七〇
ほこ鉾　一三三
ほこたて鉾立　一三三
ほこながしのしんじ鉾流の神事　一三四
ほこまち鉾町　一三三
ほこまつり鉾祭　一三三
ほしうめ干梅　七三
*ほしくさ干草　一〇一
ほしくさ乾草　一〇一
ほしすずし星涼し　三八

*ほたる螢　一七三
*ほたるかご蛍籠　一二五
ほたるがっせん蛍合戦　一七三
*ほたるがり蛍狩　一一四
ほたるび蛍火　一七三
*ほたるぶくろ蛍袋　二六〇
ほたるぶね蛍舟　一一四
ほたるみ蛍見　一一四
*ぼたん牡丹　一九一
ぼたんえん牡丹園　一九一
ぼたんき牡丹忌　一三九
*ほちゅうあみ捕虫網　一一四
ほちゅうもう捕虫網　一一四
ほていあおい布袋葵　二六三
*ほていそう布袋草　二六三
*ほととぎす時鳥　一四九
ほととぎす子規　一四九
ほととぎす不如帰　一四九
ほととぎす杜鵑　一四九
ほととぎす蜀魂　一四九
ほととぎす杜宇　一四九
ほととぎすのおとしぶみ時鳥の落し文　一一七
ぽぴーポピー　二二六
ほむぎ穂麦　二四三
ほろがや母衣蚊帳　八六
ぽんぽんだりあポンポンダリア　二三三
ほんまつり本祭　一二八

ま

まあじ真鰺　一六五
まいか真烏賊　一六六
*まいまい鼓虫　一七八
まいまいまひまひ　一八八
*まくなぎ蠛蠓　一八二
まくわうり甜瓜　二二八
まくわうり真桑瓜　二二八
*まこも真菰　二五三
まこもかり真菰刈　二五三
まじまじ　一三九
ましみず真清水　五八
ますくめろんマスクメロン　二三九
まぜまぜ　一三九
*まつおちば松落葉　二一〇
*まつばぼたん松葉牡丹　二三一
まっぷく末伏　三三
まつよいぐさ待宵草　二五一
*まつり祭　一二七
*まつりか茉莉花　一九八
まつりがみ祭髪　一二七
まつりごろも祭衣　一二七
まつりじし祭獅子　一二七
まつりだいこ祭太鼓　一二七
まつりちょうちん祭提灯　一二七
まつりはも祭鱧　一〇七
まつりばやし祭囃子　一二七
まつりぶえ祭笛　一二七
まつりぶね祭舟　一二八
まなつ真夏　三三
*まむし蝮　一四八
まむし蝮蛇　一四八
まむしざけ蝮酒　一四八
まむしとり蝮捕　一四八
まめうう豆植う　九八
まめごはん豆御飯　九九
*まめまく豆蒔く　九八
*まめめし豆飯　九九
*まゆ繭　一〇三

まゆかき繭掻　一〇二
まゆにる繭煮る　一〇二
まゆほす繭干す　一〇二
まりあのつきマリアの月　二二
まるなす丸茄子　二四〇
まるはだか丸裸　一一六
まろにえのはなマロニエの花　二二二
まわりどうろう回り灯籠　九〇
まんだらえ曼陀羅会　一二五
まんだらけ曼荼羅華　二四九
*まんたろうき万太郎忌　一二八

み

みうめ実梅　二〇〇
みうめもぐ実梅もぐ　二〇〇
*みかんのはな蜜柑の花　一九九
みこし神輿　一二八
みこしぶね神輿舟　一二四
みざくら実桜　一九〇
*みじかよ短夜　二一
*みずあおい水葵　二五二
*みずあそび水遊　一二二
みずあたり水中　一一九
みずあらそい水争　九六
みずうちわ水団扇　八九
みずうつ水打つ　九三
*みずがい水貝　八〇
みずがたき水敵　九六
*みずからくり水機関　一一三
*みずぎ水着　六六
*みずきのはな水木の花　二一四
みずきょうげん水狂言　一一二
*みずくさのはな水草の花　二二四
みずぐも水蜘蛛　一七八
みずくらげ水海月　一七〇
みずげい水芸　一一二
*みずげんか水喧嘩　九六
みずすまし水澄　一七八
みずすましみづすまし　一七八
みずづけ水漬　七〇
みずでっぽう水鉄砲　一一二
みずどの水殿　八一
*みずぬすむ水盗む　九六
*みずばしょう水芭蕉　二五一
みずはも水鱧　一〇七
みずばん水番　九六
みずばんごや水番小屋　九六
みずまき水撒　九三
みずまもる水守る　九六
みずまんじゅう水饅頭　七七
みずめがね水眼鏡　一〇五
みずめし水飯　七〇
*みずようかん水羊羹　七七
みそぎ御祓　一一三
みそぎがわ御祓川　一一三
みぞさらい溝浚ひ　九五
*みぞさらえ溝浚へ　九五
みちおしえ道をしへ　一七六
*みつまめ蜜豆　七六
みどりさす緑さす　二〇六
*みなづき水無月　六八
みなづきはらえ水無月祓　一一三
*みなみ南風　三九
みなみかぜ南風　三九
みなみふく南吹く　三九
みねぐも峰雲　三七
みのが蓑蛾　一七三
*みふねまつり三船祭　一三〇
*みみず蚯蚓　一八九

*みやこぐさ都草　二五九
*みょうがのこ茗荷の子　二四三
みんみんみんみん　一七八

む

*むかえづゆ迎へ梅雨　四三
*むかで蜈蚣　一八七
むかで百足　一八七
むかで百足虫　一八七
*むぎ麦　二四三
むぎあき麦秋　二四
むぎうち麦打　九四
むぎうる麦熟る　二四三
むぎがらやき麦殻焼　九四
*むぎかり麦刈　九四
むぎぐるま麦車　九四
むぎこうせん麦香煎　七八
むぎこがし麦こがし　七八
むぎこき麦扱　九四
むぎじょうちゅう麦焼酎　七三
*むぎちゃ麦茶　七四
*むぎのあき麦の秋　二四
むぎのくろほ麦の黒穂　二四三
むぎのほ麦の穂　二四三
むぎばたけ麦畑　二四三
むぎふ麦生　二四三
*むぎぶえ麦笛　二一六
むぎぼこり麦埃　九四
*むぎめし麦飯　六九
むぎゆ麦湯　七四
むぎわら麦稈　九四
むぎわら麦藁　九四
むぎわらぼうし麦稈帽子　六〇
むぎわらぼうし麦藁帽子　六〇
*むぐら葎　二四八
むぐらしげる葎茂る　二四八
むごんもうで無言詣　一三三
むしはらい虫払　九三
*むしぼし虫干　九三
むしゃにんぎょう武者人形　一三三
*むすびば結葉　二〇八
むろあじ室鰺　一六五

め

めおとだき夫婦滝　五九
めしすゆ飯饐ゆ　七〇
*めじろ目白　一五九
めじろ眼白　一五九
めじろかご目白籠　一五九
*めだか目高　一六三
めだき女滝　五九
めまといめまとひ　一八三
*めろんメロン　二三九

も

もうしょ猛暑　三三
*もかり藻刈　九九
もかりぶね藻刈舟　九九
もかる藻刈る　九九
もじずり文字摺　二五九
もじずりそう文字摺草　二五九
*もちのはな黐の花　二一六
もどりづゆ戻り梅雨　四四
*もののはな藻の花　二六四
もみじあおいもみぢあふひ　二三五
もゆ炎ゆ　三四
もりあおがえる森青蛙　一四四
もろはだぬぎ諸肌脱　一一七

や

＊やいとばな　灸花　二五五
やえむぐら　八重葎　二四八
やきなす　焼茄子　七三
＊やく　灼く　三四
やぐるま　矢車　二三三
やぐるまぎく　矢車菊　二二七
＊やぐるまそう　矢車草　二二七
＊やこうちゅう　夜光虫　一八九
やとう　やたう　一七三
＊やな　簗　一〇五
やな　魚簗　一〇五
やなうつ　簗打つ　一〇五
やなかく　簗かく　一〇五
やながわなべ　柳川鍋　七九
やなさす　簗さす　一〇五
やなせ　簗瀬　一〇五
やなもり　簗守　一〇五
やぶか　藪蚊　一八一
＊やぶれがさ　破れ傘　二六〇
やまあり　山蟻　一八五
やまうつぎ　山うつぎ　二二一
やまうめ　やまうめ　二〇二
やまかがし　山棟蛇　一四七
やまかがし　赤棟蛇　一四七
やまかさ　山笠　一三四
やまがに　山蟹　一六九
＊やまがら　山雀　一六〇
＊やましたたる　山滴る　五三
やましみず　山清水　五八
＊やませ　やませ　三九
やませかぜ　山瀬風　三九
やませかぜ　山背風　三九
やまのぼり　山登り　一〇八
＊やまびらき　山開　一二七
やまびる　山蛭　一八八
やまぼうし　山法師　二二五
＊やまぼうしのはな　山法師の花　二二五
やまほこ　山鉾　一三三
やままゆ　山繭　一七三
やままゆ　天蚕　一七三
＊やまめ　山女　一六二
やまめつり　山女釣　一六二
＊やまもも　楊梅　二〇二
やまもも　山桃　二〇二
やまゆり　山百合　二三九
やまわかば　山若葉　二〇五
＊やもり　守宮　一四六
やもり　家守　一四六
やもり　壁虎　一四六
やりいか　やり烏賊　一六八
やりょう　夜涼　三五

ゆ

ゆうあじ　夕鯵　一六五
ゆうえい　遊泳　一〇九
＊ゆうがお　夕顔　二三九
ゆうがおのはな　夕顔の花　二三九
ゆうがおべっとう　夕顔別当　一七三
＊ゆうがとう　誘蛾灯　一〇一
＊ゆうすげ　夕菅　二五七
ゆうすず　夕涼　三五
ゆうすずみ　夕涼み　一〇六
ゆうぜみ　夕蟬　一七八
ゆうせん　遊船　一〇七
＊ゆうだち　夕立　四五
ゆうだちかぜ　夕立風　四五
ゆうだちぐも　夕立雲　四五

*ゆうなぎ夕凪　四一
ゆうにじ夕虹　四七
ゆうはしい夕端居　一二七
ゆうばりめろん夕張メロン　二三九
ゆうぼたる夕蛍　一七三
*ゆうやけ夕焼　五〇
ゆうやけぐも夕焼雲　五〇
ゆうやけぞら夕焼空　五〇
*ゆか川床　一〇六
ゆか床　一〇六
ゆかざしき川床座敷　一〇六
ゆかすずみ川床涼み　一〇六
*ゆかた浴衣　六四
ゆかたがけ浴衣掛　六四
ゆかたびら湯帷子　六四
ゆかりょうり川床料理　一〇六
ゆきげふじ雪解富士　五三
*ゆきのした鴨足草　二六三
ゆきのした虎耳草　二六三
ゆきのした雪の下　二六三
*ゆずのはな柚子の花　一九九
ゆすらうめ山桜桃　二〇三
ゆすらうめ英桃　二〇三
*ゆすらのみ山桜桃の実　二〇三
ゆだちゆだち　四五
ゆのはな柚の花　一九九
ゆやけ夕焼　五〇
*ゆり百合　二三九

よ

よいまつり宵祭　一二八
よいみや宵宮　一二七
*よかばな余花　一九〇
*よしきり葭切　一五四
よししょうじ葭障子　八五
*よしず葭簀　八五
よしずがけ葭簀掛　八五
よしすずめ葭雀　一五四
よしすだれ葭簾　八四
よしずぢゃや葭簀茶屋　八五
*よしど葭戸　八五
よしびょうぶ葭屛風　八五
*よすすぎ夜濯　九三
よすずみ夜涼み　一〇六
よぜみ夜蟬　一七八
*よたか夜鷹　一五一
よたか怪鴟　一五一
*よたき夜焚　一〇四
よたきぶね夜焚舟　一〇四
*よっとヨット　一〇八
*よづり夜釣　一〇四
よづりびと夜釣人　一〇四
よづりぶね夜釣舟　一〇四
よとうよたう　一七三
*よとうむし夜盗虫　一七三
よのあき夜の秋　三六
よひら四葩　一九二
*よぶり夜振　一〇四
よぶりび夜振火　一〇四
よぼしのうめ夜干の梅　七三
*よみせ夜店　一二一
よみや夜宮　一二七
*よるのあき夜の秋　三六

ら

らい雷　四八
らいう雷雨　四八
らいうん雷雲　三七
らいごうえ来迎会　一三五

*らいちょう雷鳥　一五三
らいめい雷鳴　四八
らくらい落雷　四八
らっきょらつきよ　二四三
*らっきょう辣韮　二四三
らっきょう薤　二四三
*らむねラムネ　七五
らんおう乱鶯　一五三
らんちゅう蘭鋳　一六六

り

*りっか立夏　二二
りゅうきゅうむくげ琉球木槿　一九八
りゅうきん琉金　一六六
りゅうけい流蛍　一七三
りゅうのすけき龍之介忌　一四一
りょうごくのかわびらき両国の川開　一二七
りょうごくのはなび両国の花火　一二七
りょうふう涼風　二五
*りょくいん緑陰　二〇七
りょくう緑雨　四二
りょくや緑夜　二〇六
りんかいがっこう臨海学校　六二
*りんかんがっこう林間学校　六二

る

*るこうそう縷紅草　二一〇
るり瑠璃　一五八
るりとかげ瑠璃蜥蜴　一四六

れ

れいしゅ冷酒　七四
*れいぞうこ冷蔵庫　八八
*れいぼう冷房　八八
れいぼうしゃ冷房車　八八
*れーすレース　六五
れーすあむレース編む　六五
れんげ蓮華　二一九
れんげえ蓮華会　一三六

ろ

ろ絽　六三
*ろうおう老鶯　一五三
*ろくがつ六月　二五
*ろだい露台　八一

わ

*わかかえで若楓　二〇八
*わかたけ若竹　二一〇
わかなえ若苗　二四四
*わかなつ若夏　二四
*わかば若葉　二〇五
わかばあめ若葉雨　二〇五
わかばかぜ若葉風　二〇五
わかばさむ若葉寒　二〇五
わかばびえ若葉冷　二〇五
わかみやのう若宮能　一二五
わきん和金　一六三
*わくらば病葉　二一〇
*わさびのはな山葵の花　二三六
わすれぐさ忘草　二五六
わたぬき綿抜　六三
*わたのはな棉の花　二四五
わたのはな綿の花　二四五

俳句歳時記《はいくさいじき》　第五版《だいごはん》　夏《なつ》

角川書店《かどかわしょてん》＝編

平成30年 5月25日　第5版初版発行
令和7年 7月5日　第5版26版発行

発行者●山下直久

発行●株式会社KADOKAWA
〒102-8177　東京都千代田区富士見2-13-3
電話　0570-002-301（ナビダイヤル）

角川文庫 20953

印刷所●株式会社KADOKAWA
製本所●株式会社KADOKAWA

表紙画●和田三造

Printed in Japan
ISBN978-4-04-400272-5　C0192

◆◆◇

角川文庫発刊に際して

角川源義

第二次世界大戦の敗北は、軍事力の敗北であった以上に、私たちの若い文化力の敗退であった。私たちの文化が戦争に対して如何に無力であり、単なるあだ花に過ぎなかったかを、私たちは身を以て体験し痛感した。西洋近代文化の摂取にとって、明治以後八十年の歳月は決して短かすぎたとは言えない。にもかかわらず、近代文化の伝統を確立し、自由な批判と柔軟な良識に富む文化層として自らを形成することに私たちは失敗して来た。そしてこれは、各層への文化の普及滲透を任務とする出版人の責任でもあった。

一九四五年以来、私たちは再び振出しに戻り、第一歩から踏み出すことを余儀なくされた。これは大きな不幸ではあるが、反面、これまでの混沌・未熟・歪曲の中にあった我が国の文化に秩序と確たる基礎を齎らすためには絶好の機会でもある。角川書店は、このような祖国の文化的危機にあたり、微力をも顧みず再建の礎石たるべき抱負と決意とをもって出発したが、ここに創立以来の念願を果すべく角川文庫を発刊する。これまで刊行されたあらゆる全集叢書文庫類の長所と短所とを検討し、古今東西の不朽の典籍を、良心的編集のもとに、廉価に、そして書架にふさわしい美本として、多くのひとびとに提供しようとする。しかし私たちは徒らに百科全書的な知識のジレッタントを作ることを目的とせず、あくまで祖国の文化に秩序と再建への道を示し、この文庫を角川書店の栄ある事業として、今後永久に継続発展せしめ、学芸と教養との殿堂として大成せんことを期したい。多くの読書子の愛情ある忠言と支持とによって、この希望と抱負とを完遂せしめられんことを願う。

一九四九年五月三日